LUZIFER
VERLAG

DAPHNE NIKO

DER FEUERVOGEL

EIN SARAH WESTON ABENTEUER

Dieses Buch wurde vermittelt von der
Literaturagentur erzähl:perspektive, München (www.erzaehlperspektive.de),
in Zusammenarbeit mit Gloria Goodman.

This book was arranged by erzähl:perspektive Literary Agency, Munich
(www.erzaehlperspektive.de), in cooperation with Gloria Goodman.

LUZIFER
VERLAG

Deutsche Erstausgabe
Titel der Originalausgabe: FIREBIRD

www.luzifer.press

Umschlaggestaltung: Michael Schubert | Luzifer-Verlag
Übersetzung: Madeleine Seither

ISBN: 978-3-95835-389-3

Dieses Buch wurde nach Dudenempfehlung (Stand 2019) lektoriert.

Bibliografische Information der Deutschen Nationalbibliothek:
Die Deutsche Nationalbibliothek verzeichnet diese Publikation
in der Deutschen Nationalbibliografie; detaillierte bibliografische Daten
sind im Internet über ***http://dnb.d-nb.de*** abrufbar.

Für Ian
und sein unerschütterliches Wesen.

WENN WIR WERTVOLLE DINGE AUS DEM
BODEN GRABEN, LADEN WIR DAS UNGLÜCK EIN.

HOPI-WEISHEIT

PROLOG

VACAPA, NEUSPANIEN, 1539

In der Lethargie des goldenen Sommernachmittags lockte das Klappern von Pferdehufen die Eingeborenen auf ihre Haustreppen und an ihre Fenster, um zu sehen, wer die Stille störte.

Es geschah nicht jeden Tag, dass ein Konquistador aus Mexiko-Stadt einen staubigen Außenposten wie Vacapa besuchte. Der schläfrige Pueblo wurde von Wilden bewohnt, die in Lehm- und Schilfhäusern lebten und sich um ihre dürren Schafe kümmerten. Der Mönch und seine Männer hatten sich unter dem Vorwand hier niedergelassen, die Ortsansässigen zu den Lehren des Herrn zu konvertieren. Doch Juan Garrido wusste es besser.

Er stieg vor Marcos de Nizas lehmbeschmiertem Adobenhaus ab und folgte einem Schnarchgeräusch in den hinteren Teil des Gebäudes. Dort war er, der rundgesichtige, rotbackige Mönch, in einer Hängematte ausgestreckt, mit offenem Mund, der nach Wein stank. Garrido räusperte sich lauter als nötig und der Mönch schoss kerzengerade auf.

»Bruder Marcos, es ist schön, Euch so … ausgeruht zu sehen.« Er versuchte gar nicht erst, seine Geringschätzung zu verbergen.

»Seid gegrüßt, Juan Garrido. Wie schön von Euch, in unseren kleinen Winkel der Kolonie zu kommen. Und zur Siestazeit.« De Niza versuchte von der Hängematte zu steigen, ein wenig anmutiger Akt, der damit endete, dass er abgeworfen wurde und auf allen vieren landete. Er richtete sich unbeholfen auf. »Ich hoffe, der Vizekönig hat Euch von meiner bescheidenen Anfrage in Kenntnis gesetzt?«

»Er sagte, dass Ihr es mit einem *Cimarrón* zu tun habt, ja.« Er nutzte die offizielle Bezeichnung für einen entflohenen Sklaven. Das Wort hatte eine verabscheuungswerte Nuance, die er befriedigend fand.

»Ja. Es handelt sich um Esteban den Mauren. Er sollte unserer Gruppe fünfzig Wegstunden vorausgehen und berichten, was auf der Nordroute liegt. Das waren meine strikten Anweisungen.« Der Mönch bemühte sich, autoritär zu klingen, wirkte aber eher komisch. »Es sind nun zwei Monate ohne Nachricht von ihm vergangen. Ich fürchte, er folgt seinen eigenen Interessen, nicht denen der Krone.«

»Sicher gab es in all der Zeit irgendeine Form der Kontaktaufnahme.«

»Nur diese.« Er schlurfte zu einem Tisch und hob ein weißes, zwei Handflächen großes Franziskanerkreuz auf. Dahinein waren Symbole – Berge, ein Fluss, ein Pueblo – in der Art einer Karte geritzt. »Ich hatte ihn angewiesen, geheime Nachrichten mit Kreuzen wie diesem zu schicken. Klug, findet Ihr nicht?«

Garrido fand die selbstgefällige Art des Mönches abstoßend. Obwohl de Niza der Anführer der Expedition im Norden war, verlangte er schwere und oftmals gefährliche Arbeit von seinen Sklaven, während er in Sicherheit blieb und sich den Bauch mit Essen und Trinken vollschlug. Ab und zu konvertierte er einige Ureinwohner, um seine »geistliche Mission« zu rechtfertigen. Es war kaum verwunderlich, dass sein Plan schiefgegangen war.

Er nahm das Kreuz vom Mönch. »Was hat das zu bedeuten?«

»Laut des Ureinwohners, der es brachte, fand Esteban eine Stadt sondergleichen: mehrere Stockwerke hohe Steinhäuser, stabiler Handel, mit Türkisen gepflasterte Straßen, mit Edelsteinen geschmückte Türöffnungen. Er nannte sie Cibola.« Er beugte sich vor und flüsterte verschwörerisch: »Das könnte die Stadt aus Gold sein, nach der wir suchten.«

»Aber dieses Kreuz ist eine Karte dorthin. Warum folgt Ihr nicht einfach der Route, um Euch selbst ein Bild davon zu machen?«

Der Mönch kratzte sich am Kopf. »Ja, nun, das wäre ein ausgezeichneter Plan, doch hier gibt es arme Seelen, um die ich mich kümmern muss. Ich habe die Pflicht, Gottes Werk zu verrichten. Doch Ihr …« Er tätschelte den Arm des Konquistadoren ein wenig zu aggressiv. »Ihr seid nicht an derartige Verpflichtungen gebunden.«

Es war eine schlecht verschleierte Beleidigung. Wie Esteban war auch Juan Garrido als Maure geboren und von einem spanischen Standesherren und Entdecker in die Sklaverei gekauft worden. Doch im deutlichen Gegensatz zu anderen Sklaven, die mit den Spaniern in die Neue Welt gesegelt waren, hatte sich Garrido während der Eroberungen von dreißig Jahren als so nützlich erwiesen, dass ihm seine Freiheit geschenkt worden war und er sich den Titel eines Konquistadoren verdient hatte. Da er jedoch schwarz war, erkannten leidenschaftliche Ethnozentriker wie de Niza seine Legitimität nicht an. Einmal ein Sklave, flüsterten sie hinter seinem Rücken, immer ein Sklave.

Mit Esteban war es anders. Als Sklave, der nie nach einer höheren sozialen Stellung strebte, wurde er von den Wundern der Reise angezogen, dem Kitzel der Entdeckung. Er war ungemein charismatisch, ein bärenstarker Bursche mit einem Glanz in den Augen, der jeden faszinierte, der ihm begegnete. Er hatte sich angewöhnt, sich als Schamane auszugeben, nutzte das Wissen über Pflanzen und pflanzliche Extrakte, das er in seiner Jugend in den Bergen des Hohen Atlas erlangt hatte, um den Kranken zu helfen. Die Eingeborenen betrachteten ihn als Wunderwirker und begrüßten ihn mit offenen Armen, was sogar so weit ging, dass sie ihm ihr Vieh und ihre Frauen gaben.

Garrido selbst hatte es erlebt, als Estebans Gruppe, damals vom Entdecker Cabeza de Vaca angeführt, Mexiko-Stadt passierte. Obwohl gut fünfundzwanzig Jahre zwischen ihnen lagen, verstand sich Garrido sofort mit seinem Landsmann. Weil sie beide aus demselben Teil des Maghreb stammten und dieselbe Sprache sprachen, berührte Esteban mit seiner leidenschaftlichen Art einen Teil von Garridos Seele, der sich seit seiner Entscheidung für den Weg des Konquistadoren in einen brachliegenden Garten verwandelt hatte. Trotz ihrer unterschiedlichen sozialen Stellungen war das Gespräch ungezwungen und die Zuneigung echt. Man konnte sogar sagen, dass Garrido Esteban um seine Anziehungskraft und Exzentrik beneidete; es war fraglich, welcher der beiden wirklich frei war.

Garrido hätte auf die spitzen Bemerkungen des Mönches reagieren können – es war immer ein Vergnügen, einen verbalen Schlagabtausch mit einem Heuchler zu gewinnen –, entschied sich aber dagegen, ihm diese Befriedigung zu schenken. In Wahrheit war ihm das sesshafte Ruhestandsleben langweilig geworden und die Aussicht darauf, in unerforschtes Terrain aufzubrechen, faszinierte ihn, insbesondere wenn das, was die Eingeborenen sagten, stimmte.

»Ich werde es für Mendoza tun.« Er steckte das Kreuz in die Falten seines schwarzen Umhangs und bestieg sein Pferd.

Der Mönch verschränkte seine Finger wie zum Gebet. »Möge Gott Euch auf Eurer Reise leiten, Juan Garrido. Und vergesst nicht, meinen Sklaven zurückzubringen. Meine Arbeit hängt davon ab.«

Etwas sagte ihm, dass Esteban nicht zurückkäme. »Seid versichert, dass ich tun werde, was gerecht ist, Bruder Marcos.« Mit einem Peitschenhieb ritt er zu seinem wartenden Gefolge.

Die Abenddämmerung senkte sich rasch über den Steilhang aus Sandstein und Granit, der von der eisernen Strenge der Vorzeit in wunderliche Schichten gezwungen worden war. Die hochaufragenden Felswände drängten sich in einer kreisförmigen Formation aneinander, wie eine Art antikes Amphitheater. Garrido stand am Rand der Kante und beobachtete, wie die schwindende Sonne die Schlucht in herrliche Schattierungen von Purpur und Gold färbte. Von allen Schauspielen, die er auf seinen Reisen bezeugt hatte – von seinem Geburtsort in Westafrika über sein angenommenes Heimatland an der Algarve zu seinen Landnahmen von Kuba, Hispaniola und Neuspanien –, war dies wohl das beeindruckendste.

»Wir werden hier unser Lager aufschlagen«, sagte er zu seinen Männern. Er band sein Pferd fest und holte ein kleines Notizbuch hervor, das unter einem Querriemen gesichert war. Seit er sich in der *ciudad* zur Ruhe gesetzt hatte, hatte er begonnen, seine Erinnerungen und Beobachtungen aufzuzeichnen, immer in seiner Muttersprache, denn sie waren als persönliche Memoiren gedacht und nicht als offizielle Angelegenheit. Während die Nacht die Schlucht in vollständige Stille hüllte, lehnte sich Garrido an einen Felsen und beschrieb die merkwürdigen Begegnungen der vergangenen zwei Tage im Detail.

Das Gefolge war auf Estebans Spur, höchstens einige stramme Reitstunden entfernt, oder so hatten die Dorfbewohner behauptet, die sie unterwegs getroffen hatten. Jene Eingeborenen sprachen von einem Heiler, dessen Haut so dunkel war wie die Nacht, um dessen Schultern eine Büffelhaut lag und dessen Kopf das Gefieder vieler Vögel schmückte. Er trug eine Kette aus Türkisperlen quer über seinem nackten Oberkörper und schwang eine Kalebassenrassel, während er die Geister beschwor, die Kranken und Leidenden zu heilen. Es hieß, er habe ein ordentliches Gefolge versammelt – über zweihundert

Menschen, laut mancher Berichte. Gemeinsam drang dieser bunt zusammengewürfelte Stamm in fremde Gebiete vor, handelte und sammelte Ressourcen. Esteban, so schien es, hatte eine neue Heimat inmitten dieser Menschen gefunden, und er hatte nicht die Absicht, in die Tyrannei von Marcos de Niza und Neuspanien zurückzukehren.

Garrido bemerkte nicht, dass er eingeschlafen war, bis er von starken Händen wachgerüttelt wurde. Er sprang auf und zog sein Schwert. Vor ihm stand ein einheimischer Mann, dessen nackter Oberkörper blutverschmiert war. Hinter ihm standen einige Dutzend Krieger, ähnlich zugerichtet. Der Fremde hob seine Hände als Zeichen des Friedens.

Ohne unvorsichtig zu werden, bedeutete Garrido dem Anführer, zu sprechen. Mittels Handgesten und verängstigter Laute berichtete der Mann von einem Massaker und zeigte dem Konquistador ein gespaltenes Holzstück, das in der Art von Bruder Marcos' Kreuz geschnitzt war. Er drehte es um. Darauf standen die Worte *Fliege auf schwarzen Schwingen* geschrieben, in einer Sprache, die nur Garrido und Esteban verstanden.

»Bringt mich zu ihm«, sagte Garrido.

Die Stammesmänner und der Konquistador ritten rasch durch die Nacht, aus der Schlucht hinaus und an einem fruchtbaren Flusstal vorüber, bis sie Felsland und eine ockerfarbene Wüstenfläche erreichten. Der Anführer deutete auf einen Berg mit flacher Spitze, der aussah, als sei sein Gipfel von einem scharfen Schwert abgetrennt worden. Viereckige Steingebäude, die im Morgenlicht erröteten, ergossen sich vom Berggipfel über seine Flanken, eine eingeborene Version der Fischerdörfer an den zerklüfteten Küsten Spaniens. Konnte es das Cibola der Legenden sein? Die Aussicht versetzte Garrido in Aufregung.

Er hatte gehofft, sie würden dorthin gehen, doch der Anführer ritt vorbei und in einen kleinen Canyon am Rand der Siedlung.

Der Ort lag in den Schatten von Sandsteinüberhängen, die so breit waren, dass die Finger der Sonne nie bis hinein reichten. Garrido schauderte. Es war mehr als nur dunkel und kalt; es fühlte sich an, als wohne eine unheilvolle Präsenz darin. Selbst die Pferde waren unruhig.

Der Führer stieg ab und ahmte mit der Hand am Mund den Ruf eines Vogels nach. Einen Augenblick später erschien Esteban aus einem Steinlabyrinth und grüßte den Mann wie einen lebenslangen Freund. Der Eingeborene sagte einige Worte in seinem eigenen Dialekt, den der Maure zu verstehen schien, und zeigte auf den Konquistador.

Obwohl der vertraute Glanz in Estebans Augen erloschen war, strahlte er bei Juan Garridos Anblick. Er begrüßte ihn nicht mit der traditionellen Verbeugung, die man einem Konquistador entgegenbrachte, sondern vielmehr mit einem Griff an die Schulter, wie er für die Menschen des Maghreb typisch war.

»Es gab Kunde von einem schwarzen Spanier auf der Straße«, sagte Esteban. »Ich hoffte, dass Ihr es seid, also schickte ich meine Männer aus, um Euch zu finden. Ich muss sagen, es ist eine Überraschung.«

»Der Vizekönig bat um meine Hilfe, Moustafa.« Er benutzte den Namen, der dem Mann gegeben worden war, bevor Andres de Dorantes ihn kaufte und ihm einen christlichen Namen gab. »Die Spanier sind Eurer Abwesenheit überdrüssig geworden. Bruder Marcos ist mit verlorenen Seelen beschäftigt, und so war es an mir, Euch zu finden und zurückzubringen.« Er warf einen Blick auf die tiefen, blutenden Schnitte auf der breiten Brust des Sklaven. »Doch nun scheint es, ich kam zu Eurer Hilfe. Welche Not plagt Euch?«

»Ich fürchte, mein Tod ist nah. Doch ich werde in dem Wissen sterben, dass mir diese Menschen als einem von ihnen vertrauten. Eine Ehre, die Euren spanischen *compadres* nie zuvor zuteilwurde oder in Zukunft zuteilwerden wird.«

Garrido wies auf die offenen Wunden. »Wenn sie Euch so sehr vertrauen, warum taten Sie Euch das an?«

»Ich habe sie betrogen.« In seiner Stimme schwang Jammer. »Ich erfuhr ihre Geheimnisse, doch ich gab mich der Versuchung hin. Ich bereue es bitterlichst, doch ich kann meine Taten nicht rückgängig machen.«

»Sagt mir, was Ihr meint.«

Estebans Augen weiteten sich. »Ich habe das Gold gesehen, mein Freund. Es existiert so sicher wie Ihr und ich, tief im Busen der Schlucht versteckt.« Er nickte in Richtung seiner Anhänger. »Meine Männer brachten mich dorthin, zu ihrer Andachtsstätte tief unter der Erde, wo Goldklumpen funkeln wie die Sterne am Himmel.«

»Mendozas Stadt aus Gold. Ihr habt die Pflicht ...«

»Ich schulde Spanien nichts«, spie er aus. »Die Spanier wollen eher meinen Tod, als mir meine Freiheit zu geben. Wenn Ihr der Krone loyal seid, so tötet mich jetzt, denn ich werde diese Menschen kein zweites Mal verraten.«

»Ich stehe im Dienst des Vizekönigs, doch kann ich keine andere Seele leiden lassen, besonders nicht die eines Landsmanns.« Er sprach in ihrer Muttersprache. Obwohl ihre Dialekte unterschiedlich waren, kam der Kern seiner Botschaft zum Ausdruck. »Ich möchte Euch helfen.«

»Nein. Was ich tat, ist zu abscheulich.« Er schüttelte den Kopf. »Ich wurde gierig. Ich schrieb eine Nachricht auf eines von Bruder Marcos' Kreuzen, die die Lage des Goldes beschreibt.«

»Doch tatet Ihr es in Eurer Sprache, nicht in seiner.«

»Die Spanier besitzen genug Reichtümer. Ich hatte die Absicht, unseren maurischen Freunden, die sich zu Unrecht unter der strengen Hand der Sklaverei plagen, diese Nachricht zu schicken, damit sie den Schatz heben und frei unter diesen freundlichen Menschen leben können. Ich war in dem Moment verflucht, als ich das tat. Ich weiß nun, dass dieses Land und alle Reichtümer darin diesen Menschen gehören und niemandem sonst.« Er zeigte auf das Dorf, das sich über den Hang ergoss. »Das Volk der Zuñi hörte davon, dass ich ihre heilige Stätte betreten hatte, und sie wurden sehr wütend – seltsamerweise nicht wegen des Goldes, sondern weil ein Nicht-Indianer ihren Ort der Entstehung entweiht hatte. Sie fanden das Kreuz, welches für sie das Symbol der weißen Teufel darstellt, und zerbrachen es in vier Teile. Sie jagten uns mit Pfeilen und Tomahawks aus dem Dorf.« Er berührte seine verwundete Brust und atmete schwerfällig ein. »Sie werden nicht ruhen, bis sie meine Haut haben.«

»Es ist noch nicht zu spät«, sagte Garrido. »Ich kann Euch von hier fortbringen.«

»Ich muss mich den Konsequenzen meines Handelns stellen. Doch wenn es Euer Anstandskodex erlaubt, so gibt es etwas, das Ihr für einen Landsmann tun könnt.«

»Nennt es mir.«

»Das Stück des Kreuzes, das Euch meine Männer brachten. Ich möchte, dass Ihr es zu meiner Familie in den Maghreb bringt. Sie soll es in alle Ewigkeit beschützen. Die vier Teile des Kreuzes dürfen niemals zusammenkommen. Das ist meine Buße dafür, Schande über diese Menschen gebracht zu haben.«

Die klare Luft brachte das schwache Geräusch von Trommeln und Sprechchören mit sich.

»Sie kommen, um mich zu holen«, sagte Esteban. »Ihr müsst gehen. Nehmt so viele meiner Männer mit Euch, wie Ihr könnt, denn sie verdienen es nicht, zu sterben. Ihr einziges Verbrechen ist es, mir vertraut zu haben.«

Esteban umarmte Garrido und befleckte die weiße Bluse und das Notizbuch des Konquistadoren mit seinem Blut. Garrido trat zurück und sah in die Augen eines toten Mannes. Er bestieg sein Pferd und führte die anderen aus dem Canyon und über den ausgetrockneten Erdpfad.

Der durchdringende Schrei der Verdammten klang durch das Tal und jagte Garrido einen Schauder über den Rücken. Er warf einen Blick zurück auf die Ansammlung alter Steine, die die einzigen Zeugen von Estebans Richtspruch waren. Er spürte den Umriss des Kreuzfragments unter seinem Konquistadorengewand und dachte für einen Moment darüber nach, eine Expedition zur Suche nach den anderen drei Teilen des Kreuzes – und zu dem Gold, in dessen Richtung es wies – zu organisieren. Er sah zu den entsetzen Männern seines Gefolges und besann sich eines Besseren.

Er hatte einen Pakt geschlossen, und den galt es zu würdigen.

KAPITEL 1

In jedem anderen Jahr würde der Fuß der kupfergefärbten Sandsteinklippen in der sengenden Hitze des Spätaugusts schillern und mit der verdorrten Erde verschwimmen. Doch in diesem Sommer kam die Regenzeit ungewöhnlich früh und heftig und bewegte die Sandfläche des Canyonrands. Im unablässig starken Regen waren Schlammlawinen über die Felswände hinabgestürzt und hatten Treibsandteppiche gebildet, die einen Geländewagen im Nu verschlingen konnten. Und den silbernen Streifen am düsteren Himmel nach zu urteilen, würde es nicht so bald besser werden.

Sarah Weston hockte im Schlamm und rollte einen flachen Ring zwischen den Fingern hin und her, rieb den Matsch ab, um einen olivgrünen Stein mit ockerbrauner Maserung zum Vorschein zu bringen. Türkis, die Sorte, die nicht mehr existierte, in keiner Mine, nirgendwo. Obwohl es eher aussah wie ein Trennstein, war es ganz definitiv eine Schmuckperle, von den Vorfahren der Pueblo-Indianer vor Jahrhunderten zu Dekorationszwecken und für den Handel bearbeitet. Hunderte solcher Beispiele waren im Chaco Canyon ausgegraben worden, der Zeremonialstätte im westlichen New Mexico, etwa hundertdreißig Kilometer von ihrem Arbeitsplatz entfernt.

Sarah und ihr Partner, Daniel Madigan, waren in den südlichen Randbereich des Canyon de Chelly gerufen worden, in einen Teil von Arizona, der dem Volk der Navajo gehörte. Es war ungewöhnlich, dass zwei Archäologen, die sich auf die Regionen des Mittelmeeres und den Mittleren Osten spezialisiert hatten, in diesem Teil der Welt arbeiteten. Dennoch lag etwas Vertrautes, sogar etwas Tröstliches, in seinen gewaltigen

Felsformationen, seinen einst bewohnten, doch längst verlassenen Höhlen, der Wüstenlandschaft, deren Oberfläche sich in Sekundenschnelle ändern konnte. In den vier Jahren, in denen sie schon miteinander arbeiteten, hatten Sarah und Daniel ähnliche Landstriche erkundet, ihre Launen und Eskapaden kennengelernt.

Es war ein Manuskript, das sie hierhergeführt hatte. Einige Meilen von dem Punkt entfernt, an dem sich die Perle in einem Schlammfeld präsentiert hatte, waren die eingerissenen Seiten eines Kodex von einem Archäologieteam der University of Arizona ausgegraben worden. Das Papier selbst war präkolumbisch, aus mexikanischer Amatl-Rinde gefertigt, aber es war mit einem nordafrikanischen Stammesdialekt beschrieben, was die Forscher verblüffte. Daniel und Sarah, Experten der antiken Linguistik, waren um Rat gebeten worden. Daniel, der aus Tennessee stammte und Cherokee-Blut besaß, war begeisterter, diesen Teil der Welt zu erkunden, als Sarah es war. Doch am Ende beugte sie sich seinem Enthusiasmus.

»Wir sollten los.« Nakai Tsosie, ein Aufbaustudent der Universität, zeigte auf die dunkle Wolke am östlichen Horizont. »Wir werden gleich pitschnass.«

Sarah steckte die Perle in einen Probenbeutel und folgte dem Schlammpfad mit ihrem Blick. Er ging von einer mandelförmigen Spalte aus, die wie ein Auge in den Stein geschnitten war, etwa dreißig Meter über dem Grund des Canyons. Es könnte einst eine Siedlung gewesen sein oder vielleicht Teil einer Festung. Canyon de Chelly war voll von beidem.

Sie schätzte die Entfernung des Sturms ein. »Uns bleibt eine Stunde, zwei, wenn wir Glück haben. Zeit genug.«

Daniel näherte sich mit Phoebe Bellamy, der Hilfskraft, die sie auf der Expedition begleitete. »Sieh mal, was Phoebe gefunden hat«, sagte er.

Das dreizehnjährige Mädchen streckte eine schmale Hand aus. Darin lag eine schlammbedeckte Türkisscheibe.

Sarah hielt den Probenbeutel daneben. »Identisch. Wo hast du das gefunden?«

Phoebe zeigte zum anderen Ende des Schlammlaufs.

»Wenn wir warten, bis noch ein Sturm vorbeigezogen ist, werden diese Artefakte zerstreut werden und vermutlich verlorengehen.« Sarah nickte zum Einschnitt im Felsen. »Ich will sehen, was da oben ist.«

Daniel musterte das Terrain. »Das ist ein weiter Weg dort hinauf und es wird glatt sein.« Er schüttelte den Kopf. »Ich weiß nicht.«

»Ich habe eine Kletterausrüstung im Truck.«

»Kein Equipment«, sagte Nakai. »Felsenklettern ist auf Reservatsboden nicht gestattet.«

»Dann mach ich's ohne. Es gibt genug Zehenhalte.«

»Und ich halte das für eine schlechte Idee.« Nakai zuckte die Achseln. »Nicht, dass das wichtig wäre.«

Bei den Erforschungen von Canyon de Chelly und den umliegenden Badlands war Nakai sowohl Assistenzarchäologe als auch obligatorischer Navajo-Führer. Obwohl er das letzte Wort hatte, was Navajo-Gesetze betraf, gaben Sarah und Daniel den Ton für die Expedition an. Sarah dankte Nakai für seinen Hinweis, aber sie vertraute ihren eigenen Fähigkeiten genug, um die Warnung zu übergehen.

Sie verschwendete keine Zeit, den Fels hinaufzuklettern. Jahrelanges Erforschen von hoch gelegenen Höhlen und Inschriften an Felswänden hatten ihr Selbstvertrauen in Sachen Freeclimbing gestärkt, wenngleich sie sich bei einer Neigung wie dieser wohler gefühlt hätte, wenn Daniel sie gesichert hätte. Wie so viele andere Dinge war auch das Klettern in seiner Gesellschaft leichter und angenehmer.

Zu der Öffnung zu gelangen, war nicht so problematisch, wie sie erwartet hatte. Sie sah nach unten, um Daniel ein Daumenhoch zu zeigen, und bereute es augenblicklich. Dreißig Meter über dem Boden sahen von oben weit bedrohlicher aus, besonders wenn man nicht angeseilt war.

Sie trat auf einen schmalen Vorsprung und bewegte sich, nach Griffen an der Sandsteinwand tastend, zur Öffnung weiter. Ein Wall aus Schiefer und Schlick, von unten nicht sichtbar, füllte sie aus, vielleicht das Werk der Natur, vielleicht nicht. Der Regen hatte das Material veranlasst, sich zu lösen und über die Felswand hinunterzustürzen, was der Wissenschaft einige Möglichkeiten eröffnete.

In diesem Teil der Welt entwickelte sich die Archäologie ständig weiter, da jede Laune von Wind und Wasser ein neues Flüstern vernehmen und lange gehütete Geheimnisse entdecken ließ. Es hieß, dass die Wissenschaftler noch weitere fünfhundert Jahre an diesem Ort arbeiten könnten und trotzdem nicht alles finden würden, was in seinen Erdengrenzen vergraben lag.

Sarah untersuchte den Eingang. Er war noch teilweise versiegelt, der Stein mit Sediment verklebt, was es schwer machen würde, Halt für die Hände zu finden. Sie kratzte den losen Schiefer mit einer Spitzhacke ab. Es war eine mühselige Arbeit, wie alles in der Archäologie, aber sie hatte die Geduld dafür entwickelt. Es war, fand sie, ein kleines Opfer, um ein weiteres Stück zum Puzzle der Vergangenheit der Menschheit hinzuzufügen.

Als genug Geröll geräumt war, duckte sich Sarah unter einen Überhang und ging hinein. Ehe sie den Ort beleuchtete, nahm sie sich einen Moment, um ihn in der Dunkelheit zu erleben. Als Folge der Regenfälle war die Kammer kühl und klamm und roch wie die feuchten Räume alter Landhäuser in ihrer Heimat England. Der Stein unter ihren Füßen war brüchig. Sie trat mit dem Zeh dagegen und weiterer Schiefer löste sich.

Sie schaltete die Lampe ein, die an ihrem Kopf festgeschnallt war, und bewegte sich auf allen vieren tiefer hinein, Zentimeter für Zentimeter. Der Schiefer zerfiel unter dem Gewicht ihres Körpers; seine scharfen Kanten stachen ihr in die Handflächen und Knie. Es war schwer zu sagen, ob irgendwas unter diesem Bruchstein vergraben lag. Vielleicht würde eine richtige Ausgrabung mehr enthüllen.

Am anderen Ende der Höhle bemerkte sie in eine Wand geritzte Formen. Das war für diesen Teil der Welt nicht ungewöhnlich, wo Felszeichnungen über das ganze vier amerikanische Staaten überspannende Plateau verteilt waren. Diese Zeichen waren ihr fremd: ein Kreispaar, ein großer mit einem kleinen in seinem Orbit, wie ein Planet und sein Mond.

Auf die gegenüberliegende Wand waren vier gespreizte Handabdrücke in roter Farbe abgebildet. Sie legte ihre flache Hand daneben – sie waren klein wie Kinderhände – und spürte eine greifbare Verbindung. Es war, als hätten die antiken Felsbewohner einen Teil ihrer Seelen in diesen Inschriften zurückgelassen. Ihr Wissenschaftlerverstand verweigerte eine solche Möglichkeit und doch begriff sie es. Die Ruinen der Welt besaßen eine spirituelle Würde, die man nicht ignorieren konnte. Sie flüsterten von Geheimnissen, die im Kollektivbewusstsein verblasst waren wie sepiafarbene Daguerreotypie, und enthüllten die authentischsten Wahrheiten über die Natur des Menschen. Dieser Ort war nicht anders.

Sarah griff nach ihrer Kamera und dokumentierte die Kunst ebenso wie den Zustand des Höhleninneren. Es gab viel zu tun, doch das musste bis zu einem anderen Tag warten. Das war die Natur des Wiederentdeckens: beobachten, dokumentieren und verschwinden.

Sie kroch zum Höhleneingang zurück und plante ihren Abstieg. Aus dem Augenwinkel bemerkte sie etwas neben ihrer Stiefelspitze und richtete ihren Blick nach unten, wo sie eine glatte, konkave Oberfläche entdeckte, die halb im Geröll verborgen lag. Sie kratzte am Schlick, bis sich der Rand eines Gefäßes zeigte. Sie zog behutsam daran und entnahm eine Tonscherbe. Sie wischte die Oberfläche ab und hob den Gegenstand ins Licht. Es war ein Fragment einer ausgehöhlten Kürbisflasche. War es ein Gebrauchsgegenstand, der hier von den Felsenbewohnern, die ihr Heim verlassen hatten, zurückgelassen worden war? Oder war er in einer Art Zeremonie verwendet worden?

Ein tiefes Grollen ließ die Wände der Höhle vibrieren. Der Sturm kam näher.

Sie hätte sofort gehen und den Rest von der offiziellen Ausgrabung freilegen lassen sollen. Doch sie wusste, dass noch mehr Regen und Schlammlawinen die Umgebung verändern würden und vielleicht das schmale Fenster schlössen, das ihr eröffnet worden war.

Vorsichtig grub sie im Schlamm, schickte ihre Finger auf Erkundung. Innerhalb weniger Minuten zog sie eine Glasperle, eine Feder und ein gespaltenes Holzfragment, vielleicht fünfundzwanzig Zentimeter breit und vier Zentimeter hoch, heraus.

Das Holz allein mochte belanglos sein, aber weil es datiert werden konnte, könnte es entscheidend dafür sein, die anderen Gegenstände in Relation zu bringen. Sie alle schienen in der trockenen Erde und dem Schiefer vergraben worden zu sein, vielleicht, um ihren Schutz zu gewährleisten. Jetzt, da das Siegel zerbrochen und Wasser in die Höhle eingedrungen war, würden die raschen Veränderungen der Umwelt unweigerlich zum Verfall führen. Die Objekte mussten so bald wie möglich entnommen werden.

Sie schob die kleineren Gegenstände in Beutel und steckte diese in ihre Taschen. Sie wickelte das Holzfragment in ein Bandana und klemmte es in ihren Hosenbund. Es war unorganisierter, als sie normalerweise zuließ, aber ihre Möglichkeiten waren begrenzt.

Donner grollte und ein Windstoß drang in die Höhle. Es war Zeit, zu gehen. Sie schob sich zum Rand und stand vorsichtig auf, wobei sie versuchte, sich auf den Felsen um sie herum zu konzentrieren, und nicht auf den steilen Abstieg.

»Sarah, pass auf!«

Die Dringlichkeit in Daniels Stimme warnte sie vor der Gefahr, aber es war zu spät. Ein loser Schieferhaufen am Rand der Höhle bröckelte ab und sie rutschte einige Meter zu einem Vorsprung hinunter, wo sie hart auf der Seite landete. Während des Sturzes löste sich das Holzfragment und sie sah zu, wie es zusammen mit einer Geröllwelle den Felsen hinunterfiel. Sie folgte der Abwärtsflugbahn des Objekts, bis es in einem Hoodoo-Feld zum Liegen kam.

»Vergiss es«, rief er hinauf. »Komm einfach heil wieder runter.«

Sie lag so unsicher, dass sie mit Mikrobewegungen nach einem Handhalt tastete. Sie ergriff den ersten und stabilisierte sich am Felsen. Sie bekam Sichtkontakt zum Objekt, das halb in der Brühe aus Schlick und Stein verborgen war.

Wenn sie den Überhang überwinden könnte, wäre der Rest einfach. Es war möglich, solange das Wetter noch für ein paar Minuten mitspielte. Sie hob eine Hand, um Daniels Einspruch zuvorzukommen. »Ich hol's mir.«

»Bist du verrückt?« Das Wort *verrückt*, mit seinem Tennessee-Akzent in die Länge gezogen, war so laut, dass es von der Felswand zurückgeworfen wurde und durch den Canyon hallte.

Ein Auge auf die langen Steinfinger gerichtet, die von den ewigen Winden zu gigantischen Stalagmiten geformt worden waren, griff sie nach dem Überhang. Sie hatte vor, frei darüber zu klettern und sich dann auf den höchsten Hoodoo fallen zu lassen und den krummen Felsen zu dessen Fuß hinabzusteigen, wo das Artefakt lag. Sie holte tief Luft und atmete dann fest aus. In den Jahren des Klettertrainings unter Daniels Anleitung hatte sie niemals etwas in der Art versucht. Sie würde all ihr Geschick und all ihre Stärke brauchen, um sich an einer glatt geschliffenen Felsdecke festzuhalten, während sie über krummen Türmen hing, die aufgestellt waren wie eine fremde Armee. Eine falsche Bewegung konnte sie in die Säulen schleudern und sie außer Gefecht setzen oder Schlimmeres.

Es war ein winziger Gegenstand, der vielleicht nichts bedeutete. War es das Risiko wert? Sarah stellte sich oft diese Frage, und die Antwort war immer dieselbe: Selbst die kleinsten und scheinbar unwichtigen Gegenstände trugen etwas zum fragmentierten Verständnis der antiken Geschichte bei. Als Archäologin war es ihre Pflicht, zu suchen und zu beleuchten. Ein Artefakt im Feld zurückzulassen, war, wie an einem sterbenden Mann vorbeizugehen, ohne ihm Hilfe anzubieten.

Ja, es war das Risiko wert.

Haarfeine Risse zogen sich über den glatten Fels wie Spinnweben. Sie klemmte ihre Fingerspitzen in eine anderthalb Zentimeter tiefe Einkerbung und streckte sich nach einer anderen. Ihr Bizeps wölbte sich, während sie sich mit einer Hand festhielt und mit der anderen vorrückte. Ein weiterer Windstoß, der Vorbote der Sturmbö, die sich direkt über ihr zusammenbraute, kühlte den Schweißfilm auf ihren bloßen Gliedmaßen und erfrischte sie. So, fand sie, fühlte sich Freiheit an: pur, belebend, vergänglich.

Obwohl er nicht sprach, um ihre Konzentration nicht zu stören, konnte Sarah Daniels Stimme in ihrem Kopf hören; sie sagte ihr, was sie als Nächstes tun musste. *Füße auf Fünf-Null. Kletter weiter. Achte auf den Griff rechts.* Er war ihre Stütze, an diesem und an jedem Tag. Obwohl ihre leidenschaftliche

Unabhängigkeit ihr nicht immer erlaubte, es zuzugeben, brauchte sie ihn.

Sie überprüfte die Hoodoos unter sich. Ihr Ziel war ein Felsnadelpaar, das wie die Läufer eines Schachspiels geformt war. Das graue Sturmlicht dämpfte die unzähligen Variationen von Ocker und verbranntem Umbra, die in die alten Formationen geschichtet waren. Sie strengte sich ein letztes Mal an, um den Rand des Überhangs zu erreichen, und sprang drei Meter auf den Gipfel des hohen Hoodoos hinab. Während sie Atem schöpfte, bemerkte sie den ersten Regentropfen auf ihrem Gesicht. Sie musste sich beeilen.

Während sie die strukturierte Felsnadel hinabstieg, spürte sie den rauen, spröden Abdruck des Steins auf ihrer Haut. Andere hätten die Erfahrung vielleicht für unangenehm gehalten, doch sie betrachtete sie als Würdigung der gewaltigen Präsenz der Formation durch Berührung.

Bis Sarah den Boden des Hoodoo-Felds erreicht hatte, war der Regen stärker geworden. Dort lag es, ein einfaches Holzstück, das vielleicht nicht mehr als Zunder für das Feuer der Pueblo-Indianer gewesen sein mochte, und versank im weichen Schlick.

Sie ging vorsichtig um den Schlamm herum, denn es gab keinen Weg hindurch, und reckte den Körper danach. Selbst vollständig ausgestreckt war sie noch gut anderthalb Meter entfernt. Sie griff nach dem Gegenstand und fiel fast hinein.

»Halt dich fest.« Die Stimme ihres Partners war nah. Sie drehte sich um und sah, wie er den Felsen erklomm, um ihr zu Hilfe zu kommen.

»Beeil dich, Danny. Es verschwindet im Schlamm.«

Die Gewitterwolken über ihnen grollten und übertönten ihre Stimme. Sarah sah zu den aufziehenden Wolken, die sich kräuselten wie schwarzer Rauch, und wusste schon jetzt, dass der

Abstieg die Hölle werden würde. Sie drehte sich wieder zum Artefakt um. Kalte Tropfen malträtierten ihren Rücken und warnten sie, dass ein weiterer Erdrutsch bevorstand.

Schnaufend vom zu schnellen Aufstieg über anspruchsvolles Terrain ließ sich Daniel neben Sarah auf die Knie fallen. »Wir haben nicht viel Zeit«, sagte er. »Wir müssen los, sonst nehmen wir den Schlammaufzug nach unten.«

»Nicht ohne das da.« Sie zeigte auf das Fragment.

»Grundgütiger, Sarah.« Er schüttelte den Kopf. »Wie überredest du mich immer zu solchen Sachen?«

Er hob sie hoch, bis sie ihre Füße gegen seine Hüfte stemmen konnte, und hielt sie fest. Sie beugte sich vor wie eine Akrobatin. Sie hatte das Fragment in der Hand und versuchte gerade, es zu lösen, als ein Dröhnen vom Gipfel der Felswand erklang.

»Wir verschwinden«, rief er über den Lärm hinweg. »Sofort.«

Der Schlamm bewegte und löste sich. Sie schaffte es, den Gegenstand in dem Moment herauszuziehen, als eine Schlammlawine auf sie zugerast kam. Sie steckte es in ihr Shirt.

Er nahm ihre Hand und versuchte dem Ansturm davonzurennen. Sarah sah über ihre Schulter. Die Schlammlawine kam mit der Wildheit eines Wolfsrudels, das seine Beute zur Strecke bringt. Sie gaben ihr Bestes, um ihr aus dem Weg zu gehen, doch sie war zu schnell, zu hungrig. Sie konnten nicht davonlaufen.

Im Nu verschlang die Lawine sie. Ihre Hände wurden von der Wucht getrennt und ihre Körper in entgegengesetzte Richtungen gefegt. Sarah sah Daniels Kopf in der Ferne, rief seinen Namen. Sie konnte kaum ihre eigene Stimme hören.

Der Schlamm stürzte über den Berghang hinunter, riss jeden Baumstumpf, Stein und jedes Lebewesen mit sich, nahm an Fahrt auf, während er auf einen Arroyo am Boden der Schlucht zusauste. Nachdem er durch das alte Flussbett gebraust war, schlug er heftig gegen einen Findling und kam zum Halten.

Sarah war bis zum Kinn eingesunken. Zu ihrer Erleichterung war das Holzstück noch bei ihr. Sie versuchte, sich hoch- und rauszuziehen, aber der Schlamm saugte an ihrer Haut und hielt sie gefangen. Sie spürte, wie sie zentimeterweise tiefer sank, bis ihr der Schlick zu den Lippen reichte. Treibsand. Flüssige Erde.

Sie rief nach Daniel, Nakai, Phoebe, nach jedem in Rufweite. Sie hörte Daniels Stimme hinter sich, konnte aber nicht verstehen, was er sagte.

Ein Automotor heulte auf, als ein Gaspedal bis zum Anschlag durchgetreten wurde. Ein staubiger SUV näherte sich vom anderen, trockeneren Teil des Tals her.

»Sarah, Daniel. Haltet durch!« Phoebe beugte sich aus dem Fenster des Jeeps. Nakai saß am Steuer.

Sarah sank tiefer, schmeckte die sandige Brühe aus verflüssigter Erde. Das Fahrzeug blieb stehen und Nakai stieg mit einem Seil aus. Er band ein Gewicht ans eine Ende und befestigte das andere an der Wagenfront. Er warf es Sarah zu.

»Das Gewicht wird das Seil versenken, dann kannst du danach greifen. Sag Bescheid, wenn du es hast, dann zieh ich dich raus.« Nakai kehrte auf den Fahrersitz zurück.

Sarah bezweifelte, dass das klappen würde, aber sie hatte keine andere Wahl, als dem jungen Assistenten zu vertrauen. Es war vermutlich nicht das erste Mal, dass er so etwas tat. Tatsächlich war es genau, wie er versprochen hatte: Das beschwerte Seil senkte sich in den Schlamm und sie griff danach, wickelte es um ihr Handgelenk, damit es besseren Halt hatte. »Okay«, sagte sie und schluckte einen Mundvoll Schlamm.

Er fuhr langsam rückwärts, ermöglichte es ihr, Stück für Stück aufzutauchen. Als sie sicher draußen war, tat er dasselbe für Daniel.

Sarah kroch auf festen Boden und zog das Holzstück aus ihrem Shirt. Der Regen, wütender denn je, malträtierte ihre

Haut wie tausende kalte Nadeln. Daniel kam herübergestolpert und setzte sich neben sie. Ströme schlammigen Wassers rannen von seinen Haaren in sein Gesicht und über seinen Hals.

Sie setzte sich auf. »Es ist meine Schuld. Ich hätte nicht …«

Er zeigte auf den Gegenstand neben ihr. »Und, war es das Risiko wert?«

Sie fuhr mit dem Finger über die raue Holzfaser. »Ich glaube, es hat eine Geschichte zu erzählen.«

Er lächelte schief, ein vertrauter Gesichtsausdruck, der ihr verriet, dass er eher amüsiert als verärgert war. »Tja, dann schätze ich, wir sollten es ins Labor schaffen.«

Ein Blitz teilte den stahlgrauen Himmel. Ein Windstoß wehte Sarah den Regen ins Gesicht. Sie stand mit zitternden Beinen auf, streckte ihm eine Hand entgegen. Sie konnte es kaum erwarten, nach Ganado zu kommen.

KAPITEL 2

Die Artefakte, welche die Schlammlawine hervorgebracht hatte, lagen unter einem Meterstab auf dem Probentisch, alle in einer Reihe wie Todesopfer eines sinnlosen Massakers. Nichts passte zusammen: Türkisperlen, höchstwahrscheinlich aus einer längst stillgelegten Mine in New Mexiko; eine aus Europa stammende Glasperle, die Händler mitgebracht hatten; eine hellrote Arafeder, vermutlich von südlich der Grenze; ein Stück Holz, an dem gerade noch so eine dünne Schicht weißer Farbe haftete; und ein Fragment einer Kürbisflasche mit oberflächlichen Kratzern, für das bloße Auge unsichtbar, die ihren rituellen Einsatz bestätigten.

Die Pueblo-Indianer der Four-Corners-Gegend trieben eifrig Handel, insbesondere mit ihren mesoamerikanischen Pendants, die die Fähigkeit und die Ressourcen besaßen, die Wüstengegenden des Nordens zu bereisen, und so war das Sammelsurium aus Gegenständen nicht besonders ungewöhnlich. Viel ungewöhnlicher war etwas, das Sarah aus dem Amatl-Kodex übersetzt hatte.

So sicher, wie die Sonne hinter die Hügel sinkt, so nähert sich der Untergang des Heilers.

Das war die allererste Zeile. Ob sie von jemandem geschrieben worden war, der Kenntnis vom Ableben eines anderen hatte oder von seinem eigenen, war unklar. Aber der Hinweis auf den Heiler in Kombination mit der Nähe, in der die Artefakte gefunden worden waren, ließen Sarah eine Beziehung zwischen den Gegenständen vermuten. Sie las die übersetzten Zeilen des Manuskripts wieder und wieder, auf der Suche nach Hinweisen.

Das Gefäß der Geheimnisse ist übergelaufen, jedes aus freien Stücken anvertraute Wort zum Dolch geworden, der auf das Herz des Betrachters zielt.

Und ich sage: Es existiert! Lasst die Tyrannen nicht davon erfahren, sondern behaltet es für unser Volk.

Die Wahrheit hat sich in alle Himmelsrichtungen zerstreut und allein dem Rechtschaffenen wird sie gehören.

Sarah hatte die Worte so oft betrachtet, dass sie nun miteinander verschmolzen, sie verhöhnten. Wer war dieser Heiler, dem man Geheimnisse anvertraut hatte, und wie führte das zu seinem Tod? Bezeichnete »unser Volk« andere Ureinwohner oder jene, die die Sprache des Autors sprachen? Und die Tyrannen – war das ein Bezug auf die Spanier?

Die Einheimischen waren keine Hilfe. Alle Pueblo-Völker hatten ihre mündlichen Überlieferungen, aber wenige waren gewillt, diese mit Außenstehenden zu teilen. Selbst Daniel, dessen Erfahrung als Kulturantropologe ihm dabei half, Informationen durch das Beobachten von Stammespraktiken zu sammeln, stand mit leeren Händen da.

Der beste Hinweis, den sie hatten, war die Sprache selbst: eine frühe Konsonantenschrift, die älter war als Tifinagh, die Sprache der Stämme des Maghreb. Obwohl sie hauptsächlich von den Tuareg und später den Berbern gesprochen wurde, ordnete Sarah diesen speziellen Dialekt der Bergregion des Hohen Atlas zwischen Marokko und Algerien zu. Die Assoziation schien unmöglich, von einem Faktor abgesehen: den Sklaven der spanischen Konquistadoren. Das Problem bei dieser Theorie lag darin, dass beinahe alle Sklaven Analphabeten gewesen waren und somit unfähig, etwas derart Komplexes zu verfassen.

Sie hielt eine Lupe an die Seiten und studierte die Buchstaben, die Tintenflecke und das Papier selbst, das nach traditioneller

Amatl-Art hergestellt zu sein schien: mithilfe von Baumrinden und Steinholländern. Amatl wurde seit der Aztekenzeit in Mexiko benutzt, zumeist zu rituellen oder offiziellen Zwecken. Vielleicht hatten die Spanier das Papier aus diesem Grund verboten, es als ein Mittel der Hexerei verworfen, aber manche Dörfer im Norden Mexikos hatten es weiterhin hergestellt, um den unliebsamen Unterdrückern zu trotzen.

»Sarah?«

Sie drehte sich in die Richtung der schwachen Stimme. Phoebe stand im Eingang zum Raum. Sie trug alte Jeans und Cowboystiefel.

»Nakai hat mich zum Reiten in den Blue Canyon eingeladen. Darf ich?«

Nakai hatte sich mit Phoebe angefreundet, behandelte sie wie seine kleine Schwester. Wenn sie nicht arbeiteten, hatte er Freude daran, ihr Dinge zu zeigen, die ihr – unglaublicherweise – fremd waren: den Nachthimmel zu deuten, ein Omelett zuzubereiten, ein Feuer zu entfachen. Er hatte davon gesprochen, sie auf ein Pferd zu setzen, hatte gesagt, es gäbe keine stärkere Bindung auf der ganzen Welt als die zwischen Pferd und Reiter. Sarah vertraute seinen Fähigkeiten – er kannte jede Klamm und jede Serpentine der Badlands von Ostarizona und er kannte die Geschichte seines Volkes so gut, wie die Tauben die Morgendämmerung kannten –, aber sie war noch immer nicht sicher, was seine Absichten betraf.

Außerdem war der Blue Canyon ein schwieriges Stück Hinterland, weit weg von Ganado. So viel konnte passieren.

Sarah klappte ihre Akten zu und stand auf. »Weißt du, ich könnte mir auch mal die Beine vertreten. Hast du was dagegen, wenn ich mitkomme?«

Phoebes Züge bildeten ein zurückhaltendes Lächeln. »Nein. Wenn du nicht zu beschäftigt bist.«

Sarah glaubte, einen Funken Freude in ihrem jungen Schützling zu sehen. Das passierte nicht oft. An den meisten Tagen nahm das Mädchen die Forschungsarbeit still in Angriff und vermied den Kontakt mit anderen Teammitgliedern. Sarah kannte ihre Geschichte, weswegen es sie nicht überraschte. Seit sie sich vor einem Jahr in den Bergen Zentralgriechenlands begegnet waren, hatte Phoebe einem ganzen Berg von Dämonen eine Identität abringen müssen. Sie hatte die Wahrheit darüber, was ihr widerfahren war, nicht sofort begriffen. Stattdessen kam die Erkenntnis in Stößen und Schüben, die ihr emotionales Pendel zwischen absoluter Stärke und nackter Verzweiflung hin und her schwingen ließen.

Es brach Sarah das Herz, ein Kind so kämpfen zu sehen. Sie und Daniel hatten Phoebe unter ihre Fittiche genommen, um sie von ihrer Vergangenheit abzulenken und ihr beizubringen, die Zukunft durch die Linse der menschlichen Geschichte zu deuten. Die Wildnis des amerikanischen Westens, mit ihren urgewaltigen Felsformationen, riesigen Weiten und jahrtausendealten unentdeckten Geheimnissen, schien ein guter Ort dafür zu sein. Doch psychologisches Trauma war ein mächtiger Gegner.

Sarah legte einen Arm um Phoebes Schulter. »Blue Canyon also? Das ist Hopi-Land.«

»Nakai hat einen Freund, der Pferde an Touristen vermietet und uns helfen kann, einen Führer zu finden.« Sie warf Sarah einen Blick zu. Ein Hauch von Angst lag in ihren großen, haselnussbraunen Augen. »Ich saß noch nie auf einem Pferd.«

»Mach dir keine Sorgen. Pferde in Mietställen sind normalerweise älter und ziemlich gutmütig.« Sie lächelte. »Ich bin sicher, sie brechen nie aus dem Trab aus.«

Blue Canyon, eine sedimentäre Felseneinöde am östlichen Rand des Painted Desert, lag eine zweistündige Fahrt von Ganado entfernt, wo das Archäologenteam die Arbeit aufgenommen hatte. Sarah hatte einen Arm ins offene Fenster, den anderen über das Lenkrad eines einfachen, mit Segeltuch überdachten Jeeps gelegt. Sie rückte ihre Aviator-Sonnenbrille zurecht, um sich gegen die Mittagssonne zu schützen, die ohne Gnade auf die ockerbraune Wüste herabbrannte.

Sie sah Phoebe im Rückspiegel an. Die gesamte Fahrt über hatte das Mädchen mit den Knien an der Brust dagesessen und aus dem Fenster gestarrt. Lange Büschel krausen, rotbraunen Haars waren zu einem hohen Pferdeschwanz zusammengefasst, der aus der khakifarbenen Baseballkappe herausragte, die sie Tag und Nacht trug. Sarahs Einschätzung nach versteckte sich Phoebe vielmehr unter der Kappe, als dass sie sie gern mochte.

Phoebes Verhalten stand im krassen Gegensatz zu Nakai. Der Vierundzwanzigjährige war in das Display seines Handys vertieft, scrollte und tippte die ganze Zeit darauf herum. Ab und zu hörte er damit auf und klopfte mit den Fingern, die von verschieden gravierten Silberringen geziert wurden, zu einem Rhythmus, den ihm voluminöse Kopfhörer zu hören gaben.

Als sie Tonalea erreichten, das Tor zum Canyon, zog Nakai die Kopfhörer ab und schüttelte die glänzenden schwarzen Strähnen zurück, die ihm ständig ins Gesicht hingen.

»Hier rechts abbiegen«, sagte er. »Am Ende des Wegs steht eine Scheune. Mein Freund wird uns da treffen.«

Sarah bog wie angewiesen ab und folgte einer unbefestigten Straße. Während die Reifen über die ausgedörrte Erde rollten, erhob sich eine Staubwolke vom Boden und hüllte den Horizont in einen safrangelben Schleier. Anders als am Ostrand des Staates hatte es hier seit Monaten nicht geregnet.

Der Freund – ein kleiner, quadratischer Mittzwanziger in staubigen Jeans, einem karierten Hemd und einem Cowboyhut – war nicht der Typ für überschwängliche Begrüßungen. Er schlug Nakai auf den Rücken und zeigte auf drei an einem Pfosten vor der Scheune angebundene Pferde, dann schlenderte er davon. Nakai machte sich daran, zwei fuchsbraune Quarter Horses für Sarah und sich selbst und ein gescheckte Pony für Phoebe zu satteln.

Sarah wandte sich an Phoebe. »Ich denke, das Pony passt zu dir. Komm, lernen wir es kennen.«

Mit seinem gefleckten Fell aus Schattierungen von Rotfuchs bis Schimmel stand das Pony ganz still da, während Phoebe seinen Nacken mit einem Geschick streichelte, das ihre Unerfahrenheit Lügen strafte. Obwohl Sarah seit ihrem sechsten Lebensjahr ritt, hatte sie selten einen Reitanfänger eine sofortige Bindung zu einem Pferd haben gesehen. Sie hoffte, es wäre ein gutes Vorzeichen für den Ausritt.

Die drei folgten einem schmalen Pfad zum Eingang des Canyons, wo zwei Männer sie erwarteten. Derjenige zu Pferde näherte sich. Er sah jung aus, als sei er vielleicht noch in der Highschool.

»Ihr habt einen Führer verlangt?«

»Ja. Bist du das?«

Der junge Hopi musterte den männlichen Begleiter. »Hier entlang.«

Der Führer ritt voraus und hielt den Kontakt auf einem Minimum. Sarah schloss zu ihm auf. »Ich bin Sarah. Wie heißt du?«

»Sarah. Sie haben einen merkwürdigen Akzent.«

»Ich bin Britin. Aus London.«

»Ich weiß nicht, wo das ist.«

Einen Moment lang war Sarah sprachlos. Dann begriff sie, dass er vermutlich nie herkömmlichen Unterricht gehabt hatte.

»Das liegt in Europa. Fünftausend Meilen weit weg.«

»Was machen Sie in Arizona?«

»Die Sehenswürdigkeiten besuchen. Wirst du mir deinen Namen verraten?«

Er blickte geradeaus. »Tocho. Und das hier …«, er tätschelte den Hals des Pferdes, »… das ist Trigger.«

»Woher kommst du, Tocho?«

»Stellen alle britischen Ladys so viele Fragen?«

Tocho schien nicht in Stimmung für einen Plausch zu sein. Sarah ließ ihn in Ruhe, richtete ihre Aufmerksamkeit auf die Landschaft, die sich ringsum erstreckte. Dieser Ort, mit seinen roten Sandsteinmonolithen und Tafelbergen, die sich aus der trockenen Erde erhoben, hatte etwas Ehrwürdiges an sich. Die Felsformationen, von ewigem Wind geformt und von hohen Anteilen von Eisenoxid gefärbt, überragten die Menschen, lehrten sie Demut. Sarah stellte sich vor, wie sich die ersten Bewohner, Einwanderer aus Ländern voll Eis und Schnee, gefühlt haben mochten, als sie diesen gewaltigen Gebilden vor tausenden von Jahren zum ersten Mal begegneten. Auf sie mussten sie wie Götter gewirkt haben, beeindruckende Steingottheiten, die ein Schicksal verbessern oder zerstören konnten, je nach Laune.

Sie ritten um eine Biegung auf eine Ansammlung roter Findlinge zu. Aneinandergedrängt wie Flüchtlinge erröteten die kräftigen Felsformationen unter den Strahlen der schmeichelnden Nachmittagssonne. Ihre rostfarbene Oberfläche wurde von weißen Kreuzstrichen unterbrochen, die so perfekt angeordnet waren, dass sie wie von Menschenhand gemalt wirkten – und doch war es allein das Werk der Natur. Direkt dahinter, bei einer Ansammlung kleiner Sandstein-Hoodoos die auf vermenschlichende Art von roten Kappen gekrönt waren, gabelte sich der Weg.

»Wir sollten den linken Pfad nehmen«, rief Nakai. »Dort gibt es einige interessante natürliche Petroglyphen.«

Tocho warf einen Blick auf Phoebe, dann auf Sarah. »Der Weg ist anstrengender. Ist das für alle in Ordnung?«

»Phoebe ist Reitanfängerin«, sagte Sarah. »Wenn es gefährlich ist ...«

»Ich komm schon klar«, warf Phoebe mit scharfer Stimme ein.

Sarah machte sich eine gedankliche Notiz über den Ausbruch. Sie würde später mit ihr darüber sprechen. »Ja, dann. Reite voraus, Tocho.«

Die Pferde trotteten zwischen Reihen von Salbeisträuchern tiefer in den Canyon hinein. Sie bogen auf einen schmaleren Pfad ab, der für Fahrzeuge unerreichbar war, und betraten eine Schlucht. In einer Reihe folgten die Pferde einer geschlungenen Route durch steile Klippen, die das Tageslicht verdunkelten und den Weg in Schatten tauchten.

Sarah hörte ein Wiehern und sah über ihre Schulter. Phoebe hatte Probleme mit ihrem Pferd. Der Schritt des Ponys war voller nervöser Energie und seine Augen waren so geweitet, dass das Weiße funkelte.

»Was ... was soll ich machen?«

»Hab keine Angst.« Sarahs Stimme war ruhig. »Das kann sie spüren.«

Sarah ritt langsam rückwärts und griff nach den Zügeln. Als erfahrene Reiterin, die jahrelang Pferde besessen hatte, war sie zuversichtlich, dass sie die Situation unter Kontrolle bekäme.

»Alles gut, Mädchen«, flüsterte sie dem Pony zu. »Dich hat was erschreckt, das ist alles.«

Doch plötzlich rannte Phoebes Pferd davon, drängte sich im Versuch, die Felsspalte zu verlassen, an den anderen Reitern vorbei. Phoebe schrie gellend.

Die drei Reiter hasteten ihr hinterher. Sarah grub ihren Absatz in die Flanke der Stute und beugte sich tief hinunter, während das Pferd über die rote Erde jagte. Seine Fuchsmähne flatterte ebenso wie die langen Flachslocken seiner Reiterin. Sarahs Augen brannten vom Ansturm aufgewirbelten Sandes und das beeinträchtigte ihre Sicht. Sie kniff die Augen zusammen, um den Schaden zu minimieren.

Nakai schloss auf und galoppierte neben ihr her. »Ich kann sie sehen«, rief er.

Sarah spähte durch den Staub und sah das gescheckte Pony auf ein riesiges Blockfeld zurennen. Zu ihrer Erleichterung war Phoebe noch im Sattel. Sie zwang ihre Stute zur Höchstgeschwindigkeit. Ihr Herzschlag raste im Einklang mit den Schritten des Pferdes. In Sekundenschnelle verringerte sie den Abstand genug, um zu sehen, wie Phoebes Pferd abrupt vor einem der windgeformten Felsen stehen blieb. Phoebe schwankte und einer ihrer Füße rutschte aus dem Steigbügel.

»Halt dich fest!« Sarah biss die Zähne zusammen. Sie war so nah.

Das Pony bäumte sich auf. Sarah musste zweimal hinsehen: War da ein zweites Pferd?

Phoebe schrie, als sie den Halt im Sattel verlor und rückwärts fiel. Durch den Staubschleier hindurch beobachtete Sarah, wie sich der Reiter herabstieß, um das stürzende Mädchen zu packen und sie auf seinen eigenen Sattel zu heben. Tocho. Er musste eine Abkürzung genommen haben, um vor ihnen hier zu sein.

Sarah und Nakai erreichten sie nur Sekunden später und brachten ihre Pferde zum Stehen. Sarah sprang aus dem Sattel und rannte zu Phoebe. Außer Atem krächzte sie: »Geht's dir gut?«

Tocho half Phoebe hinunter. Er sah genauso erschüttert aus wie sie.

Das Mädchen erreichte den Boden mit zitternden Beinen. Als Sarah sie in den Arm nahm, warf sie einen Blick auf den roten Felsen hinter ihr. Zwischen den scheinbar zufälligen natürlichen Schnörkeln befand sich ein Kreis mit einem Fleck dahinter, wie eine Sonne, die versuchte, hindurchzuspähen. Ein kleinerer Kreis schwebte über dem größeren, oben rechts. Sie schauderte.

Sarah wandte sich an Tocho. »Was ist das für ein Ort?«

»Sightseeing, was?«

»Wie bitte?«

Er zeigte auf Phoebes Kappe. »University of Arizona, Abteilung für Archäologie. Sehen Sie? Wir können lesen.«

Sarah verfluchte sich dafür, nicht früher an die Kappe gedacht zu haben. »Du bist Traditionalist. Es tut mir leid, wenn wir dich beleidigt haben.«

»Lass gut sein, Mann«, sagte Nakai. »Die Archäologen sind nicht der Feind.«

»Nein.« Er sah den Navajo böse an. »Der Feind ist unser eigenes Volk, das unsere Werte verrät.«

Der Seitenhieb trieb Nakai das Blut ins Gesicht. »Du weißt gar nichts darüber. Es sollte uns freistehen, unsere Bestimmung zu wählen, anstatt Sklaven irgendeiner antiquierten Lebensweise zu sein.«

Sarah gefiel die aufkommende Energie nicht. »Nakai, bring Phoebe zurück. Wartet im Auto auf mich.«

»Ich will nicht gehen«, protestierte Phoebe.

»Tu, was ich sage.« Sarahs Tonfall war streng.

Phoebes herabgezogene Mundwinkel waren Beweis für ihren Unmut. Das Mädchen ließ sich von Nakai auf den Sattel seines Pferdes helfen, sodass sie gemeinsam zurückreiten konnten.

Sarah sah zu, wie sie fortritten, während die Sonne ihren Abstieg über den Westhimmel antrat und die Findlinge und

Felsnadeln in Schattierungen eines wütenden Feuers tauchte. Sie betrachtete den jungen Hopi eingehend. Er sah aus wie achtzehn, vielleicht neunzehn, und trug komplett schwarze Kleidung, die zu seinen Haaren und seinen Augen passte. Einfarbige grüne Adler und Ponderosa-Kiefern waren dilettantisch auf seine Unterarme tätowiert – zu Hause gestochen, vermutete sie. Im Widerspruch dazu besaß er eine schlanke, beinahe weibliche Knochenstruktur und glatte, rötlich-braune Haut, die aussah, als wäre noch nie auch nur ein einziges Haar auf ihr gewachsen.

Er blickte nach Westen, die ungeschützten, zusammengekniffenen Augen auf den Himmelskörper gerichtet, der über dem Horizont schwebte. »Die Tour ist vorüber.«

Sarah wusste es besser, als weitere Fragen zu stellen. Die Hopi waren notorisch verschlossen, besonders jene, die sich einer traditionellen Lebensweise verschrieben hatten. »Danke, dass du Phoebe das Leben gerettet hast. Wie kann ich mich revanchieren?«

»Von Ihresgleichen will ich nichts.«

»Ich werde mich nicht für meinesgleichen entschuldigen, besonders nicht, weil es viele gab, die Grenzen überschritten haben. Aber manche von uns haben nicht vor, eure Überzeugungen zu instrumentalisieren, sondern vielmehr, die Vergangenheit zusammenzufügen. Ich will doch meinen, dass das einen Wert für dich und dein Volk besitzt.«

»Kein Interesse. Wir wissen alles, was wir über unsere Vergangenheit wissen müssen.«

»In Ordnung.« Sie bestieg ihr Pferd.

»Bereit, wenn du es bist.«

Er nickte in Richtung des Blockfelds. »Wenn Sie mehr über diesen Ort wissen wollen, warum fragen Sie nicht das Mädchen?«

Der Vorschlag verdutzte Sarah. »Das verstehe ich nicht.«

Er schnalzte mit der Zunge und sein Pferd trottete über den gesprungenen Lehmboden auf den Pfad, dann im Galopp davon.

KAPITEL 3

Sarah lag auf einer harten Matratze und starrte die Decke des *Hogan* an. Die nackten Holzbalken gingen wie Sonnenstrahlen von einer Öffnung in der Mitte aus, die es der Nachtluft ermöglichte, im kuppelförmigen Lehmgebäude zu zirkulieren. Sie sah durch das Rauchloch zum Nachthimmel. Der Regen hatte aufgehört und zurückgeblieben war ein Panorama aus in einem Strudel kosmischen Staubs gefangener Himmelskörper.

Der Geruch von Wacholderglut hing vor ihrer Tür. Die Lagercrew saß noch immer am Feuer, aber sie hatte sich nach der Konfrontation früh zurückgezogen.

Sie hatte die Absicht gehabt, Phoebe nach den Petroglyphen zu fragen, Tochos Bemerkung darüber, dass sie ihre Bedeutung aus irgendeinem Grund kannte, näher zu beleuchten. Aber bei solchen Dingen kam es aufs Timing an, weswegen Sarah es langsam angehen wollte. Zumindest hatte sie geglaubt, es zu tun.

Sie ging das Gespräch in Gedanken durch und versuchte festzustellen, ab wann es schiefgelaufen war.

Sarah hatte neben Phoebe beim Feuer gesessen.

»Ist alles okay?« Sie bemühte sich, heiter zu klingen, oder doch wenigstens harmlos. »Ich hab mir vorhin Sorgen um dich gemacht.«

Phoebe stocherte mit einem langen Stock im Feuer. »Alles gut. Schätze ich.«

»Willst du über das reden, was passiert ist?«

»Ich hab nichts falsch gemacht. Vielleicht solltest du das Pferd fragen.«

Es war die zweite spitze Bemerkung innerhalb von wenigen Stunden. Sarah hielt es nicht für klug, ihr das durchgehen zu lassen. »Ich gebe dir keine Schuld, Phoebe. Ich will nur helfen. Es gibt keinen Grund für so ein Verhalten.«

Phoebe schürte die Glut. Funken flogen in die Luft wie Glühwürmchen. »Ich will einfach nicht darüber reden.«

»Schau mal, wir sind ein Team, das auf ein gemeinsames Ziel hinarbeitet. Wir müssen ehrlich zueinander sein, selbst wenn wir Zweifel oder Ängste haben.« Sie legte eine Hand auf den Rücken des Mädchens. »Solange du hier bist, ist es meine Verantwortung, mich um dich zu kümmern. Ich möchte, dass du mir vertraust.«

Phoebe sagte nichts und Sarah fuhr fort – obwohl sie sich jetzt wünschte, es nicht getan zu haben. »Ich habe in letzter Zeit eine gewisse Gereiztheit an dir beobachtet. Dein Ton … deine Körpersprache … du warst anders. Bitte sag mir, was los ist.«

Das Mädchen warf den Stock zu Boden. »Ich hab gesagt, dass ich nicht darüber reden will.«

»Das ist unakzeptabel, Phoebe. Ich will, dass du auf dein Zimmer gehst und über dein Verhalten nachdenkst.«

»Du bist nicht meine Mutter«, fauchte sie und schreckte dann zurück.

Sarah blieb ruhig, auch wenn die Bemerkung sie aufwühlte. »Ich denke, du solltest dich entschuldigen.«

Phoebe sprang auf. »Entschuldigung«, sagte sie spöttisch, bevor sie sich umdrehte und zu ihrem Hogan ging.

Während sie ihr eigenes Verhalten durchleuchtete, erkannte Sarah den Fehler in ihrer Herangehensweise. Sie hätte mitfühlender sein sollen, geduldiger, doch sie hatte automatisch auf die abscheulichen Methoden ihres Vaters zurückgegriffen, ohne es zu merken. Selbst die Anweisung: »Denk über dein Verhalten nach«, kam direkt aus Sir Richard Westons antiquiertem Erziehungshandbuch. Der große Parlamentsabgeordnete, der nie Zeit gefunden hatte, mit seiner einzigen Tochter zu sprechen, geschweige denn sie zu verstehen, fuhr eine harte Linie, die an Schikane grenzte, gerade so wie er mit Politikern umging, die seinen Standpunkt nicht teilten. Kommunikation? Nicht vorhanden. In der Folge war ihr Verhältnis während ihrer Jugend angespannt gewesen und hatte sich bis zu dem Punkt verschlechtert, an dem sie nicht mehr miteinander sprachen. Sie wollte nicht, dass dasselbe mit Phoebe geschah, selbst wenn das Mädchen nur vorübergehend in ihrer Obhut war.

Ein Klopfen erschreckte Sarah. »Ich bin's.«

Sie schwang die Füße auf die Navajo-Teppiche, die auf dem gehärteten Lehmboden ausgebreitet lagen, und rief der vertrauten Stimme zu: »Komm rein.«

Daniel schloss die Tür und setzte sich neben sie aufs Bett. Er war gerade aus einem Labor in Phoenix zurückgekehrt, wohin er einige Artefakte zur Radiokarbondatierung gebracht hatte. Es war ungewöhnlich, ihn in sauberen Kleidern zu sehen, die schulterlangen mahagonibraunen Haare zu einem ordentlichen Zopf gebunden. Während der Ausgrabungen kannten sie keinen solchen Luxus.

»Ich war auf der Suche nach dir, und die Männer meinten, du warst schon vor neun verschwunden«, sagte er. »Ist alles okay?«

»Der Tag war nicht der beste.«

»Kann ich helfen?«

»Nur ein weiterer komischer Moment mit Phoebe.« Sarah hatte Daniel von den Spannungen zwischen ihr und Phoebe in jüngster Zeit in Kenntnis gesetzt. Es hatte dezent genug begonnen: Mit einer Jugendlichen, die bei der Arbeit die Augen über die Anweisungen ihrer Leiterin verdreht hatte. Dann war Phoebe immer mehr für sich geblieben und hatte nur mit Nakai und gelegentlich Daniel gesprochen. Bis zu diesem Tag war sie Sarah gegenüber nicht aggressiv gewesen, aber rückblickend erkannte Sarah, dass das Mädchen sie die ganze Zeit ausgeschlossen hatte.

»Wir haben einen kleinen Geländeritt im Blue Canyon unternommen – Phoebe, Nakai und ich. Etwas hat ihr Pferd erschreckt und es rannte durch den kompletten Canyon in ein Blockfeld hinein. Ohne unseren Hopi-Führer hätte es mit ihr aus sein können.«

»Das ist nicht gerade ungewöhnlich. Manche der Pferde waren früher wild. Diese Typen schnappten sie aus den Canyons, warfen Sättel auf sie und gaben ihnen nicht die Spur eines Trainings.«

»Das ist nicht der merkwürdige Teil.« Sie öffnete ihren Laptop und rief die Datei mit den Bildern der Hochhöhle in Canyon de Chelly auf. Sie stoppte beim Foto der Inschrift. »Eine exakte Kopie dieses Zeichens befand sich auf einem der Findlinge.«

»Ach was. Ich hatte nicht gewusst, dass es Felsmalerei im Blue Canyon gibt.«

»Es ist eine natürliche Petroglyphe. Mit schönen Grüßen der Elemente.« Sie zeigte auf das Foto auf dem Bildschirm. »Wer immer das eingeritzt hat, hat davon gewusst.«

»Hast du versucht, die Geschichte der Findlinge herauszubekommen? Ist es eine heilige Stätte oder so?«

»Wann hast du mal einen aufgeschlossenen Hopi getroffen?«

»Gutes Argument. Wir müssen es auf einem anderen Weg herausfinden.«

»Der Führer hat was Interessantes gesagt: Wenn Sie mehr über diesen Ort wissen wollen, warum fragen Sie nicht das Mädchen?« Sarahs Blick wanderte zur Wand aus nackten Holzbalken und Rinde, die als Isolierung dazwischen steckte. Ein

Windhauch wehte durch die Öffnung in der Decke und ließ sie frösteln. »Tja, ich hab mit Fingerspitzengefühl versucht, dieses Gespräch anzufangen, und Phoebe hat mir fast den Kopf abgerissen. Sie hat sogar gesagt: Du bist nicht meine Mutter. Das hat wehgetan.«

»Nimm es nicht persönlich, Süße.« Er zählte an den Finger auf, beim Daumen angefangen: »Sie hat ihre Mutter verloren, ihr Vater ist im Gefängnis, weil er sie eingesperrt hatte, ihr Bruder ist querschnittsgelähmt, und sie ist fast vierzehn. Ich würde sagen, das macht sie ziemlich empfindlich.«

Sie stieß den Atem aus. »Es ist schwer, oder?«

»Sich um ein Kind zu sorgen, meinst du?«

»Dieses Kind insbesondere. Ich will ihr helfen, alles zu verarbeiten, aber ich bin nicht sicher, ob ich das Richtige tue. Wir scheinen auf Schritt und Tritt aneinanderzugeraten.«

»Du bist ein guter Mensch, Sarah. Du bist klug, mutig, gerecht – das beste Vorbild, das ein Mädchen haben kann. Ich weiß, dass Phoebe das erkennt. Zweifle nicht an dir.«

»Ich wünschte mir einfach, sie würde so mit mir reden wir mit dir und Nakai.«

»Sechs Jahre lang hatte es nur Männer in ihrem Leben gegeben. So fühlt sie sich wohl. Und sie wurde einer Gehirnwäsche unterzogen, damit sie glaubte, ihre Mutter hätte sie im Stich gelassen. Wahrscheinlich hat sie gelernt, Beziehungen zu Frauen zu misstrauen. Es wird Zeit und Liebe kosten, aber sie wird einlenken.« Er strich ihr übers Haar. »Jetzt schlaf ein bisschen. Morgen geht es früh los.«

»Danke, Danny.« Sie begleitete ihn zur Tür und küsste ihn auf die Wange, direkt über einen übergriffigen Bart. »Wir sehen uns morgen früh.«

Sarah beobachtete, wie Daniel in das Leuchten eines silbernen Monds hinein schritt, bis seine schlanke, fast einen Meter neunzig große Figur mit den Schatten der Felsenlandschaft verschwamm. Sie gab es nicht oft zu, doch seine Stärke und sein gesunder Menschenverstand machten es wett, wenn es ihr daran mangelte. Sie ging davon aus, dass es umgekehrt genauso war. Allein waren sie schrecklich unvollkommene Wesen; gemeinsam kannten sie keine Grenzen.

Sie ging zum Bett und setzte sich auf die Kante, kämmte ihre unordentlichen blonden Locken mit den Fingern durch. Ohne ihre staubige Tageskleidung auszuziehen, legte sie sich mit einer Hand unterm Kopf hin und dachte darüber nach, was sie am Morgen zu Phoebe sagen würde.

Abwesend sah sie zum Holzofen in der Mitte des Raums und dem Rauchrohr, das ihn mit dem Loch in der Decke verband. Direkt unter der Öffnung stieß ein senkrechter Stützbalken auf das Ende des Rohrs, was dem Gebilde eine merkwürdige, kreuzartige Erscheinung verlieh.

Mit weit aufgerissenen Augen setzte sich Sarah auf und flüsterte: »Das ist es.«

KAPITEL 4

Selbst die vollkommene Stille des Ödlands konnte die Unruhe in Phoebes Kopf nicht mindern. Der gehärtete Lehm kühlte ihren Rücken, während sie an der Außenwand des Hogan lehnte und zum Horizont blickte. Sternschnuppen schossen über den mitternächtlichen Himmel. Ihre platingrauen Schweife lösten sich schneller in der Schwärze auf, als man blinzeln konnte. Hier war Schönheit flüchtig: Man durfte sie nicht für selbstverständlich halten.

Sie konnte nicht aufhören, über den Zwischenfall im Blue Canyon nachzudenken. Nicht wegen der Panik, die sie auf dem Rücken eines mit Höchstgeschwindigkeit rennenden Pferdes verspürt hatte, obwohl das auch zutraf, sondern wegen der Beförderung an einen Ort, dessen Zweck ihr unmissverständlich war. Sie wusste es, und der Hopi-Führer wusste es.

Was sie am meisten beunruhigte war die Vision. Sie hatte keine mehr gehabt, seit sie in Delphi unter der Erde gefangen gehalten worden war, wo sie nur an die Oberfläche gekommen waren, wenn die Wölfe heulten und Flammen zu Ehren eines falschen Gottes brannten. In der ununterbrochenen Dunkelheit ihrer Gefangenschaft floh sie in Träume – vom Sonnenschein, vom Geruch des Meeres, von Gelächter, von einer Mutter, die sich mit ihr in einem Mohnblumenfeld drehte.

Wird der Verstand aller Stimuli beraubt, erschafft er seine eigenen. In sechs Jahren der Isolation unter dem Vorwand, sie sei das leibhaftige Orakel von Delphi, hatte Phoebe ihren Sinn für Intuition so sehr geschärft, dass es beinahe an Telepathie grenzte. Der Mann, der sie gefangen hielt, war damit zufrieden gewesen. Es bedeutete, dass sie bereit war für, wie er es nannte,

»die Rolle, für die sie bestimmt war«; dem Allerheiligsten der Kultstätte Delphi vorzustehen und die Zukunft zu prophezeien. Um sicherzustellen, dass die Wahnbilder ungehindert flossen, hatte er sie gezwungen, Ethylen einzuatmen, und behauptet, so hätten die Priesterinnen der Antike ihre Fertigkeiten verbessert.

Sie hatte ihm glauben wollen. Er war schließlich ihr Vater.

Das Knacken eines brechenden Zweiges ließ sie hochfahren. Sie machte zwei Schritte vom Hogan weg, blieb aber wie angewurzelt stehen, als sie es wieder hörte, diesmal näher. Ihre Haut kribbelte und ihr Verstand sprang zwischen Angst und Neugier hin und her.

Sie sprach leise. »Wer ist da?«

Keine Antwort. Sie trat tiefer in die Schatten und wartete darauf, dass wer – was – auch immer dort draußen war, sich zeigte.

»Hast du Angst?« Eine männliche Stimme erklang irgendwo rechts von ihr.

Sie drehte sich in seine Richtung. »Zeig dich.«

Die Gestalt trat vor und blieb in zehn Schritten Entfernung stehen. Er trug einen grauen Hoodie, dessen Reißverschluss bis oben zugezogen war und dessen Kapuze seinen Kopf bedeckte, aber sein Gesicht war unverkennbar, selbst im Licht der Sterne. Seine Augen, schmal und länglich wie die einer wütenden Katze, saßen tief zwischen dunkeln, schrägen Brauen und definierten Wangenknochen. Als er die Kapuze abzog, spiegelte sich ein kleiner Streifen Mondlichts in den Ringen an seinen Fingern.

»Nakai.« Sie rollte mit den Augen, aber insgeheim war sie froh, ihn zu sehen. Er war ihr einziger Freund an diesem trostlosen Ort. »Was willst du hier?«

Er lachte. »Nur mal nach dir sehen, Dummchen. Du hast beim Abendessen keine zwei Worte gesagt, und dann war da dieser Streit mit Sarah. Worum ging's da?«

»Das Übliche. Sie hat mich wie ein Kind behandelt.«

»Sie ist ein bisschen überfürsorglich. Ich schätze, so sind Vormunde eben.«

»Sie ist nicht mein Vormund.« Phoebe sprach lauter, als sie es beabsichtigt hatte. »Ich soll nur den Sommer mit ihr und Daniel verbringen. Bald werde ich zu meiner eigenen Familie nach Hause gehen.«

»Familie? Erzähl mir von ihnen.«

»Es gibt keine *sie*. Nur meinen Bruder. Halbbruder, eigentlich. Wir haben verschiedene Mütter.«

»Ich hab auch einen Halbbruder. Und ein paar Halbschwestern.« Er kicherte. »Mein alter Herr ist viel rumgekommen.«

»Tja, weißt du, mein alter Herr ist im Knast.«

Nakais Auge zuckte. Er sah weg, änderte das Thema. »Hör mal, es tut mir leid, was im Blue Canyon passiert ist. Ich hätte nicht darauf bestehen sollen, die anspruchsvollere Route zu nehmen.«

»Es ist nicht deine Schuld. So was passiert.«

»So was passiert? Du wärst fast gestorben.« Er beugte sich näher. »Was hat der Führer zu dir gesagt?«

»Können wir über was anderes sprechen?«

»Phoebe, ich kenne den Kerl. Er ist ein kompromissloser Traditionalist aus Oraibi, einem alten Hopidorf. Leute wie mich hat der auf dem Kieker. Er denkt, dass wir alle Schafe hüten oder Mais pflanzen sollten, denn ansonsten sind wir nicht indianisch genug. Was immer er zu dir gesagt hat, es ist Gift. Spuck es aus.«

Die Erinnerung an die Begegnung ließ sie erschaudern. Tocho hatte gewusst, was sie gesehen hatte, sogar schon, bevor sie damit herausgeplatzt war. Die Worte, die er gesagt hatte, brannten ihr noch immer im Bewusstsein. Sie schlang sich die Arme um die Brust und richtete ihren Blick zu Boden.

Nakai griff nach ihren Armen. »Ich will nicht, dass er deinen Verstand verdirbt, Phoebe. Erzähl mir, was er gesagt hat.«

In den Augen des jungen Navajo funkelte etwas, das sie als Aufrichtigkeit auslegte. Vielleicht konnte er ihr helfen, es zu verstehen. »In Ordnung. Er hat etwas von einem Mönchskreuz gesagt.«

»Tatsächlich.« Er wich zurück. Sein Ausdruck war plötzlich ernst. »Was ist damit?«

Eine unsichtbare Hand drehte ihr den Magen um. Sie hatte Angst, zu viel gesagt zu haben. Die Vision wiederholte sich in ihrem Kopf: Ein Holzkreuz, weiß bemalt und mit merkwürdigen Buchstaben beschrieben, erhob sich aus den Findlingen und barst mit einer Explosion in Stücke, die nichts als Licht zurückließ.

Sie verspürte einen Stich von Schuldgefühl. »Vielleicht sollte ich erst Sarah und Daniel davon erzählen.«

»Denkst du, sie werden dir glauben? Ich meine, du hast doch gesagt, sie tun deine Ideen ab und behandeln dich wie ein Kind.« Er zuckte mit den Schultern. »Es ist deine Entscheidung. Aber wenn du mit jemandem reden willst … ich bin immer für dich da.«

Obwohl sie ein vager, ungestalter Gedanke in ihrem Hinterkopf dafür schalt, erzählte Phoebe Nakai von der Vision, ließ kein Detail aus. Sie erzählte ihm sogar, was Tocho gesagt hatte: »Halte dich vom Mönchskreuz fern. Es bringt nichts außer Verderben.«

Nakai schüttelte den Kopf. »Er redet nur Mist. Die Geschichte des Kreuzes ist ein alter Mythos, den die Großmütter den Kindern erzählten, um sie vor den Unterdrückern zu warnen. So etwas gibt es nicht.«

Sie wollte ihm glauben, damit sie nicht länger von einem Bild verfolgt würde, das so real erschien, wie der matschige Lehm unter ihren Füßen. Sie wollte es mit einem Lachen abtun, es auf das Regalbrett der schlechten Träume stellen, es in einem Kessel voller Realität und Vernunft auflösen. Sie hatte geglaubt, es jemandem zu erzählen, würde ihr dabei helfen. Aber trotz ihrer größten Anstrengungen, es zu verdrängen, blieb es.

»Da du dich mir anvertraut hast, will ich dir auch etwas anvertrauen«, sagte er. »Ich hab vor ein paar Tagen etwas gehört, das du wissen solltest. Es geht um Sarah.«

KAPITEL 5

Es konnte nicht bis zum Morgen warten.

Sarah schlüpfte in ein Flanellhemd und machte sich auf den Weg ins Labor, das sich in einem Trailer auf der anderen Seite des Camps befand, jenseits eines Felds von Korbblütlern und Pinyon-Kiefern. Unterwegs schrieb sie Daniel, dass er sie dort treffen solle; sie habe etwas Wichtiges zu besprechen. Mit jedem Schritt war sie überzeugter, dass ihre Theorie begründet war.

Die roten Hügel am Rand des Camps, wo die frühen Pueblo-Indianer – ehemals als Anasazi bekannt, aber niemand benutzte diesen abfälligen Ausdruck noch – vor hunderten von Jahren gesiedelt hatten, verdunkelten den Weg, ein Zeichen dafür, dass der Vollmond tief am Himmel stand. Sarah hielt sich im Schatten des Massivs, wollte niemanden im Camp stören, da es nach Mitternacht war.

Phoebes Hogan lag auf Sarahs Weg. Als sie sich näherte, verspürte sie einen Anflug von Bedauern – nicht wegen dem, was sie früher am Abend gesagt hatte, sondern wegen ihres vollständigen Mangels an mütterlicher Diplomatie. Vielleicht hatte sie zu lange einzelgängerisch gelebt und verstand nicht, wie Kinder tickten. Vielleicht war sie in ihrem Alter – ihr vierzigster Geburtstag stand in drei Monaten bevor – zu sehr in ihren Gewohnheiten festgefahren. Woran es auch lag, sie wollte es in Ordnung bringen. Zu wissen, dass böses Blut zwischen ihnen herrschte, verletzte sie tief.

Sie ging nah genug an den Hogan heran, um ihn zu berühren. Sie hatte den Drang, an die klapprige Tür zu klopfen, Phoebe zu sagen, dass sie verstand, wie es war, wenn man sich ganz allein auf der Welt fühlte. Doch Sarah zögerte; sie sollte sie wirklich nicht aufwecken.

Sie glaubte, Stimmen zu hören, und lauschte. Ja, Stimmen, und eine davon gehörte Phoebe. Sie hörte genauer hin und begriff, dass sich das Mädchen mit Nakai unterhielt. Sarah sah sich nach einem alternativen Weg um, den sie nehmen konnte, ohne gehört oder gesehen zu werden. Es fehlte ihr gerade noch, dass Phoebe dachte, sie würde ihr hinterherspionieren.

»Sie hat vor, dich nach Griechenland zurückzuschicken«, hörte sie Nakai sagen. »Ich hab gehört, wie sie mit Daniel gesprochen hat.«

Was sollte das? Sie entschied, dass es in ihrem eigenen Interesse lag, und in Phoebes, aufzupassen.

»Sie hat etwas darüber gesagt, dass es schwer ist, sich um ein Kind zu kümmern«, fuhr er fort. »Ihr gefällt nicht, dass euer Verhältnis so angespannt geworden ist.«

»Aber mein Bruder ist im Krankenhaus … ich kann nirgendwo hin.« Phoebe klang entsetzt.

»Einem Navajo würde es nie in den Sinn kommen, ein Kind wegzuschicken. Aber diese Menschen sind anders.«

Dieser Lump. Er kannte Phoebes schlimmste Ängste und quälte sie damit – mittels Lügen. Aber warum?

»Ich will allein sein«, sagte das Mädchen.

»Das verstehe ich. Wir reden morgen weiter.« Eine kurze Pause entstand. »Hey. Danke, dass du mir von der Vision im Canyon erzählt hast. Ich werde es keiner Menschenseele verraten.«

Sie hatte es ihm erzählt? Sarah wusste nicht, ob sie enttäuscht oder empört sein sollte. Als sie hörte, wie seine Stiefel über die schlammige Erde schmatzten, glitt sie in die Schatten, bis er weg war. Die Tür zum Hogan wurde mit Phoebes gesammeltem Frust zugeschlagen.

Sie musste mit ihr reden, die Sache richtigstellen. Aber jetzt war nicht der geeignete Augenblick; die Wunde klaffte zu weit offen. Sarah verschob das Gespräch auf den nächsten Tag, um ihnen beiden Zeit zum Nachdenken zu lassen. Sie ging wieder zurück und nahm einen anderen Weg zum Labor.

Daniel war vor ihr dort angekommen. Er saß am Computer und las E-Mails.

Der Wasserkessel war heiß, also goss sie sich eine Tasse Tee ein. »Gibt's was Neues vom C14-Labor?«

»Wir sind aber ungeduldig. Du weißt, dass es einige Wochen dauert.«

Sarah ging zum Behälter, in dem das wassergetränkte Holz stabilisiert war, und betrachtete die scheinbar abgebrochenen Ränder genauer. Wieso war ihr das vorher nicht aufgefallen?

Daniel kam zu ihr an den Probentisch. »Willst du mir sagen, was los ist?«

»Erinnerst du dich an die Geschichte über den Franziskaner Marcos de Niza und seine Expedition in den wilden Norden Neuspaniens?«

»Mitte des sechzehnten Jahrhunderts. Red weiter.«

»Er hatte einen Führer dabei. Einen Mauren.«

»Richtig. Einen Sklaven aus Azzemour namens Esteban de Dorantes.«

»Esteban freundete sich mit den Ureinwohnern an, richtig?«

»Seine Geschichte ist recht unklar. Jede Menge Lücken. Er war Teil einer Expedition auf der Suche nach den sogenannten Städten aus Gold. Angeblich ging er der Gruppe voraus und schickte Nachrichten zurück.«

»Ja.« Sarah deutete auf das Holzfragment. »Laut einiger Berichte verlangte der Mönch von ihm, seine Nachrichten in der Form von Kreuzen zu versenden.«

»Und du glaubst, das ist es? Ein Stück von einem Kreuz?«

»Sieh dir das an.« Sie umriss eine der Kanten mit einem ausziehbaren Zeigestock. »Es ist abgerundet, als sei es geformt worden. Franziskanerkreuze hatten eine Art geschwungenes Ende, etwa wie bei einem dreiblättrigen Kleeblatt.«

Daniel nahm es in Augenschein. »Könnte sein. Die Karbondatierung wird uns mehr verraten.«

»Natürlich werden wir sehr viel recherchieren müssen. Wir fangen mit dem Archiv der Universität an.«

»Ich werde Nakai morgen damit beauftragen.«

»Nein.« Sie spürte, wie ihr das Blut aus dem Gesicht wich.

Die Falte zwischen seinen Augenbrauen vertiefte sich. »Nein?«

»Ich vertraue ihm nicht, Danny.«

»Ist was passiert? Erzähl mir davon.«

»Auf dem Weg hierher kam ich an Phoebes Hogan vorbei. Ich schnappte ihre Unterhaltung auf. Er hat ihr Lügen darüber aufgetischt, dass wir vorhaben, sie wegzuschicken. Sie war deswegen ziemlich bestürzt.«

»Das ist merkwürdig. Warum sollte er das tun?«

»Ich weiß es nicht.« Sie nahm einen großen Schluck Tee. »Manchmal glaube ich, dass er andere Pläne verfolgt.«

»Du musst ihn deswegen zur Rede stellen. Entweder sagt er Phoebe die Wahrheit, oder du tust es.«

Sarah dachte über die Tücken dieses Gesprächs nach. Er könnte den Spieß umdrehen und sie beschuldigen, eine private Unterhaltung belauscht zu haben. Damit würde er direkt zu Phoebe rennen und die wäre außer sich. Daniel hatte recht – es musste passieren –, aber es gab keinen guten Weg, es zu tun.

»Ich kümmere mich morgen darum.« Sie strich ihm über den Arm. »Warum schläfst du nicht ein bisschen? Es tut mir leid, dass ich dich aufgeweckt hab.«

»Du kannst mich jederzeit aufwecken.«

Sein neckisches Zwinkern gab ihr den Trost, der sich ihr an diesem Abend entzogen hatte. »Wir seh'n uns in ein paar Stunden.«

Nachdem Daniel gegangen war, stürzte sich Sarah in die Archive und suchte nach sämtlichen Informationen über den Mönch und den charismatischen Sklaven, der sich, obwohl rätselumwoben, einen Weg in die Geschichte Arizonas gebahnt hatte.

Bei Tagesanbruch hatte sie viele Theorien entdeckt, von denen keine mit der anderen übereinstimmte, außer in einem Punkt: Esteban starb in den Händen seiner Zuñi-Gefährten. Die Motive schwankten zwischen unerlaubten Liebschaften mit Zuñi-Jungfrauen bis hin zu Demonstrationen von Hexerei, die die Einheimischen verängstigten. Aber hatte Esteban Cibola gefunden, eine der Städte aus Gold, auf die die Spanier so versessen gewesen waren? Was das betraf, waren die Aufzeichnungen unverbindlich.

Eine Textnachricht von Daniel ließ Sarahs Handy klingeln. *Es ist 5:23. Leistest du uns Gesellschaft?*

Sie hatte sich zur Fahrt in den Canyon verspätet. Sie schrieb zurück: *Wir treffen uns in einer Stunde vor Ort.* Da gab es noch etwas, das sie neugierig machte, und es konnte nicht warten.

Sie öffnete den Safe und holte den Kodex heraus. Sie legte ihn unter eine Vergrößerungslampe und sah sich die Tintenflecken noch einmal an, die ihr vorher aufgefallen waren. Das Licht und die fünffache Vergrößerung zeigten eine Farbabweichung zwischen den Buchstaben und den Flecken, die bei ihrer vorherigen Untersuchung mit einer Handlupe verborgen geblieben war. Die Buchstaben waren mitternachtsschwarz und die Flecken besaßen eine geringere Dichte und eine Braunfärbung.

Das eine war Tinte, das andere Blut.

KAPITEL 6

Progressive Navajo-Musik plärrte aus dem offenen Fenster des Jeeps. Nakai und zwei weitere Teammitglieder, ebenfalls Navajos, sangen die »alter-native« Melodie mit, spielten Luftschlagzeug zum Rhythmus. *Der Albtraum von 'nem andern. Es tut zu weh, um den Albtraum von 'nem andern zu versteh'n.*

Daniel hinter dem Lenkrad war die Musik egal. Seine Gedanken drehten sich um Sarah. Trotz ihres Versprechens war sie nicht in Canyon de Chelly erschienen. Er schrieb ihr, vermutlich öfter, als er es hätte tun sollen, um zu erfahren, warum sie so spät dran war.

Er erhielt keine Antwort.

Er kannte sie gut genug, um zu erkennen, wenn sie von etwas besessen war. Ihre Theorie über Esteban zu beweisen hatte Vorrang vor einem Routinetag auf der Ausgrabung oder dem Beantworten von SMS. Einen Teil von ihm machte es wütend. Ein anderer Teil wollte es gar nicht anders.

Er bog um sechzehn Uhr dreißig auf das Parkgelände des Camps ein. Die Nachmittagssonne brannte erbarmungslos. Es hatte seit drei Tagen nicht geregnet, lange genug, dass die schlimme Sommerhitze ihre Aufgabe, die trockenen Landstriche von Navajo Nation zu peinigen, wieder aufgenommen hatte. Direkt vor dem Camp bemerkte er einen schwarzen Geländewagen mit dunkel getönten Scheiben, der zu sauber und neu war, um hierher zu gehören. Er erwartete niemanden, also tat er es als belanglos für den Lagerbetrieb ab.

Daniel und die Crew schulterten Rucksäcke und Ausrüstung für den Gang zum Geräteschuppen, als jemand pfiff. Er sah über die Schulter zu einem Ureinwohner mit rundem Gesicht und einer dunklen Sonnenbrille, der einige Schritte vom Geländewagen entfernt stand.

»Ist für mich«, sagte Nakai. »Das ist mein Cousin.«

Daniel hätte sich nichts dabei gedacht, wären da nicht Sarahs Bemerkungen vom Abend zuvor gewesen. Jetzt löste der scheinbar harmlose Besuch ein Warnsignal aus. Er schob es beiseite, machte keine große Sache daraus.

Während sich Nakai mit seinem »Cousin« traf, räumte Daniel alles auf und machte sich auf den Weg zum Labor. Wie er erwartet hatte, war Sarah dort, über den Probentisch gebeugt. Ihr Handy, mit seiner Reihe von Textnachrichten auf dem Home Screen, lag neben dem Computer am anderen Ende des Raums.

Sie zuckte zusammen, als er ihr eine Hand auf den Rücken legte.

»Ich wollte dich nicht erschrecken.«

»Du hast mir ganz schön Angst gemacht. Was tust du hier?«

»Ich bin von der Ausgrabung zurück.« Er warf ihr Handy auf den Tisch.

Sie sah auf die Nachrichten hinunter und, zweifellos, auf die Uhrzeit. »Es tut mir so leid, Danny. Ich hatte keine Ahnung, dass es so spät ist. Aber ich habe eine gute Entschuldigung.«

Das Funkeln in ihren blauen Augen machte es unmöglich, sauer auf sie zu sein. Er stützte die Ellbogen auf den Tisch, beugte sich vor. »Was hast du?«

»Ich hab das Holzfragment untersucht, um die Theorie zu beweisen, dass es ein Teil eines Kreuzes ist. Ich dachte, vielleicht gäbe es einige Schnitzereien von religiösen Symbolen, wie bei einem Kruzifix oder so.«

Daniel zeigte auf die dünne weiße Schicht auf dem Holz. »Wenn überhaupt, dann wäre eine Zeichnung darauf gemalt worden.«

»Oder in die Farbe gestempelt. Es ist natürlich nicht sofort sichtbar, aber wenn man es vergrößert …« Sie reichte ihm eine Lupe. »Was siehst du?«

»Da sind Zeichen. Ganz schwach, aber sie sind da.« Er sah Sarah an. Sie strahlte. »Gute Arbeit, Dr. Weston.«

»Die Stempelung ist nicht deutlich genug, um herauszufinden, was es bedeutet. Es würde helfen, ein weiteres Stück als Referenz zu haben.«

Daniel sah seine Partnerin lange an, während sie die Geräte wegpackte. Ihr Gesicht war so blass, dass es durchscheinend war, ein untrügliches Zeichen dafür, dass sie nicht viel geschlafen hatte. Der Schlamm auf ihrer Jeans und den Stiefeln, die sie achtundvierzig Stunden am Stück getragen hatte, war zur Farbe von Sand eingetrocknet. Ein leichtes Zittern hatte ihre Hände gepackt, vermutlich die Folge von zu viel Koffein und zu wenig Essen. Ohne Frage wurde sie von der wissenschaftlichen Untersuchung angetrieben, aber da war noch etwas anderes.

»Hast du mit Phoebe gesprochen?«, fragte er.

Sie hielt inne. »Noch nicht. Ich war hier beschäftigt.«

»Gehst du ihr aus dem Weg?«

»Nein, aber ich wage zu behaupten, dass das hier Vorrang hat.«

Er zog eine Augenbraue nach oben.

»Okay. Vielleicht gehe ich ihr aus dem Weg. Um die Wahrheit zu sagen, ich fürchte mich vor dem Gespräch. Ich weiß, dass es nicht gut laufen wird.«

»Wie wär's, wenn ich erst mal mit Nakai spreche? Ich muss ihn sowieso wegen seines Cousins fragen.«

»Welcher Cousin?«

»Ein Mann hat am Rand des Parkplatzes auf ihn gewartet. Er hat gesagt, es ist sein Cousin. Ich bin nicht sicher, was das zu bedeuten hat, aber ich habe vor, ein bisschen nachzubohren.«

»Genau. Es wird nicht schaden, ein paar Informationen zu sammeln. Jede Art von Munition wäre gut.«

Er zwinkerte. »Betrachte es als erledigt.«

Daniel fand Nakai vor der Speisehütte, wo er eine Dose grünen Tee trank und Nachrichten schrieb – er schrieb dauernd Nachrichten.

Daniel deutete auf den Klappstuhl mit Vinylbezug neben ihm. »Kann ich mich zu dir setzen?«

Nakai sah nicht von seinem Handy auf. »Klar, nur zu.«

»Wie geht's deinem Cousin?«

»Wa…?« Er riss den Kopf zu Daniel herum. »Oh, ja, Mitch. Ihm geht's gut.«

»Kommt er aus Ganado?«

»Nein, von etwas weiter nördlich. Aus der Nähe von Black Mesa.«

»Das ist ein weiter Weg, um Hallo zu sagen.«

Nakai zuckte mit den Schultern und richtete seine Aufmerksamkeit wieder auf das Handy. »Er war in der Gegend. Hatte ein Carepaket von meiner Mutter.«

»Ich dachte, deinen Eltern leben in Tuba City. Da bist du aufgewachsen, oder?«

»Ja.« Er sah auf. »Woher kommt das plötzliche Interesse?«

»Ein Anthropologe hört nie auf, Fragen zu stellen.«

Die beiden waren einige Minuten still, während derer Nakai mit den flinken Fingern eines Illusionisten zwischen den Bildschirmen hin und her wechselte. Daniel sprach zuerst. »Hör mal, ich will dich was fragen. Ich mache mir in letzter Zeit ein bisschen Sorgen um Phoebe. Ich weiß, dass ihr miteinander redet, also dachte ich, du hast vielleicht etwas Input für mich.«

Nakai schaltete das Handy mit einem Klicken aus. »Ich kann's versuchen.«

»Sie ist neuerdings so distanziert, besonders Sarah gegenüber. Hast du eine Ahnung, warum?«

»Sie macht Einiges durch. Sie vermisst ihren Bruder. Und sie fühlt sich hier fehl am Platz.« Er wies mit der offenen Handfläche auf die roten Berge. »Das ist nicht gerade vertrautes Gelände für ein Kind, das am anderen Ende der Welt aufgewachsen ist.«

»Es ist schlimmer geworden, nachdem ihr alle aus Blue Canyon zurückgekommen seid. Was ist dort passiert?«

»Ihr Pferd ist davongerannt und sie hat Angst bekommen. Dann hatte sie einen Wortwechsel mit diesem Hopi-Kerl.«

»Wer war das?«

»Unser Führer. So ein Traditionalist aus Oraibi. Hat was gegen Archäologen. Etwas, das er zu ihr sagte, hat sie ausflippen lassen.«

»Hatte es mit einer Vision zu tun?«

Nakai bedachte ihn mit einem stechenden Blick. »Wie kommst du denn darauf?«

Daniel begriff seinen Fehltritt. Außer durchs Lauschen hatte er keine Möglichkeit, die Information zu kennen, die Phoebe ausschließlich Nakai anvertraut hatte. Er überspielte es mit einem Trick. »Geraten. Phoebe hatte schon früher Visionen. Es ist eine Narbe aus ihrer Vergangenheit. Ich versuche nur, ihr zu helfen, das ist alles.«

»Hör mal, Phoebe und ich sind gute Freunde. Sie redet mit mir, weil sie weiß, dass ich ihre Geheimnisse für mich behalte.« Er trank die Teedose aus und stand auf. »Ich will nicht mehr darüber sprechen. Wenn du was wissen willst, frag sie.«

Daniel sah zu, wie Nakai davonging. Sein Schritt war überaus selbstsicher, als würde er irgendwas kompensieren. War er

Phoebe gegenüber wirklich loyal oder war das ein Vorwand? Daniel spürte, dass mehr hinter dem jungen Navajo steckte, als sie wussten – und es könnte Ärger bedeuten.

KAPITEL 7

Sarah studierte die Stempelung auf dem Holzfragment und versuchte, aus ihr schlau zu werden. Ein Großteil der Abdrücke war verblasst, sodass nur wahllose Spuren zurückblieben, die sich weigerten, sich in ein zusammenhängendes Ganzes zu fügen. Sie zeichnete die Formen auf einen Block und kritzelte Notizen daneben. Es schien alles so willkürlich, vielleicht die Folge von Schlafmangel oder Ablenkung. Sie schob den Zeichenblock in die Tasche ihrer Fleecejacke und ging frustriert auf und ab.

Die Tür öffnete sich einen Spalt und Daniel stand auf der Schwelle. Der Himmel hinter ihm hatte sich tiefblau gefärbt.

»Du weißt schon, dass du ein ziemlich leichtes Ziel wärst, wenn es jemand auf dich abgesehen hätte?«, sagte er.

»Mach bloß keine Witze über so was.« Sie nahm einen Schluck Kaffee, verzog das Gesicht über die Flüssigkeit, von der sie nicht erwartet hatte, dass sie so kalt und bitter wäre. »Wie ist es mit Nakai gelaufen?«

»Nicht gut. Er war nicht gerade mitteilsam. Hat einen auf treuer Freund gemacht.«

»Konntest du gar nichts aus ihm rausbringen?«

»Vielleicht schon. Als ich die Vision erwähnt hab, hat mich seine Antwort davon überzeugt, dass das alles war, worum es im Gespräch mit dem Hopi ging.«

»Natürlich hat er das nicht weiter ausgeführt.«

»Nein. Er hat gesagt, Phoebe vertraut ihm, weil er ihre Geheimnisse nicht ausplaudert.«

»Ich weiß nicht, welches Netz Nakai gesponnen hat, damit sie sich ihm anvertraut. Er ist ein meisterlicher Manipulator.«

»Ich fange an, deinen Standpunkt ihm gegenüber zu verstehen. Er war ziemlich ausweichend, als ich ihn nach seinem Cousin fragte. Ich erkenne einen Mann, der etwas verheimlichen will, wenn ich ihn sehe.«

Sarah konnte das Gespräch mit Phoebe nicht weiter auf die lange Bank schieben. Der Konflikt zwischen ihnen hatte sie zu fahrig werden lassen, um zu arbeiten, zu angespannt, um zu schlafen. Sie musste die Sache richtigstellen – wenn auch nur für ihren eigenen Seelenfrieden.

»Ich schätze, ich sollte mit ihr reden – bevor er es tut.«

»Klingt nach einem Plan«, sagte er. »Lass dich nicht verunsichern, falls sie noch sauer ist. Bleib aufgeschlossen und ruhig. Und was immer du tust, schimpfe bloß nicht über Nakai. Sie glaubt, dass er übers Wasser gehen kann.«

Sie zwang sich zu einem Lächeln. »Das ist ein guter Rat. Danke, Danny.«

»Komm. Ich begleite dich rüber.«

Die Wolken, die den blaugrauen Mond bedeckten, warfen einen magischen Glanz über das Ödland und die fünf Hogan, in denen das Expeditionsteam untergebracht war. Der erste Hogan auf dem Weg war Phoebes.

Seltsamerweise zitterte die Flamme der Kerosinlampe im Eingang.

»Ich lass dich jetzt allein«, sagte Daniel. »Denk dran, cool bleiben.«

»Danny, warte. Da stimmt was nicht.«

»Was meinst du?«

»Die Tür ist offen. Das sieht Phoebe nicht ähnlich. Normalerweise hält sie alles verriegelt und dunkel.«

»Vielleicht macht sie einen Spaziergang.«

»Um diese Zeit?«

»Alles ist möglich. Schauen wir mal nach.«

Sarah stand im Eingang und rief nach Phoebe. Als sie keine Antwort erhielt, trat sie ein. Das Bett war zerwühlt. Ihre Kleider, die sonst an einem Ständer beim Waschtisch hingen, waren größtenteils fort und ihre Reisetasche fehlte.

Sarah hob eine Hand zum Mund.

»Wir sollten keine voreiligen Schlüsse ziehen«, sagte Daniel. »Sieh dich weiter hier drinnen um. Ich überprüfe die Umgebung.«

Sarah suchte jeden Zentimeter nach Anzeichen von Fremdeinwirkung ab. Nichts deutete auf einen Kampf hin, doch die Unordnung, welche Phoebe hasste, verwies auf einen schnellen Abgang. Und das Fehlen von Reisetasche und Kleidern bekundete Absicht. Ihr Blut gefror, als sie die reale Möglichkeit in Betracht zog, dass Phoebe weggelaufen war.

»Sarah!«

Daniels dringlicher Ton ließ sie nach draußen rennen. Sie folgte dem Strahl seiner Taschenlampe zu einem Paar roter Lichter, die auf der unbefestigten Straße, die zum Camp führte, auf und ab hüpften.

»Los«, rief sie, und die beiden hetzten über die rote Erde.

Der Jeep war am anderen Ende des Geländes geparkt. Sie erreichten ihn atemlos und kletterten hinein, wobei Daniel den Fahrersitz beanspruchte. Der Schlüssel steckte im Zündschloss, wie immer. Er drehte den Schlüssel wieder und wieder um, doch der Motor startete nicht.

»Verdammt.« Er schlug mit der offenen Hand aufs Lenkrad. Er verließ die Kabine und öffnete die Motorhaube. Während Sarah ein Licht auf den Motor richtete, überprüfte er den Verteiler. »Die Kabelverbindung ist getrennt.«

Er fummelte an der Verkabelung herum. Er brauchte weniger als eine Minute, um sie zu reparieren und den Platz hinter dem Lenkrad wieder einzunehmen, aber wertvolle Zeit waren verloren.

Der Motor erwachte mit einem Brummen zum Leben. Daniel trat aufs Gas und die schweren Reifen des Jeeps kreischten über den Kiessand. Es war zu spät. Bis sie die offene Straße erreicht haben würden, gäbe es keine Spur des anderen Fahrzeugs mehr; nur eine Asphaltschleife, die sich durch ein leeres Stück Hinterland zog. Daniel drückte sich in den Sitz und stieß hörbar den Atem aus.

Die Erkenntnis traf Sarah wie eine Abrissbirne. Phoebe war fort. Die Frage war nur, ob sie entführt wurde oder freiwillig gegangen war. Es gab nur einen Mensch, der die Antwort darauf kannte.

KAPITEL 8

Phoebe saß gegen das Fenster gelehnt da und starrte die dunkle Landschaft an, die vorbeirauschte: auf einer Seite ein steiler Abhang, auf der anderen eine kantige Felswand, die über der zweispurigen Straße wie ein Oger aufragte. Nachdem sie eine Stunde lang gefahren waren, zweifelte sie daran, dass sie die richtige Entscheidung getroffen hatte.

Das Knacken einer Verschlusslasche, das Zischen von Kohlensäure. Sie warf einen Blick zum Fahrer.

Er schlürfte, dann fragte er: »Orangenlimo?«

Sie schüttelte den Kopf. »Wie lange noch?«

»Noch ungefähr eine Stunde.« Er lachte und seine runden, glänzenden Augen verschwanden unter fleischigen Lidern. »Kannst es kaum abwarten, dort anzukommen, was?«

Dort war Nakais Haus in Black Mesa. Er hatte ihr einen Zufluchtsort versprochen, so lange sie mochte. Nach ihrem letzten Gespräch hatte sie das Angebot sofort bereitwillig angenommen. Sie wollte im Schutz der Nacht verschwinden, damit Sarah und Daniel ihre Abwesenheit erst bemerkten, wenn sie längst außer Reichweite war. Weil Nakai erst am nächsten Tag weggehen konnte, schickte er Phoebe mit Mitch, seinem Cousin, voraus. Er sagte, Mitch würde sich gut um sie kümmern, bis er ankäme. Innerlich fühlte sie sich benommen, als ob sie vom Schauplatz eines Verbrechens floh. Dieser fremde Mann, der sie fuhr, der Tabakgestank, der von jeder Faser im Inneren des Geländewagens ausging, die unheilvollen Felsen, die sie umzingelten. Es war, als hätte sie die Realität einer anderen Person betreten, eine Welt, die von ihrer eigenen abgetrennt war. Und sie hatte es willentlich getan.

Aber ja, rief sie sich in Erinnerung, sie musste es tun. Das letzte Gespräch mit Nakai hatte das entschieden.

Früher am Abend hatte er zu ihr gesagt: »Ich habe Grund zu der Annahme, dass Daniel und Sarah dich ausspionieren. Wie es scheint, haben sie unser Gespräch neulich nachts belauscht.«

»Woher weißt du das?«

»Daniel weiß von der Vision. Er hat mich mit jeder Menge Fragen bombardiert. Ich hab ihm nichts erzählt.«

»Tocho hat mich davor gewarnt. Er hat gesagt, dass ich es keinem verraten soll, weil es Menschen gibt, die die Information missbrauchen wollen. Das muss er damit gemeint haben.«

Nakai wirkte aufgewühlt. »Tja, es war mir sehr unangenehm. Er gibt mir die Schuld für deine Spannungen mit Sarah.«

»Das ist lächerlich.«

»Trotzdem hab ich die Universität gebeten, mir was Neues zuzuweisen. Ich werde mir ein bisschen Zeit im Haus meiner Familie in Black Mesa nehmen, um über meinen nächsten Schritt nachzudenken. Ich gehe morgen – und ich komme nicht zurück.«

Die Neuigkeit brach ihr das Herz. »Ich wünschte, ich könnte mit dir gehen.«

Er zögerte nicht. »Du kannst mitkommen, wenn du möchtest. Du wärst dort sicher. Und du kannst ein paar meiner Cousins und Freunde kennenlernen.«

Phoebe hatte augenblicklich zugestimmt. Sarah und Daniel hatten sowieso vor, sie zurückzuschicken. Sie tat es eben zu ihren eigenen Bedingungen. Und außerdem war sie praktisch vierzehn. Die Zeit war gekommen, Kraft ihres eigenen Verstandes zu überleben, ohne jemandes Regeln oder Kontrolle.

Es war die richtige Entscheidung. Sie wiederholte es im Stillen immer wieder, wie ein Mantra, und hoffte, dass es die Geister vertreiben würde.

KAPITEL 9

Sarah suchte in jedem Mülleimer und jeder Schublade nach einer Nachricht von Phoebe. Es gab keine. Sie schrieb Nakai wieder an – wo zur Hölle steckte er? Sie setzte sich auf die Bettkante und ließ den Kopf in die Hände sinken.

Daniel trat ein. »Wann kommt die Polizei?«

»Weiß nicht. Die Dispatcherin hat gesagt, sie sind unterbesetzt. Sie konnte nicht versprechen, dass jemand vor dem Morgen kommt.«

»Reservatspolizei. Die sind immer unterbesetzt.«

»Wir können nicht warten.« Sarah rief die Tastatur ihres Handys auf. »Ich rufe das FBI an.«

»Spar dir die Mühe.«

Sarah und Daniel drehten sich zu der Stimme um. Nakai stand im Eingang.

»Ich hab alles gesehen.«

Sarah ging zur Tür. »Ich suche dich schon seit Stunden. Hast du meine SMS nicht bekommen?«

»Tut mir leid. Mein Akku ist leer. Ich hab versucht, dem blauen Pick-up-Truck zu folgen, in den Phoebe eingestiegen ist.«

»Welcher blaue Pick-up-Truck? Was hast du gesehen?«

»Ich hab gerade den Müll rausgebracht, als ich sah, wie jemand sie auf den Beifahrersitz eines blauen Trucks schaffte. Ich kam nah genug ran, um das Nummernschild zu sehen.« Er drückte Sarah ein Stück Papier in die Hand.

Sie faltete es auseinander und las: *GZ 568.*

»Mein Onkel arbeitet für die DMV. Er hat die Nummer überprüft und sie ist auf einen Michael Gonzalez in Hotevilla, Arizona, registriert.«

»Hotevilla.« Sie runzelte die Stirn. »Auf Hopi-Land?«

»Ganz genau.«

»Das ergibt keinen Sinn«, sagte Daniel. »Die Hopi sind friedliche Menschen. Zurückhaltende Menschen. So eine Nummer ist nicht ihr Ding.«

»Nicht jeder, der vorgibt, friedlich zu sein, ist es auch.« Nakai hielt inne. »Ich denke, Phoebe hat etwas, das sie haben wollen.«

»Warum sagst du das?«, fragte Sarah.

»Wegen dem, was in Blue Canyon passiert ist. Phoebe hat etwas gesehen, das sie nicht hätte sehen sollen. Der Hopi-Führer hat sie ernsthaft gewarnt, hat ihr gesagt, dass sie es keiner Menschenseele verraten darf. Das hat sie mir zumindest erzählt.«

Aufgebracht kam Sarah ihm ganz nah. »Was hat sie dir sonst noch erzählt? Ich muss es wissen.«

»Ich kann ihr Vertrauen nicht verletzen. Tut mir leid.«

»Das Mädchen wird vermisst, Nakai.« Sarah wurde lauter. »Das ist nicht der richtige Zeitpunkt für Geheimnisse.«

»In Ordnung. Sie hatte eine Art Vision. Mehr weiß ich nicht.«

»Ich glaube dir nicht.« Ihre zusammengebissenen Zähne ließen die Worte verzerrt klingen.

Daniel mischte sich ein. »Du hast gesagt, dass du versucht hast, dem blauen Truck zu folgen. Wohin ist er gefahren?«

»Er fuhr die 264 runter und ist nach Hotevilla abgebogen. Da hab ich die Spur verloren.«

»Warum bist du ihm nicht in den Ort gefolgt?«

»Glaub mir, ich bin da nicht willkommen. Ich hab mich dazu entschieden, das Reservat und die Sitten meines Volks hinter mir zu lassen, damit ich im System des Weißen Mannes unterrichtet werden kann. Unter Traditionalisten gleicht das Hochverrat. Um es noch schlimmer zu machen, studiere ich Archäologie.«

Letzteres musste er nicht erklären. Es war kein Geheimnis, dass indigene Völker ein tiefes Misstrauen für diejenigen hegten, die die Vergangenheit ausgruben. Ihrem Glauben nach mussten Relikte der Vorfahren bleiben, wo sie lagen. Nicht nur störten die Ausgrabungen die Ahnen, sie machten ihr Erbe auch jenen zugänglich, die kein Recht darauf hatten. Menschen, die ihren mündlichen Überlieferungen und ihren Instinkten vertrauten, ohne einen Beweis dafür zu brauchen, konnten mit der westlichen Idee, um jeden Preis zu erfahren, was in der Vergangenheit geschehen war, nichts anfangen.

»Danke, Nakai«, sagte Sarah. »Wir übernehmen das jetzt.«

»Eine Sache noch.« Er zog einen Gegenstand aus seiner Tasche. »Ich hab das vor dem Hogan gefunden.«

Sarah begutachtete die zehn Zentimeter große Holzschnitzerei einer Puppe mit dem Kopf eines Vogels und dem Körper eines Mannes. Kreuze markierten ihre Augen und Federn dekorierten ihren Kopf. »Eine Kachina-Figur.« Sie wandte sich Daniel zu. »Hopi, dem Aussehen nach.«

Daniel nahm sie in die Hand und musterte sie rundherum. »Der Roadrunner.« Er beäugte Nakai. »Das hast du draußen gefunden, sagst du?«

»Genau.«

»Überlass sie mir. Ich will sie mir genauer ansehen.«

»Wie du willst.« Nakai verließ den Hogan.

Sarah wandte sich an Daniel. »Danny, denkst du …«

Er legte einen Finger an die Lippen und sah über die Schulter zum Fenster hinaus. »Hier sind zu viele Ohren. Wir besprechen das unter vier Augen.«

KAPITEL 10

Der Highway 264, die Straße, die ins Reservat der Hopi führte, zerteilte trockenes Land, das mit der spärlichen Vegetation der Wüste gesprenkelt war. Es war ein trostloser, baumloser Ort, gelb vor Durst und von der Sonne bis zum Rand der Unfruchtbarkeit ausgedörrt. Noch schlimmer: Er war von Navajo-Land umgeben – eine Anomalie innerhalb eines Gebiets, das sonst voller Berge, Flüsse und Ackerflächen war.

Fremde waren leicht versucht, diese Menschen dafür zu bemitleiden, dass sie in diesen kargen Winkel der Erde verbannt und gezwungen waren, Felsen und vertrockneter Erde eine Existenz abzuringen. Sarah wehrte sich gegen dieses Gefühl, denn sie wusste, dass die Hopi es anders sahen. Sie waren ein stolzes Volk, das sich entschieden hatte, mit Entbehrungen zu leben, damit sie nicht zu selbstzufrieden oder undankbar wurden – Eigenschaften, die das Ende ihrer Spiritualität anzeigen würden.

Sarah griff in ihre Tasche, um die Kachina-Figur herauszuholen, und betrachtete sie. Es gab schönere Kachinas, doch diese hier war authentisch, mit groben Messerspuren geschnitzt und mit Farben bemalt, die vermutlich aus der Natur stammten. Der Kopf hatte die Farbe von Asche, der Schnabel war schwarz. Der Oberkörper war nackt, aber mit Armbändern und Schärpen geschmückt, und der Unterkörper war mit einem Rock bedeckt. Verblichene braune Federn bedeckten den Ober- und Hinterkopf der Figur.

Daniel richtete seinen Blick von der Windschutzscheibe auf den Beifahrersitz. »Sieht ein wenig bedrohlich aus, findest du nicht? Ich kann verstehen, warum sie als Beschützer eingesetzt wird.«

Sarah löste den Blick nicht von der Figur aus Pappelholz. »Ich frage mich, warum eine Puppe, die Zauberei abwehren soll, vor Phoebes Zimmer gefunden wurde.«

»Kann ich dir nicht sagen.« Er nickte zu einer Straße links von ihnen. »Finden wir heraus, was unsere Freunde in Hotevilla dazu meinen.«

Er bog ins Dorf auf der dritten Mesa ein und hielt an einer kleinen Tankstelle, um vollzutanken. Auf der anderen Seite der staubigen Straße stand ein Schild mit handschablonierten Buchstaben, das verkündete: »Willkommen in Hotevilla. Bilder machen verboten.« Sarah ging hinein, um zu bezahlen und um die Besitzerin, eine rundliche junge Frau, nach der Warnung zu fragen.

Die Frau stellte keinen Augenkontakt her. »Nein, keine Fotos. Auch keine Zeichnungen oder Skizzen. Oder Notizen. Das verstößt gegen unsere Gesetze.«

Sarah gab ihr dreißig Dollar für das Benzin. »Kennen Sie zufällig einen Mann namens Michael Gonzales?«

Die Frau tat so, als richtete sie das Tabakregal gerade.

»Bitte. Ich habe etwas, das ihm gehört, und möchte es gern zurückgeben.«

Das Mädchen warf Sarah einen verstohlenen Blick zu. »Er hat in Oraibi gelebt. Aber er ist vor vielen Jahren gestorben.«

Sarah ließ sich ihre Überraschung nicht anmerken. »Danke. Guten Tag.«

Oraibi befand sich noch einige Meilen weiter den zweispurigen Highway hinunter. Das Dorf lag vom Highway zurückversetzt und wurde über eine unbefestigte Straße erreicht, die zu einem zentralen, runden Platz führte, wo eine Handvoll Autos geparkt stand.

Daniel hielt den Jeep am Rand der Straße an und die beiden gingen zu Fuß weiter. Es war Vormittag und alles war still, abgesehen von ein paar Hunden, die um ein Stück Irgendwas stritten. Von ihrem Standpunkt aus konnte Sarah quasi das ganze Dorf und bis hinunter ins Tal sehen. Hier lebten vermutlich fünfundzwanzig Familien, die alle strenge Traditionalisten waren, wie sie gehört hatte.

»Vielleicht können wir zwei Fliegen mit einer Klappe schlagen«, sagte Daniel. »Nakai hat erwähnt, dass Tocho aus Oraibi stammt.«

»Hoffen wir mal, dass das nicht noch eine weitere Lüge war.«

Die winzigen Gebäude, aus heimischem Stein und Lehmmörtel gebaut, waren in miserablem Zustand oder fielen regelrecht auseinander. »Dieser Ort hat sich seit Anbruch des zwölften Jahrhunderts nicht sehr verändert«, sagte Daniel.

»Sind diese Häuser noch bewohnt?«

»Viele von ihnen schon. Die Menschen leben wie ihre Vorfahren. Und sind auch ziemlich stolz darauf.«

Sie folgten einem unbefestigten Weg zu einem offenen Bereich, der vermutlich als Platz für Zeremonien und Feste diente. Nichts war gepflastert und wahllose Gegenstände – von Tonscherben über Müll zu zerbrochenen Pfeilen – lagen dort, wohin sie gefallen waren. Ein kühler Windstoß hob den Staub vom Boden. Die rauen Partikel kratzten über Sarahs Haut und verkündeten den Beginn von etwas.

Sie überquerten den Platz und standen am Rand der Hochebene. Jenseits eines Schildes, das mitteilte, dass es Fremden verboten war, weiterzugehen, lagen die Ruinen eines Gebäudes. Sarah erinnerte sich an die Geschichte. Die Spanier waren im siebzehnten Jahrhundert in diesen Teil Arizonas gekommen, wollten die »Eingeborenen« über die Religion des Königs belehren und sie von allem Gold erleichtern, das zufälligerweise in ihren Städten gelagert war. Letzteres fanden die Spanier nicht. Was sie fanden, waren warmherzige Menschen, die ihre

Schätze, so bescheiden sie auch waren, gern teilten. Für ihre Großzügigkeit wurden die Hopi mit aufgezwungener Gottesverehrung und neuen Regeln belohnt; um beides hatten sie nicht gebeten.

Sarah lächelte beim Anblick der verfallenen Missionskirche, die die Spanier gebaut und die Hopi, überaus siegreich, während des Aufstands von 1680 zerstört hatten. Sie erzählte vom Mut dieser Menschen, die sich, wenngleich äußerst friedfertig, nicht unsinnigen Doktrinen anderer beugten.

Zwei junge Mädchen liefen vorbei; sie beschrieben einen weiten Bogen um Daniel und Sarah. Aus dem Augenwinkel heraus bemerkte Sarah, dass sie sie anstarrten. Als sie zu ihnen hinsah, um sie zu grüßen, wandten sie die Augen ab und gingen schneller.

Einige Meter entfernt stand ein Mann auf dem flachen Dach eines zerfallenden Steinhauses und überblickte die Gegend. Daniel ging auf ihn zu.

»Guten Morgen, Sir«, rief er. »Wir suchen die Angehörigen von Michael Gonzales. Könnten Sie uns wohl sein Haus zeigen?«

Der Mann machte ein finsteres Gesicht. »Ich kenne niemanden dieses Namens.« Er drehte sich um und stieg über eine Holzleiter auf die untere Ebene hinunter.

»Ich will doch meinen, dass hier jeder jeden kennt«, sagte Sarah.

»Oh, das stimmt. Sie wollen bloß nichts darüber erzählen.«

Ein verwahrloster Streuner schnüffelte an Sarahs schmutzigen Lederstiefeln. Sie streckte sich, um seinen Kopf zu streicheln. Der Hund leckte ihre Hand ab und trottete über einen schmalen Weg davon, wo ein alter Pick-up-Truck vor einem Betonsteinhaus geparkt war. Ein Cowboystiefelpaar hing vom Rand der Ladefläche. Sie registrierte das Nummernschild – GZ 568 – und bedeutete Daniel, ihr zu folgen.

Der Mann, der zu den Stiefeln gehörte, war über eine Holzschnitzerei gebeugt, an der er mit einem Taschenmesser arbeitete. Neben ihm standen Kachina-Figuren in unterschiedlichen Fertigstellungsstadien.

»Die sind wunderschön«, sagte Sarah. »Darf ich sie mir ansehen?«

Er zuckte mit den Schultern und widmete sich wieder seiner Schnitzerei.

Sie zeigte auf eine schmale Figur, die einen Umhang trug, eine blaue Maske mit schwarzen Federn und einen Korb aus grünen Blättern. »Die Krähen-Mutter«, sagte sie. »Jene, die Yucca-Blätter bringt, mit denen die Jungen gegeißelt werden.«

Der Mann sah auf, betrachtete die Besucher mit einem argwöhnischen Blick.

»Vielleicht können Sie uns helfen, guter Mann.« Der Wind blies Daniel das ungekämmte Haar ins Gesicht und über den Hals. »Wir suchen nach einem Mädchen, das verschwunden ist. Sie wurde das letzte Mal in einem Truck ähnlich Ihrem gesichtet. Haben Sie sie gesehen?«

»Es gibt viele Trucks wie diesen im ganzen Reservat. Bringen Sie Ihre Anschuldigungen woanders vor.«

»Niemand zeigt hier mit dem Finger auf irgendwen. Wir folgen einfach nur einer Spur.« Er griff in seinen Rucksack und holte die Kachina heraus. »Haben Sie eine Idee, was das ist?«

Die Augen des Mannes weiteten sich. »Woher haben Sie die?«

»Erst meine Frage.«

»Das geht Sie nichts an. Sie würden es sowieso nicht verstehen.«

»Versuchen Sie es doch.«

»Ich habe diese Kachina selbst hergestellt, zur Verwendung in unseren Zeremonien. Sie wurde vor einiger Zeit gestohlen.« Er streckte seine Hand aus. »Geben Sie sie zurück.«

Daniel zog sie fort. »Nicht so schnell. Erst will ich ein paar Antworten.«

Der Schnitzer läutete eine Handglocke. Das Geklingel klang über den Weg und zum Platz. »Gibt man etwas nicht an seinen rechtmäßigen Besitzer zurück, ist man so gut wie schuldig.« Er stieß den Finger in Daniels Richtung. »Sie sind der Dieb.«

»Ganz ruhig, Mann. Ich hab etwas, das Sie wollen; vielleicht haben Sie was, das ich will. Ich bitte Sie nur um ein Gespräch.«

»Ich habe nichts, das Ihnen gehört.«

Sarah sah über Daniels Schulter. Eine Gruppe Männer kam über den Weg auf sie zu. Drei unangeleinte Hunde begleiteten sie. »Wir haben Gesellschaft.«

Ehe sich Daniel umdrehen konnte, sagte einer der Männer etwas zu einem Hund, der bellend auf den Truck zurannte. Er stürzte sich auf Daniel und biss ihm in den Knöchel. Seinem Gesichtsausdruck nach zu urteilen, war es eine schlimme Attacke. Der Hund sprang nach oben, schnappte mit dem Maul, und ein zweiter Hund fiel ein. Daniel schwang eine Tasche nach ihnen. »Rufen Sie sie verdammt noch mal zurück!«

Einer der Männer, ein kleiner, stämmiger Kerl mit raspelkurzen Haaren und einer schwarzen Panoramasonnenbrille, schnippte mit den Fingern und die Hunde flitzten davon. »Was ist hier los?«

Der Kachina-Schnitzer zeigte auf Daniel. »Dieser Mann hat einen heiligen Hopi-Gegenstand in seinem Besitz.«

Der kräftige Kerl näherte sich. »Diese Kachina ist sehr selten. Einzigartig. In unserem Stamm gilt es als ernstes Verbrechen, etwas von solchem Wert an sich zu nehmen.«

»Hören Sie, ich hab sie nicht genommen, okay?« Daniel hob die Stimme ein wenig. »Ich hab sie hundert Meilen die Straße rauf gefunden, in der Nähe des Zimmers eines Mädchens, das verschwunden ist. Ich will wissen, wie sie da hingekommen ist.«

»Hundert Meilen die Straße rauf ist kein Hopi-Land mehr. Das verhandeln Sie besser mit einem anderen Stammesrat.«

Der Mann rückte seine Sonnenbrille zurecht. »Ich interessiere mich nur für Hopi-Besitz. Ich empfehle ihnen, den zurückzugeben.«

Sarah bemerkte, dass sich ein Schweißfilm auf Daniels Stirn bildete. Er war in die Ecke gedrängt worden. Man hatte sie reingelegt.

»Ich gebe sie zurück. Aber nicht, bevor ich nicht mit ihrem rechtmäßigen Besitzer gesprochen habe.«

»Ich wiederhole: Zu wissen, dass etwas gestohlen wurde, und es nicht zurückzugeben, ist ein schweres Vergehen. Ich werde Sie festnehmen müssen.« Er winkte den anderen beiden Männern zu.

Ein Aufnäher am Ärmel eines marineblauen Hemds identifizierte einen der Männer als Hopi-Polizist. Sein Bauch war so rund, dass sich die Knöpfe spannten, um das Hemd zusammenzuhalten. Er näherte sich Daniel und streckte eine Hand aus. »Folgen Sie mir, Sir.«

»Er hat nichts Unrechtes getan«, sagte Sarah. »Dazu haben Sie kein Recht.«

Daniel hielt eine Hand in die Höhe. »Nein, Sarah. Ich gehe mit. Ich hab nichts zu verbergen.«

»Danny …«

»Lass ihn gehen, Martin.«

Alle drehten sich in die Richtung der Stimme. Ein junger Mann stand am Ende des Wegs, die Hände in den Taschen. Sein langes schwarzes Haar wehte im Wind.

»Ich kenne diese Leute«, sagte er. »Sie wollen nichts Böses.«

Der Polizeibeamte warf seinem Boss einen Blick zu, der mit einem Nicken seine Zustimmung signalisierte, Daniel loszulassen.

»Wie du meinst, Tocho.« Der Boss wandte sich an Daniel. »Den Sohn des Chiefs zu kennen hat Ihnen dieses Mal aus der Klemme geholfen. Aber wir behalten Sie im Auge.«

Die drei Männer gingen davon und der Schnitzer zog sich ins Innere des Betonsteinhauses zurück. Daniel und Sarah näherten sich Tocho.

»Danke, Mann«, sagte Daniel. »Warum hast du das getan?«

»Ich hab zufällig gehört, wie Sie sagten, dass das Mädchen vermisst wird. Das sind schlechte Neuigkeiten.«

»Was meinst du?«, fragte Sarah.

»Das kann ich jetzt nicht besprechen. Ich bin spät dran zur Feldarbeit.« Tocho nickte zum Rand des Tafelbergs und zum Tal darunter. »Wir treffen uns dort in einer halben Stunde. Dort kann ich offener sprechen.« Er stemmte sich in den auffrischenden Wind und folgte den Steinstufen hinunter ins Tal.

Tocho war unten im Trockenbett, wo er neben einer der jungen Pflanzen hockte. Er behandelte die Blätter mit einer Ehrfurcht, die nur jene verstehen konnten, die das Land bestellten und Leben aus der Erde lockten.

Sarah betrachtete das flache, dürre Land am Fuß des Tafelbergs. Mais und Bohnen waren in weit auseinanderstehenden Reihen angepflanzt, vermutlich, um jeder einzelnen wertvollen Pflanze die beste Überlebenschance unter den trockenen Umständen zu geben. Für jeden, der fruchtbares Ackerland gewohnt war, schien es unmöglich, dass nahrhafte Feldfrüchte aus dem Wüstenstaub wachsen konnten.

Sarah näherte sich ihm von hinten. »Sieht aus, als bekommt ihr eine gute Ernte«, sagte sie.

Er stand auf und wischte sich die Hände an der Rückseite eines karierten Hemds ab. »Wir werden sehen. Wir betrachten das nie als selbstverständlich.«

Er bot Daniel die Hand an. »Ich bin Tocho. Vom Raven-Clan.«

»Daniel Madigan. Ich glaube, du hast meine Partnerin, Sarah Weston, schon kennengelernt.«

Tocho wandte sich an Sarah. »Ist das Mädchen Ihre Tochter?«

»Nein«, sagte sie. »Wir kümmern uns nur für eine Weile um sie.«

»Sie ist voller Sorgen.« Tocho sah zur Sonne. Seine straffe Haut hatte die Farbe und den Glanz von neuem Kupfer.

»Ja. Und jetzt ist sie verschwunden.«

»Und Sie glauben, dass sie hier ist? Sind Sie deshalb hergekommen?«

Daniel trat einen Schritt vor. »Ein Zeuge sagte, dass sie in einen Truck eingestiegen ist, der jemandem aus dem Stamm der Hopi gehört. Und dann war da das hier.« Er hielt die Roadrunner-Kachina in die Höhe.

»Lassen Sie mich raten.« Er warf Sarah einen Blick zu. »Der Navajo-Kerl, mit dem Sie im Canyon geritten sind.«

Sarah blieb stumm.

»Sie sollten nicht jedem glauben. Die Menschen hier haben Geheimnisse. Absichten.« Tocho starrte den Gegenstand in Daniels Hand an. »Die wurde meinem Volk vor Jahren gestohlen. Wir fanden nie heraus, wer sie genommen hat. Und jetzt taucht sie dort auf, wo ein Kind verschwindet. Wer immer sie dort hingelegt hatte, wollte uns entweder darin verwickeln …«

»Oder uns von der richtigen Spur abbringen«, sagte Daniel.

»Hören Sie, ich bin kein Detektiv. Ich bin ein einfacher Farmer.« Er bückte sich, um eine Hacke aufzuheben. »Wenn Sie jetzt nichts dagegen haben …«

Sarah unterbrach ihn. »Ich denke, du weißt mehr, als du verrätst. Ich weiß, dass du und dein Volk uns nicht vertraut, aber das Leben eines Mädchens ist in Gefahr. Hilfe anzubieten liegt doch bestimmt innerhalb eures Sittenkodex.«

Er grub die Hacke in den Boden. »Sie sollten gehen.«

Sarah beugte sich nahe zu seinem Gesicht und sprach leise. »Was ist an jenem Tag im Blue Canyon passiert, Tocho?«

Er presste die Lippen zusammen. »Sie wurde auserwählt. Mehr kann ich nicht sagen.«

»Auserwählt wozu?«

»Das würden Sie nicht …«

»Verstehen? Gib mir eine Chance.«

»Sie erhielt eine Nachricht aus der Geisterwelt.«

»Hat sie dir erzählt, welche das war?«

»Sie hat vieles gesagt, aber nichts davon verstanden. Ich habe sie gewarnt, den Vorfall für sich zu behalten. So ist es sicherer für sie.«

Phoebe hatte das Geheimnis mit Nakai geteilt. Das hatte gereicht, um sie in Gefahr zu bringen.

»Ich weiß, dass diese Legenden etwas sehr Persönliches für dein Volk sind, aber kannst du uns irgendwas verraten, das uns hilft, sie zu finden?«

»Unser Volk durchquerte diese Berge vor vielen Jahrhunderten. Was es zurückließ, ist unser Erbe. Nicht als Dinge, sondern als Erinnerungen. Verstehen Sie, was es bedeutet, etwas in Ehren zu halten, das man nicht sehen oder berühren kann?«

Sarah antwortete nicht. Als Wissenschaftlerin handelte sie mit dem Greifbaren. Doch als Frau hatte sie sich oft auf Intuition und Glauben verlassen. Sie spürte, dass Tochos Glaube tiefer reichte als das, und sie täuschte nicht vor, ihn zu verstehen.

»Es ist unsere Vergangenheit. Es steht Ihnen nicht zu, über sie zu spekulieren – oder Anspruch auf sie zu erheben.« Er ging in die Hocke und konzentrierte sich wieder auf die Pflanzungen. »Gehen Sie jetzt bitte. Ich habe noch viel zu tun, bis die Sonne untergeht.«

Daniel zog die Kachina aus dem Rucksack. »Ich glaube, das gehört euch.«

Tocho nahm sie mit beiden Händen entgegen und hielt sie einen langen Augenblick vorsichtig fest. »Danke. Auch wenn es nichts bedeutet, aber ich hoffe, dass Sie das Mädchen finden.«

»Weißt du irgendwas über ein Kreuz, Tocho?« Sarah stellte es in den Raum, in voller Erwartung, nichts daraus zu gewinnen. »Ein altes Franziskanerkreuz, vielleicht mit einer Nachricht darauf?«

Er sah nicht auf.

»Wir haben etwas gefunden, das wir für ein Fragment dieses Kreuzes halten. Ich dachte, es könnte dein Volk interessieren, wenn man eure Geschichte bedenkt.«

»Es ist ein Symbol für das Böse in den Herzen der Menschen. Ich will nichts damit zu tun haben.«

Sarah kritzelte ihre Telefonnummern und die Adresse des Camps auf einen Papierfetzen und reichte ihn ihm. »Falls du deine Meinung änderst, komm bitte zu uns. Trotz deiner Geringschätzung für Archäologen sind wir auf deiner Seite.«

Er steckte den Zettel in seine Tasche und harkte mit einem Handrechen über die Erde. Die berühmte Verschwiegenheit der Hopi war zum Verrücktwerden. Dennoch sagte ihr etwas, dass das Gespräch mit Tocho Raven noch nicht beendet war. Sie würden ihn wiedersehen; da war sie sicher.

KAPITEL 11

Das exponierte Betonsteingebäude war kalt und roch nach erloschenem Kiefernfeuer. Die Läden der Fenster waren geschlossen, bis auf einen, ein kleines Viereck, das einen Lichtstrahl hereinließ; die einzige Verbindung zur Außenwelt.

Obwohl das Gästezimmer möbliert war – ein Futon hier, eine Gruppe um einen niedrigen Wohnzimmertisch arrangierte Stühle dort – saß Phoebe auf abblätterndem Linoleum in einer Ecke, die Knie an die Brust gezogen. Es war zwei Tage her, seit sie Nakai gesehen hatte. Würde er überhaupt kommen? Jedes Mal, wenn sie das junge Mädchen fragte, das ihr die Mahlzeiten brachte, erhielt sie dieselbe Antwort: »Bald.«

Der Raum fühlte sich langsam weniger wie ein Zufluchtsort als ein Gefängnis an. Von einer nagenden Stimme in ihrem Hinterkopf abgesehen, hatte sie keinen Grund, so zu empfinden – man hatte sich gut um sie gekümmert und sie hatte sich nicht ein einziges Mal bedroht gefühlt. Sie fragte sich, ob ihre Erinnerungen mit ihr spielten, sie zurückwarfen an jenen dunklen Ort, den man ihr beigebracht hatte, als normal zu betrachten. *Lebe wie die Kreaturen der Erde. Lehre den Geist, frei von Stolz und Wünschen zu sein.* Die Anweisungen kamen zurück, überfluteten sie, erstickten sie. Sie stand auf und ging zum schmalen Fenster. Sie brauchte Luft. Licht.

Ein Klopfen ließ die Tür erzittern, weniger eine Frage als eine Warnung. Sie machte zwei Schritte rückwärts. Ein Schlüssel schob sich ins Schlüsselloch und das Klacken des Schlosses vibrierte in ihren Ohren. Die Tür öffnete sich. Ein dunkelhaariger Mann spähte herein. Sie stieß den Atem aus, als sie ihn sah. »Ich hab geglaubt, du hättest mich vergessen.«

»Tut mir leid, dass ich so lang gebraucht hab, um herzukommen«, sagte er. »Zu verschwinden war komplizierter, als ich gedacht hatte.«

»Dann war's das jetzt? Du gehst nicht zurück?«

»Nein. Ich fange ein neues Kapitel meines Lebens an.« Er hielt eine Tüte hoch. »Ich erzähle dir bei frittiertem Brot und Eintopf davon.«

Sie setzten sich an den Wohnzimmertisch. Phoebe nahm einen Bissen vom Fladenbrot, das nach abgestandenem Öl roch. »Was hast du jetzt vor?«

»Das muss ich noch entscheiden. Was ist mit dir? Gehst du zurück nach Hause zu deinem Bruder?«

»Ich kann nirgendwo anders hin. Und außerdem braucht Isidor mich. Er wird jeden Tag operiert werden. Ich hoffe, dass er danach laufen kann und alles wieder so wird wie früher.«

»Was ist los? Warum kann er nicht laufen?«

»Es ist kompliziert.«

»Wir sind Freunde, oder? Du kannst es mir erzählen.«

Das Bild, wie Isidor von ihrem Vater angeschossen wurde, bahnte sich einen Weg in Phoebes Bewusstsein. Die Kugel, die sich auf ihren Bruder zubewegte, in seinen Oberkörper eindrang und ihn durchschlug. Blut, das auf eine Höhlenwand spritzte. Sarah, die auf sie fiel, um sie vor dem Blutvergießen zu schützen.

Sie zitterte.

»Er wurde angeschossen. Die Kugel ging durch seine Wirbelsäule und hat ihn gelähmt.«

»Wow, das tut mir leid. Wer hat auf ihn geschossen?« Er schüttelte den Kopf, als bedauere er, gefragt zu haben. »Unterbrich mich, wenn ich zu viele Fragen stelle.«

»Ist schon okay.« Sie stocherte mit einer Plastikgabel in ihrem Eintopf herum. »Unser Vater. Er war früher Colonel bei der

Army. Etwas ist passiert und er ist übergeschnappt. Er hat viele böse Dinge getan.«

»Das erklärt, warum er einsitzt, was?«

Sie nickte und das Gewicht dieser Information machte sie beide stumm. Sie tat so, als ob sie äße, obwohl das Essen sie anwiderte.

Schließlich fragte er: »Wie bist du zu Sarah und Daniel gekommen?«

»Sie arbeiteten an einer archäologischen Ausgrabungsstätte in Griechenland. Ein Artefakt verschwand und die Hinweise führten sie nach Delphi, wo ich damals lebte.« Sie hob eine Hand an ihr Brustbein und betastete die Kamee-Kette unter ihrem T-Shirt. »Sarah kannte meine Mutter. Sie war der letzte Mensch, der sie gesehen hat.«

»Wie war deine Mom?«

»Ich weiß es nicht. Ich war sechs, als sie fortging. Mein Vater sagte, dass sie als Mutter nicht geeignet war, psychische Probleme hatte oder so.«

»Glaubst du das?«

»Damals schon. Mein Vater hat es mir auf seine Militärweise eingebläut. Aber als ich älter wurde, fing ich an, manches zu hinterfragen.« Sie zog die Kamee heraus und öffnete sie. »Das sind wir, als ich noch ein Baby war.«

Nakai betrachtete das Foto. »Du siehst aus wie sie.«

»Das hat Sarah auch gesagt.« Die Erinnerungen würgten sie und um des Selbstschutzes willen musste sie ihr Herz ausschütten. Er war der einzige Freund, sozusagen, den sie hatte. »Es macht mich fertig, dass ich sie nie kennengelernt habe. Ich mache meinen Vater dafür verantwortlich, und für viele andere Dinge auch.«

»Wie zum Beispiel?«

»Zuerst einmal hat er mich von der Welt isoliert. Er hat gesagt, dass ich die Reinkarnation des Orakels von Delphi bin und mich für meine vorhergesehene Pflicht reinhalten muss. Er war mein Vater und ich war sechs Jahre alt; natürlich hab ich ihm vertraut.«

»Isoliert, hm? Wie in einem Verlies oder so?« Er kicherte, als sei es ein Witz.

»Nah dran. In einer Höhle. Ich durfte mich frei in den Tunneln bewegen, die die Höhle mit dem Kultraum verbanden.«

Jetzt kicherte er nicht mehr.

»Dort hab ich mit Isidor gelebt. Unser Vater lebte in einem hübschen Haus auf dem Gipfel des Berges. Das hat man mir zumindest gesagt.« Da hielt sie inne. Wie konnte sie ihm von den Inhalationsmitteln und den heidnischen Zeremonien und dem Unsinn, mit dem Geist Apollos zu sprechen, erzählen? Das würde er ihr sowieso nie glauben.

Er schenkte ihr ein schiefes Lächeln. »Und ich hab gedacht, meine Vergangenheit sei hart gewesen.«

Sie war erleichtert über den Themenwechsel. »Wie sind deine Eltern so?«

»Sie sind gute Menschen. So arm, wie man nur sein kann. Mein Dad war Farmer, aber er verlor alles während der Dürre. Er konnte sich nicht davon erholen, also ging er zur Arbeit in die Minen. Aber er war hoch verschuldet und sein Einkommen reichte nicht. Ich erinnere mich an viele Monate, in denen wir uns von Frühstücksfleisch und Trockenmilch ernährten. Ich hab mich bemüht, gute Noten zu bekommen, um an einer Universität angenommen zu werden. Ich bin der erste und einzige Mensch in unserer Familie, der diesen Schritt gemacht hat.«

»Darauf solltest du stolz sein.«

»Ich denke, dass ich ihnen im Alter helfen kann, wenn ich einen Abschluss machen und gute Arbeit finden kann. Die Regierung wird bestimmt nicht helfen.« Er zögerte. »Ich muss viele Opfer bringen, aber ich bin dazu bereit. Das haben sie auch für mich getan.«

»Welche Art Opfer?«

»Ich muss arbeiten.« Er gestikulierte mit einer Hand. »Hier in den Minen. Es gefällt mir nicht, aber es bezahlt meine Studiengebühren.«

Sie sah sich um. »Wer wohnt hier?«

»Mein Cousin Mitch und ein paar Freunde. Sie sind alle Minenarbeiter – hauptsächlich Kohle und Kupfer. In dieser Gegend gibt es jede Menge Bergbau.«

»Einige im Camp sagten, dass der Bergbau schlecht für die Navajo ist.«

Er biss ein großes Stück frittiertes Brot ab und redete, während er kaute. »Stimmt nicht. Der Bergbau hat uns feste Jobs verschafft, und Löhne, die wir bei der Arbeit an Tankstellen und Handelsposten nie bekämen. Und die Würde, für eine große Firma mit Zusatzleistungen zu arbeiten – eine gute Gesundheitsvorsorge, Arbeitsunfähigkeits- und Lebensversicherungen. Mein Volk litt so lange unter Unterdrückung und extremer Armut. Das ist eine Chance, den Kreislauf zu durchbrechen, etwas von der Würde, die man uns entrissen hat, zurückzubekommen.«

»Aber ist es nicht gefährlich?«

Er zuckte die Achseln. »Die Archäologie ist auch gefährlich. Sieh dir an, was Sarah und Daniel vor kurzem passiert ist.«

Phoebe erinnerte sich an ihren Mut während ihres letzten Einsatzes in Griechenland. Daniel, der bereits verwundet gewesen war, hatte sich ihrem Vater im Inneren einer Höhle entgegengestellt, die in einem Erdbeben einstürzte. Sarah hatte versucht – und es nicht geschafft –, Phoebes Mutter das Leben in einem dichten Waldgebiet zu retten. Sie verspürte einen Anflug von Bedauern darüber, zwei Menschen verunglimpft zu haben, die eine solche Integrität und aufrichtige Sorge um ihr Wohlergehen gezeigt hatten. Sie versuchte, sich an die Gründe fürs Weglaufen zu erinnern, aber keiner schien gut genug.

»Ich hab nachgedacht«, sagte sie. »Vielleicht sollte ich zurückgehen.«

»Hältst du das für eine gute Idee? Ich meine, so wie sie dich behandelt haben und das alles?«

»An manchem bin ich selbst schuld. Ich hab quasi ein paar dieser Streite angefangen. Ich weiß, dass sie sauer auf mich sein werden, aber wenn sie es mich erklären lassen, dann glaube ich, dass wir uns versöhnen können.«

Nakai sah auf sein Handy. »Hey, wie spät es schon ist. Ich muss zu einem Meeting. Wir reden später darüber, was meinst du?« Er tippte mit beiden Daumen auf dem Bildschirm herum.

»Äh, klar, meinetwegen.«

Das sausende Geräusch einer verschickten SMS, und er war fort, zu abgelenkt, um sich zu verabschieden. Phoebe lief zur Tür und lauschte seinen Schritten, die über den Flur hallten. Sie entfernten sich immer weiter, bis sie nichts mehr hörte außer der vertrauten Stille der letzten Tage. Doch ihr Kopf war alles andere als still, weil sie sich mit den Widersprüchen in Nakais Geschichte beschäftigte. Er nannte Black Mesa ein Familienhaus, doch es beheimatete Bergbaufreunde, die Sorte, die Meetings abhielten. Er hatte gesagt, dass sie sein Gast sein würde, doch sie war in einem Zimmer mit einem viereckigen Fenster und abblätterndem Linoleumboden eingeschlossen.

Ein schwacher Luftzug drang durch die Tür, der sie genauer hinsehen und erkennen ließ, dass sie nur angelehnt war. Sie wusste nicht, ob Nakai nicht vorgehabt hatte, sie abzuschließen, oder ob er es in seiner Eile vergessen hatte. Sie schob sie ein Stück auf und sah durch einen Spalt in den Flur. Sie hatte freien Durchgang.

Phoebe stand stocksteif da, unsicher, was sie tun sollte. Ihr war gesagt worden, dass sie den Raum nicht verlassen sollte, dass man ihr alles bringen würde, was sie brauchte. Sie sollte sich den Anweisungen nicht widersetzen – aber andererseits, warum nicht? Sie war keine Gefangene; sie war ein Gast, wie man ihr wiederholt gesagt hatte.

Und der Gast brauchte frische Luft.

Sie schlüpfte durch die Tür und ging auf Zehenspitzen durch den Flur, sah sich über beide Schultern um. Alles war still. Sie entspannte sich, versuchte, natürlicher zu wirken, als ob sie nichts Falsches tat.

Sie folgte der gesamten Länge des Korridors und bog in einen überdachten Gang zwischen den Gebäuden ab. Sie blieb stehen, als sie zwei Stimmen aus dem Raum links von sich kommen hörte. Zwei Schatten standen an einem Fenster, vor dem schmuddelige, durchsichtige Vorhänge hingen. Sie schlich zur Wand, damit man sie nicht sehen würde.

»Hast du die Information?« Der Mann hatte einen schweren Akzent, den Phoebe nicht identifizieren konnte.

»Noch nicht. Aber ich werde sie bekommen. Ich muss es auf meine Art machen.«

»Gut. Ich zähle auf dich, Nick.«

»In den sieben Jahren, die wir uns kennen, hab ich Sie nie enttäuscht.«

»Ich vertraue dir, Amigo. Dann machen wir jetzt mit Phase zwei weiter. Ich will, dass du Sarah Weston eine kleine Überraschung zustellst. Ich zeige dir, an was ich dabei denke.«

Phoebe schauderte. Sie wusste, dass sie weglaufen sollte, aber ihre Neugier ließ sie wie angewurzelt stehen bleiben.

»Ich hoffe, du weißt, wo man eine auftreibt?« Selbst sein Kichern war von einem Akzent gefärbt.

Stille, gefolgt von einem zaghaften: »Ja, weiß ich.«

»Dann verschwende keine Zeit. Schreib mir, wenn du die Ware in der Hand hast und auf dem Weg nach Ganado bist. Ich werde direkt nach dir kommen, um die Sache zu Ende zu bringen.«

Phoebe runzelte die Stirn. Was meinte er mit *die Sache zu Ende bringen*? Sie drehte sich weg, um zu verschwinden, und lief mit dem Gesicht voran gegen eine Säule. Voll Angst, dass sie den dumpfen Aufprall gehört hatten, flitzte sie über den Gang. Sie spürte, wie ihr eine Flüssigkeit über die Lippen lief, und begriff, dass ihre Nase blutete. Sie wischte sich das Blut mit dem Handrücken ab und verschmierte es dabei über ihre Wange.

Ein Innenhof. Außer Atem betrat sie ihn und riss auf der Suche nach einem Versteck den Kopf hin und her, stellte aber fest, dass sie an einem winzigen Ort mit einigen Kakteenbeeten, einem Terrassenofen und zwei Steinbänken in der Falle saß. Jenseits der Mauern, in den Ausläufern eines riesigen Tafelbergs, stand ein seltsames Gebilde, wie etwas aus dem Weltall: ein Stahldreieck, vielleicht dreißig Meter hoch, in dessen Innerem eine kranähnliche Vorrichtung stand. Oben auf dem Dreieck schimmerten rote Lichter durch die Wüstenlandschaft.

Eine Hand packte Phoebes Schulter und sie drehte sich erschrocken um.

»Du musst Nicks Freundin sein.« Der Mann mit dem Akzent war ein attraktiver, durch und durch amerikanischer Kerl mit säuberlich gekämmtem blondem Haar und dem Körperbau eines Läufers. Er griff in seine Tasche und zog ein Stofftaschentuch heraus. Sie nahm es entgegen und wischte sich das Blut ab.

»Ich bin Jacob Soldier«, sagte er.

»Du kannst mich Jake nennen.«

KAPITEL 12

Sarah stand auf dem Gipfel eines Tafelbergs und blickte über einen Canyon, dessen Sedimentschichten aus kalkweißer, dunkelgrauer und roter Erde die turbulente klimatische Vergangenheit des Planeten verrieten. Über ihr schrie ein Adler, ein Kreischen, das über der Felsenlandschaft hing. Sie sah zu dem majestätischen Raubvogel auf, folgte seiner Flugbahn, während er über den Canyon glitt.

»Hier drüben«, sagte eine Stimme.

Ein wütender Wind blies Sarah Sand in die Augen. Sie blinzelte, um klare Sicht zu bekommen. »Wer ist da?«

Ein leiser Schrei erklang aus den Tiefen des Canyons. Sarah folgte dem Geräusch mit getrübtem Blick. Ein schmächtiges Mädchen, das ein wallendes, weißes Kleid trug, sprang über die Felsen eines entfernten Berggrats. Sarah rieb sich die Augen. »Phoebe, bist du das?«

Keine Antwort kam zurück.

Sarahs laute Stimme hallte durch den Canyon, als sie den Namen des Mädchens wiederholte.

Wieder keine Antwort. Sarah begutachtete die Umgebung. Die Neigung zum Grat war zu steil fürs Freeclimbing und sie hatte kein Seil. Aber es gab keinen anderen Weg, um zu dem Mädchen zu gelangen.

Sie wölbte die Hände vor dem Mund und rief ihr zu: »Bleib dort. Ich hole dich.«

Sarah holte tief Luft und machte sich auf den Weg den Abhang hinunter. Der Kalkstein zerfiel unter ihren Füßen und stürzte in den Abgrund: Sie bewegte sich zu schnell. Mit hämmerndem Herzen hielt sie sich an einem Griff fest und sah über die Schulter. Die

Erscheinung des Mädchens stand auf dem windumtosten Berggrat. Ihr Kleid bauschte sich hinter ihr.

Sarah sah nach unten. Der nächste Fußhalt lag gut drei Meter tiefer. Sie würde dorthin rutschen müssen, eine Bewegung, die sie noch nie ohne Hilfe versucht hatte.

Das Mädchen streckte die Arme aus.

»Hilf mir, Sarah.«

Sarah ließ den Griff los und ließ sich hinunterrutschen, krallte nach dem Felsen, um ihren Fall zu verlangsamen. Sie konnte keinen Halt finden: Sie verpasste den Fußhalt und stürzte schreiend in die Tiefe.

Sarah fuhr kerzengerade auf und rieb sich die Augen. Seit Phoebes Verschwinden waren sechsundneunzig Stunden vergangen und die Schuldgefühle suchten ihre Träume immer noch heim. Wenn sie nur nicht so streng, sogar aggressiv, gewesen wäre, dann wäre das Mädchen vielleicht noch hier. Sie hätte die Gefahr vorhersehen sollen, sie verhindern sollen.

Ihre Versuche, Phoebe zu finden, waren ungenügend gewesen. Sie hatte sie bei den örtlichen Behörden als vermisst gemeldet und sogar das FBI angerufen. Ermittlungen waren aufgenommen worden, doch dank fehlender Beweise oder jeglicher Form von Spur war kein Fortschritt vorhanden.

Sarah sah auf ihrem Handy nach Nachrichten, wie sie es in den vergangenen vier Tagen regelmäßig getan hatte. Es gab keine. Sie warf es auf den Baumstumpf, den sie als Nachttisch benutzte, und zog sich eine Fleecejacke und Leggings an.

Sie stand draußen und atmete die Kühle der Nachtluft ein. Sie schloss die Augen und erinnerte sich an Phoebes Gesicht: diese durchscheinende, fast graue Haut; die haselnussbraunen Augen, von verlorener Unschuld getrübt; die Art, wie sich ihre Mundwinkel neigten, wenn sie lächelte. Sie besaß eine solche

Intelligenz, so viel Herz, und dennoch war sie immer noch dabei, sich vom emotionalen Trauma ihrer gestohlenen Kindheit zu erholen. Sie war zerbrechlich und sie war allein da draußen.

Obwohl Nakai geschworen hatte, dass sie entführt worden war, wusste Sarah, dass er nicht die Wahrheit sagte. Vielleicht war das der Grund, warum er selbst auch verschwunden war; er hatte erzählt, er habe die Universität um einen anderen Einsatz gebeten, weil er sich bei den Expeditionsleitern »nicht wohlfühlte«. Seine Vorwürfe veranlassten den archäologischen Lehrstuhl der UA, dringliche Meetings in Tucson einzuberufen. Daniel hatte darauf bestanden, dass sie gemeinsam hinfuhren, doch Sarah war hiergeblieben, falls es eine Entwicklung gab. Ein Teil von ihr hielt an der Hoffnung fest, dass Phoebe auf wundersame Weise zurückkommen würde, und sie wollte da sein, wenn das geschähe. Jetzt, allein im Camp, glaubte sie, vielleicht einen Fehler gemacht zu haben.

Die roten Berge, die das Gelände umringten, rückten näher wie die mythischen Symplegaden. Sie fühlte sich von der Stille gewürgt, vom emotionalen Abgrund, der durch die Abwesenheit menschlichen Kontakts erschaffen wurde. Sie hätte mit Daniel gehen sollen. In Zeiten wie diesen brauchte sie seine Wärme, seine Bestätigung. Und er brauchte ihre Unterstützung, während er sich der Befragung der akademischen Welt stellte – der strengsten Prüfung von allen. Sie tastete in der Tasche ihrer Fleecejacke nach den Autoschlüsseln.

Sarah sah auf die Uhr: zwei Uhr dreißig nachts. Wenn sie jetzt losführe, wäre sie bei Tagesanbruch in Tucson. Sie ging zum einzigen Fahrzeug, das noch im Lager stand, einem hellbraunen Siebzigerjahre-Vintage Land Cruiser. Die Fahrertür war unverschlossen. Das war merkwürdig. Sie war sicher, dass sie sie verschlossen hatte, als sie von der Arbeit an der Ausgrabung zurückgekehrt war.

Sarah stieg ein und warf ihr Handy auf den Beifahrersitz. Sie drehte den Zündschlüssel. Angesichts des Alters des Fahrzeugs brauchte man normalerweise ein paar Versuche, um den Motor zum Leben zu erwecken. Während sie aufs Gaspedal trat, um den Vorgang zu beschleunigen, füllte der beißende Geruch von heißem Benzin die Fahrerkabine. Sie setzte sich im kalten Vinylsitz zurück, um kurz zu warten, bevor sie es noch einmal versuchte.

Die Windschutzscheibe war voller Staub. Sie spritzte einen feinen Sprühnebel aufs Glas und sah zu, wie die Scheibenwischer den Staub zu leichten Schlammstreifen verschmierten. Das war nicht ihre Nacht.

Sie griff wieder nach dem Schlüssel und hörte ein leises, raschelndes Geräusch. Es schien vom Boden des Fahrzeugs zu kommen. Sie hielt inne und lauschte. Da war es wieder: das Rascheln von zwei aneinander reibenden Oberflächen. Sie runzelte die Stirn.

Sie beugte sich vor, um nachzusehen, und hörte ein Rasseln wie von Reiskörnern in einem ausgehöhlten Kürbis. Mit einem Keuchen griff sie nach der Tür, zu spät. Sie spürte die Attacke an ihrer Wade und den sofortigen stechenden Schmerz der Vergiftung.

Sie öffnete die Tür und taumelte heraus, stolperte über die perforierte Metalltrittstufe und fiel auf die rissige Erde. *Keine Panik*, sagte sie sich. Sie griff in ihrer Tasche nach ihrem Handy, um den Notruf zu wählen, und ihr fiel ein, dass sie es im Auto gelassen hatte. Wieder hineinzugehen war keine Option.

Sie hatte keine andere Wahl, als die neunzig Meter zum Labor zu gehen, wo neben anderen Medikamenten eine Ampulle mit Gegengift aufbewahrt wurde, für den Notfall. Sie stand schwankend auf. Ihr rechtes Bein pochte vom Knöchel bis zum Knie. Als sie es belastete, schoss ihr ein Schmerz so scharf und plötzlich wie ein Stromschlag durch den Fuß. Mit zusammengebissenen Zähnen humpelte sie in Richtung Labor.

Mit jedem Schritt ging Sarahs Atem schwerer. Klapperschlangengift wirkte sich schnell auf die Atemorgane aus. Sie wusste, was als Nächstes kommen würde: Übelkeit, Erbrechen, Doppelsehen und das entsetzlich schmerzvolle Kollabieren des Nervensystems. Sie schloss die Augen und versuchte, tief einzuatmen, um ihren rasenden Herzschlag zu beruhigen. Es war, als zwänge sie Luft durch ein Kapillarrohr.

Bleib ruhig. Die Nerven zu verlieren würde ihre Situation umso schlimmer machen.

Bis sie die Hälfte der Strecke hinter sich gebracht hatte, war das gebissene Bein so schwer geworden wie ein wassergetränkter Teppich. Sie humpelte, zog das Bein nach. Ihr Herzschlag hallte in ihren Ohren wie ein unentwegtes, schnelles Trommeln. Sie beruhigte sich: *Fast da.*

Sie schaffte noch ein paar Schritte, bevor sie auf die Knie fiel. Der Boden begann sich zu drehen und sie versuchte sich mit zitternden Händen abzustützen. Um Atem ringend sah sie zu den Millionen Lichtpunkten auf, die den Nachthimmel schmückten. Sie war voller Bedauern: darüber, dass sie Daniel allein hatte nach Tucson gehen lassen, dass sie es versäumt hatte, ihre Umgebung hinreichend zu überprüfen, ehe sie in ein unverschlossenes Auto eingestiegen war, dass sie ihr Handy auf dem Sitz hatte liegen lassen. Sie war unachtsam gewesen und dafür musste sie womöglich den höchsten Preis zahlen.

Sie hatte keine Zeit für Selbstvorwürfe. Sarah stand mit einiger Anstrengung auf und quälte sich langsam vorwärts, die Augen auf die Tür zum Labor fixiert, die nicht mehr als dreißig Meter entfernt war. Ihr fiel ein, dass es ein Funksprechgerät im Gebäude gab, das sie für einen Notruf benutzen konnte. Von diesem Gedanken angetrieben, kämpfte sie sich durch

Schmerz und Atemlosigkeit, um die letzten paar Schritte zu überwinden.

Als sie endlich ihr Ziel erreichte, lehnte sie ihren Kopf gegen die kalte Metalltür und tippte den Code ein. Sie tastete im Dunkeln nach dem Lichtschalter. Ihre langsamen, unkoordinierten Bewegungen waren der Beweis dafür, dass die Neurotoxine ihr Nervensystem übernahmen. Ihr blieb nicht mehr viel Zeit.

Sie ging auf direktem Weg zum Kühlschrank und durchwühlte den Medizinbehälter im obersten Fach. Antibiotika … Infusionslösungen … ein EpiPen … Wo zum Teufel war es? Das Rasseln von Pillen und das Klirren von Glas verhöhnten sie, während sie Fläschchen umwarf, um die eine Ampulle zu finden, die ihr das Leben retten konnte.

Sie war nicht da.

Das Funksprechgerät war ihre einzige Hoffnung. Ohne sich damit aufzuhalten, die Kühlschranktür zu schließen, drehte sie sich um, um nach ihrem Rettungsanker zu suchen.

Ein Mann mit blonden Haaren und einem gleichmütigen Lächeln stand vor ihr. Er hielt eine Ampulle mit einer klaren Flüssigkeit in die Höhe. »Suchen Sie das hier?«

KAPITEL 13

Sarah musste sich anstrengen, um die Worte herauszubringen. »Wer sind Sie?«

»Eine bessere Frage wäre vielleicht: *Was wollen Sie?*« Er sprach mit einem starken Texas-Akzent.

»Schön«, krächzte sie. »Was wollen Sie?«

Er rollte die Ampulle zwischen Daumen und Fingern hin und her. »Vor ein paar Wochen haben Sie oben beim Canyon was gefunden. Ein Fragment eines Holzkreuzes. Habe ich recht?«

Sie antwortete nicht.

»Ich interpretiere das als ein Ja. Dieser Gegenstand ist ein sehr wichtiger Teil der Geschichte. Aber ich vermute, das wissen Sie bereits.« Er lächelte verschlagen. »Ich will Ihnen was sagen. Ich biete Ihnen einen fairen Deal an. Dieses Artefakt ...«, er streckte ihr das Gegengift entgegen, »... für Ihr Leben.«

»Sie geben mir die Ampulle zuerst.«

»Ich glaube nicht, dass Sie in der Lage sind, Ansagen zu machen.« Er zog seine Hand zurück. »Geben Sie mir, was ich haben will, dann werde ich Ihnen die Ampulle aushändigen. Sie haben mein Wort.«

Kalter Schweiß tränkte Sarahs Shirt. Sie war sich des rasenden Trommelschlags ihres Herzens deutlich bewusst. Ein Herzstillstand war nicht mehr weit. »Es liegt im Tresor.«

»Holen Sie es.«

Sie versuchte die Kombination durch ihre Benommenheit hindurch heraufzubeschwören. Während sie die Zahlen eingab, durchdrang das Piepen ihre Ohren wie Sirenen. Die Kombination war falsch. Sie versuchte es mehrere Male, bis sich der Tresor mit einem Seufzen öffnete.

Der Fremde schob sie beiseite und durchwühlte den Tresor, stieß Artefakte um, bis er das Objekt seiner Begierde fand. »Endlich.« Er bewunderte das zerbrochene Holz mit gierigem Blick und ging zur Tür.

»Warten Sie!«, rief sie. »Sie haben etwas vergessen.«

Er drehte sich um und hielt das Gegengift hoch. »Meinen Sie das hier?« Er öffnete die Hand und die Ampulle fiel zu Boden.

Wie in Zeitlupe sah Sarah zu, wie die Flasche zersprang und sich die Flüssigkeit über den Beton verteilte. Sie verschwendete wertvolle Energie auf einen Wutausbruch. »Mistkerl! Sie haben mir Ihr Wort gegeben!«

Er lachte so heftig, dass es seine Schultern schüttelte. »Ich hatte Sie nicht für so naiv gehalten, Dr. Weston.« Seine Beute an sich gedrückt, verließ er das Gebäude.

Sarah legte eine Hand an die Wand, um sich abzustützen, und ging zu den Funksprechgeräten. Es überraschte sie nicht, dass sie aus der Ladestation entfernt worden waren. Noch eine Sackgasse.

Sie ging durch die Tür in die Nacht hinaus. Der Wind attackierte ihr schwitzendes Gesicht und die Schweißperlen fühlten sich wie Eiskristalle an. Sie ging weiter, zog ihr Bein hinter sich her. Die Anstrengung war zu groß. Sie fiel auf die Knie und stieß einen durchdringenden Schrei aus, der durch das Tal bis zum Bergzug in der Ferne hallte.

»Danny«, flüsterte sie und ließ ihren Körper vornüber kippen. Davon überzeugt, dass dies das letzte Mal war, dass ihre Stirn die alte Erde berührte, erlaubte sie dem Gefühl, jeden dunklen Winkel ihres Daseins zu erfüllen, und begann zu weinen. Sie wiederholte seinen Namen wieder und wieder, bis ihr das Wort nicht länger über die Lippen kam.

Eine Hand berührte ihren Rücken.

»Sarah Weston?«

Zwei verschwommene, dunkle Umrisse standen über ihr, dann beugten sie sich näher. Blinzelnd, damit sie nicht mehr doppelt sah, begriff sie, dass es Tocho Raven war.

»Was ist passiert?«

»Schlangenbiss. Klapperschlange.« Sie zeigte auf ihre rechte Wade.

Tocho griff nach dem betroffenen Bein und riss die Leggings an der Naht auseinander, um die Wunde freizulegen. »Sieht übel aus«, sagte er. »Wie lange ist das her?«

»Halbe Stunde, vielleicht eine Stunde. Ich weiß es nicht.«

Er zog ihr den Schuh aus und warf ihn beiseite. Einen Arm legte er ihr unter die Knie und den anderen um den Rücken und hob sie hoch. Er drückte ihren Körper an seine Brust und rannte los.

Sie fixierte den Blick, der jetzt wegen des Gifts verschwamm, auf die goldene Adlerfeder, die in der Mitte seines Schlüsselbeins hing. Ohne zu wissen, ob er Freund oder Feind war, ließ sie sich von ihm in einen ungewissen Ausgang tragen. Welche andere Wahl blieb ihr denn, als ihm zu vertrauen?

Es mochten zwei Minuten oder zwei Stunden vergangen sein – sie hatte ihr Zeitgefühl komplett verloren –, bis sie einen ramponierten Pick-up-Truck erreichten. Tocho half Sarah auf den Beifahrersitz. »Halten Sie durch. Wir werden in vierzig Minuten da sein.«

»In vierzig Minuten«, krächzte sie, »bin ich tot.«

Er drückte ihre Hand. Sie hatte nicht bemerkt, wie kalt sie war, bis sie die Wärme einer anderen Person spürte. »Ihnen wird nichts passieren. Vertrauen Sie mir.«

Tocho trat das Gaspedal durch und legte den Gang ein; die Hinterreifen drehten durch und wirbelten eine ockerbraune Staubwolke auf.

Dunkle Flecken übernahmen ihre Sicht.

Ihr Kopf drehte sich. Ihre Stirn berührte das kalte Glas des Beifahrerfensters und alles wurde schwarz.

Sarah erwachte in einem Lichtstrahl, der durch eine schmale, in eine Wand aus geschichteten Steinen eingelassene Öffnung auf ihr Gesicht fiel. Sie hob eine Hand an die Augen. Sie spürte das Gewicht einer Wolldecke auf ihrem Körper und richtete den Blick auf eine graue Textilie mit schwarzen und weißen konzentrischen Rauten. Das Gewebe war rau und schwer, wie ein Kelim.

Sie brauchte eine Weile, um ihre Erinnerungen an die vergangenen Stunden, während derer sie immer wieder das Bewusstsein verloren hatte, zusammenzustückeln. Sie erinnerte sich an Hunde, die den Sonnenaufgang angebellt hatten, als Tocho sie zu einem zerfallenden Steinhäuschen am Rand der Mesa getragen hatte. Drinnen scheuchte eine Frau mit tief zerfurchter Haut und langen, silbergrauen Haaren einen Hund von einem Feldbett, und Tocho legte Sarahs schlaffen Körper darauf. Sarahs Ohren hatten eine Wortflut im Hopi-Dialekt vernommen, wie das Summen eines Bienenstocks. Wer waren sie? Was sagten sie? Sie war zu schwach, um sie zu fragen, oder auch nur um ihr Leben zu kämpfen; ihr Schicksal lag in ihren Händen.

Was immer sie getan hatten, es hatte ihre Kräfte so weit wiederhergestellt, dass sie am Morgen überzeugt war, doch zu überleben. Ihr war noch immer schwindelig und ihr rechtes Bein schmerzte so sehr, dass sie es nicht vom Feldbett heben konnte. Sie setzte sich im Bett auf, schob die Decke nach unten, und zuckte beim Anblick des bläulich-pinken, aufgedunsenen Beins zurück. Die Bissstelle war mit einem Umschlag aus von ihrem eigenen Speichel angefeuchteten Blättern umwickelt. Sarah erinnerte sich daran, wie die alte Frau ihr eine Handvoll der

Blätter in den Mund gesteckt und sie angewiesen hatte, darauf herumzukauen. Der bittere Geschmack bedeckte ihren Mund noch immer.

Sie schloss die Augen und ließ sich von den Fingern der Sonne wärmen. Ihre Haut kribbelte von der Energie des neuen Tages, eine Erinnerung daran, wie viel Glück sie hatte, am Leben zu sein.

Stimmen vor dem Eingang erschreckten sie. Die Schlafkammer war durch eine über ein gespanntes Seil geworfene Decke von Hauptraum abgetrennt, sodass sie ein Gespräch auf Hopi zwischen zwei Männern hören konnte. Sie erkannte eine der Stimmen als Tochos, doch die andere war ihr fremd. Eine Frau stimmte in den Dialog ein, mit schriller Stimme, als ob sie sie schalt. Dann hörte sie Schritte, dann Stille.

Die silberhaarige Frau teilte den Deckenvorhang und spähte ins Zimmer. Sie lächelte und enthüllte einige wenige Zähne. Sarah erlaubte ihr mit einem Nicken, den Raum zu betreten.

Die Frau kam herein und brachte eine bemalte Tonschüssel an Sarahs Bett. Sie hob drei Finger an den Mund. »Trinken«, sagte sie mit starkem Akzent.

Die goldene Flüssigkeit in der Schüssel dampfte. Sarah hinterfragte weder den Inhalt noch die Absicht. Ohne die Fürsorge dieser Frau hätte sie die Nacht nicht überlebt. Sie nahm die Schüssel in beide Hände und trank die Mixtur in kleinen Schlucken, die nach Chlorophyll und feuchter Erde schmeckte. Sie ließ ihre Lippen kribbeln.

Die Frau nickte und sagte etwas auf Hopi. Aus dem ehrfürchtigen Ton und dem Rhythmus schloss Sarah, dass es sich um ein Gebet handelte. Sie studierte das Gesicht ihrer Pflegerin. Es hatte die Farbe polierten Kupfers und sah aus, als hätte es viele Winter überstanden – sowohl des Landes als auch der Seele. Ihre Augen waren wie Knopflöcher, gelegen unter schlaffen

Lidern und Brauen, die sich zusammenzogen, um eine tiefe Furche auf der Mitte ihrer Stirn zu bilden.

Sarah wollte ihre Hand berühren, fürchtete aber, es könnte als zudringlich aufgefasst werden. Stattdessen sagte sie: »Ich bin Sarah. Wie heißen Sie?«

Die Frau starrte sie nur lächelnd an.

Sarah lächelte zurück. »Spielt keine Rolle.« Sie legte die Handflächen aneinander. »Danke.«

Tocho kam herein und blieb beim Eingang stehen. »Sie sind wach. Und Sie haben meine Großmutter kennengelernt.«

»Das stimmt.« Sarah sah die alte Frau an. »Ich verdanke ihr mein Leben.«

»Sie ist eine Heilerin«, sagte er. »Ihr Name ist Gaia. Sie ist eine Legende im Land der Hopi.«

»Sag ihr Danke von mir.«

»Nicht nötig. Sie weiß bereits, dass Sie dankbar sind.« Tocho sagte etwas zu seiner Großmutter und wartete, bis sie das Zimmer verließ. Er hielt das Stück Papier hoch, das Sarah ihm ein paar Tage zuvor gegeben hatte. »Ich habe mir erlaubt, Ihren Partner anzurufen.«

Er ließ Daniel ins Zimmer und schlüpfte hinaus.

Daniel ging zum Fußende des Betts. Im Lichtschein, der durch das schmale Fenster hereinkam, wirkte er blass und zart, viel jünger als fünfundvierzig. Die Freude, ihn zu sehen, durchflutete ihre Adern.

Er setzte sich neben sie und zog sie an sich. Mit einem Arm um ihre Hüfte und einer Hand in ihrem Haar hielt er sie fest. »Verdammt, Sarah. Ich hätte mich nie von dir dazu überreden lassen sollen, dich allein zu lassen.« Er atmete aus. »Du hast mich zu Tode erschreckt.«

Sie löste sich. »Die Schlange wurde platziert, Danny. Ein Mann ist ins Labor eingebrochen …«

Ihre Züge verhärteten sich. »Er hatte Informationen, die keiner sonst hatte.«

»Wie zum Beispiel?«

»Er wusste, dass das Holzstück Teil eines Kreuzes ist.«

»Wie ist das möglich? Dieses Gespräch haben wir unter vier Augen geführt.«

»Entweder hat sich jemand in meinen Computer eingehackt oder dieser Mann weiß mehr darüber als wir.«

»Hast du eine Idee, wer er war? Und woher er wissen könnte, dass wir den Gegenstand hatten?«

»Meine einzige Idee ist, dass er etwas mit Nakai zu tun hat, und infolgedessen mit Phoebe.« Sie rieb sich die Stirn. »Sie ist die Einzige, die mein Passwort kannte. Sie könnten sie gedrängt haben, die Information rauszurücken, und dann haben sie Eins und Eins zusammengezählt. Und wenn das stimmt …«

»Dann ist sie in Gefahr.«

Das Geräusch eines Räusperns ließ Daniel und Sarah gleichzeitig herumfahren. Tocho stand im Eingang.

»Tut mir leid, dass ich Sie unterbreche«, sagte Tocho. »Aber wir müssen reden.«

KAPITEL 14

Tocho zog einen Hocker heran und setzte sich neben Sarahs Bett. Seine Mundwinkel neigten sich nach unten. Er stellte keinen Augenkontakt her, sondern richtete seinen Blick stattdessen auf den Boden.

»Sieht nach einer schlechten Nachricht aus«, sagte Daniel.

»Mein Vater hat es gerade von unserer Stammespolizei gehört. Die Polizei sucht nach einer Britin in den Dreißigern, zuletzt in Ganado gesichtet.«

»Großartig«, sagte sie. »Haben sie einen Grund genannt?«

»Irgendwas über ein wertvolles Artefakt, das aus der Campanlage verschwunden ist. Und andere verschwundene Dinge: ein Laptop und Datensicherungslaufwerke. Sie glauben, dass Sie sie gestohlen haben.«

Sarahs gesamte Recherche war auf dem Laptop und den Backups. Wenigstens hatte sie ihre Notizen zur Inschrift noch nicht aufgezeichnet. Sie schwang ihre Beine über die Bettkante. »Wir sollten nicht hier sein. Das wird dem Stamm nur Probleme machen.« Sie versuchte aufzustehen und biss die Zähne zusammen, als der Schmerz ihr durch die rechte Seite schoss.

»Sie befinden sich in unserer Obhut und unter unserem Schutz«, sagte Tocho. »Sie können nicht weggehen. Außerdem können wir einander helfen.«

»Tocho, wenn mich die Polizei bis hierher verfolgt, werden sie dich und deine Familie wie Komplizen behandeln. Das werde ich nicht zulassen.«

»Wer soll ihnen denn verraten, dass Sie hier sind?« Er grinste.

»Was ist mit deinem Vater? Es wird ihm kaum gefallen, dass du dich mit einer Flüchtigen umgibst.«

»Ich stimme Tocho zu«, sagte Daniel. »Es ist vernünftig, hierzubleiben, bis du dich erholt hast. Dann können wir zu den Behörden gehen und erklären, was passiert ist.« Er wandte sich an den jungen Mann. »Ich bin dankbar, dass du Sarah das Leben gerettet hast. Aber was hast du im Camp gemacht?«

»Sie hatten mir die Adresse gegeben und gesagt, dass ich zu Ihnen kommen soll, falls ich meine Meinung ändere.« Tocho beugte sich vor, stützte seine Ellbogen auf staubige Jeans. »Ich wollte über das Franziskanerkreuz sprechen. Aber es scheint so, als sei mir jemand zuvorgekommen.«

»Was hast du gemeint mit: *Wir können einander helfen*?«

Tocho stand auf. »Ich bin gleich wieder da.«

Sarah drückte gegen ihre Schläfen, um das Hämmern in ihrem Kopf zu verringern. Daniel rieb ihr den Rücken. »Du solltest dich ausruhen, Sarah. Wir können später hier weitermachen.«

»Ich kann mich nicht ausruhen, solange Phoebe da draußen ist.« Sie sah ihm in die Augen. Sie waren so sorgengetrübt wie ihre eigenen. »Wenn ihr etwas zustößt …«

Tocho kehrte mit einem Mann mittleren Alters ins Zimmer zurück. Er war klein und stämmig, trug ein schwarzes Hemd mit Druckknöpfen und Jeans. Die Absätze seiner Cowboystiefel klackten, während sein Gang – vielmehr ein Stampfen – seine O-Beine betonte.

»Das ist mein Vater«, sagte Tocho. »Hototo. Das bedeutet *Singender Krieger*.«

Daniel stand auf und streckte ihm die Hand entgegen. »Freut mich, Sie kennenzulernen, Sir.«

Hototo ergriff die Hand nicht. Er richtete die Handflächen nach unten und Daniel setzte sich.

»Mein Vater ist der Häuptling unseres Stamms. Er kennt die Geschichte besser als ich.«

Der Häuptling sah zu Daniel, dann zu Sarah. Sein Blick wanderte an ihrem verletzten Bein hinunter und sein Gesicht verzog sich auf eine Weise, die andeutete, dass ihm Schmerzen vertraut waren. Er zeigte auf seinen Sohn. »Tocho hier ist noch jung. Er hat erst neunzehn Winter erlebt. Aber er hat ein gutes Herz und einen guten Blick für Menschen. Er sagt, dass man Ihnen vertrauen kann.« Er kniff die Augen zusammen. »Ich bin mir da nicht so sicher.«

»Vater …«

Der Alte hob eine Hand. »Diese beiden graben die Knochen unserer Vorfahren aus. Sie stören die Erde, unsere Mutter. Sie verewigen die Lügen des Weißen Mannes, löschen unsere Geschichte und unsere Würde mit jedem Stein aus, den sie im Namen der Wissenschaft umdrehen.« Er sah Sarah durchdringend an. »Das stimmt doch, Lady?«

Sarah hielt seinem Blick stand. »Mein Partner und ich arbeiten normalerweise nicht in diesem Teil der Welt. Wir haben keine vorgefertigten Meinungen, keine Pläne, die wir vorantreiben wollen. Wir wollen die Geschichte beleuchten und sie nicht auslöschen.«

»Ich verstehe, was Sie meinen, mein Freund«, fügte Daniel hinzu. »Sie akzeptierten Ihre Geschichte auf Basis des Glaubens … aufgrund der alten Geschichten, die von Ihren Vorvätern überliefert wurden. Niemand muss sie Ihnen bestätigen.«

Hototo sah Daniel mit zusammengekniffenen Augen an. »Sie tragen indianisches Blut in sich.«

»Meine Mutter war zum Teil Cherokee. In dritter Generation. Aber ich erhebe keinen Anspruch auf ihr Erbe.«

Der Häuptling nickte, als ob diese kleine Auskunft ausreichte, um seine Einstellung zu ändern.

»Wir wurden zum Ziel von jemandem, der hinter Informationen her ist, die wir in Canyon de Chelly gefunden haben«, sagte Daniel. »Sie haben ein Artefakt gestohlen und ein Kind entführt. Wir haben Angst um ihr Leben.«

Tocho erklärte seinem Vater: »Das Mädchen, welches das Kreuz im Blue Canyon gesehen hat.«

»Dann stimmt es also«, sagte Sarah. »Phoebes Vision handelte vom Kreuz.«

»Ja, von einem spanischen Kreuz, das in vier Teile zerbrochen wurde. Der Legende nach wurde jedes Teil an einen anderen Ort gebracht.«

Die Wahrheit hat sich in alle Himmelsrichtungen zerstreut. Das bedeutete es also. Und »die Wahrheit«, was immer sie war, stand offensichtlich auf das Kreuz geschrieben.

»Ich finde, mein Sohn hat wirklich genug gesagt«, sagte Hototo.

»Vater, ich bin respektvoll anderer Meinung.« Die Bemerkung entlockte dem älteren Mann ein Stirnrunzeln. »Eines der Teile wurde bereits von jemandem gestohlen, der nichts dabei fand, diese Frau zu töten. Auf der Jagd nach den anderen Teilen wird er skrupellos sein. Ich finde, wir sollten uns mit den Archäologen zusammentun, um die Teile vor ihm zu finden.«

Gaia kam herein, um ein frisches Bündel Blätter für Sarah zu bringen. Sie warf ihrem Sohn und Enkel Seitenblicke zu. Sie sagte etwas, das wie ein Tadel klang, und verließ das Zimmer. Hototo folgte ihr.

Tocho stand auf. »Mein Vater hat schlechte Erfahrungen mit Akademikern gemacht, die sich als Freunde ausgaben, aber ihre Vorteile aus den Informationen zogen, die er ihnen gab. Es fällt ihm schwer, wieder Vertrauen zu fassen. Was mich betrifft, ich schulde ihm Respekt als meinem Vater und einem Ältesten unseres Stammes. Ich kann mich nicht gegen seinen Wunsch stellen, egal, was ich denke.«

Der junge Mann verließ das Zimmer. Sarah wälzte gedanklich die Worte des Manuskripts. Alles fing an, Sinn zu ergeben.

»Du wirkst abgelenkt«, sagte Daniel.

»Der Kodex. Plötzlich ist mir alles so klar. Er wurde über Esteban den Mauren geschrieben, kurz bevor er getötet wurde. *So sicher, wie die Sonne hinter die Hügel sinkt, so nähert sich der Untergang des Heilers*. Er war der Heiler – die Kürbisflasche, die Perlen, die Feder ... all das gehörte ihm.«

»Wenn er bei den Zuñi lebte, dann war er nicht ansatzweise in der Nähe von Canyon de Chelly. Jemand muss seine Habseligkeiten hergebracht haben, um sie zu vergraben.«

»Ja, vermutlich nach seinem Tod. Entweder wollte man sein Andenken bewahren, oder, noch einfacher, jeden Hinweis auf ihn auslöschen.« Die Aufregung über die plötzliche Erkenntnis dämpfte den stechenden Schmerz, der sich in ihrem Bein auf und ab bewegte. »Genau wie bei Hototo und seinen Akademikern hatten die Zuñi Esteban vertraut und wurden verraten – und suchten die ultimative Vergeltung. *Das Gefäß der Geheimnisse ist übergelaufen, jedes aus freien Stücken anvertraute Wort zum Dolch geworden, der auf das Herz des Betrachters zielt.* Es ergibt alles Sinn.«

»Es könnte sein, das eins dieser Geheimnisse mit dem Gold zu tun hatte. Das könnte er mit *es existiert* gemeint haben. Aber warum sollten sie sich ihm anvertrauen, nur um ihm den Garaus zu machen?«

»Im Manuskript heißt es: *Lasst die Tyrannen nicht davon erfahren, sondern behaltet es für unser Volk.* Seine Loyalität galt nie den Spaniern, sondern seinem eigenen Volk. Vielleicht wurde er gierig und plante die Reichtümer für sich selbst zu behalten, was der ultimative Verrat an den Zuñi gewesen wäre. Das ist natürlich alles reine Spekulation und Einiges davon werden wir nie erfahren. Aber die Tatsache, dass der Kodex und das Kreuz in seiner eigenen Sprache geschrieben sind, ist ein riesiger Hinweis.«

»Ich hätte nie, nicht in einer Million Jahren, geglaubt, dass das Gold existiert«, sagte Daniel. »Es wurde längst angenommen, dass Cibola und die sieben Städte ein Mythos waren.«

»Ich weiß. Der Teil ist rätselhaft. Aber ich bin überzeugt, was immer auf diesem Kreuz steht, es liefert einen Hinweis darauf, wo dieses Gold liegt.«

»Das würde auf jeden Fall erklären, warum jemand hinter ihm her ist. Wie weit bist du mit der Inschrift gekommen?«

»Ich habe einige Fortschritte gemacht, aber ohne das Artefakt … warte mal.« Sarah fiel der Zeichenblock in ihrer Tasche ein und sie zog ihn rasch heraus. »Ich hab meine Notizen. Ich habe genaue Zeichnungen von allem angefertigt.«

»Das ist mein Mädchen.« Er zwinkerte. »Es tut mir leid, dass ich mich so oft über dich lustig gemacht habe, wenn du so oldschool warst.«

»Die noch bessere Nachricht? Nichts von dieser Untersuchung ist ins System eingetragen worden.« Sie hielt den Block hoch. »Sofern sie keine Experten für nordafrikanische Stammesdialekte sind, sind sie ohne das hier vollkommen aufgeschmissen.«

»Jetzt müssen wir nur noch die anderen drei Teile finden.«

»Die Zeichnung an der Höhlenwand muss ein Hinweis sein, besonders, weil dasselbe Symbol in Blue Canyon zu sehen ist. Ich wünschte, ich wüsste ganz genau, was Phoebe an jenem Tag gesehen hat.«

Tocho teilte den Wollvorhang. »Mein Vater hat seine Meinung geändert. Er ist bereit, zu reden.«

»Bitte, er soll reinkommen«, sagte Sarah.

Der Häuptling blieb mit verschränkten Armen in einiger Entfernung vom Bett stehen. Sein verkniffenes Gesicht verriet Sarah, dass das bevorstehende Gespräch kein angenehmes sein würde. Er fragte: »Was wissen Sie über den Bergbau in diesem Gebiet?«

Sarah und Daniel sahen einander an. »Nicht viel, fürchte ich«, sagte Daniel. »Aber ich kenne mich generell mit dem Bergbau aus. Ich habe früher in den Kohleminen in Tennessee gearbeitet, vor sehr langer Zeit.«

»Eine große Minengesellschaft hat unsere Leute angeworben. Eine Menge Navajo arbeiten bereits oben in Black Mesa für sie, wo sie Kupfer aus der Erde holen. Sie sagen, sie haben ein neues Projekt, und dass sie gute Männer brauchen.«

»Haben sie gesagt, woran sie arbeiten?«

»Prospektion.« Sein Blick huschte von Daniel zu Sarah. »Sie suchen Gold.«

Langsam ergab alles Sinn. Vielleicht hatte Esteban wirklich das Gold gefunden, hinter dem alle her waren. Die Pueblo-Indianer, mit denen er sich angefreundet hatte, waren vermutlich nicht daran interessiert gewesen, die Lage des Goldes in der Welt zu verbreiten. Das mochte den Mauren das Leben gekostet haben.

Daniel sah Sarah an. Sie wusste, dass sie dasselbe dachten: Es gab eine irgendwie geartete Verbindung zwischen dem Rätsel des Kreuzes und den Belangen des modernen Bergbaus.

»Wie heißt diese Gesellschaft?«, fragte Daniel, »und wo erkunden sie?«

»Soldier Mining. Sie haben einen großen Landstrich ins Auge gefasst – ungefähr zweihunderttausend Hektar, südwestlich von hier.« Er flüsterte Tocho etwas auf Hopi zu, und der ermutigte ihn. »Das Problem ist, dass es ein Areal in der Nähe des Colorado River ist. Es ist für unser Volk heilig.«

»Wenn sie auf zweitausend Quadratkilometern prospektieren, dürfen wir davon ausgehen, dass sie die genaue Lage des Goldes nicht kennen – sie vermuten nur, dass es dort ist. Aber das Kreuz zeigt den Weg dorthin und deswegen haben sie es darauf abgesehen. Kommt das etwa hin?«

»Das mag sein, aber wir haben auch ein Interesse daran«, sagte Tocho. »Nur dass unsere Gründe ganz andere sind. Das Kreuz beschreibt die Lage einer heiligen Stätte, die nur bestimmten Stämmen bekannt ist. Wir wollen, dass das so bleibt.«

»Also wollt ihr das Kreuz finden, um das Geheimnis zu wahren«, sagte Sarah.

»Und um es vor denen zu schützen, die es nicht respektieren werden. Die Bergleute haben nichts anderes im Sinn, als der Erde Profit abzuringen. Unsere Geschichte ist nichts als ein Ärgernis für sie. Sie werden nicht zulassen, dass sie ihnen in die Quere kommt; das haben sie nie getan.«

»Mit menschlicher Gier konfrontiert zu werden ist uns nicht neu. Das haben wir mit den Spaniern erlebt, aber die Geister schützten uns damals, weil unser Volk nicht in seinem Glauben wankte. So ist das heute nicht mehr.« Hototo legte eine Hand auf Tochos Schulter. »Es gibt zu wenige von uns Traditionalisten. Wir sind nicht stark genug, um den Strom von Habgier und Korruption aufzuhalten, der die Herzen der Männer durchflutet, sogar unserer eigenen.«

»Das sehe ich anders«, sagte Sarah. »Sehen Sie sich nur an, wie Sie leben … mit so viel Ehre und Würde. Die Maßlosigkeit der modernen Gesellschaft hat Ihr Volk nicht verdorben. Diese Stärke, diese Weisheit, können Sie sich zunutze machen, um Ihr Erbe zu schützen.«

Der Häuptling lächelte mit einem Anflug von Bitterkeit. »Sie hoffen zu viel.«

»Wenn wir uns zusammenschließen, können wir das Kreuz finden.« Daniel zeigte auf seine Partnerin. »Sarah ist Linguistikexpertin. Sie kann den Text übersetzen, nachdem wir ihn zusammengefügt haben.«

»Was springt für Sie dabei raus?«, fragte der Häuptling.

»Die Vergangenheit zu rekonstruieren ist unsere einzige Belohnung«, sagte Daniel. »Wir wollen nicht, dass Artefakte wie dieses in die falschen Hände gelangen.«

Sarah fügte hinzu: »Das ist nur eine Vermutung, aber es könnte uns auch zu Phoebe führen. Ich habe das Gefühl, dass alles miteinander in Verbindung steht.«

»Jemand weiß von ihrer Vision«, sagte Tocho. »Deswegen hat man sie entführt.«

»Sie hat an dem Tag mit dir gesprochen. Kannst du uns verraten, was sie gesagt hat?«

Er sah seinen Vater an, der mit einem zögerlichen Nicken seine Zustimmung gab. »Sie war desorientiert, wusste gar nicht wirklich, was sie sagte. Sie stammelte etwas über die Teile eines Kreuzes und beschrieb dann einen Ort, an dem der Mond aufgeht, wenn der Tag und die Nacht gleich sind.«

»Wenn der Tag und die Nacht gleich sind«, wiederholte Daniel. »Die Tag-und-Nacht-Gleiche?«

Er zuckte mit den Schultern. »Von solchen Sachen verstehe ich nichts. Ich hatte gehofft, Sie verstünden es besser als ich.«

Sarah erinnerte sich an Bilder von Sonnendolchen, die durch Pueblo-Ruinen schienen, während die Sonne aufging, und Türöffnungen, die den Vollmond während des Mondstillstands einrahmten. »Könnte es eine Anspielung auf die Ausrichtung der alten Pueblo-Gebäude sein? Viele wurden errichtet, um die Mond- und Sonnenzyklen zu ehren.«

»Ja, aber Dutzende Orte in der Four-Corners-Gegend wurden so gebaut«, sagte Daniel. »Ich wüsste nicht mal, wo wir anfangen sollen.«

Sarah sah aus dem Fenster des Natursteinzimmers. Der Lichtstrahl, der am Tag hereinfiel, war mittlerweile von einem Schatten abgelöst worden. Das Fenster zeigte nach Osten.

Obwohl die Alten ihre Gebäude und Straßen nach den vier Himmelsrichtungen ausrichteten, folgte ihr heiligster Pfad dem Auf- und Untergang der Sonne. Das brachte sie auf eine Idee. »Danny, kannst du mir eine Karte der Four-Corners-Gegend besorgen?«

»Ich hab eine zur Schnellreferenz auf dem Handy.« Daniel reichte ihr sein Telefon.

Sie zoomte auf die Reservate der Navajo und Hopi und richtete Canyon de Chelly und Blue Canyon aufeinander aus. Sie lagen genau auf einer Linie, etwa hundertzwanzig Kilometer Luftlinie entfernt. Dann verlängerte sie diese Linie um dieselbe Distanz nach Westen. »Da steckt was dahinter.« Sie zeigte es Daniel. »De Chelly, Blue Canyon und dieser Teil des Grand Canyons entlang des Colorados liegen auf einer geraden westlichen Linie. Die Entfernung zwischen den Punkten ist beinahe identisch.«

»Verrückt«, sagte Daniel. »Nimmt man dieselbe Strecke von de Chelly nach Osten …«

»Genau das hab ich auch gedacht.« Sie folgte der Spur hundertzwanzig Kilometer nach Osten. Ihr fiel die Kinnlade herunter.

Daniel starrte das Display an. »Grundgütiger. Da ist es.«

Es ergab absolut Sinn, dass der vierte Punkt Chaco Canyon war, die alte Zeremonialstätte, an der sich mehrere der Pueblo-Kulturen zu Verehrung, Handel und Gemeinschaft zusammengefunden hatten, bis der Ort im dreizehnten Jahrhundert auf mysteriöse Weise aufgegeben worden war. Die weitläufige Anlage im Westen New Mexicos war aufwendig angelegt, mit Gebäuden, die bis zu vier Stockwerke hinauf reichten, vollkommen linearen Straßen und einem Netzwerk aus Kivas, die alle sorgfältig in einer Linie mit den Mond- und Sonnenereignissen ausgerichtet waren – ein wahres Wunder, wenn man bedachte, dass sie bereits im neunten Jahrhundert erbaut worden waren.

»Einer der Pueblos verfügt über eine deutliche Markierung der Tag-und-Nacht-Gleiche«, sagte Daniel. »Wenn ich mich recht erinnere, folgt der Lauf der Sonne vom Aufgang zum Untergang haargenau der Linie der Ost-West-Mauer von Pueblo Bonito.«

»Die Herbst-Tag-und-Nacht-Gleiche ist am zweiundzwanzigsten dieses Monats, am selben Tag wie der Vollmond. Wir sollten hingehen und das untersuchen.« Sarah versuchte aufzustehen. Das Bein war geschwollen und pochte, aber Schmerzen hatten sie noch nie aufgehalten.

»Du weißt schon noch, dass du vor gerade mal zwölf Stunden von einer Klapperschlange gebissen wurdest?«, sagte Daniel.

»Das ist mir klar. Aber das ist zu wichtig.«

Tocho näherte sich der Seite ihres Bettes. »Ich würde gern mitkommen. Mein Wissen über unsere Vorfahren und Rituale wird hilfreich sein.«

»Ich glaube, du weißt nicht, auf was du dich einlässt«, sagte Daniel. »Das wird kein Spaziergang.«

»Für mich steht mehr auf dem Spiel als für Sie.« Der junge Hopi hob die Stimme. »Ich gehe, mit oder ohne Sie.«

KAPITEL 15

Die Linien an der Wand zählten neun. Phoebe legte den Löffel auf dem angelaufenen Aluminiumtablett ab, neben den unberührten Teller voll gestampftem Mais. Da sie diesen Fraß keinen weiteren Tag ertragen konnte, hatte sie den Löffel für etwas Besseres benutzt: Sie hatte eine Aufzeichnung der vergeudeten Tage in den Betonstein geritzt. Die Routine war ihr zur selbstverständlichen Gewohnheit geworden. Eine indianische Frau, die wenig Englisch sprach und keinen Augenkontakt herstellte, kam mit dem Tablett herein; eine Stunde später kehrte sie zurück, um es mitzunehmen. Genau so geschah es dreimal am Tag; die täglichen Frisurwechsel der Frau waren die einzige Variation des Motivs. Phoebe war gut darin geworden, die Zeit ohne den Vorteil einer Uhr zu ahnen. Die Frau käme in spätestens zwanzig Herzschlägen zurück, schätzte sie.

Nakai hatte seit Phoebes »Unterhaltung« mit Jacob Soldier im Hof nicht mehr vorbeigeschaut. Es hatte sich herausgestellt, dass Soldier Nakais Chef war, der Kerl, der den Minenbetrieb in den Bergen jenseits des Geländes leitete. Als sie, verlegen, erzählte, dass sie das Haus für jenes von Nakais Familie gehalten hatte, bestätigte er ihr höflich, dass das stimmte: Nakai und einige seiner Verwandten sowie einige andere Navajo lebten hier. Er sei lediglich ihr Arbeitgeber und Vermieter. Nakai hatte sie sehr gern, sagte er: »Glaub nicht einen Moment lang, dass er dich anlügen würde.«

Alles war so kompliziert geworden, dass sie nicht wusste, was sie glauben sollte. Sie wollte Nakai vertrauen, aber mit jedem Tag, der verstrich, hinterfragte sie seine Loyalität. Wenn sie eines wusste, dann dass man Soldier nicht trauen konnte.

Vielleicht wegen dem, was sie mitangehört hatte, oder vielleicht wegen der bizarren Unterhaltung, die gefolgt war.

»Nick hat mir erzählt, dass du den wachen Instinkt einer Archäologin besitzt«, sagte er. »Weißt du, ich habe mehrere Archäologen eingestellt, inklusive Nick. Ich habe nach jemandem wie dich für mein Team gesucht.«

Es war das erste Mal, dass man ihr einen richtigen Job anbot. Sie wusste nicht, was sie sagen sollte, also lehnte sie kurzerhand ab. »Ich werde nach Griechenland zurückgehen, zu meinem Bruder.«

»Es ist eine Schande, ein Talent wie deines zu vergeuden. Dein Fund im Canyon – ich rede vom Fragment des Holzkreuzes – ist gewaltig. Du hast eine glänzende Zukunft vor dir, und du bist erst – wie alt? Fünfzehn?«

»Ich werde in ein paar Wochen vierzehn. Und außerdem war ich das gar nicht. Sarah hat es in einer Höhle in der Felswand ausgegraben. Ich hab nur ein paar der Perlen gefunden.«

»Faszinierend. Bestimmt hilfst du beim Übersetzen der Inschrift?«

»Ich kenne mich nicht mit Sprachen aus, besonders nicht mit Stammessprachen wie dieser. Sarah ist aber nah dran, sie zu verstehen. Sie arbeitet Tag und Nacht an ihrem Laptop.«

Zu diesem Zeitpunkt hatte sie begriffen, dass Soldier sie köderte. Sie verfluchte sich für ihre Unerfahrenheit und Naivität.

Die Tür zu ihrem Zimmer öffnete sich ohne Vorwarnung. Nakai spähte herein. Er zeigte ein breites Grinsen. »Darf ich reinkommen?«

Sie nickte. Wider besseres Wissen war sie froh, ihn zu sehen.

Er stand über ihrer sitzenden Gestalt. »Du hast dein Essen kaum angerührt.«

Sie zog eine Schulter hoch. »Kein Hunger.«

»Sorry, dass ich nicht vorbeigekommen bin. Ich war … ich hatte viel zu tun.«

»Kein Problem. Hör mal, ich bin dir für deine Gastfreundschaft dankbar, aber ich bin bereit, zurückzugehen. Wann kannst du mich hinbringen?«

Sein Ausdruck verfinsterte sich. »Vielleicht bald. Aber erst möchte Jake mit dir sprechen.«

»Was? Jetzt?«

»Jetzt.« Er streckte ihr eine Hand entgegen. »Komm.«

Sie ließ sich von ihm aufhelfen und folgte ihm durch die Tür. Während sie über den Flur gingen, suchte sie die sandige, von silbergrünen Büschen überzogene Landschaft ab. Der Horizont wurde von einem Berg mit abgeflachter Spitze eingenommen, dessen Stein so grau war, dass er in einem apokalyptischen Feuer hätte verkohlt sein können.

Nakai zeigte auf ein weiteres Betonsteingebäude einige fünfzig Schritte entfernt. »Da lang.«

Es war Tage her, seit Phoebe ins Tageslicht getreten war. Sie hob ihr Gesicht zur Sonne und genoss die Art, wie deren Wärme ihre Wangen kitzelte. Sie atmete den Geruch von trockener Erde ein und schmeckte, mit einer sonderbareren Freude, den Staub in ihrem Rachen.

Im Inneren des Gebäudes angekommen, sprach Nakai in ein Funksprechgerät. »Sie ist hier.« Er hob das Funkgerät an sein Ohr, um die eingehende Nachricht hören zu können, und wandte sich an Phoebe. »Sie sind soweit.«

Phoebe spürte ein Flattern in der Magengrube. Es war nicht wirklich Angst. Eher Unruhe. Was könnte sie Soldier erzählen, das sie ihm nicht schon erzählt hatte?

Drinnen im Zimmer ging Soldier auf und ab, während er in ein Handy blaffte. Ein anderer Kerl, der aussah, als hätte er seit der Pubertät keine Mahlzeit ausgelassen, fummelte an seinem eigenen Handy herum. Er sah nicht mal vom Bildschirm auf, um ihre und Nakais Anwesenheit zu würdigen.

Soldier legte auf und richtete seinen Fokus auf die Besucher. »Schön, dich wiederzusehen, junge Dame. Darf ich vorstellen: Das ist Bobby Cartwright, einer meiner Vorarbeiter. Wie Nick und viele andere meiner Männer, ist Bobby ein Navajo. Ist seit zwanzig Jahren bei mir. Der Grund dafür ist, dass er weiß, dass ich dieses Land und seine Fähigkeit, all seine Söhne und Töchter zu versorgen, äußerst wichtig nehme. Stimmt doch, oder, Bobby?«

Bobby nickte.

»Phoebe, findest du, der Fortschritt ist eine gute Sache?«, fragte Soldier.

»Ich schätze schon.«

»Gute Antwort. Der Fortschritt bringt Menschen Wohlstand, die in Armut und Elend lebten, wie kein menschliches Wesen sie sollte ertragen müssen. Anders als deine Freunde, die Archäologen, wollen wir dem nicht im Weg stehen.«

Der unverblümte Vorwurf machte ihr zu schaffen. Trotz all ihrer Spannungen mit Daniel und Sarah hatte sie keinen Zweifel daran, dass sie zutiefst charakterfeste Menschen waren. Sie hielt es für das Beste, sich nicht zu dieser Sache zu äußern.

»Das Artefakt, das deine Freunde beschützten, hat mit Moral ...«, er spie das Wort förmlich aus, »... nichts zu tun. Oder mit Ehre. Es gehört den Menschen dieses Landes, nicht Fremden und deren wissenschaftlichen Grundsätzen.« Er ging zu einer Schublade und holte das Holzfragment heraus. »Glücklicherweise ist Sarah Weston zur Einsicht gekommen.«

Phoebe erschrak beim Anblick des Gegenstands. »Warten Sie mal. Sie hat Ihnen das gegeben?«

»Auf Umwegen.« Er grinste. »Das wird dich jetzt vielleicht schockieren, aber deine Freunde sind nicht mehr in Ganado. Die Universität hat die Expedition wegen Zweifel bezüglich ihres Verhaltens beendet. Es ist uns gelungen, einige der Artefakte für eigene Forschungszwecke zu beschaffen.«

Ihre innere Alarmsirene schrillte. »Das verstehe ich nicht. Sie sind fortgegangen? Ohne mich?«

»Leider, ja. Wahrscheinlich sind sie auf dem Weg nach Hause. Wie sie es sein sollten. Sie gehören wirklich nicht in diese Gegend.«

»Das kann nicht sein. Das sieht ihnen nicht ähnlich.«

»Überschätze diese Archäologen nicht; die sind alle gleich. Sie wollen nur der Erste an der Ziellinie sein, sich einen Namen machen. Um das zu erreichen, würden sie jeden betrügen.«

»Das glaube ich nicht.«

»Nennst du mich einen Lügner?« Seine Augen funkelten auf eine Weise, die ihr Angst einjagte. Er atmete tief durch die aufgeblähten Nasenlöcher ein und redete weiter. »Jetzt muss ich dir ein paar Fragen stellen, also pass auf. Eine so akkurate Wissenschaftlerin wie Sarah Weston würde alles in ihrem Computer aufzeichnen, richtig?«

Ihre Wangen röteten sich. Sie hatte Angst, zu antworten.

»Nehmen wir mal an, ich habe recht. Laut Nick hier hast du manchmal Informationen für Dr. Weston eingetragen, was bedeutet, dass du ihr Passwort hast. Wieder richtig?«

Stille. Cartwright kam herüber und zeigte eine sternförmige Dienstmarke. Er zog sie zurück, bevor sie das Kleingedruckte lesen konnte. »Ich will es dir ganz leicht machen, Schätzchen. Dr. Westons Computer wurde konfisziert und befindet sich jetzt im Besitz der Behörden. Wir brauchen nur dieses Passwort. Wenn du uns das gibst, kannst du gehen.«

Ihr Blick huschte zwischen Cartwright und Soldier hin und her. »Was, wenn ich das Passwort nicht kenne?«

»Dann kommst du mit mir in die Jugendstrafanstalt in Flagstaff«, sagte Cartwright. »Es wäre eine Schande, dich da einzusperren, weil du doch so jung bist und so … aber Gesetz ist Gesetz.«

Das nagende Gefühl in Phoebes Magengegend hielt an. Diese Männer hatten eine Agenda, die sie nicht verstehen konnte, aber sie war sich sicher, dass sie etwas verheimlichten. Sie musste hier weg, damit sie Sarah warnen konnte. »Das einzige Passwort, das ich habe, wird den Bildschirm entsperren«, sagte sie. »Aber damit kommen Sie in kein Dokument.«

»Es ist ein Anfang. Ich höre.«

»Es lautet *DerZehnteHeilige78*. Alles zusammengeschrieben und die Anfangsbuchstaben groß«, sagte sie.

Soldier nickte seinem Partner zu. »Probier es aus.«

Cartwright verschwand in einem anderen Raum und kam kurz darauf wieder zurück. »Funktioniert. Die Dokumente sind mit einem anderen Passwort geschützt. Es kann ein bisschen dauern, aber wir können uns einhacken.«

»Wunderbar.« Soldier schenkte Phoebe ein schiefes Lächeln. »Das hast du gut gemacht.«

»Dann kann ich jetzt gehen?«

»Ich stehe zu meinem Wort.« Er legte einen Arm um Nakai. »Nick, da diese junge Dame nicht nach Ganado zurückkann, finde ich, du solltest ihr etwas Navajo-Gastfreundschaft zeigen.«

Er legte den Kopf schief. »Was meinen Sie?«

»Ich spreche von deinem Jugendfreund in Tuba City. Bring sie einfach dorthin und komm direkt zurück.« Er schlug ihm auf den Rücken. »Ich hab ein Projekt für dich.«

»Aber Sie haben gesagt, Sie würden sie nicht …«

Soldiers finsterer Blick ließ Nakai verstummen. »Mach schon, raus hier.«

Nakai sah weg, das Gesicht gerötet, als Soldier und Cartwright den Raum verließen.

»Diese Typen, für die du arbeitest … die scheinen dich nicht zu respektieren«, sagte Phoebe. »Warum lässt du dir das gefallen?«

Ohne sie anzusehen, schnappte sich Nakai einen Schlüsselbund von einem Wandbord und stürmte aus dem Zimmer.

Sie musste joggen, um ihn einzuholen. »Kannst du mir wenigstens sagen, wohin wir gehen?«

Er marschierte weiter zum Parkplatz und einem staubigen silbernen Highlander. Er sprang hinein und wartete kaum ab, bis sie die Tür geschlossen hatte, bevor er zurücksetzte. Die Reifen zermalmten den Schotter, als er das Grundstück schneller als nötig verließ.

Phoebe ließ sich in den Beifahrersitz sinken und sah aus dem Fenster. Der verkohlte Berg in der Ferne erschien ihr wie eine Anomalie in der flachen, gelbbraunen Landschaft. Wie so viele andere Dinge in Reservatsgebiet war er trostlos und ausladend, doch er löste keine Ehrfurcht aus, wie es andere Formationen taten. Diese hatte einen Stich von Traurigkeit, wie das Herz eines verlassenen Liebhabers.

Sie warf einen verstohlenen Blick auf ihren Begleiter. Obwohl keine Musik lief, trommelte er mit einem Daumen auf das Lenkrad. Der Tacho zeigte sechsundfünfzig Meilen, zu schnell für eine zweispurige Landstraße. Sie hielt es für klug, ihn abzulenken. »Was ist das für ein Berg?«

»Das ist kein Berg. Das ist Black Mesa.« Er hielt seinen Blick starr geradeaus gerichtet, trommelte weiter aufs Lenkrad. Nach einer langen Pause fügte er hinzu: »Hat seinen Namen von all der Kohle, die er in seinem Schoß birgt.«

»Ich hab gehört, dass der Kohleabbau großen Wohlstand bringt.« Sie studierte seine Körpersprache, schätzte ab, wie weit sie das Gespräch führen sollte. »Und auch große Probleme.«

»Wir hatten unseren Anteil an Problemen.«

»Ja? Welche denn?«

Nakai atmete tief aus. »Vor ungefähr fünfzig Jahren versprach eine Firma meinem Volk Arbeit und eine ganze Menge Geld im

Austausch für die Schürfrechte. Es war eine gute Vereinbarung für beide Seiten, bis sie es mit ihrem Wasserverbrauch zu weit trieben. Der Grundwasserspeicher war erschöpft, also mussten sie dichtmachen. Seitdem hat keiner am Tafelberg gearbeitet.«

»Also ist Bergbau ein schlechtes Wort hier in der Gegend?«

»Das hab ich nicht gesagt. Der Bergbau war gut für die Stämme. Er muss nur richtig gemacht werden, das ist alles.«

»Ich dachte, indigene Völker betrachten den Bergbau als Vergewaltigung des Landes.«

»Manche schon. Aber die sind ziemlich kurzsichtig. Das ist das Problem mit den Stämmen. Sie wollen wirtschaftliche Stabilität, aber sie sind nicht bereit, den Preis dafür zu zahlen.«

»Was ist mit dir? Was denkst du?«

»Ich glaube an den Fortschritt. Die traditionelle Lebensweise gehört der Vergangenheit an. Wir sollten im Dialog mit den Weißen stehen und sie nicht ausschließen. Sie können uns helfen.«

»Wie Soldier, meinst du?«

»Stimmt. Jake will mit den Stämmen zusammenarbeiten und den Profit teilen. Daran ist nichts Falsches.«

Das Bild, wie Soldier Nakai zum Schweigen brachte, zog vor ihrem inneren Auge auf. Trotz der Kränkung verteidigte Nakai ihn. Sie konnte nicht verstehen, warum.

»Ich hab noch nie eine leibhaftige Mine gesehen. Würde es dir was ausmachen, wenn wir uns umschauen?«

»Ich bin mir nicht sicher, dass Jake das gefallen wird.« Er dachte kurz nach. »Vielleicht kann ich dir die Rückseite zeigen. Sie liegt vor uns.«

Er bog auf eine unbefestigte Straße ab und fuhr durch eine Staubwolke, bis sich die Straße in sandige Erde am Fuß der Berge auflöste. Ein dunkles Loch, von zwei Kanthölzern eingerahmt, war in den Hang geschlagen worden.

»Das nennt man den Adit«, sagte er, ohne sich die Mühe zu machen, aus dem Auto auszusteigen. »Das ist der Hintereingang zur Mine. Er verläuft senkrecht zu einem Schacht, der tief ins Zentrum hinunterführt, wo das ganze Kupfer ist.«

»Wozu ist ein Adit gut?«

»Belüftung. Transport. Es gibt Schienen im Inneren, aber sie werden nicht mehr benutzt. Er dient der Entwässerung, das ist schon alles.«

»Und diese große, dreieckige Vorrichtung, die ich vom Gelände aus gesehen hab?«

»Das nennen wir das Fördergerüst. Das ist der Eingang zur Mine.« Er sah auf die Uhr. »Wir müssen los. Ich will nicht, dass es dunkel wird.«

Sie legten mehrere Kilometer in Stille zurück, bis er in südlicher Richtung auf die Route 89 abbog.

»Wirst du mir jetzt sagen, wohin wir fahren?« Sie hatte so ein Gefühl, dass ihr die Antwort nicht gefallen würde.

»Tuba City. Du wirst bei jemandem bleiben, dem ich vertraue.«

»Ist es das, was Jake mit *Navajo-Gastfreundschaft* meinte?«

Nakai brauchte einen Moment, bis er antwortete. »So was in der Art.«

Phoebe spürte seine Energie: rastlos, hin- und hergerissen, ein bisschen verzweifelt. Sie ahnte, dass er der Sache nicht gewachsen war und nicht wusste, wie er sich Soldiers eisernem Griff entziehen sollte. Was immer Soldier ihm versprochen hatte – finanzielle Unabhängigkeit, das Gefühl, dazuzugehören – hatte einen hohen Preis. Tief im Inneren wollte sie Nakai helfen, aber das Bedürfnis nach Selbstschutz war zu dringlich. Sie musste einen Weg aus diesem Schlamassel finden, denn das würde kein anderer für sie übernehmen.

Sie hatte gerade ein Schild gesehen, das »Tuba City, 7 Meilen« verkündete, als ein Präriehase über die Fahrbahn schoss und Nakai so fest auf die Bremse trat, dass die Reifen quietschten. Das Auto schlingerte auf den Seitenstreifen und kam mit einem Ruck zum Stehen. Die plötzliche Bewegung ließ die Verriegelung des Handschuhfachs aufspringen und eine schwarze Handfeuerwaffe kam zum Vorschein. Er griff rasch herüber und schloss das Fach.

Phoebes Kehle war wie zugeschnürt. Obwohl sie versucht hatte, sich etwas anderes einzureden, war sie jetzt sicher, dass Nakai etwas zu verbergen hatte. Sie wusste nicht, wer sein Freund war; sie wusste nur, dass sie nicht zu ihm gehen würde. Sie musste fliehen – um jeden Preis.

Er drückte aufs Gaspedal, um wieder auf den Highway zu fahren, aber das Geräusch von schlaffem Gummi auf Asphalt stoppte ihn.

»Toll. Das kann ich ja gebrauchen.« Mit einem Grummeln verließ er das Fahrzeug und inspizierte den vorderen Reifen auf der Fahrerseite.

Phoebe überprüfte die Umgebung. Links von ihnen erstreckte sich ein dürres Feld bis zu den Ausläufern von Black Mesa. Rechterhand und vor ihnen erhoben sich, so weit sie sehen konnte, zerklüftete Felshänge erodierten roten Sandsteins über Hügeln aus Sand und Schiefer, die vermutlich das Ergebnis von Erdrutschen waren. Über den Klippen befand sich eine Ansammlung tief hängender Wolken mit grauen Bäuchen.

Nakai kramte im Kofferraum herum und erschien mit einem Ersatzreifen und einigen Metallgeräten, die vermutlich dem Wechseln dienten. Er kniete sich neben den Reifen und machte sich an die Arbeit.

Ein gedämpftes Grollen verkündete Regen in der Ferne. Die grauen Wolken bauschten sich weiter auf und brachten einen Windstoß mit sich, der silbrige Steppenläufer über den zweispurigen Highway blies. Winzige Tropfen landeten auf der

Windschutzscheibe. Die roten Berge schienen näherzurücken. Sie betrachtete es als ein Omen.

Ihr Aufpasser war außer Sicht, aber das Geräusch von klirrendem Metall verriet ihr, dass er sich auf seine Aufgabe konzentrierte. Sie packte den Türgriff und zog, dann drückte sie die Tür langsam zur Hälfte auf und schlüpfte hinaus. Ihre Füße landeten geräuschlos auf dem Asphalt.

»Hey!«, rief Nakai.

Sie hatte es nicht soweit durchdacht, um zu realisieren, dass er unter dem Auto hindurchsehen konnte. Ihr Herz schlug wild vor Furcht, aber es war zu spät, um ihre Entscheidung zu bereuen. Sie sprintete die leichte Steigung des Schieferbergs hinauf, ohne sich damit aufzuhalten, hinter sich zu blicken.

»Was machst du da? Komm zurück! Ich werde dir nichts tun.« Seine schnellen Schritte signalisierten ihr, dass er nicht weit hinter ihr war.

Sie hörte ihre eigene Angst in abgehackten Salven von Keuchen und Schnaufen. Vor ihrem inneren Auge sah sie Sarah, mit strengem Blick, den Kiefer straff vor Entschlossenheit. Wenn es je eine Gelegenheit gegeben hatte, ihrer Mentorin nachzueifern, dann jetzt.

Phoebe biss die Zähne zusammen und krallte sich in die steiler werdende Steigung, ging den Berg auf allen vieren an. Der Regen wurde stärker und die Tropfen auf ihrem Rücken fühlten sich an wie kalte Peitschenhiebe, die sie vorwärtsdrängten. Von der Feuchtigkeit schwer geworden, war die Erde glitschig unter ihren Füßen und verlangsamte sie. Sie sah über die Schulter und erkannte, dass Nakai auf dem rutschigen Boden zögerte.

Sie schaffte es vor ihm zum Gipfel des Schieferhügels und rannte über ein Felsband, das aus der Klippenwand hervorstand. Ihr Herzschlag raste und ihre Beine brannten, aber die Furcht in ihrem Herzen war von einer widersinnigen Euphorie ersetzt worden. Sie fragte sich, ob man sich so fühlte, bevor man starb.

»Du kannst nirgendwo hin, Phoebe.« Nakais Stimme war über den Regen, der jetzt wirklich stark war, kaum zu hören. »Bleib stehen und lass mich dir helfen. Bitte – vertrau mir.«

Dafür war es zu spät. Das Restvertrauen, das ihr noch blieb, setzte sie in ihre eigenen Fähigkeiten. Sie sprang vom Vorsprung auf einen flachen Felsen. Sie hatte zwei Möglichkeiten: frei über eine fast senkrechte Steigung zu einem zerklüfteten Gipfel zu klettern oder eine schmale Klamm zu betreten. Letzteres war die einfachere Alternative, obwohl sie nicht ohne Gefahr war. Sie dachte daran, dass die Passage ohne weiteres an den Rand eines Abgrunds oder, schlimmer noch, in eine Sackgasse führen könnte.

In diesem Augenblick zählte nur die Vorwärtsbewegung und so entschied sie sich dafür. Die Spalte war kaum breit genug, um einen Erwachsenen durchzulassen, was einer zarten Jugendlichen einen Vorteil verschaffte. Sie rannte durch einen Irrgarten aus Sandsteinhügeln – der Schoß der Felswand, die mehr als das Zwanzigfache ihrer eigenen Größe hinauf ragte. Das Tageslicht erreichte den Durchgang nicht, dem sie folgte, von einigen Öffnungen abgesehen, durch die Sonnenstrahlen drangen, welche das Licht auf dem staubigen Boden bündelten. Sie strebte nach den dunklen Stellen, wo sie Deckung finden konnte.

»Ich weiß, dass du da drin bist.« Seine Worte hallten durch das Steinlabyrinth.

Da sie wusste, dass ihr rascher Atem ihre Position verraten könnte, legte sich Phoebe eine Hand über den Mund. Mit dem Rücken am Felsen ging sie auf Zehenspitzen weiter, während sie ihre Umgebung untersuchte. Ihr fiel ein Riss im Stein auf, vielleicht dreißig Zentimeter breit und drei Meter hoch. Wenn sie in die Spalte passte, wäre sie das perfekte Versteck. Wenn nicht, könnte der Versuch sie so sehr aufhalten, dass er zu ihr aufschließen konnte. Für einen Augenblick stand sie reglos da, unsicher, was sie tun sollte.

»Hab keine Angst. Ich hole dich.« Seine Stimme war jetzt lauter. Er kam näher.

Sie flitzte über den Gang und betrat die Öffnung. Diese war so eng, dass selbst ihre winzige Gestalt kaum hinein passte. Sie verdrehte die Schultern, hielt den Atem an, und schob sich weiter. Der raue Sandstein zerkratzte ihre Haut und das Brennen offener Wunden auf ihren Armen und ihrem Gesicht plagte sie.

»Renn nicht vor mir weg, Phoebe.« In seiner Stimme lag ein Flehen. »Du hast keine Ahnung, was in diesen Bergen lauert. Ich werde dir nicht wehtun, aber die schon.«

Ihr Herzschlag raste wie ein Wildpferd. Mit fast null Sicht bewegte sie sich weiter vor, indem sie sich von ihren Händen und Füßen leiten ließ. Die Spalte führte tiefer, als sie erwartet hatte. Mit dem Fuß ertastete sie einen Einschnitt in der Wand und hockte sich hinein.

»Ich weiß, dass du mich hören kannst, deswegen will ich ehrlich sein.« Er klang freundlich, aufrichtig. »Ich werde Jacks Befehl nicht folgen. Dieser Jugendfreund in Tuba City … er ist kein Freund. Er ist ein böser Mensch. Manchmal, bei Vollmond, durchstreift er diese Klippen. Wenn er dich findet, wird er kein Erbarmen mit dir haben. Bitte lass mich dich wo hinbringen, wo du in Sicherheit sein wirst. Meine Eltern wohnen in Tuba City. Sie werden sich um dich kümmern wie um eine Tochter.«

Sie blieb stumm und lauschte. Er fuhr fort: »Hör mal, Phoebe, es ist eine lange Geschichte, aber ich verdanke Jake mein Leben. Ich muss ihm gegenüber loyal sein, aber ich würde dir niemals wehtun. Das ist die Wahrheit.«

Sie hörte ein Scharren, als ob er suchte. Das Geräusch hallte eine gefühlte Ewigkeit lang im Felseninneren wider. Schließlich hörte sie Schritte, dann Stille.

Phoebe legte die Wange an den Stein und atmete tief aus. Sie spürte, wie ihr eine Flüssigkeit ins Auge tropfte, und war nicht sicher, ob es Blut oder Schweiß war. Es spielte keine Rolle; sie war in Sicherheit.

Die Erleichterung hatte sich kaum breitgemacht, da drängte sich schon die Angst in ihr Bewusstsein. Sie war allein in einer Klamm in einer riesigen Einöde, aus der sie vielleicht niemals herausfinden würde. Sie hatte kein Essen, kein Wasser. Und sie hatte keine Ahnung, wo Sarah und Daniel waren oder ob sie sie je wiedersehen würde.

Tränen strömten über ihre Wangen und die salzige Flüssigkeit brannte in ihren offenen Wunden. Sie schloss die Augen und atmete tief ein und aus, um das verzweifelte Schluchzen zu kontrollieren. Um ihren Verstand zu beruhigen, stellte sie sich die Welt draußen vor. Sie sah einen ausgedehnten Canyon und glänzende, schwarze Flügel, die über seinen Klippen und Schluchten flatterten. Wie der einsame Adler die urzeitlichen Formationen kahler Felsen umkreiste, so war auch sie frei. Es war das erste Mal in ihrem Leben, dass sie sich so fühlte.

Mit einem Mal erschienen ihre Ängste nicht mehr so erschreckend. Sie öffnete die Augen, blickte in völlige Dunkelheit und griff nach dem Felsen, um einen Ausgang zu finden.

KAPITEL 16

Als Sarah, Daniel und Tocho die unbefestigte Straße erreichten, die zum Chaco Canyon führte, begannen Wolken den Himmel New Mexicos zu bevölkern. Sarah hoffte, dass das Wetter halten würde; das Letzte, was sie brauchten, waren weitere Regenfälle.

Der Truck polterte über die Schotterstraße, deren Zustand von Daniel verlangte, qualvoll langsam zu fahren. Die Planierung war von solcher Art, dass es sich anfühlte, wie über ein kilometerlanges Waschbrett zu fahren. Sarah spürte die Erschütterungen, schnell und konstant, tief in ihrer Magengrube. Nach einer Weile war das Gefühl so vertraut, dass der Stillstand, als der Truck fast eine Stunde später am Westrand des Parks zum Halten kam, merkwürdig wirkte.

»Hier ist es«, sagte Tocho, der das ausgedehnte Panorama von Mesas und Spitzkuppen betrachtete, das von Hügeln aus Steinruinen unterbrochen wurde. »Die größte Leistung unserer Vorfahren.«

Sarah stimmte ihm zu. Der Chaco Culture National Historical Park war ein außergewöhnlicher Ort. Bereits 800 vor Christus von den ursprünglichen Pueblo-Indianern erbaut, wobei einige Behausungen sich auf die Zeit der Paläoindianer datieren ließen, war es eine Kultstätte sondergleichen. Sogar aus so weiter Entfernung wie Mesoamerika und allen Winkeln der Colorado-Hochebene hatten sich die Ureinwohner auf die Pilgerreise hierher gemacht, um Rituale und Festmahle abzuhalten und den Wechsel der Jahreszeiten zu feiern.

Obwohl man die Stimmen der Pilger in dieser dem Stein und der Wüste abgerungenen Anlage nicht mehr hören konnte, blieb eine gewisse Energie zurück. Sarah konnte es spüren, während sie die verstreuten Ruinen von Kivas und Großhäusern betrachtete, die lange Schatten auf den gelbbraunen Boden warfen. Anhand der unvollständigen Silhouetten, wie Kreidezeichnungen von Opfern, konnte sie sich bildlich vorstellen, was einmal gewesen war: ein florierendes Zentrum für Gebet und Handel, zwischen Haine aus Ponderosa-Kiefern geschmiegt, deren Stämme die Bewohner als Feuer- und Bauholz schlugen, Stück für Stück, bis nichts mehr übrig war außer durstiger, unfruchtbarer Erde. Diese Abholzung hatte vermutlich zum Verlassen des Chaco geführt, was die Bewohner nicht beweinten. Sie hatten vermutlich immer gewusst, dass ihr prächtiges Zeremonienzentrum vergänglich war, wie alles andere auch.

Der Canyon hatte auch eine etwas dunklere Seite. Als Wissenschaftler grob zerstückelte Überreste im Chaco ausgegraben hatten, häuften sich die Beweise dafür, dass hier Gewalttaten, deren Ausmaß man noch immer interpretierte, stattgefunden hatten. Die Theorien reichten von Menschenopfern über Kannibalismus bis hin zum Erschlagen von Hexen, als das Okkulte sich im elften und zwölften Jahrhundert stark unter den Stämmen ausbreitete. Zumindest war das die logische Schlussfolgerung von Anthropologen und Akademikern. Die modernen Pueblo-Indianer hielten nichts davon für wahr; auch nur über solche Themen zu sprechen, war tabu.

Sarah überprüfte den westlichen Horizont. Ein stählerner Dunst hatte sich über den Gipfeln der Hochebenen ausgebreitet und färbte die Unterseiten der Wolken in einem unheilvollen Grau. Sie wandte sich an ihre Begleiter: »Ich schätze, wir können genauso gut in Pueblo Bonito anfangen.«

Der drei Morgen große Pueblo, den man für das Zentrum der Chaco-Welt hielt, zeigte das beste, wenn auch nicht das einzige Beispiel für Meridianausrichtung. Die alten Pueblo-Indianer, die diesen Komplex aus großen Kivas und ungefähr achthundert

Räumen gebaut hatten, hatten eindeutig den Himmel studiert – die Planeten, die Sterne, die Sonne, den Mond – und hatten ihre Gebäude so ausgerichtet, dass sie wichtige Ereignisse wie die große Mondwende und die Sommersonnenwende würdigten. Nichts war ohne Grund erbaut worden. Die Wissenschaft hatte nur noch nicht den vollen Umfang enthüllt.

Obwohl Jahrhunderte seit der Errichtung von Pueblo Bonito vergangen waren, war seine Pracht noch immer in den Mauern bemerkbar, die an manchen Stellen fast einen Meter dick waren. Sie waren konstruiert, um Gewicht zu tragen: Manche der Behausungen waren drei und vier Stockwerke hoch – eine erhebliche Leistung zu jener Zeit.

Sarah betrat eines der Häuser und studierte die Architektur. Die Räume waren aus dicht geschichteten Sandsteinen gebaut und überraschend großzügig. Die Dächer und Decken waren schon lange eingestürzt, aber die Reihen freiliegender Holzbalken, symmetrisch und abstandsgleich angeordnet, ermöglichten es, sich die Originalstruktur vorzustellen.

Kies knirschte unter ihren Stiefeln, während sie in einige Räume ging und sich Beispiele für die Ausrichtung ansah. Es gab mehrere, von denen manche bis zu fünf Türöffnungen in einer faszinierenden Schärfentiefe enthüllten. Vielleicht hielt eine von ihnen ein uraltes Geheimnis verborgen, das nur vom Mondaufgang der Tag-und-Nacht-Gleiche beleuchtet wurde.

»Was denkst du?« Daniel stand hinter ihr.

»Der Vollmond geht heute Abend gegen Viertel vor neun auf. Einer dieser Eingänge oder eines der Fenster werden seinen Aufstieg einrahmen.«

Er zog einen Taschenkompass hervor. »Er wird etwa …«, er zeigte nach Ost-Südost, »… dort aufgehen. Wir könnten eine Ausrichtung vom Gebäude bekommen, das dem Bergsturz am nächsten steht.«

Daniel bezog sich auf ein Gebäude, das im Schatten von Threatening Rock erbaut worden war, der jahrhundertelang einen Einsturz vorangekündigt hatte, was schließlich geschehen war, lange, nachdem Chaco verlassen worden war. Die Bewohner waren sich der Bedrohung bewusst und hatten eine Stützmauer errichtet, die die Hauptwucht des Einsturzes aufgefangen hatte, sodass die Häuser darunter nicht zerstört worden waren.

»Ich schnappe mir Tocho und geh rüber nach Pueblo del Arroyo«, sagte er. »Dort gibt es einen Eingang, der die große Mondwende einrahmt. Ich will rausfinden, ob da was dran ist.«

»Super. Wir treffen uns danach hier und vergleichen unsere Notizen.«

Daniel ging und Sarah machte sich auf den Weg über die herabgestürzten Felsbrocken von Threatening Rock. Selbst nach einigen Tagen war ihr Bein noch immer nicht komplett verheilt. Sie ignorierte den Schmerz und zwang sich weiter.

Auf halber Strecke nach oben spähte sie zwischen zwei Felsen auf der Ebene des dritten Stockwerks des Gebäudes hindurch. Das quadratische Fenster an der Außenwand lag genau auf einer Linie mit einem ähnlich geformten Fenster in einer Innenwand. Die Öffnung rahmte Ost-Südost ein und der Horizont war beinahe perfekt auf die Unterkante des inneren Fensters ausgerichtet. Das könnte etwas zu bedeuten haben, dachte sie.

Die Sonne ging rasch unter und verlieh den blaugrauen Wolken eine goldene Dimension. Es war wichtig, den Sonnenuntergang von der Südmauer aus zu betrachten, und wenn nur, um das Wunder der Ausrichtung zu bezeugen, das vor so vielen Jahrhunderten von Menschen mit spärlichen Mitteln und Ressourcen konzipiert worden war. Die Bewohner von Chaco waren weit kultivierter und fähiger gewesen, als die moderne Gesellschaft ihnen zuschrieb.

Sie ging zur östlichen Ecke der Südmauer hinunter, die Ost und West mit mathematischer Präzision kennzeichnete. Eine weitere Achse verlief von Süden nach Norden und teilte den halbrunden Pueblo in zwei vollkommen symmetrische Teile.

Sarah ging in die Hocke und beobachtete die Laufbahn der Sonne. Während sie sich zum Westhimmel neigte, folgte sie exakt der Linie der Südmauer. Wenn Phoebes Wachtraum stimmte, dann war dies der Ort.

Nachdem die Sonne hinter die Tafelberggipfel getaucht war, verdunkelte sich der Himmel rasch zu einem bedrohlichen Violett. Ein Sturm zog auf. Sarah hoffte, er würde lange genug fernbleiben, damit sie ihre Beobachtungen beenden konnten.

Sie war dankbar, dass Daniel sich um eine Sondergenehmigung gekümmert hatte, die ihnen erlaubte, sich nach Sonnenuntergang im Park aufzuhalten, was sonst verboten war, damit sie sich ungestört an die Arbeit machen konnten. Sie ging die Felsen von Threatening Rock hinauf und wartete. Tocho und Daniel kamen bald darauf zu ihr.

»Was gab's in Pueblo del Arroyo?«, fragte Sarah.

»Wir haben den Eingang gefunden«, sagte Daniel. »Er rahmt den Mond während der großen Mondwende exakt ein, die ungefähr alle achtzehn Jahre passiert. Während des Herbstäquinoktiums in einem Jahr ohne Mondwende stimmt der Mondaufgang nicht mit dieser Öffnung überein.«

»Also sind wir am richtigen Ort.«

»Wir werden sehen.« Daniels Blick schweifte über den Horizont. »Der Mond wird es uns sagen.«

Die Stille des Abends hätte Sarah Trost spenden sollen, doch stattdessen war sie nervös, als lauere eine namenlose Bedrohung in den Schatten der Felstürme. Sie versuchte, ihren Verstand durch die Betrachtung des Nachthimmels zu beruhigen. Es gab fast keine Lichtverschmutzung in Chaco Canyon, also zeigten sich die Sterne mit voller Kraft, selbst wenn viele von den aufziehenden Wolken verdeckt wurden. Es war kein Wunder, dachte sie, dass die alten Pueblo-Indianer den Himmel verehrt hatten. Jeder glitzernde Lichtpunkt, jede Konstellation, hielt eine Nachricht für die Alten bereit. Himmelskörper inspirierten viele Schöpfungsgeschichten der Stämme, die bis zum heutigen Tag weitererzählt wurden, und prägten ihre Kunst. Allein in New Mexico waren mehrere Abbildungen kosmischer Ereignisse auf Höhlen- und Felswänden aufgezeichnet, darunter eine, von der man annahm, sie sei eine Supernovaexplosion.

Das erste Anzeichen von Licht am ost-südöstlichen Punkt des Himmels verkündete den Moment, auf den sie gewartet hatten. Sarahs Blick klebte am schmalen Strahlenband, das langsam den tiefblauen Vorhang des Himmels durchtrennte. Wie erwartet, wurde der Aufgang exakt vom Fenster der Pueblo-Bonito-Ruine eingefangen. Der Himmelskörper, in all seiner goldgesichtigen Pracht, hing einen verlängerten Augenblick am Horizont, beinahe so, als böte er ihnen einen guten Blick an, bevor er seine Reise fortsetzte.

Sarah fotografierte jedes Stadium des Mondaufgangs, war aber immer noch ratlos. Sie hatte erwartet, dass der aufgehende Mond einen Einschnitt in der Struktur oder ein anderes interessantes Detail enthüllen würde. Es war eine sorgsam durchdachte Ausrichtung auf ein herrliches Mondereignis, aber die Bedeutung blieb ihr verborgen.

Daniel zeigte zu einem der hellsten Sternenpaare am Himmel. »Venus und Antares. Wenn meine Berechnung der Mondlaufbahn stimmt, wird Antares heute Nacht verdeckt.«

Sarah starrte zum Himmel. »Ich bin nicht sicher, ob ich dir folgen kann.«

»Das Piktogramm«, sagte er. »Ein kleiner Kreis neben einem größeren Kreis, wie zwei Himmelskörper. Venus neben dem Mond.«

»Und das verdunkelte Licht hinter dem größeren Kreis, als ob ein anderer Stern in seinem Schatten steht. Danny, du bist brillant.«

»In genau dem Moment müssen wir ein bisschen Mathematik bemühen.« Er holte einen Laserentfernungsmesser aus seinem Rucksack. »Damit werden wir gute Maße von Abstand und Azimut nehmen können.«

»Archäoastronomie war noch nie meine Stärke«, sagte sie.

»Ich bin auch kein Experte. Ich versuche einfach, mich durchzuwursteln.«

Wie er es vorhergesagt hatte, ging der Mond an Antares vorüber, stellte den Stern in seinen Schatten und ließ nur einen schwachen Lichtstreifen zurück. Venus stand rechts vom Mond – eine beinahe perfekte Darstellung des in die Höhle gemalten Bildes. Es dauerte weniger als eine Minute, dann löste sich die Ausrichtung auf. Sie fotografierte das Phänomen, während Daniel die wichtigen Maße aufzeichnete.

Am Lagerplatz, gute elf Kilometer von der Stelle entfernt, bereiteten sie auf der Ladefläche des Trucks ein provisorisches Bett aus lokal gewebten Decken und teilten sich etwas Piki-Brot – eine dünne, knusprige Waffel aus blauem Mais, die von den Frauen der Hopi zu Röllchen geformt wurden.

Daniel klappte seinen Laptop auf. In der Dunkelheit war das künstliche Blau des Bildschirms, das sich auf seinem Gesicht widerspiegelte, während er drauflos tippte, das einzige Licht. Das Glühen wie aus einer anderen Welt fing seine Anspannung in einer Mischung aus Licht und Schatten ein.

Sarah und Tocho saßen rechts und links neben ihm und beobachteten ihn bei der Arbeit. Der Bildschirm zeigte das Foto des Mondereignisses und darüber lagen Richtungslinien und Winkelmessungen. »Da ist es. Der Winkel des Azimuts, in Bezug auf das Objekt und den geografischen Norden gemessen.«

»Was denkst du?«, fragte sie.

»Wir sind vielleicht auf dem falschen Dampfer. Wenn ein Teil des Kreuzes hier ist, dann ist es auf keinen Fall in Pueblo Bonito. Was Sinn ergibt. Der Pueblo wurde wieder und wieder ergraben und klassifiziert. Es ist unwahrscheinlich, dass es hier einen Gegenstand gibt, den die Wissenschaftler übersehen haben.«

»Also denkst du, die Azimutmessung weist auf einen Ort entlang des Horizonts hin?«

»Ich glaube es nicht, ich weiß es.« Er gab ein paar weitere Zahlen ein, dann setzte er sich auf und rieb sich das Kinn. »Wenn meine Annahme stimmt, dann wäre das irgendwo bei der Chaco-Treppe.«

Die Chaco-Treppe war eine Reihe von den alten Bewohnern des Canyons in eine Felswand geschlagenen Stufen. Sie war Teil des ausgefeilten Straßensystems, das die Pueblo-Gemeinden miteinander verband, sowohl im Inneren von Chaco, als auch außerhalb. Die Straßen, die die Bewohner gebaut hatten, waren notorisch gerade. Um Abschweifungen vom vorgeschriebenen linearen Weg zu vermeiden, bauten sie Treppen wie diese.

Daniel klappte den Laptop zu. »Ich denke, wir sollten ein Nickerchen machen. Wir erkunden die Stelle bei Sonnenaufgang.«

Sarah saß auf einem Felsvorsprung, als selbstbeorderter Wachposten, während die anderen schliefen. Wenn die Vorfreude auf eine Entdeckung anwuchs, blieb sie gern wach und genoss das Gefühl. Den Blick auf den gewaltigen Pueblo am anderen Ende des Canyons fixiert, zitterte sie unter einer abgenutzten Decke. Sie stellte sich vor, wie sich die antiken Bewohner unter den Erddächern ihrer großen Kivas versammelten, die kupferfarbenen Mienen unbewegt vor Ehrfurcht, wie sie am Feuer schwitzten und sangen, während die Priester die Geister anriefen.

Auf einem entfernten Mesagipfel zerriss ein Berglöwe die Stille mit seinem langgezogenen Knurren. Einen Augenblick später erhellte ein silberner Schein den Himmel. An der Rauheit und dem Durst der Erde gemessen, hatten die Monsune diesen Teil des Landes noch nicht erreicht. Das würde sich bald ändern.

Aus dem Augenwinkel sah Sarah noch ein grell aufleuchtendes Licht, kaum länger als ein Herzschlag. Noch ein Blitz? Sie drehte sich dorthin um und erkannte, dass es vom Canyon kam, nicht weit von der Treppe entfernt, die sie erkunden wollten. Das weiße Licht blitzte wieder auf, dann verschwand es. Sie sog scharf die Luft ein und spürte, wie die Kälte ihren Rachen taub werden ließ. Was immer es war, es war nicht das Werk der Natur.

Sie stieg vom Vorsprung herunter und rannte zum Truck. Sie kletterte auf die Ladefläche, wo Daniel auf der Seite lag. Sein Atem ging so rhythmisch und beruhigend wie Ebbe und Flut einer fernen See. Sie kniete sich neben ihn und legte ihm eine Hand auf den Rücken.

Auf ihre Berührung hin bewegte er sich leicht.

»Danny«, flüsterte sie.

»Was ist los?«

»Da ist ein Licht im Canyon. Ich glaube, dort ist jemand.«

Er setzte sich mit einem Ruck auf. »Glaubst du, die sind es?«

»Es gibt nur einen Weg, das herauszufinden.«

»Schnapp dir die Ausrüstung. Ich wecke Tocho auf.«

Sarah suchte die Ladefläche mit einer Taschenlampe ab und fand den Rucksack. Sie überprüfte ihn, um sicherzustellen, dass die Grundausrüstung – Seil, Karabiner, Stirnlampen, GPS,

Multifunktionswerkzeuge – darin war. Sie zog ihn über die Schultern und steckte ihre blonden Locken unter eine schwarze Skimütze. Dann sprang sie von der Ladefläche herunter. Die anderen waren auch bereit.

Tocho zeigte in Richtung South Mesa. »Wir nehmen diesen Pfad zum Chaco Wash. Das ist schneller und sie werden uns nicht kommen sehen.«

Sie joggten auf einem Trampelpfad westwärts und überquerten eine unbefestigte Straße, um zum Wash zu kommen, einem ausgetrockneten Flussbett, das sich in den Canyon gegraben hatte. Während der Regenzeit floss schmutziges Wasser durch diesen Arroyo, aber während des restlichen Jahres war er so ausgedörrt und spröde wie sonnengebrannter Ton.

Wo Sarahs schwere Stiefel auftraten, zerfiel die Erde wie Eierschalen. Sie sah zum Himmel hinauf. Mittlerweile kamen die Blitze öfter und die großen Sternbilder wurden von grauen Wolken verdeckt. Sie hoffte, das Wetter würde halten, bis sie das Flussbett durchquert hatten. Denn ansonsten könnte das ein Problem werden.

Am Rand des Canyons hockten sie sich hinter eine Pinyon-Kiefer und beobachteten. Auf halber Höhe der Treppe gingen zwei Lichtstrahlen abwechselnd an und aus. Das künstliche Licht entweihte die Dunkelheit.

»Ich schätze, wir sind nicht die Einzigen, die dahintergekommen sind«, flüsterte Daniel. »Lasst uns nachsehen, was sie vorhaben.«

Die drei schlichen durch das Flussbett zu einem Felsen am Fuß der Chaco-Treppe. Das unregelmäßige Taschenlampenlicht beleuchtete zwei Männer, die beide Khakihosen und Kappen trugen. Einer befand sich in der Mitte der Treppe und begutachtete eine Vertiefung im Felsen; der andere stand darunter, spendete seinem Partner Licht und stand Wache.

Sarah holte ein kleines Fernglas aus dem Rucksack und beobachtete den Mann auf der Treppe. Er entweihte nicht nur den antiken Ort, an dem Freeclimbing tabu war, sondern war auch im Begriff, unverfroren zu plündern, was Sarah schaudern ließ: Er bearbeitete den Felsen mit einer Spitzhacke, anscheinend, um den Weg zu etwas freizuräumen. Sie wollte aufschreien, wusste aber, dass es Selbstmord wäre, ihre Position zu verraten.

Sie warf Daniel einen Blick zu. Seine Hände waren fest zu Fäusten geballt und sie fragte sich, wie viel länger er sich würde zurückhalten können.

Ein silberner Lichtblitz zerriss den Himmel; zwei Sekunden später folgte der Donner. Der erste Monsunregen näherte sich.

Der Mann auf der Treppe bewegte sich systematisch von einem Stein zum nächsten, während der Staub von Äonen um ihn herniederging wie feiner Schnee. Einer der Felsen löste sich und stürzte über die Klippe. Der Mann meißelte weiter, ohne Achtung für die, die vor ihm hier gewesen waren.

Eine lange, kühle Brise zog durch den Pueblo und hinauf zu den herabgestürzten Felsen. Kurz darauf kam der Nieselregen.

Der Mann rief seinem Komplizen am Boden etwas zu. Dem Tonfall nach schloss Sarah, dass er etwas gefunden hatte. Sie justierte das Fernglas, um näher heranzuzoomen, und sah, wie er eine Tafel aus der Vertiefung holte. Sie senkte das Fernglas und sah Daniel mit gegen den stärker werdenden Regen zusammengekniffenen Augen an. »Er hat was.«

»Das kann er nicht tun.« Tocho sprach lauter, als er sollte, was Daniel veranlasste, sich einen Finger an die Lippen zu legen. »Das ist unser Erbe. Niemand darf es entweihen.«

»Ganz ruhig, Tocho«, flüsterte Daniel. »Wir sind noch nicht so weit, um sie zu konfrontieren.«

»Ihr vielleicht nicht.« Er stand auf.

»Verdammt, Mann. Runter mit dir.«

Tochos Augen funkelten in einem Blitz. Sarah kannte diesen Blick; es war das Zischen vor dem Angriff. Die Schuld einer lange unbezahlten Rechnung war fällig geworden und er würde es nicht dabei bewenden lassen. Nicht dieses Mal.

Er sprang über die Felsen und Sarah und Daniel folgten ihm wider besseres Wissen. Wenn sie ihn seinem Glück überließen, würde er aller Wahrscheinlichkeit nach sein Ende finden. Sie hatten einen Pakt geschlossen, einander vor Schaden zu bewahren, auch wenn dieser selbst zugefügt war.

Tocho rannte mit der gesammelten Gewandtheit eines verwundeten Bullen zu der Stelle. »Eindringlinge«, rief er den Männern zu. »Verschwindet von hier.«

Der Kerl am Boden zog ein Schnappmesser, während der andere sich auf den Weg nach unten machte, seine Beute unter dem Arm. »Was sagt man dazu, Cyrus? Ein dummer Indianerjunge glaubt, er kann uns rumkommandieren. Warum verschwindest du nicht von hier, Junge, bevor du noch verletzt wirst?«

»Ihr zerstört einen nationalen historischen Ort. Wir sind Zeugen eures Verbrechens.«

»Wer ist *wir*?«

»Spielt keine Rolle«, sagte Daniel. »Ich empfehle Ihnen, den Gegenstand hinzulegen und zu verschwinden. Ich hab bereits die Behörden informiert.«

»Das ist dieser Archäologe von der Ausgrabung in Arizona«, sagte Cyrus. »Schnapp ihn dir, Jimmy.«

Ein Blitz spiegelte sich auf Jimmys Schnappmesser, als er es auf Daniel und Tocho richtete. Der Regen wurde stärker. Mit einem Knurren, das sein Gesicht verzerrte, ging Jimmy auf Daniel los. Daniel hob den Unterarm und blockte den Vorstoß ab, dann schob er den Angreifer zurück. Tocho sprang ins Handgemenge und Fäuste landeten auf Fleisch.

Sarah behielt Cyrus im Auge. Anstatt seinem Partner zu Hilfe zu kommen, sah er sich um, bestimmt nach dem besten Fluchtweg. Ohne den Gegenstand loszulassen, rannte er in die entgegengesetzte Richtung.

Sarah setzte ihm nach. Trotz des nachklingenden Schmerzes vom Schlangenbiss und der vom Starkregen eingeschränkten Sicht würde sie ihn nicht damit davonkommen lassen. Adrenalin löschte die physischen Hürden aus und trieb sie vorwärts.

Im Versuch, sie abzuschütteln, rannte Cyrus in den Canyon hinunter. Was er nicht wusste, war, dass sie sich wahrscheinlicher in einer modernen Einkaufsmeile verirren würde als inmitten der eindrucksvollsten Hindernisse der Natur. Die gelegentlichen Lichtblitze, die der wütende Himmel spendete, beleuchteten die verlassenen Korridore der Chaco-Bewohner und verrieten die Position des Flüchtigen. Sarah nahm eine Abkürzung um eine Felsformation herum und schnitt ihm den Weg am Pass ab.

Er taumelte rückwärts. Schnaufend, seine Beute aber immer noch fest gepackt, versuchte er, davonzulaufen, aber sie stürzte sich auf ihn und sie fielen beide zu Boden.

Das Artefakt fiel ihm aus der Hand und er krabbelte auf allen vieren zu ihm hin. Sie trat es beiseite und bemerkte, wie leicht es war – es musste Holz sein. »Das gehört Ihnen nicht.«

Mit einem wütenden Brüllen drückte er sie zu Boden und packte sie bei der Kehle. Seine Kappe fiel herunter und enthüllte nasses, rotes Haar. Sie konnte sein Gesicht gut erkennen: blass und voller Sommersprossen, mit fleischigen Wangen und fassungslosen Augen, die im Zwielicht grau aussahen.

»Sie waren uns schon zu lange ein Dorn im Auge.« Er knurrte, als er ihr den Hals zudrückte.

Sie krallte sich in seine Finger, aber sein Griff war zu stark. Sie keuchte, rammte ihm ein Knie in die Bauchgegend, was ihn gerade lange genug nachgeben ließ, dass sie Luft holen konnte. Er attackierte sie mit frischer Wut.

Sarah versuchte ihn mit den Unterarmen zurückzuhalten, doch er überwältigte sie. »Machen Sie sich bereit, zu sterben, wie Ihr merkwürdiges Mädchen.«

Phoebe. Also gab es eine Verbindung. Sarah trat nach ihm, ohne Erfolg. Durch halb geschlossene Augen hindurch sah sie, wie ein Ellbogen auf Cyrus Nacken herab sauste, dann, wie ihn zwei Arme wegzogen.

Cyrus versuchte wegzurennen, aber Daniel schnappte ihn. Die beiden rangen miteinander, tauschten Schläge aus. Ein Tritt in die Leistengegend ließ Daniel sich vornüber krümmen und verschaffte Cyrus einen Vorteil.

Sarah stand auf und packte Cyrus' Hemd, um ihn zu verlangsamen. Er schlüpfte heraus und ließ es in ihre Hände gleiten, ein T-Shirt mit dem Logo »Soldier Mining« kam zum Vorschein. Er schnappte sich die Holztafel und kletterte zum Flussbett.

Sarah, Daniel und Tocho folgten ihm. Im starken Regen war der Boden des Flussbetts, von monatelanger Trockenheit verdichtet, schlüpfrig geworden, und so setzten sie ihre Schritte mit Bedacht. Cyrus war weniger vorsichtig. Er verlor den Halt, und während er fiel, löste sich das Objekt aus seinen Händen.

Daniel sprang auf ihn und brüllte: »Schnapp es dir, Sarah!«

Während sie im Dunkeln nach dem Artefakt tastete, begann das Wasser zu steigen, das sich am Boden angesammelt hatte. Bis sie das Artefakt gefunden hatte, hatte es die Mitte ihrer Wade erreicht. Ihre Haut kribbelte. Sie wusste, was kommen würde.

»Lauft!« Tochos verängstigte Stimme erklang von der anderen Seite des Flussbetts. Sie sah hinter sich. Im schwachen Licht vor der Morgendämmerung funkelte eine anderthalb Meter hohe Wasserwand in graublauen Schattierungen. Sie grollte, während sie auf sie zuraste.

Den Gegenstand in ihrer Tasche sichernd rannte Sarah in die entgegengesetzte Richtung, obwohl sie wusste, dass sie dieser Bestie nicht entkommen konnte. Sie entdeckte einen Baum am Ufer des Arroyo und griff danach, doch das Wasser riss ihr die Füße weg und verschluckte sie in sein schlammiges Herz. Sie wollte nach Daniel rufen, doch die dunkle Flüssigkeit wirbelte so schnell umher, dass sie ihren Kopf nicht über die Oberfläche heben konnte. Wellen und Blasen erfüllten ihre Sicht und für einen Moment glaubte sie, dass sie ertrinken würde.

In Panik zu geraten war keine Option. Sie konzentrierte ihre Kraft auf das mysteriöse Objekt. Sie hatte die Pflicht, es zu beschützen. Sie drückte sich nach oben gegen den Strudel und ihr Kopf wippte aus dem Wasser und wieder hinein. Über der Oberfläche war die Welt kühl und nebligblau, während das Licht die Wolken durchbrach. Sie hörte ihren Namen, sah Bewegung. Es war Daniel, der sich an den Zweigen einer Pinyon-Kiefer festhielt und wild winkte.

Sie war dankbar, dass er in Sicherheit war. Flutwasser spritzte ihr ins Gesicht, während sie darum kämpfte, sich über Wasser zu halten. Eine große Welle attackierte sie, füllte ihren Mund mit dem intensiven Geschmack von Salz und Mineralien. Sie tastete nach dem Artefakt – noch da – und spürte, wie eine Hand nach ihrem Nacken griff.

Sarah versuchte sich zu befreien, doch die Hand drückte fest zu und zog ihren Kopf unter Wasser. Da begriff sie, dass Daniels Gesten eine Warnung gewesen waren. Im Inneren des brodelnden Cocktails aus Schlamm und Regenwasser griffen die Hände des Angreifers nach ihrem Körper, um das Fragment zu lösen. Sie trat ihn fort und kämpfte sich nach oben. Sie brauchte Luft, und wenn es nur ein einziger Atemzug war.

Sie durchbrach die Oberfläche für den Bruchteil einer Sekunde, ehe er wieder nach ihr griff und sie tiefer nach unten zog. Obwohl sie ihn durch das aufgewühlte, schmutzige Wasser nicht sehen konnte, spürte sie den Zorn in der Kraft seines Griffs. Sie fühlte ein scharfes Stechen in der Seite und begriff, dass er ein Messer hatte. Sie wand sich und schlug zu, um sich zu befreien, schaffte aber nichts weiter, als Energie zu verschwenden, von der ihr schon jetzt wenig zur Verfügung stand.

Ihre Kraft schwand. Sie konnte das Artefakt loslassen und ihm im Austausch für ihr Leben geben, was er haben wollte. Oder sie konnte bis zum Ende kämpfen.

Ihrer Meinung nach gab es keine Frage, was sie tun musste. Mit einer letzten, verzweifelten Bemühung nach Atemluft, versuchte sie, ihn wegzutreten, aber ihre Beine waren nicht mehr effektiv. Sie war sich sicher, dass sie erledigt war.

Und dann ließ er sie los. Sie ergriff die Gelegenheit, zur Oberfläche zu gleiten, und keuchte, schluckte ebenso viel Wasser wie Luft. Zwei weitere Hände tauchten aus dem schlammigen Malstrom auf.

Unter Husten und Schnaufen stürzte sich Cyrus auf Daniel, ein Schnappmesser in der Hand. Daniel griff nach dem Handgelenk seines Gegners und drückte zu. Cyrus' verzerrtem Gesicht nach zu urteilen, war er überwältigt. Er ließ los und das Messer fiel in die Stromschnellen.

»Sarah, der Baum«, rief Daniel über das Zischen des Wassers hinweg.

Sie warf einen Blick hinüber und sah Tocho über einem Zweig liegend, mit dem Gesicht nach unten und reglos. Schwimmen war in einer Springflut keine Option, aber sie versuchte es trotzdem. Der Strom warf sie hier und dort hin, drückte sie unter den Baum und auf einen Felshaufen zu. Sie ließ sich treiben. Sobald sie nah dran war, griff sie nach einem Halt zwischen den Steinen und hielt sich fest, selbst als das Wasser ihren Körper mit der Kraft einer Lokomotive weiterdrückte.

Sarah biss die Zähne zusammen und zog sich mit zitternden Armen hoch, bis ihr Oberkörper aus dem Wasser heraus war. Unter dem Andrang der Flut brach einer der Felsen ab und verschwand in dem reißenden Strom, was den Rest der Anhäufung destabilisierte. Sie hob ein Bein auf die Felsen, dann das andere, und kroch aufs Flussufer zu. Sie hatte kaum feste Erde erreicht, als die Felsen fortgespült wurden.

Zitternd und erschöpft stolperte sie auf Tocho zu. Zu ihm zu gehen bedeutete, Daniel, der in einem Kampf mit Cyrus flussabwärts trieb, sich selbst zu überlassen. Es war eine klassische Triage: Sie musste denjenigen retten, der ihre Hilfe am meisten brauchte.

Sie eilte zum Baum hinunter und verzog das Gesicht, als sie erkannte, dass sie womöglich zu spät war. Tochos bewusstloser Körper wurde ununterbrochen vom Wasser bedrängt. Wenn er noch nicht ertrunken war, dann war er nah dran.

Dankbar für seine schlanke Gestalt legte sie ihre Arme unter seine und zog ihn aus den Zweigen. Sie zerrte ihn auf trockenen Boden und brachte ihre Wange nahe an seine zyanotischen Lippen. Keine Atmung. Sie suchte an seiner Halsschlagader nach einem Puls. Er war schwach, aber er war da, was auf Atemstillstand hindeutete.

Sarah begann mit der Mund-zu-Mund-Beatmung – fünf lange Atemstöße in seinen Mund – und beobachtete seinen Brustkorb. Der Erstversuch der Beatmung brachte keinen Erfolg, also wiederholte sie es; sie wusste, dass eingeatmetes Wasser die Lungenfunktion stark beeinträchtigen und Rettungsversuche verlangsamen konnte. Am Ende des dritten Versuchs zuckte Tochos Körper wie bei einem Anfall und er begann zu husten.

»Du bist okay, Tocho.« Ihre Stimme war zittrig. »Du bist okay.«

Der junge Mann strecke eine Hand aus. Sie war so eiskalt wie die einer Leiche. Sie hielt sie an ihre Brust und legte ihren Oberkörper über seinen, um ihn zu wärmen.

Sie spürte eine Hand auf dem Rücken. »Sarah?«

Sie sah zu Daniel auf, der neben ihnen kniete. Sein Anblick, verschrammt und schlammnass, machte ihr alles bewusst: Phoebes Entführung, der Schlangenbiss, Tochos Beinaheertrinken, das Böse, das ihnen gefolgt war, seit sie an diesem gottverlassenen Ort gelandet waren. Wenn es so etwas wie Flüche gab, dann hatten sie es auf jeden Fall mit einem zu tun.

Daniel hielt sie stumm fest. Sie holte tief Luft und verzog beim scharfen Stechen das Gesicht. Sie legte sich eine Hand an die Seite. Als sie sie zurückzog, war ihre Handfläche blutverschmiert.

»Lass mich mal sehen.« Daniel hob ihre Jacke und ihr Shirt an, um die Stichwunde freizulegen. »Grundgütiger, die ist tief.«

»Es ist halb so wild. Wir müssen Tocho ins Krankenhaus bringen.«

Tocho stützte sich auf einen Ellbogen auf. »Auf keinen Fall. Ich gehe nicht in Krankenhäuser. Bringt mich nach Hause zu meinem Stamm.«

Sarah und Daniel halfen Tocho, aufzustehen. Es war Zeit, zu gehen. Sie spürte das Gewicht des Artefakts, das sicher in ihrer Jacke steckte. Der zweite Arm des zerbrochenen Kreuzes, für den sie beinahe mit dem Leben bezahlt hätten. Soldiers Männer würden deswegen wiederkommen; sie wusste es genau.

KAPITEL 17

In einem heruntergekommenen Steinhaus, das einmal Tochos Vorfahren gehört hatte, arbeiteten Sarah und Daniel im Licht einer Kerosinlampe daran, den zweiten Arm des Kreuzes zu untersuchen. Dieser war in besserem Zustand als der Erste. Mehr der weißen Farbe war unversehrt und die Inschrift war lesbar. Das war die gute Nachricht. Die Stempelungen auf diesem Fragment würden Sarah helfen, die undeutlichen auf dem Ersten zu entziffern.

Sarah betrachtete die Worte unter einer Lupe. Sie waren eindeutig in derselben Sprache wie der Kodex, obwohl sich die einzelnen Dialekte leicht unterschieden und die beiden Schreibstile radikal anders waren, was darauf hindeutete, dass die beiden Gegenstände von verschiedenen Personen beschrieben worden waren.

Sie reichte Daniel die Lupe und er betrachtete das Holz ausgiebig. »Es ist bemerkenswert deutlich, als wäre es gestern vergraben worden. Wie lange wirst du brauchen, um es zu übersetzen?«

»Es sind wenige Worte oder Wortfragmente. Vielleicht einen Tag oder so. Aber ich kann nicht garantieren, dass es Sinn ergeben wird. Wir brauchen die anderen beiden Teile. Vielleicht sind sie an den anderen Punkten der Ost-West-Achse vergraben.«

»Ich hatte denselben Gedanken, also hab ich Tocho nach Blue Canyon gefragt«, sagte Daniel. »Er schwört, dass das eine Sackgasse ist. Er sagt, ein Teil des Kreuzes war dort vor Jahrhunderten vergraben, aber es wurde schon längst entfernt. Er weigert sich, uns zu helfen, danach zu suchen. Er sagt, das würde geheiligten Grund der Hopi entweihen.«

»Das verstehe ich. Damit bleibt uns noch der Rand des Grand Canyon in der Nähe des Colorado River.«

»Viel Glück damit. Der Canyon ist so gewunden, tief und weitläufig, das wäre, als würde man eine einzige Perle im gesamten Pazifik suchen. Vielleicht wird uns deine Übersetzung einen Hinweis liefern.«

Sarah verschränkte die Arme auf dem Tisch und beugte sich vor. »Apropos Hinweise, ist dir zufällig Cyrus' T-Shirt aufgefallen?«

»Seine Kleidung war das Letzte, worauf ich geachtet hab. Warum?«

»Das Logo darauf war von Soldier Mining.«

»Die Firma, von der Hototo erzählt hat.« Seine Stirn legte sich in Falten. »Warte mal. Ist das nicht die Firma, die wegen einer geplanten Kupfermine in den Santa Rita Mountains in der Kritik stand?«

»Ich hab es gerade nachgeschlagen. Gegner nannten sie eine Umweltkatastrophe von massivem Ausmaß. Das Projekt kam vor Jahren zum Stillstand. Aber die Firma hat haufenweise Geld mit Mineralabbau im gesamten Südwesten gemacht.«

»Die stellen diesem Kreuz ziemlich aggressiv nach. Offensichtlich denken sie, was wir denken: dass es zur Position des Goldes führt.«

»Und sie wissen, dass wir es haben. Wenn sie Tocho als Hopi identifiziert haben, dann könnten sie uns hierher verfolgen.«

»Das dürfen wir nicht zulassen. Sie werden nicht zögern, das Dorf anzugreifen. Wir müssen in Bewegung bleiben – und unbemerkt.« Er wandte sich zum Gehen, blieb aber auf der Stelle stehen. Er griff in seine Jacke. »Das hab ich fast vergessen. Als ich in Tucson war, hab ich die Post mitgenommen. Bei allem, was los war, hab ich nicht mal dran gedacht, sie zu sortieren, bis eben.« Er reichte ihr einen Umschlag. »Das ist für dich gekommen.«

Das Einschreiben kam von Reed & Spencer, einer Anwaltskanzlei in London. Der Name sagte ihr nichts. Sie öffnete ihn und las:

Sehr geehrte Dr. Weston,

ich muss Sie dringend in Sachen des Vermögens Ihrer Mutter, Alexis L. Weston, sprechen. Es handelt sich um eine zeitkritische Angelegenheit. Bitte vereinbaren Sie telefonisch einen Termin mit meinem Büro in Kingsbridge.

Hochachtungsvoll,
Alastair Spencer

»Ist alles okay?«, fragte Daniel.

Sie sah auf. »Ich weiß es nicht. Es geht um das Vermögen meiner Mutter. Warum geht das an mich und nicht an meinen Vater?«

»Und warum jetzt? Deine Mutter ist seit dreiundzwanzig Jahren tot.«

Sie faltete den Brief und steckte ihn wieder in den Umschlag. »Ich kann mich jetzt nicht darum kümmern. Ich hab zu viel im Kopf.«

»Das haben wir beide«, sagte er. »Wir sollten uns heute Nachmittag neu formieren.«

Für eine Achtzigjährige bewegte sich Gaia flink. Sarah sah ihr dabei zu, wie sie sich um die Maisfelder unten im Tal kümmerte. Es war der letzte Teil der Ernte, die in diesem Winkel der Welt von Hand erledigt wurde. Gaia beugte sich über jede einzelne Pflanze, um ihren Reifegrad zu überprüfen, dann pflückte sie einige Exemplare und legte sie in einen Korb. Anschließend hievte sie den Korb auf ihren Rücken und machte sich vornübergebeugt auf den Weg über den Pfad.

Sarah näherte sich der Matriarchin und bedeutete ihr mit Gesten, dass sie ihr helfen wollte. Die Frau zeigte ein Grinsen, das Zähne entblößte, die kaum noch am Zahnfleisch hafteten, und reichte ihr den Korb. Sarah balancierte ihn auf der Hüfte und ging neben ihr her.

»Dein Bein … ist es in Ordnung?«, fragte Gaia.

»So gut wie neu, dank Ihnen.«

»Junge Menschen heilen schnell.« Sie warf der Besucherin einen Blick zu. »Wo ist dein Mann?«

»Er ist im Dorf und arbeitet an etwas.«

Sie legte ihre beiden Zeigefinger aneinander. »Ihr zwei seid wie eins. Seid ihr verheiratet?«

»Nein.« Blut schoss Sarah in die Wangen.

»Wir sind … Freunde. Gute Freunde.«

»Freunde.« Sie kicherte.

»Gaia, darf ich Sie etwas fragen?«

»Sicher.«

»Was sagt ihr Volk über die Spanier, die hier im sechzehnten Jahrhundert durchgezogen sind?«

»Die Spanier.« Eine Grimasse verriet ihre Abneigung. »Sie haben unser Land zertrampelt, versucht, unsere Stämme zu versklaven.«

»War es Gold, das sie hergeführt hat?«

»Ja. Sie hatten eine Gier nach Reichtümern. Es hat nicht lange gedauert, bis sie erkannten, dass wir ein armes Volk waren.« Sie nahm eine Maisähre aus dem Korb. »Das ist unser Gold.«

»Haben sie es woanders gefunden?«

»Was sagen dir deine Bücher?«

»Die Geschichte ist in der Sache lückenhaft. Es gibt Berichte über eine Stadt aus Gold, aber nichts wurde gefunden, also müssen wir annehmen, dass es nicht stimmt.« Sie richtete ihren Blick auf Gaia. »Ich lege mehr Gewicht auf eure mündliche Überlieferung.«

Die Frau sah weiter geradeaus. »Manche Dinge sind nur für uns und unseren Schöpfer bestimmt.«

»Vielleicht. Aber Sie sollten wissen, dass die Gier nach Gold heute noch genauso groß ist. Jemand ist fest entschlossen, es zu finden, und das könnte für die indigenen Stämme katastrophal sein.« Sie wartete auf eine Reaktion, erhielt aber keine. »Nicht jeder Weiße ist ein Feind, Gaia.«

Sie blieb stehen und sah Sarah mit schmalen Augen an. »Was willst du?«

»Ich will, dass die Geschichte für die Menschheit bewahrt und nicht zum Vorteil einiger weniger missbraucht wird. Und ich will, dass niemand leidet. Schon jetzt leiden so viele, ein Kind eingeschlossen, für das ich verantwortlich bin. Ich werde alles tun, damit diese Ungerechtigkeit ein Ende findet.«

»Das ist ein schwer zu erfüllender Anspruch.«

»Jeder Mensch ist sein eigener Richter. Alte Shawnee-Weisheit.«

Gaia verzog die Lippen zu einem halben Lächeln und ging weiter. »Du hast meinem Enkel das Leben gerettet. Ich schulde dir etwas.«

»Ein Leben zu retten ist ein Privileg. Sie schulden mir nichts.«

»Ich werde dir ein Geschenk geben. Was du damit anfängst, liegt bei dir.« Sie machte eine lange Pause, dann fuhr sie fort: »Es heißt, dass vor langer Zeit ein Fluss aus Gold unter der Erde gefunden wurde, nahe dem Ort der Entstehung.«

Sarah spürte, wie die Wärme von Adrenalin sie durchflutete. »Wo ist dieser Ort?«

Sie schüttelte den Kopf. »Selbst wenn ich es wüsste, könnte ich es dir nicht sagen. Jeder, der davon sprach, hat den Tod gefunden.«

»Können Sie mir sagen, wie er gefunden wurde? Und von wem?«

»Das ist das Merkwürdige. Unsere Vorfahren wussten nichts von seiner Existenz und waren glücklich genug ohne ihn. Er wurde von einem spanischen Sklaven entdeckt.«

Der Kodex, das Kreuz, Soldiers Suche, die indigene mündliche Überlieferung: Das alles ergab Sinn. Esteban, der Maure – oder Estebanico, wie ihn seine spanischen Herren nannten – hatte das Vertrauen der Stammesältesten gewonnen und war der spanischen Karawane vorausgegangen, blieb tagelang bei den Indianern und schickte Nachrichten an den Mönch. Sie mussten ihm genug vertraut haben, um ihn zum Ort der Entstehung mitzunehmen, der direkt über einer Goldmine lag.

Dieser Ort war in der Nähe des Grand Canyon.

Sie erreichten den Rand des Tals und betraten den Pfad, der zum Dorf hinaufführte. Sarah stützte Gaia und hielt sie während des Aufstiegs am Ellbogen fest. »Sagen Sie, Gaia, hat jemand seither dieses Gold gesehen oder darüber gesprochen?«

»Ich habe Ihnen gesagt, was ich kann. Ich werde nicht mehr darüber sprechen.«

Sarah drängte sie nicht weiter, obwohl sie ahnte, dass Gaia mehr wusste, als sie zugab. Still führte sie die Matriarchin zum Rand des Dorfes.

Daniel wartete am oberen Ende des Wegs. Er nickte auf den Korb, den Sarah trug. »Kann ich helfen?«

»Ich schaffe es von hier aus«, sagte Gaia. Sie sah Daniel an, dann Sarah, und nahm den Korb. »Ihr zwei Freunde habt Wichtigeres zu tun, als die Last einer alten Frau zu tragen.« Sie schlang sich den Korb auf den Rücken und ging zu ihrem Haus.

Sarah sah zu, wie sie auf den staubigen Pfaden Oraibis verschwand. Sie drehte sich zu Daniel um. »Ich habe Neuigkeiten.«

»Ich auch.«

»Du zuerst«, sagten sie gleichzeitig, dann lachten sie.

»Ich habe eine Antwort vom Labor«, sagte er. »Das Holz datiert auf 1500, plusminus vierzig Jahre. Es ist eine mediterrane Hartholzart.«

»Es passt alles zusammen. Gaia hat mir gerade von einer Goldader erzählt, die in den Fünfzehnhunderterjahren von einem maurischen Sklaven entdeckt wurde.«

»Also gibt es sogar eine indigene Version dieser Geschichte.«

»Vermutlich hatten sich die Zuñi so weit mit ihm angefreundet, dass sie ihn zum Ort der Entstehung mitnahmen, welcher der heilige Ort ist, den Tocho meinte. Dort hat Esteban das Gold gesehen. Anstatt es seinen spanischen Herren zu erzählen, schrieb er – oder sonst wer –, es in seiner eigenen Sprache auf das Kreuz. Ich denke, das verrät viel über seine Absicht.«

»Sonst wer? Denkst du, da gab es noch einen Mauren?«

»Die Kreuzinschrift und die des Kodex sind sehr unterschiedlich. Wer immer auf das Kreuz schrieb, konnte auf keinen Fall so gut lesen und schreiben wie derjenige, der das Manuskript verfasste.«

»Gibt es was Neues von der Übersetzung?«

Sie schüttelte den Kopf. »Sie ist frustrierend beschränkt – und ergibt kaum Sinn. Ich weiß, dass wir den oberen Teil der vertikalen Achse haben und den rechten Teil der horizontalen Achse.«

»Und woher weißt du das?«

»Von der Anordnung der Buchstaben. Die lübisch-berberische Konsonantenschrift, auf der dieser Dialekt basiert, wurde von unten nach oben und manchmal von rechts nach links gelesen. Ich denke, dieses Kreuz wurde in beiden Richtungen beschriftet. Deswegen haben wir es mit zwei einzelnen Satzteilen zu tun, die vielleicht zusammengehören – oder auch nicht.«

»Was hast du bisher?«

»Wie ich gesagt habe, es ist beschränkt: von links nach rechts, *Berge ... rot von ...* von unten nach oben gelesen, kann ich nur die Worte *schlafende Mutter* entziffern. Einige Worte waren nicht deutlich, einige waren mir unbekannt. Es ist so schwer ohne alle Puzzleteile.«

Er sah über die Schulter, bevor er fortfuhr: »Ich hab vielleicht einen Hinweis, der uns helfen kann, eines der Fragmente zu finden.«

Sarah zuckte zusammen. »Du machst Witze. Wo?«

»Während der Wende zum zwanzigsten Jahrhundert gab es eine Expedition nach Chaco Canyon, angeblich, um Artefakte für das American Museum of Natural History zu sammeln und zu klassifizieren. Aber die Typen, die die Expedition finanzierten, hatten am Ende einen Riesenstapel Gegenstände, sozusagen als Rückzahlung ihrer Investition.«

»Die Hyde-Brüder. Reiche New Yorker, wenn ich mich recht erinnere.«

»Stimmt genau. Nachdem die Brüder gestorben waren, wurden einige der Artefakte dem Museum zurückgegeben, aber hunderte Gegenstände verblieben in privater Hand. Der Direktor des Museums, Ben Perry, ist ein alter Freund von mir, also rief ich ihn an, um Informationen zu bekommen. Er wusste nichts von einem verschollenen Kreuz, aber er hat erzählt, dass sich ein intaktes Kreuz von circa 1500 in der Sammlung einer Priscilla Stein befindet, einer Nachfahrin der Hydes mit einer Vorliebe für Antiquitäten des Südwestens.«

»Das ist großartig, Danny. Wo ist diese Mrs. Stein jetzt?«

»New York. Ben ist mit ihr in Kontakt getreten, um herauszufinden, ob sie sich mit uns treffen wird. Ich müsste jeden Moment von ihm hören.«

»Hat er die Kreuzfragmente erwähnt?«

»Hat er. Hoffen wir mal, dass es sie neugierig macht.«

Daniels Handy gab ein Klingeln von sich und er las die eingehende SMS laut vor. »›Priscilla Stein freut sich darauf, euch kennenzulernen. Könnt ihr euch um neun Uhr morgen früh mit ihr treffen?‹« Er sah auf die Uhr. »Wenn wir uns jetzt auf die Socken machen, können wir den Nachtflug von Flagstaff erwischen.«

Sie sah auf ihre Kleider herunter: Daniels kariertes Hemd und ihre alten Leggings, stümperhaft unter dem Knie abgeschnitten. Nicht gerade ein Manhattan-Aufzug, aber etwas sagte ihr, dass diese alte Frau sich mit weit wichtigeren Dingen beschäftigte.

KAPITEL 18

Phoebe hatte aufgehört, die Sonnenaufgänge und -untergänge zu zählen. Am Tag durchwanderte sie die Echo Cliffs auf der Suche nach einem Weg hinaus. In der Nacht hockte sie sich in eine Vertiefung im Felsen oder eine behelfsmäßige Höhle, um Schutz vor dem Wind zu suchen, der dem alten Sandsteintheater zusetzte. Die Stunden verschmolzen miteinander und jegliches Zeitgefühl wurde ausgelöscht. Sie war seit einer gefühlten Ewigkeit in diesem Steinschoß.

Mit schwachen Knien setzte sie sich auf einen Felsen, um zu verschnaufen. Sie sah auf ihre Schuhe hinunter und begriff, warum jeder Schritt so wehgetan hatte. Tagelang durch unebenes Gelände zu laufen hatte Löcher in ihren Sohlen hinterlassen. Sie zog einen der Schuhe aus und begutachtete ihren Fuß. Er war voller Blasen, manche davon offen und nässend.

Die Freiheit hatte einen Preis, aber sie war nicht sicher, dass sie dafür ausgerüstet war, ihn zu zahlen. Vor Nakai wegzulaufen hatte ihr Entschlossenheit verliehen, ein Gefühl, dass sie alles schaffen konnte. Jetzt, allein, verirrt und hungrig, war sie nicht so sicher. Sie hörte Sarahs Stimme in ihrem Kopf, die sie ständig mahnte, vorsichtig zu sein, und das machte ihr all die Entscheidungen bewusst, die zu treffen sie nicht bereit war. Nachdem sie sechs Jahre lang in Gefangenschaft gelebt hatte und plötzlich in die Grausamkeit der realen Welt hineingestoßen worden war, traute sie sich selbst nicht vollständig zu, den richtigen Weg zu wählen.

Sie schloss die Augen, versuchte den Ort in sich zu finden, der gelassen war und voller Anmut. In Delphi, wo sie als Instrument für die finsteren Machenschaften ihres Vaters benutzt worden war, hatte sie überlebt, indem sie sich ihres Selbst entledigt und etwas Größerem die Herrschaft erlaubt hatte. Es hatte ihr geholfen, die Hässlichkeit ihres Erdgefängnisses zu überschreiten und dem Göttlichen zu vertrauen. Wenn sie dieselbe Transzendenz doch auch jetzt erreichen könnte.

Ein Krächzen erklang über ihr und ein brauner Raubvogel flog vorüber, kreiste zweimal, bevor er sich in den Canyon hinunterstürzte. Sie folgte seinem Flug zur Spitze eines Hoodoo und sah zu, wie er sich herabstieß, vermutlich zu seinen Jungen. Sie beneidete ihn um seine Fähigkeit zur Selbstversorgung, um seine Aufgabe. Sie konnte nicht mal einen Weg finden, sich selbst zu ernähren. Alles, was sie in den Tagen ihrer Wanderschaft gegessen hatte, war ein Ei, das aus seinem Nest gefallen war. Sie hatte es mithilfe seiner Schale ausgelöffelt und roh verschlungen.

In Sachen Wasser hatte sie mehr Glück gehabt. An einem der Tage hatte es recht ausgiebig geregnet. Sie hatte dem Himmel den offenen Mund entgegengestreckt und die Tropfen auf ihre Zunge fallen und ihren Durst löschen lassen. Das Regenwasser hatte sich in Vertiefungen gesammelt, aus denen sie gierig und ohne Rücksicht auf Hygiene getrunken hatte.

Mit dem Blick folgte Phoebe dem Weg der goldenen Kugel, während diese zur Hügelkette wanderte und Finger aus goldenem Licht zu den erodierten Felsen hin reckte, die sich zwischen ihrem Standpunkt und dem Horizont erstreckten. Mit jedem Sonnenstrahl enthüllte der karge Fels die gelbbraunen Schattierungen seiner Zusammensetzung. Die Schönheit der Landschaft schmerzte sie tief im Inneren und sie fragte sich, ob sie hier zugrunde gehen würde, wo niemand je ihre Knochen fände.

Sie fragte sich: Was würden Sarah und Daniel tun? Sicherlich würden sie nicht auf einem Felsen herumsitzen und auf

Erlösung warten. Selbst mit eingeschränkten Fähigkeiten würden sie weitergehen, nach einer Lösung für ihr Dilemma suchen. Dass sie je an ihnen gezweifelt hatte – an ihren Absichten, ihrer Integrität –, war eine Frage des Egos, des Versuchs, etwas zu beweisen. Wie dumm sie gewesen war. Mehr als alles andere wünschte sie sich eine Chance, das wiedergutzumachen.

In der Ferne sah sie etwas, das ihr vorher nicht aufgefallen war: ein Band, das sich seinen Weg durch den Canyon schlängelte. Es könnte ein ausgetrocknetes Flussbett sein, ein Wanderpfad oder eine Straße, oder vielleicht auch gar nichts, aber es rechtfertigte eine Überprüfung. Mit neuer Entschlossenheit machte sie sich auf den Weg dort hinunter.

Bis sie dort angekommen war, hatte der schwarze Vorhang der Nacht sich zu senken begonnen und die Silhouetten der Steinmonumente hoben sich vor dem schläfrigen Himmel ab. Durch die Benommenheit ihrer Erschöpfung und ihres Hungers waren die Monoliten lebende Wesen, Geister, die in der trostlosen Landschaft verewigt waren.

Phoebe unternahm eine letzte Anstrengung bergabwärts und stolperte auf eine unbefestigte Straße. In der heraufziehenden Nacht war es unwahrscheinlich, dass ein Auto diese dunkle, abgelegene Strecke nahm. Das machte nichts. Sie würde die ganze Nacht wandern, wenn sie musste, denn mit Sicherheit würde am Morgen ein guter Samariter vorbeifahren und Mitleid mit ihr haben. Sie entschied sich für eine Richtung und ging los.

Um wachsam zu bleiben, zählte sie die Schritte. *Zwanzig. Neunzig. Einhundertfünfzig.* Bei dreihundertundelf erreichte sie einen alten Truck, der nachlässig am Wegesrand geparkt war. Er war verbeult und verrostet und ein großer Sprung zerschnitt die Windschutzscheibe wie ein Blitz.

Sie näherte sich. »Hallo?«

Keine Antwort.

Sie sah hinein. Niemand war da. Die Fahrerkabine war voller Müll – auf den Sitzen, auf dem Boden – und das Handschuhfach hing an einer Angel. Sie war sicher, dass das Fahrzeug verlassen worden war.

Phoebe zog am Türgriff. Es war offen. Sie spähte hinein. Der Geruch von ranzigem Öl und Körperausdünstungen hatte die Stoffsitze durchdrungen. Auf dem Boden vor den Rücksitzen bemerkte sie eine weiße Tüte von einem Fast-Food-Lokal. Sie sah hinein und leckte sich die Lippen beim Anblick eines halbgegessenen Burgers und einer Handvoll Fritten. Es spielte keine Rolle, wie alt sie waren oder wessen Zähne sich zuerst hineingeschlagen hatten; mit Freuden riskierte sie Magenprobleme, um am Leben zu bleiben.

Sie steckte sich das Essen in den Mund und kaute kaum, bevor sie schluckte. Sie konnte sich nicht daran erinnern, wann irgendetwas so gut geschmeckt hatte. Zum ersten Mal seit Tagen spürte sie, wie ihre Unsicherheit nachließ. Vielleicht würde doch alles gut gehen.

Sie lehnte sich kurz in den Fahrersitz zurück und genoss das Erlebnis. Ihre Augen waren schwer. *Vielleicht nur ein paar Minuten schlafen.*

Im Schutz ihres Stahlschoßes erlaubte sich Phoebe einzunicken.

Ein kratzendes Geräusch weckte sie auf. Während sie zu Bewusstsein kam, bemerkte sie, dass sie über der Mittelkonsole lag. Ihr Haare verfingen sich im Schalthebel, als sie sich aufsetzte. Sie rieb sich die Augen. Wie spät war es? Wie lange hatte sie geschlafen?

Ein Tier sprang gegen die Frontscheibe und sah sie mit hungrigen Augen an. Sie stieß einen Schrei aus, der in der Kabine widerhallte und ihre Ohren mit dem Klang ihrer Furcht füllte. Die Kreatur schlug gegen die Windschutzscheibe.

Mit gegen die Rippen hämmerndem Herzen griff sie nach der Tür. Das Tier sprang von der Motorhaube herunter und richtete sich auf die Hinterbeine auf. Sie verließ das Auto und rannte in die entgegengesetzte Richtung los. Sie hörte schwere Schritte hinter sich. Ein lautes, urweltliches Knurren klang durch den Canyon, als sich die Klauen der Bestie in ihren Nacken gruben.

Alles wurde schwarz.

KAPITEL 19

Priscilla Steins Apartment an der Fifty-Seventh und Park war wie eine wunderschöne Frau, die sich hatte gehen lassen, als sie älter geworden war. Ein Kronleuchter, die Kristalle grau vom Staub, hing von einer dreieinhalb Meter hohen Kassettendecke, deren Farbe sich in großen Stücken löste. Zwei Sofas, mit verblichenem Golddamast bezogen, standen einander vor einem verzierten Gipskamin gegenüber. Auf Einbaubuchregalen stapelten sich Wälzer mit Poesie, Geschichte und metaphysischen Studien, plus verschiedene Notizbücher und von Gummibändern zusammengehaltene, überfüllte Ordner. Usak-Teppiche bedeckten Holzböden, die längst ihres Glanzes beraubt waren. Beim Ostfenster des Wohnzimmers zwitscherte ein Kanarienvogel im Morgenlicht.

Daniel und Sarah warteten auf ihre Gastgeberin, die, laut des im Haus wohnenden Pflegers, einige Minuten vor ihrer Verabredung zu ihrem Morgenspaziergang aufgebrochen war. Die Reichen und Exzentrischen hatten oft kein Zeitverständnis und ihre einzige Verantwortung galt ihren Launen. Sarah kannte ihre Gewohnheiten gut. Es war nicht so lange her, dass sie Teil dieser Gesellschaft gewesen war. Obwohl sie absichtlich Abstand zwischen sich und der falschen Welt geschaffen hatte, die sie zu verachten gelernt hatte, verfolgte ihre Erziehung in der Londoner Oberschicht ihre Schritte noch immer wie ein Schatten.

Durch das gesprungene Glas ihrer Timex las sie 9:45. Sie stand auf und ging zum Fenster. Neun Stockwerke tiefer wimmelte es auf der Avenue von Autos auf ihrem morgendlichen Arbeitsweg. Die Hupen plärrten eher frustriert, wegen des stockenden

Verkehrs, als im Versuch, jemanden zum Bewegen zu bringen. Wie weit entfernt die Stadt wirkte. Sie hatte sich an die meditativen Bewegungen einer Pflanzschaufel und eines Siebrahmens gewöhnt, an die Einsamkeit von Höhlen, die Weite von Wüsten. Ganz gleich, was die Zukunft bringen würde, sie würde immer eine Frau der Erde bleiben.

Die Haustür öffnete sich mit einem Klicken und zwei Zwergschnauzer rannten bellend ins Wohnzimmer. »Oh, lasst sie in Ruhe«, rief ihre Herrin aus der Eingangshalle.

Sie winselten und beschnüffelten die Gäste, zogen sich zurück, als sie in den Raum schlurfte, über einen Stock gebeugt. Ihr schütteres graues Haar war vom Wind zerzaust worden und ihre übergroße türkisfarbene Sonnenbrille saß schief in ihrem Gesicht. Daniel stand auf, um sie zu begrüßen, und sie streckte ihm die Hand entgegen. »Ich bin Priscilla Stein. Und Sie sind?«

»Daniel Madigan, Ma'am.« Er zeigte auf Sarah. »Und meine Partnerin, Sarah Weston.«

Sie nickte Sarah zu, reichte ihr aber nicht die Hand. »Bitte. Setzen Sie sich.« Der Pfleger, ein Mann in den Dreißigern mit langen, blonden Haaren, hielt ihren Ellbogen, als sie sich in einem Sessel niederließ. Mit einem Ruck ihres schmalen Handgelenks schickte sie den Pfleger fort. »Nun. Was wollen Sie?« Sie tat so, als habe sie keine Erinnerung an den Grund ihres Treffens, obwohl die Verabredung erst am Vortag getroffen worden war.

»Dr. Perry, vom American Museum of Natural History, erzählte uns, Sie seien im Besitz einer Reihe Artefakte von der ursprünglichen Hyde-Expedition«, sagte Daniel. »Wir suchen nach einem bestimmten Gegenstand.«

»Oh, ja. Ben erwähnte es.« Sie nahm ihre Sonnenbrille ab. »Das Franziskanerkreuz mit den merkwürdigen Zeichen.«

Sarah und Daniel tauschten einen Blick. »Ben hat möglicherweise erwähnt, dass wir an einem archäologischen Projekt in

Arizona arbeiten«, sagte Daniel. »Wir fanden Fragmente eines ähnlichen Kreuzes. Wir würden das Artefakt in Ihrem Besitz sehr gerne sehen, zum Vergleich.«

Die Frau schüttelte den Kopf. »Ich kann Ihnen sagen, dass es vermutlich nichts wert ist. Es befand sich unter den ausgemusterten Gegenständen des Museums, damals. Der Großonkel meiner Mutter, Frederick Erastus Hyde Jr., behielt die Stücke, die niemand sonst haben wollte. Es war seine sentimentale Verbindung zu diesen Expeditionen, wie ich hörte. Natürlich kannte ich ihn nie.«

»Wir haben kein Interesse am finanziellen Wert«, sagte Sarah. »Als Archäologen und Anthropologen sind wir daran interessiert, was es beleuchten könnte. Wir möchten es unbedingt sehen, wenn es Ihnen nichts ausmacht, es uns zu zeigen.«

Priscilla lächelte. »Ein Mädchen mit guter britischer Erziehung. Wer sind Ihre Eltern, meine Liebe? Ich kenne sie womöglich.«

Sarahs Akzent verriet sie in Gesellschaftskreisen immer. Sie hätte daran denken sollen, ihn abzuschwächen, aber da sie es nicht getan hatte, musste sie die Frage beantworten. »Richard Weston ist mein Vater.«

»Lord Weston, der Parlamentsabgeordnete?«

»In der Tat.«

»Wie schön. Also haben Sie eine amerikanische Mutter.«

Sarah nickte. Sie wollte kein Gespräch über ihre Mutter führen, deren Selbstmord mehr als zwanzig Jahre später immer noch schmerzhaft war.

Die Frau war zu höflich, um das Thema zu vertiefen. »Eine schöne Dame. Sie sehen genau aus wie sie. Aber zurück zum Kreuz. Alles ist im Gästezimmer verstaut. Ich weiß nicht einmal, ob wir herankommen können.« Sie reckte den Hals zum Flur hin. »Jordan!«

Der Pfleger eilte ins Zimmer. »Ja, Madam?«

»Können Sie mir den Artefaktkatalog bringen?«

Jordan nickte und verschwand wieder.

Priscilla wandte sich erneut an ihre Gäste. »Vor einigen Jahren gab es einen Einbruch im Lagerhaus und einige meiner wertvolleren Gemälde wurden entwendet. Ich entschied, dass mein Haus sicherer ist als irgendein Safe, also räumte ich das Gästezimmer und brachte alles her.«

Jordan kehrte mit einer schwarzen Heftmappe und der Lesebrille der alten Dame zurück.

Priscilla blätterte durch die Computerausdrucke, bis sie die fragliche Seite erreichte. »Da ist es. Behälter achtundsiebzig. Holzkreuz, frühes Sechzehntes Jahrhundert, spanisch. Die Notizen sagen, dass die Farbe aus Mexiko stammt.«

»Wir halten die Kreuze für ein Kommunikationsmittel zwischen einem Franziskanermönch und einem maurischen Sklaven«, sagte Sarah. »Der Sklave ging der Gruppe voraus, vermutlich, um nach Cibola und den sieben goldenen Städten zu suchen. Natürlich ist das alles nur ein Mythos.«

»Jetzt haben Sie mich neugierig gemacht.« Sie ließ sich vom Pfleger aufhelfen. »Schauen wir uns das einmal näher an.«

Das Gästezimmer war ein Behelfslager voller Schachteln, Kästen und Kisten in allen Größen, dreifach übereinandergestapelt und in Reihen angeordnet. Sie richtete ihren Stock auf die Reihe, die dem verschlossenen Fenster am nächsten stand. »Dort drüben sollte es sein.«

Sie wandte sich an Daniel. »Junger Mann, ich werde Ihre Hilfe brauchen.«

»Mit dem größten Vergnügen.« Daniel brachte Behälter achtundsiebzig zu Priscilla, eine Holzkiste, deren Deckel zugenagelt war. »Möchten Sie, dass ich sie öffne, Ma'am?«

»Ich fürchte, ich besitze keinerlei Werkzeug.«

»Machen Sie sich deswegen keine Sorgen.« Er griff in seinen Rucksack und holte ein Taschenmesser mit einem Minibrecheisen daran hervor. »Man weiß nie, wann man eins von denen gebrauchen kann.«

Daniel brach den Deckel auf und holte die Artefakte heraus, eins nach dem anderen, bis er den einen Gegenstand erreichte. Sarah kniete sich neben ihn und studierte das Exemplar. Es war eine kleinere Ausgabe der Fragmente in ihrem Besitz, und in weit besserem Zustand, wahrscheinlich, weil es mehr als ein Jahrhundert früher geborgen worden war. Die Stempelungen, in abblätternde weiße Farbe gearbeitet, waren keine Buchstaben, sondern Symbole: die Umrisse von zu einem Pueblo gruppierten Adobenhäusern; drei Dreiecke, die vermutlich einen Bergzug symbolisierten; und eine geschlängelte Linie, die wie ein Fluss verlief.

»Sieht nach einer Karte aus«, sagte Sarah. Sie zeigte auf die verschnörkelte Linie. »Sie müssen von Mexiko entlang des Rio Grande nach Norden gezogen sein und haben vermutlich die Ausläufer der San Francisco Mountains zu einem Zuñi Pueblo durchquert.«

»Man beachte die Größe«, fügte Daniel hinzu. »Beim Versenden der Nachrichten an den Mönch benutzte Esteban kleinere Kreuze für die Standardkommunikation und größere, um anzudeuten, dass er etwas Wichtiges entdeckt hatte. Das hier kennzeichnet vermutlich die Route, der die Gruppe des Mönches folgen sollte.«

»Wie faszinierend. Ich denke nicht, dass meine Vorfahren die Geschichte dieses Gegenstands kannten. Sie betrachteten es vermutlich lediglich als ein weiteres spanisches Relikt. New Mexico ist voll davon.« Priscilla überlegte einen Moment lang. »Aber jetzt, wo ich darüber nachdenke, gibt es noch etwas, das Ihnen helfen könnte. Folgen Sie mir.«

Sie führte sie ins Arbeitszimmer. In der Schrankwand, neben verschiedenen Gegenständen aus der Antike, die in ein Museum gehörten, stand ein Ostrakon, das aussah, als sei es Teil einer Tontasse mit einem Ausgießer, welches mit einem abstrakten Muster aus schwarzen und roten Farbstoffen bemalt war. Sarah beugte sich näher, um das Design zu begutachten, eine Mischung aus geraden und sich kreuzenden Linien und Rauten- und Blattformen.

»Das stammt aus Chaco. Sie fanden es in einer der Müllgruben.« Priscilla hob die Scherbe von ihrem Ausstellungssockel und hielt sie ins Licht. »Die Museumskuratorin sagt, sie stammt nicht von den Pueblo. Sie schien sie für ein jüngeres Stück zu halten, möglicherweise westafrikanischen Ursprungs. Auch sie ist vermutlich nichts wert.«

Sarah konzentrierte sich auf die Linien. Etwas an diesem Muster wirkte so vertraut. Sie bemühte sich, es ihren Erinnerungen zuzuordnen.

»Ich würde sie sehr gern fotografieren«, sagte Sarah. »Würde es Ihnen etwas ausmachen?«

»Vielleicht möchten Sie es studieren.« Sie reichte ihr das Exemplar. »Das ist mein Geschenk an Sie. Es wäre mir eine Ehre, wenn Sie es annähmen.«

»Das könnte ich nicht.«

»Meine Liebe, ich bin über achtzig und habe keine Erben.« Sie deutete auf die Schrankwand. »All das wird an Stiftungen gehen. Viel lieber möchte ich jemandem ein Artefakt schenken, der es zu schätzen weiß und vielleicht Licht in eine Geschichte der Antike bringen kann.«

»Wenn das so ist …«

Die alte Dame hob einen der Hunde hoch, der ihnen ins Zimmer gefolgt war. »Wenn Sie mich jetzt entschuldigen möchten. Ich muss zur Physiotherapie.«

Sarah wartete, bis sich der Aufzug geschlossen hatte, und drehte sich dann zu Daniel. »Gehen wir zur Bibliothek. Ich habe einen Verdacht, den ich gern bestätigen möchte.«

KAPITEL 20

Wenn Sarah Weston eine Spur verfolgte, war nichts anderes mehr wichtig. Daniel sah zu, wie seine Partnerin die Marmorstufen der New York Public Library hinaufhuschte und dabei Menschen auswich, die sich langsamer bewegten, als wäre sie bei einem Hindernislauf. Er beeilte sich, um Schritt zu halten.

Sie ging direkt zum Rose-Hauptleseraum, einem prachtvollen Saal der schönen Künste mit einer kunstvoll verzierten Decke, in deren Mitte sich ein Gemälde eines bewölkten Himmels befand. Daniel erinnerte sich an die vielen in diesem Raum verbrachten Stunden als Student an der New York University. Er wählte einen Platz am gegenüberliegenden Ende, während sie Forschungsmaterial aus den Kellerarchiven der Bibliothek verlangte.

Sarah kam einige Minuten später zu ihm und holte die Tonscherbe aus der Kuriertasche, die sie um ihren Körper geschlungen hatte. Sie drehte das Fragment langsam in den Händen und starrte es mit einer Intensität an, die ihre blauen Augen leuchten ließ. Dann öffnete sie einen der Wälzer bei einem Kapitel namens »Nordafrikanische Stammestöpferei«.

»Das hab ich mir gedacht.« Sie zeigte auf einen ungebrannten Keramiktopf mit einem ähnlichen Muster. Die Bildunterschrift lautete: Berber, Region Hoher Atlas, circa 1400.

»Sowohl das Design als auch der Dialekt der Inschrift lassen sich dem Hohen Atlas zuordnen. Das ist kein Zufall.«

Daniel las den Abschnitt. »Hier heißt es, dass der Hersteller jedes Werk mit einem Symbol markiert hat. Vermutlich entsprach es seinem oder ihrem Clan.«

Sie hielt eine Lupe ans Muster. Ihre Stirn runzelte sich. »Sieh dir das an, Danny.« Die Aufregung in ihrer Stimme war so hörbar, dass zwei Bibliotheksbesucher aufsahen. Sie mäßigte sich zu einem Flüstern. »Ich habe dieses Symbol schon mal gesehen.«

Er bekam eine Gänsehaut, als er bemerkte, dass das Symbol mit den Zeichen auf dem Kreuz identisch war.

»Ich hatte es fälschlich für einen Buchstaben gehalten«, sagte Sarah. »In Wirklichkeit ist es eine Signatur. Ich meine nicht unbedingt, dass dieselbe Person dieses Gefäß und das Mönchskreuz gemacht hat, aber es gibt auf jeden Fall eine Beziehung zwischen den beiden.«

»Wie entziffern wir dieses Symbol?«

»Das ist eine der besten Bibliotheken in der Welt. Hier gibt es bestimmt eine Quelle für Prototifinagh-Sprachen.«

»Such du danach«, sagte er, »und ich suche nach spanischen Schiffsaufzeichnungen des Sechzehnten Jahrhunderts. Sie könnten uns einen Hinweis darauf liefern, wer auf diesen Schiffen in Richtung Amerika unterwegs war.«

»Großartiger Gedanke.« Sie zeigte ein breites Lächeln. »Wir sind ein gutes Team.«

Sie waren wirklich ein gutes Team. Tatsächlich konnte er sich seine Reise – professionell oder privat – nicht ohne sie vorstellen. Er berührte ihre Hand mit den Fingerspitzen. »Ich gehe zu den Archiven hoch. Wir treffen uns hier in einer Stunde.«

Im Manuskriptraum vertiefte sich Daniel in die Akten von PARES (Portal de Archivos Españoles), sowie in *Naufragios* von Alvar Nuñez Cabeza de Vaca und Marcos de Nizas *Bericht*, die Expeditionsschilderung des Mönches – alles im originalen Spanisch. Während er sich durch entsetzliche Geschichten von Schiffsunglücken, Krankheiten und Überlebenskampf wühlte, machte er eine Figur von besonderem Interesse aus: Juan Garrido, einen ehemaligen afrikanischen Sklaven, der als freier Mann in Mexiko lebte. Er war unter den Besiedlern Puerto

Ricos im Jahr 1506 gewesen, hatte 1513 Florida gesichtet und hatte an der Eroberung Mexikos von 1519 teilgenommen. Er war Estebans Abenteuern mindestens einige Dekaden voraus, aber die beiden lernten sich in »Neuspanien« kennen, als die Expedition des letzteren Mexiko-Stadt passierte.

Obwohl Garrido ein freier Mann war, genoss er nicht dieselben Privilegien wie seine früheren Herren. Er lebte unter anderen Immigranten, Flüchtlingen und Bauern, die über wenige Ressourcen und noch weniger Macht verfügten: Männer, die kein Erbe hinterließen, keine historischen Aufzeichnungen. Was man über ihn wusste, erfuhr man nur durch eine Petition an den König von Spanien, in der es um die Erwägung der Aufpolsterung seines Notgroschens im Alter ging, und durch kurze Berichte von den spanischen Mitgliedern der Vier-Mann-Expedition, von der Esteban ein Teil war.

Anders als Esteban de Dorantes, dessen Geburtsname Moustafa Zemmouri lautete, tauchte Garridos echter Name nirgendwo auf. Er stammte aus Westafrika – möglicherweise aus Marokko, auch wenn sein genauer Geburtsort ein Rätsel war. Nachdem er in die Sklaverei verkauft wurde und seinen spanischen Herren auf zahlreichen Expeditionen in die Neue Welt gefolgt war, hatte man ihm seine Freiheit geschenkt und er hatte als Weizenbauer in Mexiko-Stadt gearbeitet. Wie die meisten Geschichten über Sklaven, auch über befreite, war dieser Bericht voller Lücken, aber die Informationsschnipsel reizten Daniel.

Er traf Sarah im Lesesaal. »Ich habe eine Person von besonderem Interesse gefunden«, sagte er. »Einen Juan Garrido, schwarzer Konquistador im Ruhestand, der in Mexiko-Stadt lebte, als Estebans Gruppe auf der Durchreise war. Sie kannten sich und stammten möglicherweise aus derselben Region. Sie standen in einer Beziehung zueinander, aber in welchem Ausmaß, ist schwer zu verstehen.«

»Da könnte was dran sein. Näher, als das Symbol in die Agoudal-Region zu verfolgen, kam ich nicht an seine Entzifferung. Es war dort ein übliches Bildzeichen, vor vielen Jahrhunderten.«

»Moustafa Zemmouri – Esteban – kam aus Azzemour, an der Küste. Wer immer diese andere Person also war, Juan Garrido oder sonst wer, stammte wahrscheinlich aus den Bergen.«

Sie schloss die Bücher und stapelte sie säuberlich. »Ich denke, das wird einiges an weiterer Recherche benötigen.«

Er kannte den Blick in ihren Augen. Sie hatte einen Plan – und er war nicht sicher, ob er ihm gefallen würde. »Was hast du vor?«

Sie hielt eine Hand in die Höhe, was nie ein gutes Zeichen war. »Hör mir zu. Moustafas Sippe muss noch in Marokko sein.«

Darauf wollte sie also hinaus. »Nein. Ganz bestimmt nicht. Wir reisen nicht nach Marokko.«

»Ich hab nichts von *wir* gesagt.«

Der Kommentar verletzte ihn wie eine scharfe Kralle. »Nein, ich schätze nicht.«

»So hab ich das nicht gemeint, Danny.« Sie legte ihre Hand auf seine. »Natürlich hätte ich gern, dass du mitkommst. Aber Phoebe läuft noch da draußen herum. Einer von uns muss nach ihr suchen.«

Er sah ihr in die hellblauen Augen. Er hatte diese Entschlossenheit schon einmal gesehen. Man konnte es ihr nicht ausreden, aber er versuchte es trotzdem. »Das ist ein hoffnungsloses Unterfangen, Sarah. Du weißt nicht mal, wo du hingehen musst. Es gibt vermutlich hunderte von Zemmouris in Marokko.«

»Esteban kam aus Azzemour. Dort fange ich an.« Sie seufzte. »Außerdem muss ich mich um diesen Anwaltsbrief kümmern. Vielleicht mache ich auf dem Rückweg einen Stopp in London.«

»Mir gefällt der Gedanke nicht, dass du allein dort draußen bist.«

»Ehrlich, Danny. Ich war viele Male allein dort draußen. Du weißt, dass ich zurechtkomme.«

»Ich mache mir Sorgen um dich. Das ist alles.«

Sie fiel ihm in die Arme. Er barg seinen Kopf in ihrem Haar. Es roch leicht nach Regen. »Mir wird nichts passieren«, flüsterte sie. »*Uns* wird nichts passieren.«

Daniel löste seine Umarmung und bemühte sich, seine Partnerin anzulächeln. Wenngleich der rationale Teil seines Verstands kein Problem mit der Trennung hatte, so tat es doch weh wie noch nie zuvor.

»Komm in einem Stück wieder«, sagte er. »Ich mein's ernst.«

KAPITEL 21

Die Reise der Sonne über den Westhimmel bemalte das ausgedörrte Tal mit einer satten Safranschattierung. Daniel saß auf einer Steinmauer am Rand von Oraibi und überprüfte sein Satellitentelefon auf eine Antwort zu seiner Nachricht. Früher am Tag hatte er sich an Nakai gewandt und um Phoebes Freilassung gebeten. Er hatte angedeutet, Informationen über die Ader, nach der sie suchten, zu besitzen, womit er ihn und seine Mitverschwörer zu einem Austausch ködern wollte.

Er hatte die Risiken eines solchen Vorschlags abgewägt. Wenn Phoebe noch am Leben war, könnten Soldiers Söldner sie leicht töten, sobald sie hatten, was sie wollten. Nach Wochen in deren Gefangenschaft wusste das Mädchen vermutlich ohnehin zu viel. Und er hatte Angst, Ärger auf die Schwelle der Hopi zu tragen. Obwohl er keine Details zu seinem Aufenthaltsort preisgegeben hatte, hatten sie ihn in Chaco Canyon mit Tocho zusammen gesehen. Es wäre nicht schwer, eins und eins zusammenzuzählen.

Er hatte die Notlage mit dem Häuptling besprochen und angeboten, seinen eigenen Weg zu gehen. Hototo hatte das abgelehnt und gesagt, ihre Schicksale seien miteinander verbunden. Die Hopi würden ihn beschützen und Daniel würde sie beschützen. Allein wären sie schwächer als gemeinsam.

Daniel bewunderte ihre Denkweise, aber das beschwichtigte seine Sorgen nicht. Wenn Soldier seinen Groll zu den Mesas brächte, würden diese friedfertigen Menschen und ihr Land dahingerafft werden. Ihre Spiritualität befahl ihnen, für das einzustehen, was richtig war, aber sie hatten keine Vorstellung davon, zu was dieser Goliath fähig war.

Aus dem Augenwinkel sah er etwas vorbeisausen und spürte ein Surren von Luft an seiner Wange. War es ein Vogel, der zu nah herangeflogen war? Er sah sich um. In einem Meter Entfernung steckte ein Pfeil im Boden, der noch immer vom Impuls des Loslassens vibrierte. Sein Innerstes verkrampfte sich, als er in Erwägung zog, dass womöglich jemand auf ihn schoss, und er suchte Schutz hinter der Steinumfriedung. Eine Minute verstrich und kein weiterer Pfeil kam.

Vielleicht war es eine Warnung.

Er näherte sich dem Pfeil und bemerkte seine braun-weiß gestreiften Truthahnfedern und roten und weißen auf den Schaft gemalten Streifen. Er war *navajo*. Daniel riss ihn aus dem Boden und legte die Pfeilspitze aus Achat frei, die mit einer Tiersehne am Schaft befestigt war. Zwischen den Sehnenfäden steckte ein gefaltetes Stück Papier.

Er holte ein Leatherman-Werkzeug aus seiner Tasche und zerschnitt die Fasern, um das Papier zu befreien. Er faltete es auseinander und las: *Das Mädchen ist in den Echo Cliffs. Sie ist allein und in Gefahr.*

Daniel zerknüllte das Papier. Die Wahrscheinlichkeit, dass man ihm eine Falle stellte, war hoch, aber aufgrund der winzigen Möglichkeit, dass es stimmte, musste er es riskieren. Doch wie? Die Echo-Monoklinale war siebzig Meilen lang und fast ebenso breit, mit wellenförmigen Gipfeln und Höhlen, die es beinahe unmöglich machten, jemanden zu finden.

»Daniel!«

Er drehte sich um. Tocho stand sechs Meter entfernt und winkte.

»Komm, iss mit uns zu Abend.«

Daniel ging zu seinem Freund. Er zeigte ihm den Pfeil und die Nachricht. »Jemand schickt uns Liebesbriefe.«

Tocho studierte den Pfeil, dann las er den Brief.

»Denkst du, Nakai hat das geschickt?«

»Vielleicht. Im Augenblick würde mich nichts überraschen.«

»Es ist eine Falle.«

»Selbst wenn, dann wissen sie, dass ich es nicht ignorieren werde. Ich kann nicht.«

»Du denkst doch nicht etwa daran, hinzugehen?«

»Wenn einer von euch da draußen wäre und Schutz bräuchte, was würdest du tun?«

Tocho legte Daniel eine Hand auf die Schulter. »Ich kenne die Echo Cliffs gut. Ich werde mit dir gehen.«

»Auf keinen Fall. Es ist nicht sicher.«

»Nicht sicher ist es, wenn du allein gehst. Du kennst dich in diesen Canyons nicht so gut aus wie ich. Außerdem haben wir einen Pakt geschlossen: gemeinsam stärker.«

Der Junge hatte recht. So sehr Daniel es auch hasste, Tocho in Gefahr zu bringen, er brauchte ihn. Er sah zur Sonne hinauf, einem verschwommenen weißen Fleck auf einer wolkenlosen blauen Leinwand. Nur einige Stunden Tageslicht verblieben. »Hol deine Sachen und triff mich beim Pick-up.«

Daniels Plan war es, so weit in die Echo Cliffs hineinzufahren, wie es die Straße erlaubte. Er hoffte, dass das Mädchen, falls es da draußen war, den gesunden Menschenverstand besaß, sich zu einem Straßenrand zu begeben, wo sie jemanden anhalten und um Hilfe bitten konnte.

Tocho zeigte auf einen zinnroten Gipfel, der von den tiefen Schatten der Dämmerung zerteilt wurde. »Siehst du die Felswand? Dort gehen wir hin, um Adler zu sammeln.«

Daniel löste seine Aufmerksamkeit nicht von der Straße, damit er kein wichtiges Detail verpasste. »Adler sammeln? Was ist das denn?«

»Der Weiße Mann versteht das nicht.«

»Ich bin nicht wie andere.«

»Das kannst du laut sagen.« Tocho kicherte. »Wir sammeln junge Adler aus ihren Nestern und ziehen sie auf.«

Daniel erinnerte sich daran, einen goldenen Jungadler auf einem Hausdach gesehen und angenommen zu haben, er sei verletzt. Gefangenschaft war ihm nicht in den Sinn gekommen. »Sie aufziehen … warum?«

»Sie sind heilig. Sie sprechen mit den Geistern.« Tocho hielt inne, als hätte er zu viel gesagt. »Wenn wir das Nest finden, können uns die Adler leiten.«

Er sah mit zusammengekniffenen Augen zum Horizont, der voller sich verfinsternder Gipfel war. Die Sonne war gerade hinter die Kammlinie gesunken. »Ich hoffe, sie können uns im Dunkeln leiten.«

»Du kannst etwa acht Meilen weiter in die Klippen hineinfahren«, sagte Tocho. »Der Highway geht in Schotterwege über, die uns bis zum Fuß führen.«

Daniel teilte Tochos Überzeugungen von den Adlern nicht, spielte aber aus einem anderen Grund mit. Heute Nacht gab es einen Jägermond. Vom Aussichtspunkt auf den hohen Klippen könnten sie in den Canyon hinein sehen – und sich entsprechend bewegen.

Die Nacht war vollständig hereingebrochen, als sie die Abzweigung erreichten. Der Mond war noch nicht über den Massiven aufgegangen und der Himmel war ob seiner Abwesenheit melancholisch. Daniel schaltete das Fernlicht ein, als er den Truck auf einen Schotterweg steuerte, der gerade breit genug für ein Fahrzeug war. Selbst mit der zusätzlichen Beleuchtung wirkte der Ort so unwirklich wie das Tor zur Hölle. Der Pick-up bewegte sich zwischen steilen Klippen auf der einen und einem Abhang auf der anderen Seite. Es gab keine Leitplanke, die den Sturz in eine Grube, deren Tiefe in der Dunkelheit unmöglich zu schätzen war, stoppen konnte.

»Ich hoffe, es ist sonst keiner zu dieser Nachtzeit auf der Straße«, sagte er.

»Keine Sorge.« Tocho nahm es so gelassen wie ein typischer Neunzehnjähriger. »Hier kommt nie jemand her.«

»Wie weit unten wird die Straße breiter?«

»Sie wird nicht breiter, aber es gibt ein paar Einbuchtungen am Straßenrand, wo man parken kann.«

In der vollkommenen Stille des Steinschoßes wurde das Geräusch von Reifen auf Schotter im Surround-Sound übertragen. Staub erhob sich vom Boden und bedeckte die Windschutzscheibe. Daniel benutzte die Scheibenwischer, was zu schmutzigen Streifen führte, die die Sicht weiter beeinträchtigten.

Wenigstens zeigte sich der Hof des Mondes am Osthimmel. Er beobachtete, wie er hinaufschwebte und sein goldenes Gesicht Stück für Stück zeigte, bis er in einem tintenschwarzen Vakuum hing, in all seiner runden, nackten Perfektion, der die Seelen berührte und die Verlorenen erlöste.

Daniel kniff die Augen zusammen, um sich durch die schmutzige Windschutzscheibe hindurch auf etwas bei der nächsten Biegung zu fokussieren. Was immer es war, es schien auf der Straße zu sein, vielleicht ein geparktes Auto oder die Überreste eines Steinschlags.

»Vor uns ist etwas«, sagte er. »Kann nicht sagen, ob es die Straße blockiert oder nicht.«

Tocho beugte sich vor. »Sieht aus, als wäre es an der Seite. Irgendein verlassenes Auto wahrscheinlich.«

Ein Adrenalinschub mahnte Daniel, auf der Hut zu sein. Die Wahrscheinlichkeit, jemandem ins Garn zu gehen, war in seinem Kopf präsent gewesen, seit der Navajopfeil Hopiboden getroffen hatte. Er glaubte keine Sekunde lang, dass das ein Zufall war.

Er näherte sich mit Vorsicht, fuhr aber nicht langsamer, weil er nicht an Dynamik verlieren wollte, falls die Situation sie erforderte. »Halt die Augen offen«, sagte er zu Tocho. »Das könnte heikel werden.«

»Verstanden.«

Als sie um die Kurve bogen, beleuchtete das Fernlicht einen klassischen Neunzigerjahre Ford Bronco mit einer volleyballgroßen Beule in der hinteren Stoßstange. Seine schwarze Farbe war abgeblättert und enthüllte abwechselnde Streifen aus Stahl und Rost.

»Sieht wie ein verlassenes Fahrzeug aus«, sagte Tocho.

»Die Reifen haben noch Luft. Es steht noch nicht lange hier.« Er schaltete den Pick-up in Parkmodus. »Warte hier.«

Daniel ging zum Fahrzeug und leuchtete mit der Taschenlampe in die Kabine. Die Rücksitze waren voller Fast-Food-Tüten und Limodosen. Er richtete das Licht auf die Mittelkonsole. Um einen Becherhalter lag ein Klumpen langer, hellbrauner Haare. Ein Schauder ging ihm über den Rücken.

Sie war in der Nähe.

Er rannte zum Pick-up zurück und schlug die Tür zu. »Ich werde parken. Wir gehen zu Fuß weiter.«

»Hast du etwas gefunden?«

»Vielleicht.« Er fuhr am Bronco vorbei zu nächsten Kurve, wo der Randstreifen breiter werden würde, um die Möglichkeit zum Parken oder aneinander vorbeifahren zu bieten. Sobald er die Biegung hinter sich gelassen hatte und beschleunigte, sprang ein großes Tier aus dem Nichts heraus und hockte sich in die Mitte der Straße, was Daniel dazu veranlasste, mit einem lauten Schrei auf die Bremse zu treten. Die Räder blockierten.

»Gottverdammt!« Er biss die Zähne zusammen, während er versuchte, das Fahrzeug unter Kontrolle zu bringen.

Das Tier erhob sich auf die Hinterbeine und drehte sich um.

Tocho schrie. Daniels Augen weiteten sich, als er begriff, dass es gar kein Tier war. Die Scheinwerfer beleuchteten einen Mann in einer Wolfshaut, dessen Mund in einem Zähnefletschen gefangen war und dessen Augen so leer waren wie die eines Kadavers. Ein schlaffer Körper war über seine Schulter geschlungen.

Der Truck schlingerte und überquerte die Kante, schwankte über dem Abgrund.

KAPITEL 22

Das Gewicht des Trucks ließ Sandsteinbrocken abbrechen und die Klippe hinunterstürzen. Mit jeder Bewegung an der Felsoberfläche schlingerte die Vorderseite des hängenden Fahrzeugs vorwärts, wurde seine Lage immer prekärer.

Kalter Schweiß brannte in Daniels Augen, als er in den Rückspiegel sah. Die Kreatur stand hinter dem Truck und heulte. Was zur Hölle es auch war, es hatte Phoebe. Daniel kannte die Form ihrer Beine, ihre roten Wildledersneakers. Er musste dort hinaus, bevor diese Abscheulichkeit zwischen den Felsen verschwand.

Er warf einen Blick zu seinem Beifahrer, der wimmerte. »Hör mir zu, Tocho. Wir müssen hier raus. Es wird vielleicht ein bisschen tricky, aber du musst bei mir bleiben.«

Tocho schüttelte den Kopf. »Auf keinen Fall. Ich geh da nicht raus.«

»Er hat Phoebe. Wir müssen ihr helfen.«

»Du weißt nicht, was diese Dinger anrichten können.«

»Was ist das überhaupt?«

»Skinwalker. Ein böser Navajo-Hexer. Wenn du versuchst, ihn zu jagen, wird er dich töten.«

»Ich hab keine Zeit für Altweibergeschwätz.« Er öffnete die Tür. »Los geht's.«

Tocho versuchte seine Tür zu öffnen. »Sie klemmt.«

Daniel hörte das Knurren und Heulen des Skinwalkers, die denen eines Tieres so ähnlich waren, dass es ihn fröstelte. Er sah über die Schulter. Der Hexer hatte sich über Phoebes bewusstlosen Körper gebeugt. Der Mond verlieh dem frischen Wolfsfell, das seinen Rücken und seine Arme bedeckte, einen silbrigen Glanz. Lediglich ein langer schwarzer Flechtzopf, welcher der Kontur der Wirbelsäule folgte, rückte die Kreatur in einen menschlichen Zusammenhang.

Er schnappte sich einen Kreuzschlüssel, der am Boden lag, und schlug das Fenster zwischen der Kabine und der Ladefläche ein. »Du wirst rausklettern müssen. Mach schnell. Das Ding stürzt ab.«

Der junge Mann nickte und Daniel überließ ihn seinem eigenen Schicksal. Phoebe brauchte ihn dringender. Er schlich an einem dunklen Straßenstück entlang und sprang dem Wolfsmann auf den Rücken, stieß ihn um.

Er war erstaunt, wie gewandt sich sein Gegner herumrollte und ihn überwältigte. Daniel versuchte ihn zurückzuhalten, aber sein Bizeps zitterte unter dem Druck dieser Laune der Natur. Der Skinwalker beugte sich über Daniels Gesicht und knurrte. Speichel tropfte aus seinen Mundwinkeln in Daniels Bart. Seine grauen Augen, weit und wild wie die eines Tieres im Angriffsmodus, funkelten in einem Mondstrahl, und Daniel wusste, dass er es nicht mit einem Mann, sondern mit einer besessenen Seele zu tun hatte.

Daniel besaß nicht genug Stärke, um es mit ihm aufzunehmen. Er brauchte eine Waffe. Er grub die Finger in den Boden und seine Hand stoppte bei einem Stein von der Größe einer Pampelmuse. Er löste ihn aus der Erde und schlug dem Wolfsmann mit aller Kraft, die er aufbringen konnte, gegen die Seite.

Die Tat hatte den gegenteiligen Effekt, den Daniel sich erhofft hatte. Zuerst verblüffte sie seinen Gegner, dann verärgerte sie ihn so sehr, dass er Daniel fest in die Schulter biss. Der Schmerz trieb einen gewaltigen Schrei aus Daniels Kehle und sein Blickfeld wurde von einem weißen Licht ausgefüllt.

Er brauchte einen Moment, um zu begreifen, dass das Licht von einem Fahrzeug stammte, das zum Ort des Geschehens herauffuhr und anhielt. Jemand stieg aus und bedrohte die Kreatur mit einer Waffe. Er rief etwas auf *Diné bizaad*, der Sprache der Navajo.

Der Skinwalker stand auf und zog sich zur Felswand zurück. Der Fahrer trat ins eingeschaltete Fernlicht.

Es war Nakai.

»Steigen Sie ins Auto«, befahl er Daniel. »Machen Sie schon!«

Nakai hob Phoebe in seine Arme und trug sie zum Rücksitz.

Daniel stand mit zitternden Beinen auf und ging zu Tocho, der sich noch immer damit abmühte, die Kabine durch die kleine Öffnung zu verlassen. Er packte Tochos Arm und zog, zuckte beim Heulen des jungen Hopi zusammen, als die Glasscherben seine Haut zerschnitten.

Ein großer Fels unter dem Fahrgestell zerbrach und stürzte hinunter, was den Truck veranlasste, verhängnisvoll in der Leere zu schwanken. Ihnen blieben Sekunden, um ihn zu verlassen.

»Ich weiß, dass es wehtut, aber da musst du durch«, sagte Daniel. »Kriegermodus.«

Tocho biss die Zähne zusammen und drückte seinen Körper durch das Maul mit den Reißzähnen aus Glas. Mit Daniels Hilfe krabbelte er aus den Truck, blutend und erschöpft. Sie hatten keine Zeit, durchzuatmen. Daniel hob Tochos Arm um seine Schulter und zog ihn hoch und weg vom Pick-up.

Kaum hatten sie festen Boden erreicht, da glitt der Truck von der Klippe. Das schreckliche Geräusch von Metall auf Stein hallte wider, während er ins dunkle Herz des Canyons stürzte. Daniel nickte in Richtung des wartenden Fahrzeugs. »Verschwinden wir von hier.«

Nakai trat aufs Gaspedal und die Reifen quietschten. Der Skinwalker rannte hinter dem Auto her, beschleunigte seinen Schritt, um mit seiner Geschwindigkeit mitzuhalten. Einmal rannte er neben dem Beifahrerfenster her und brüllte Daniel Unflätigkeiten entgegen.

»Nicht ansehen«, sagte Nakai. »Er wird Ihre Seele stehlen.«

Daniel drückte sich eine Hand auf die gebissene Schulter und spürte seinen Puls in seiner Handfläche hämmern. »Es ist schwer, einem Mann, der einen töten will, nicht in die Augen zu sehen.«

»Er ist verflucht. Vor einigen Jahren tötete er seine Mutter und seinen Vater. Er ist dazu verdammt, sein Leben in der Hölle zwischen Mann und Bestie zu verbringen.« Nachdem er um eine Kurve gebogen war, beschleunigte Nakai. Das Heulen des Skinwalkers verklang im Staub des rasenden Fahrzeugs.

Daniel sah über seine Schulter zu Tocho. »Wie geht es ihr?«

»Sie lebt, aber ihr Puls ist schwach.«

»Wahrscheinlich hatte sie den Schreck ihres Lebens mit diesem Mistkerl. Halte sie warm.«

»Gib ihr das hier.« Nakai reichte Tocho eine halbvolle Flasche Orangensaft. »Wahrscheinlich hat sie nichts mehr gegessen, seit ich sie vor ein paar Tagen zuletzt gesehen habe.«

Die Tatsache, dass sie vom Feind gerettet worden waren, wurde Daniel bewusst. Er starrte Nakai wütend an. »Du hast jede Menge zu erklären, Junge.«

KAPITEL 23

Am sonnendurchfluteten Nachmittag war Azzemour still, abgesehen vom Zirpen der Zikaden. Niemand ging zu dieser Stunde über die Kopfsteinpflasterstraßen oder schwatzte unter den Wäscheleinen, die ausgedehnten Mittagessen am Wasserrand oder dem Einigeln neben fest verschlossenen Fenstern zur Siesta vorbehalten war.

Sarah lief an einer langen Reihe weiß getünchter Gebäude vorüber, von denen manche zur Leinwand für Straßenkünstler geworden waren, die über Zeit und Sprühfarben verfügten, und bog in eine schmale Gasse ein, die zur Spitze der von Mauern umgebenen Medina führte. Sie setzte sich auf einen Wall und sah zum Fluss hinunter.

Der Oum er-Rbia, flach und klar wie Glas, umschlang den Küstenverlauf Azzemours wie ein Liebhaber. Seit ältester Zeit war er die Nabelschnur der Stadt zum Atlantik, seine Verbindung zu Welten dahinter. Seine Bürger wagten sich nie gern hinter die Lehmziegelmauern der Medina, doch eine Wasserstraße funktionierte in beiden Richtungen, also kam die Welt, uneingeladen, zu ihnen.

Azzemours Lage an der Atlantikküste Marokkos war nur zu praktisch für die Spanier. Aufgeklärt und zivilisiert, zumindest nach eigener Ansicht, kamen sie mit donnernden Stimmen und aufgeplusterten Brustkörben und suchten nach Männern, die die Hauptarbeit auf ihrer Seefahrtsexpedition in die Neue Welt leisteten. Zusammen mit anderen nahmen sie Moustafa Zemmouri mit sich, einen starken Burschen mit einem ungewöhnlichen Maß an Ambition, und beraubten ihn seiner muslimischen Identität, tauften ihn Esteban de Dorantes, nach dem Familiennamen seines Besitzers. Sarahs Fragen nach Moustafas Familie hatten sie in viele Sackgassen geführt. Hauptsächlich Berber, hatten sie sich in ländliche Gegenden zerstreut, als die Portugiesen im frühen Sechzehnten Jahrhundert zu kolonisieren versucht hatten. Der einzige Zemmouri in der Stadt war ein Parfümhändler, der um die Ecke lebte und arbeitete.

Sarah richtete ihren Hidschab – ein Kopftuch aus safranfarbenem und rotem Leinen, das um ihren Kopf gewickelt und im Nacken geknotet war – und die Münzen, die ihr in die Stirn hingen, klimperten. Sie stand auf und glättete ihre knöchellange Djellaba, ein einfaches weißes Kleid mit roten Stickereien am Halsausschnitt und Trompetenärmeln. Es war an der Zeit, Monsieur Zemmouri einen Besuch abzustatten.

Das Haus, hatte man ihr gesagt, war mit der handgemalten Nummer sechs markiert. Das war die einzige Möglichkeit, es in einer Reihe von verblichen weißen Behausungen, die beinahe identisch aussahen, zu unterscheiden. Sarah holte tief Luft und betätigte den Klopfer an der beschlagenen blauen Tür.

Eine junge Frau öffnete und sah die Besucherin mit großen Augen an. »Oui?«

Obwohl es üblich war, Fremde auf Französisch anzusprechen, antwortete Sarah auf Arabisch. »Ich möchte gern zu Monsieur Zemmouri. Ich interessiere mich für Parfüm.«

Die Frau begutachtete Sarah von Kopf bis Fuß, als ob sie abschätzte, ob sie eine echte Kundin war. »Warten Sie kurz.« Sie schloss dir Tür und rief jemandem drinnen etwas zu. Sie kehrte zwei Minuten später mit einem breiten Lächeln und einer Einladung zurück. »Willkommen, bitte treten Sie ein.«

Das Haus litt an einem Mangel an Fenstern und die Bewohner hatten das schwache Licht offensichtlich als Ausrede benutzt, um den Putz Putz sein zu lassen. Ein starker Modergeruch war der Beweis dafür, dass Feuchtigkeit ungehindert hatte eindringen können. Sarah wurde durch einen Miniaturinnenhof zu einem dunklen Raum auf der anderen Seite geführt. Die Frau betätigte einige Schalter und lockte Licht in gehämmerte Messinglaternen. Ein Muster aus Licht und Schatten tanzte über die Gipsputzwand. Mit einer Verbeugung ging sie rückwärts aus dem Zimmer.

Der Geruch von Rosen, zart und unverfälscht, als wären sie gerade erst gepflückt worden, weckte bittersüße Erinnerungen an die Rosengärten im Landsitz von Sarahs Familie am Rand von Wiltshire. Die Moschusrosen hatte sie besonders gern gemocht, und es trieben immer welche in einer Schüssel voll Wasser neben ihrem Bett, wenn sie vom Internat zu Hause gewesen war. Im Sommer ihres sechzehnten Lebensjahres hatte sie einen Strauß dieser Rosen auf den Sarg ihrer Mutter gelegt, als sie beigesetzt wurde.

»Bonjour, Mademoiselle.«

Sarah drehte sich zu einem Mann mittleren Alters mit einem dichten, schwarzen Bart und karamellfarbener Haut um.

Er schlug die Kapuze seiner schweren braunen Djellaba zurück. »Ich bin Hadir al-Zemmouri. Vergeben Sie mir meine Kleidung. Ich kam gerade vom Markt zurück.«

»Sie müssen sich nicht entschuldigen.«

»Ich höre, dass Sie an Parfüm interessiert sind. Sie sind zum richtigen Ort gekommen.« Er ging zu einem Regal und holte eine blaue Glasflasche mit einer langen silbernen Tülle heraus. »Marokkanische Rose mit einem Hauch von Neroli. Ich denke, das passt zu Ihnen, nicht?«

Sarah griff in ihre Tasche und teilte ein Bündel Dirham in zwei Handvoll. Sie legte eine davon auf den Tisch. »Das ist für das Parfüm, und das …«, sie hielt den anderen Stapel in die Höhe, »… ist für die Antworten, die ich von Ihnen brauche.«

Hadir fächerte das Geld auf dem Tisch aus und zog eine Augenbraue nach oben. Er zeigte auf ein paar Sitzbänke aus geschnitztem Holz, auf denen rot- und goldbestickte Kissen verstreut lagen. »Bitte, setzen Sie sich.« Er läutete eine kleine Messingglocke.

Sarah legte Fotos der Fragmente des Kreuzes und der Kalebasse und des intakten Kreuzes auf einen Serviertisch aus Messing. »Haben Sie jemals einen dieser Gegenstände gesehen?«

Er hob sie auf, betrachtete sie. »Wie haben Sie die bekommen?«

»Ich bin Archäologin. Manche wurden bei einer unserer Ausgrabungen gefunden.«

Er konzentrierte sich auf das Kreuzfragment. »Es gab mal eins in meiner Familie, ja. Vor langer Zeit.«

»Was ist damit passiert?«

Ein Mädchen, das nicht älter als Phoebe sein konnte, trat mit einem Tablett ein, auf dem ein silberner Teekessel und kleine juwelenfarbene, goldverzierte Gläser standen. Sie goss den Tee in die Gläser, was einen angenehmen Minzeduft freisetzte, und verließ das Zimmer.

Hadir tunkte einen Minzezweig ins Glas und trank hörbar. »Als ich noch ein Kind war, gingen wir immer in die Berge, um die Familie zu besuchen – die Großtante und den Großonkel meiner Mutter. Ich erinnere mich daran, einen Gegenstand wie diesen am Eingang zu ihrem Zelt hängen gesehen zu haben.«

»Wo sind sie jetzt?«

»Die Arbeit hielt meinen Vater beschäftigt und wir gingen nicht mehr hin. Das war vor vierzig Jahren. Ich bezweifle, dass sie noch leben.«

»Hatten sie Kinder? Andere Verwandte?«

Er dachte kurz nach. »Es gab Kinder in meinem Alter. Wegen des Verwandtschaftsgrads bin ich mir nicht sicher. Es war eine große Familie.«

»Erinnern Sie sich an einen Namen?«

»Hören Sie, Mademoiselle …«

»Sarah.«

»Sarah, ich möchte nicht unhöflich sein, aber ich bin es nicht gewohnt, private Informationen mit Fremden zu teilen.«

Sie nahm das Foto in die Hand. »Ich vermute, dass das hier Teil Ihrer Familiengeschichte ist. Vor fünfhundert Jahren wurde ein Mann namens Moustafa Zemmouri in die Sklaverei verkauft und über den Atlantischen Ozean nach Neuspanien gebracht. Er war seiner spanischen Gruppe vorausgegangen und hatte ihr Nachrichten in der Form von Kreuzen geschickt. Soweit wir wissen, gab es zwei. Eines war am Stück im Südwesten Amerikas vergraben, und dieses hier wurde in vier Teile geteilt. Wir glauben, dass eines dieser Teile von jemandem, mit dem sich Moustafa angefreundet hatte, nach Marokko zurückgebracht wurde. Das geschah, um seiner Familie zu bedeuten, dass er gestorben war.«

»Und warum ist es so wichtig, dieses Kreuz zu finden?«

»Auf jedes dieser Stücke wurde ein Teil einer Nachricht geschrieben. Wir können diese Nachricht nicht entziffern, solange wir nicht alle vier Teile besitzen.«

Hadir lehnte sich zurück und verschränkte die Finger auf seinem Bauch. »Ich fürchte, ich kann Ihnen nicht helfen. Ich habe keine Verbindung mehr zu meinen Familienmitgliedern in den Bergen.«

»Können Sie mir wenigstens sagen, in welchem Teil des Atlas sich Ihre Familie aufhielt? Ich kann allein dort hingehen.«

»In einem kleinen Dorf im Hohen Atlas. Tilmi.« Sein Blick wanderte von ihrem Hidschab hinunter zu den Pantoffeln an ihren Füßen. »Aber ich bezweifle, dass jemand mit Ihnen sprechen wird.«

Sie stand auf.

»Ich werde es riskieren. Das ist ein wichtiger Teil der Geschichte für die Amerikaner, die Spanier und die Mauren. Ich kann nicht zulassen, dass er für immer verloren ist.«

Er begleitete sie aus dem Zimmer und durch den Hof. »Die anderen drei Teile … wo sind sie?«

»Eines ist in unserem Besitz. Eines wurde noch nicht gefunden. Und eines wurde gestohlen.«

»Gestohlen? Von wem?«

»Von Menschen, die keine Wissenschaftler sind. Aber das ist eine andere Geschichte.« An der Haustür angekommen, reichte sie ihm die Hand. »Danke für das Parfüm.«

Er öffnete die Tür und folgte ihr hinaus. Der *Adhān* erklang aus einem Lautsprecher der Moschee, um die Gläubigen zum Nachmittagsgebet zu rufen. »Falls mir noch etwas einfällt, wie kann ich Sie dann finden?«

»Ich werde morgen früh am Busbahnhof sein.«

Der zweite *Adhān* erklang.

»Ich muss gehen.« Er neigte den Kopf und machte sich auf den Weg zur Moschee.

Sarah ging bergab zum Souk. Bögen, die die beiden Gebäude auf den gegenüberliegenden Seiten der Gasse miteinander verbanden, warfen lange Schatten aufs Kopfsteinpflaster. Die offene Fläche am Ende des Pfads war voller religiöser Menschen, die auf Gebetsteppichen knieten und sich nach Osten verneigten. Die Wenigen, die keine Lust hatten, Allah ihren Respekt zu zollen, arrangierten Gewürzberge oder legten ungesäuerte Brotlaibe im provisorischen Souk unter den Zelten aus.

Sarah senkte den Kopf und zog die Schultern hoch, um sich so klein und unauffällig wie möglich zu machen. In Marokko wurden Frauen aus dem Westen grundsätzlich bedrängt, besonders, wenn sie allein waren, und darauf hatte sie keine Lust. Ihr Plan sah vor, sich etwas zu Essen von unterwegs mitzunehmen und zu ihrem Zimmer zurückzukehren, um sich für die nächste Etappe ihrer Reise zu organisieren.

Sie ging zu einem Stand, der getrocknete Früchte in offenen Säcken ausstellte. Sie packte Datteln in eine Tüte und reichte sie dem Ladenbesitzer, der sie auf einer alten Apothekerwaage mit Messinggewichten wog. Während sie zahlte, spürte sie eine Gegenwart links von sich. Sie sah dorthin und erblickte einen Mann, der an einem Stand auf der anderen Straßenseite stand und sie anstarrte. Sie bereitete sich auf Ärger vor, ging aber weiter ihren Geschäften nach.

Als sie zum Nussverkäufer hinüberging, folgte ihr der Mann. »Hundert Gramm Mandeln«, sagte sie dem Verkäufer auf Arabisch. »Machen Sie rasch.«

Eine Hand packte ihr Handgelenk. Sie versteifte sich.

Ein schwarzer Araber mit einem Bart, der sich von seinen Wangenknochen bis zu seinem Adamsapfel erstreckte, beugte sich näher und flüsterte: »Hadir hat mich geschickt.« Mit der anderen Hand steckte er ihr einen Kordelzugbeutel aus Brokat zu.

Sarah blickte sich um, um zu sehen, ob jemand sie beobachtete. Nichts schien ungewöhnlich. Sie nahm den Beutel.

Der Mann ließ sie los und verschwand in der anwachsenden Menge.

Sie spürte die Kontur eines harten Gegenstands, vermutlich Metall, etwa fünf Zentimeter lang. Ein Schlüssel? Sie wollte nichts lieber, als in den Beutel sehen, doch sie konnte es nicht riskieren. Sie bezahlte die Mandeln und begab sich zum nächsten Ausgang, während ihr Blick umherhuschte. Nach dem Nachmittagsgebet war der Souk besonders belebt, ebenso mit Käufern wie mit Bummlern, denen das Beobachten von Menschen Vergnügen bereitete. Letztere starrten die Fremde unter ihnen mit besonderer Intensität an, was Sarahs Paranoia verstärkte.

Sie ging schneller und bog um die Kurve in Richtung Ausgang, die in einer überfüllten Gasse endete. Um Entschuldigung zu bitten würde nichts helfen, also drängelte sie sich durch die Schulter an Schulter stehende Menge. Mehr als eine Männerhand begrapschte sie. Sie biss die Zähne zusammen und schob sich weiter, bis das Ende der Gasse in Sicht war.

Eine Frau kreischte: »Dieb! Dieb!«

Sarah sah über die Schulter zum Tumult und erschrak, als die Frau einen Brokatbeutel in die Höhe hielt und auf sie zeigte. Alle Köpfe wandten sich zu Sarah um und verurteilten sie mit Blicken. Sie bekam eine Gänsehaut, als sie begriff, dass sie hereingelegt worden war.

Sie saß in der Falle. Wenn sie den Beutel bei ihr fanden, würde sie belangt werden. Wenn sie fortlief, wäre es ein Schuldbekenntnis. Sie griff in ihre Tasche, zog den Gegenstand heraus, und hielt ihn in die Höhe. Sie sprach auf Arabisch, laut genug, dass jeder sie hören konnte. »Jemand hat mir das gegeben … als Geschenk. Ich habe nichts gestohlen.«

Die Frau kreischte erneut. Sarah konnte ihr emotionsgespicktes Geplapper nicht verstehen.

Ein Mann in einer Kapuzen-Djellaba trat vor, ein Springmesser in der Hand. »Hey, fremde Frau. Weißt du, was wir in unserem Land mit Dieben machen?«

Die ehrliche Methode würde sie nicht davor schützen, die Hand abgehackt zu bekommen. Sie drehte sich um und eilte zum anderen Ende der Gasse, schob die Menschen mit den Ellbogen aus dem Weg.

Während Gerede und Buhrufe hinter ihr herklangen, rannte sie den Karren eines Gewürzverkäufers um und Berge von ziegelrotem und safrangelbem Puder lösten sich in Wolken auf, die ihre Kleider befleckten und ihr in den Augen brannten. Jemand griff nach ihrem Turban und zog daran, und die

Leinenbahnen wickelten sich auf und enthüllten Sarahs goldene Locken, die zu einem lockeren Dutt gebunden waren. Den Ausgang im Blick wich sie der Menge aus und rannte.

Zwei Männer setzten ihr nach und holten zu ihr auf, trotz ihrer größten Anstrengung, ihnen zu entkommen. Einer packte ihre Handgelenke und schob sie gegen die Wand; der andere hielt ihr ein Messer an die Wange. »Eine Bewegung und ich schlitz' dich auf.«

Sie versuchte sich aus seinem Griff zu winden. »Lass mich los. Ich hab nichts Falsches getan.«

Der Mann schob seine dicken Finger in ihre Tasche und fummelte herum. Sie rammte ihm ein Knie in den Schritt und wurde mit einem Schnitt über die Wange belohnt. Sie schrie auf.

»Was geht hier vor sich?«

Keuchend sah Sarah zur Stimme. Es war Hadir. Sie wusste nicht, ob sie dankbar sein sollte.

»Lasst sie los, ihr Ganoven. Sie gehört zu mir.«

»Sie stahl …«

»Verschwindet von hier«, blaffte Hadir. »Ich kümmere mich darum.«

Die Jäger ließen von ihrer Beute ab und schlurften von dannen.

Hadir hielt Sarah ein Taschentuch ans Gesicht. »Es ist nicht sehr tief.«

Sie wich zurück. »Ihre Hilfe hat einen zu hohen Preis.«

»Wovon sprechen Sie?«

Sie hielt den Beutel hoch. »Davon. Der kommt von Ihnen, oder nicht?«

Er öffnete den Kordelzug und zog eine kleine Schmuckschatulle heraus. »Sie wurden hereingelegt. Manchmal machen das diese Gauner mit Fremden, um Geld von ihnen zu erpressen.« Er gab einem Jungen die Schatulle und eine Münze und sagte ihm, er solle sie zum Verkäufer zurückbringen. Er wandte sich an Sarah und sprach mit einer dröhnenden Stimme, die Schaulustige veranlasste, sich umzudrehen und zu gaffen. »Sie sollten Azzemour unverzüglich verlassen. Wir wollen hier keinen Ärger.« Er packte Sarah am Ellbogen, ein wenig zu aggressiv, und führte sie über die Gasse. Als sie den Souk verlassen hatten, flüsterte er: »Treffen Sie mich um neun Uhr am Busbahnhof.«

Zur Dämmerung des nächsten Tages fand sich Sarah auf einem trockenen Pfad im Atlasgebirge, auf dem Weg zu Hadirs Stammesdorf. Wie er gesagt hatte, hatte er sie am Busbahnhof abgeholt, und war die Nacht durchgefahren, um nach Agoudal zu gelangen, einer Berber-Hochburg im Vorgebirge. Das Dorf Tilmi lag einen gut dreistündigen Geländemarsch vom Ende der Straße entfernt.

Ihre Gedanken kreisten um das Symbol, das ins Kreuz geschnitzt und auf die Tonscherbe gemalt war, das sie zur Region Agoudal verfolgt hatte. Da Moustafas Familie aus dem Agoudal stammte, schien es plausibel, dass er derjenige war, der den einfachen Text auf das Kreuz geschrieben hatte. Als armer Sklave, der von Analphabeten aus ländlicher Gegend abstammte, war er vermutlich nicht gebildet genug, um in korrekter Sprache wie der im Kodex zu schreiben. Das war das Werk eines anderen.

In einem Tal, in dem nichts wuchs, standen einige Steinhäuser mit Lehmdächern an den Berghang gedrängt. Vermutlich half die Erde, die Behausungen im tiefen Winter zu wärmen. Zu dieser Tageszeit rührte sich nichts außer einem Schäfer, der seine Ziegen zu den mageren Wiesen führte.

Hadir schnaufte. »Wir sind sehr weit oben. Ich bin das nicht gewöhnt.«

Sarah lächelte. »Einmal Berber, immer Berber … so sagt man doch, oder?«

»Meine Lungen sagen das nicht. Wie kommt es, dass Sie die Auswirkungen der Höhe nicht spüren?«

»Ich bin ans Hochland gewöhnt, an karge Orte wie diesen. Meine Arbeit verlangt das.«

»Wenn das so ist, dann bin ich lieber Parfümeur als Archäologe.«

Die beiden lachten. Es war schön, einen Moment der Leichtigkeit zu teilen, selbst mit einem Fremden.

Hadir stützte sich auf einen Gehstock und ging weiter auf den schneebedeckten Grat jenseits des Tals zu. »Dieses Kreuz, nach dem Sie suchen«, sagte er. »Sagen Sie mir noch mal, warum es so wichtig ist.«

»Moustafa, Ihr Vorfahr, wurde seiner spanischen Gruppe vorausgeschickt, um eine Legende über eine verschollene Stadt zu untersuchen. Der Mönch, der die Expedition leitete, hatte ihm einige Holzkreuze als Mittel zur heimlichen Kommunikation mitgegeben. Moustafa schrieb Symbole auf diese Kreuze, vermutlich als eine Art Karte, und schickte sie per Boten zum Mönch zurück.«

»Aber auf dem, das sie suchen, stehen Worte.«

»Ja. Es wurde in der Sprache Ihres Volkes beschriftet. Dieses spezielle Kreuz war nie für den Mönch oder die Spanier gedacht. Es sollte für seine Sippe bewahrt werden.«

»Warum wurde das Kreuz dann zerbrochen?«

»Wir wissen es nicht. Wir vermuten, dass Moustafa von seinen indianischen Gastgebern getötet wurde, aus Gründen, die uns nicht klar sind. Vielleicht fanden sie das Kreuz und zerstörten es in ihrer Wut. Wir wissen nicht, wie die Teile an verschiedene Orte zerstreut wurden.«

»Aber eines davon hat es bis hierher geschafft. Wie?«

»Es gab noch einen anderen Mauren, einen Freund Moustafas. Er könnte es nach Azzemour zurückgebracht haben, als er nach Sevilla reiste.«

»Woher wissen Sie all das?«

»Wir haben es anhand von Funden, Recherche und der mündlichen Überlieferungen der indigenen Stämme zusammengefügt. Das machen Archäologen so.«

»Ah. Wir sind da.« Hadir zeigte auf Flachdächer am nördlichen Berghang. »Tilmi.«

Dieser Teil der Berge hatte bereits seinen ersten feinen Schneefall erlebt, und das Dorf, nicht mehr als ein Dutzend lehmverkleideter Häuser, die sich zusammendrängten wie Mittellose um ein Mülltonnenfeuer, wurde von der dünnen weißen Schicht erhellt. Gemessen an der schneidenden Luft würde es ein harter Winter werden.

Das dumpfe Klappern einer Kuhglocke verkündete, dass sie die Ausläufer Tilmis betreten hatten, lange bevor sie die Häusergruppe erreichten. Anders als ihre Verwandten in der Wüste, die in Zelten lebten, welche zusammengepackt und zum nächsten Streifen Weideland transportiert werden konnten, waren die Berber der Hochgebirge Halbnomaden, was bedeutete, dass sie eine Heimstatt hatten, aber das Gebiet in dessen Nähe kilometerweit durchwanderten, um sich Nahrung und Wasser aus der gnadenlosen Landschaft zu erkämpfen.

Eine Ziege spähte hinter einem Felshaufen hervor und meckerte. Ein Junge, nicht älter als zehn oder elf, hieb mit einer Gerte gegen den Felsen und stieß eine Reihe Schimpfworte aus, die die Ziege über die Klippen springen ließen.

Hadir sprach im örtlichen Dialekt mit dem Jungen und deutete dabei zum Dorf. Nach langem Hin und Her steckte er dem Jungen einige Münzen zu und bedeutete Sarah, ihm zu folgen.

Sie gingen an zwei Frauen vorbei, die an einem Webstuhl saßen und sangen, während sie eine Decke woben. Die Frauen unterbrachen ihre Arbeit und starrten die Besucher in Stadtkleidern an. Offensichtlich waren sie es nicht gewohnt, dass Fremde durch ihre abgelegene Talflanke schlenderten.

Der Junge führte sie über einen Pfad zu einem Steinhaus mit einem flachen Lehmdach, das aussah, wie alle anderen. Die Holzlattentür, schief in ihrem behelfsmäßigen Rahmen, stand halb offen. Hadir drückte dagegen und rief den Menschen im Inneren etwas zu.

Eine Frau mit rötlichen Wangen und Gesichtszügen, die auf ein hartes Leben schließen ließen, in verschiedenen Lagen nicht zusammenpassender Stoffe und mit einer schwarzen Kopfbedeckung, die sie als Witwe kennzeichnete, kam mit einem freudigen Quieken zur Tür. Sie legte die Hände auf Hadirs Wangen und stieß einen Schwall schriller Worte aus. Hadir stellte Sarah vor und die Frau nickte und lächelte, was graue Zähne enthüllte, die kaum noch Halt am schwindenden Zahnfleisch fanden. Sie bedeutete den beiden, einzutreten.

Sarah duckte sich durch den Eingang. Obwohl es ein heller Morgen war, war es im Haus dunkel. Sie vermutete, der Mangel an Fenstern war ein Kompromiss: Sie beraubten sich selbst des Lichts, damit sie den Winter überleben konnten.

Der Geruch von glühenden Kohlen hatte den Mörtel zwischen den Steinen durchdrungen und der Ruß hatte die Lehmverkleidung mit einer Ascheschicht bedeckt. Ein Holzfeuer, in einer Bodenmulde statt eines Holzofens errichtet, war essenziell für die Häuser der Berber, sowohl zum Kochen als auch um die Familie zu wärmen. In einem dunklen Raum, der nur von einem einzigen Sonnenstrahl erhellt wurde, welcher durch ein Rauchloch in der Decke hereinfiel, saßen eine Großmutter und zwei Kleinkinder um die schwachen Flammen herum und aßen eine Mahlzeit aus rostenden Blechnäpfen. Hadirs Verwandte bedeutete Sarah, sich zu den anderen zu setzen, und reichte ihr eine Tasse Milchtee.

»Mina sagt, Sie sind sehr hübsch.« Hadir blies auf seinen Tee und schlürfte. »Aber dünn.«

Sarah lächelte. »Wie sind Sie miteinander verwandt?«

»Sie ist die Großcousine meiner Mutter. Wir standen uns alle nahe, als ich aufwuchs, aber ich habe sie nicht mehr gesehen, seit meine Mutter starb. Das war vor fast zwanzig Jahren.«

»Welche Verbindung besteht zu Moustafa?«

Er nahm einen Schluck von seinem Tee und ließ ihn eine Weile im Mund kreisen, bevor er ihn hinunterschluckte. »Er war ein Vorfahr auf der Seite von Minas Vater. Ich erinnere mich daran, als Kind die Geschichten des Berberhelden gehört zu haben, der nach Amerika gereist ist und die Eingeborenen gezähmt hat. Natürlich hat man sie ausgeschmückt.«

Mina setzte sich im Schneidersitz neben Hadir und tätschelte seinen Oberschenkel, wobei sie wie ein Mädchen kicherte. Sie begannen ein Gespräch; ihre Worte verschwammen miteinander, während sie gleichzeitig sprachen. Hadir zeigte ein paarmal auf Sarah.

Unvermittelt endete das Geplauder.

»Sie sagt, dass sie das Kreuz hat«, sagte er. »Sie kann es Ihnen zeigen, aber Sie kann Ihnen nicht gestatten, es mitzunehmen. Es ist ein Familienerbstück.«

»Verständlich.«

Hadir nickte Mina zu und sie verließ den Kreis ums Feuer. Kurz darauf kehrte sie mit einem Stoffbündel zurück. Sie öffnete die einzelnen Lagen, bis ein Holzfragment zum Vorschein kam, das mit demjenigen übereinstimmte, das Sarah und Daniel in Chaco gefunden hatten: weiß bemalt und mit derselben Konsonantenschrift der Berber beschrieben. Wie es aussah, war dies der untere Teil der vertikalen Achse des Kreuzes – ein wichtiger Teil für die Übersetzungsbemühungen.

Mina reichte Hadir das Kreuz. Sarah warf ihm einen Blick zu. »Kann es einer von Ihnen lesen?«

»Sie kennt diesen Dialekt. Er ist sehr alt, aber hier in den Hochdörfern bewahren sie ihn.« Hadir bat Mina, vorzulesen, und sie folgte der Bitte. »Sie sagt, es bedeutet: *Fliege auf schwarzen Schwingen.*«

Mit Erlaubnis machte Sarah detaillierte Fotos des Artefakts. Sie hatte vor, es mit ihrer eigenen Übersetzung zu vergleichen, aber sie fand, dass die Informationen indigener Völker immer besser waren als akademische Recherche. Schließlich kannten sie die Nuancen ihrer eigenen Sprache am besten. »Faszinierend. Darf ich ihr die Bilder der anderen Teile zeigen?«

Mina sah sich die Ausdrucke lange an, studierte die ausführlichen Aufnahmen der Buchstaben. Schließlich sprach sie durch Hadir. »Das heißt: *Die Berge röten sich mit Blut.* Das andere … etwas über *Mund der schlafenden Mutter.*« Er schüttelte den Kopf. »Ich hoffe, das ergibt Sinn für Sie.«

Sarah zeigte auf das Symbol. »Wissen Sie, was das bedeutet?«

»Das ist das Symbol dieser Region«, sagte er. »Des Hohen Atlas. Es bedeutet, dass derjenige, der es geschrieben hat, von hier stammt.«

Sarah betrachtete das Zeichen als Beweis dafür, dass die Schrift von Moustafa verfasst worden war. Jetzt war deutlich, dass es eine Reihe von Wegbeschreibungen, wenn auch kryptische, zum Fundort war. Wenn Mina recht hatte, dann hieß es auf der vertikalen Achse: *Fliege auf schwarzen Schwingen [zum] Mund der schlafenden Mutter.* Der horizontale Teil war verzwickter. *Die Berge röten sich mit Blut* könnte ein Verweis auf einen Kampfschauplatz sein … oder vielleicht ein Euphemismus für eisenhaltiges Sediment, von dem es in der

Grand-Canyon-Gegend reichlich gab. Ohne das vierte Stück war es unmöglich, das Gesamtbild zu sehen.

Hadir klopfte die Finger gegeneinander. »Mina möchte wissen, warum Sie sich dafür interessieren? Was es Ihrer Meinung nach bedeutet?«

Sarah zuckte ob des zweischneidigen Schwerts zusammen. Wenn sie ihnen die Wahrheit sagte, riskierte sie, ausgeschlossen zu werden. Wenn nicht, erregte sie womöglich Verdacht. Sie sah in die schwarzen Augen der Frau und erkannte ein schwaches Misstrauen. Es gab nur einen Weg, mit dem Thema umzugehen.

»Vor langer Zeit, als die Portugiesen in Marokko waren und Berbermänner in die Sklaverei verkauft wurden, reiste einer Ihrer Vorfahren auf einem spanischen Schiff nach Amerika.« Sarah stoppte und ließ Hadir übersetzen.

»Sie sagt, dass sie die Geschichte kennt«, erklärte er. »Er lernte die Sprache der Eingeborenen und wurde ein wichtiger Anführer, wie ein Häuptling oder ein Medizinmann.«

»Wir wissen nicht, wie viel davon wahr ist. Was wir wissen, ist, dass er von den Spaniern vorausgeschickt wurde, um nach goldenen Städten zu suchen. Er schickte seine Berichte in Form von Kreuzen zurück, wie diesem hier.«

Hadirs Augen wurden groß. »Gold? Das haben Sie in Azzemour nie erwähnt.«

»Dafür gibt es einen Grund«, sagte Sarah.

Er stand auf. »Sie haben uns getäuscht.«

Sie hielt eine Hand in die Höhe. »Sie müssen beide verstehen, was ich sage. Die Städte aus Gold existierten nicht. Was Moustafa fand, war eine Goldader, tief unter der Erde. Sie gehörte ihm nicht, und sicher auch nicht den Spaniern.« Sie zeigte auf das Kreuz in Minas Händen. »Der Grund, warum er das mit der Berbersprache beschriftet und es nach Hause hat zurücksenden lassen, ist, um es den Händen der spanischen Herrscher vorzuenthalten, die gewillt waren, jene Menschen zu töten, um ihre eigene Gier zu befriedigen.«

Mina sah Hadir an und flüsterte etwas. Er wandte sich an Sarah. »Enthüllt dieses Kreuz die Lage des Goldes?«

»Wir glauben es, ja. Aber wie schon gesagt, das Gold gehörte ihm nicht. Es gehört keinem von uns.«

»Warum interessiert es Sie dann?«

»Wir vermuten, dass sich die Ader auf heiligem Stammesland gewisser Indianerstämme befindet. Diese Orte sind ihr Geburtsrecht, jetzt ebenso wie zu Moustafas Zeit. Und genau wie damals versuchen gierige Menschen, sie dieses Rechts zu berauben.« Sie wandte sich an Mina. »Diese Stämme sind Ihrem sehr ähnlich, ehrliche Menschen, die jeden Tag hart arbeiten, um einem unwirtlichen Winkel der Erde einen Lebensunterhalt abzuringen. Sie nehmen sich nur, was sie brauchen, achten darauf, dem Land, das ihnen Leben schenkt, keinen Schaden zuzufügen. Sie streben nicht nach Reichtümern. Ihr Reichtum ist der Geist, ihre Verbindung zur Erde und zu ihren Vorfahren.«

»Ich verstehe nicht. Wer versucht, ihnen ihr Land zu nehmen?«

»Bergleute. Menschen, die die Erde ohne Rücksicht auf jene aufgraben, die vor ihnen kamen. Erbe hat keine Bedeutung im Angesicht von Firmenprofit.«

»Und Sie glauben, Sie können das unterbinden?«

»Ich weiß es nicht. Aber es ist gewissenlos, nichts zu tun.« Sarah studierte beide Gesichter, während Hadir übersetzte. Minas Ausdruck wurde weicher und Sarah ergriff die Gelegenheit, um es ihnen ganz deutlich zu machen. »Ich glaube, es war Moustafas Absicht, diese Informationen vor jenen zu verstecken, die sie ausbeuten würden. Unsere einzige Hoffnung, diese Absicht zu ehren und die Rechte dieser Menschen zu schützen, besteht darin, diese Mine zu einer archäologischen

Fundstätte zu erklären.« Sie machte eine Pause, um dem Nachdruck zu verleihen. »Ich brauche Ihre Hilfe, um das zu tun.«

Mina betrachtete das Kreuz lange Zeit. Sie sah auf, die Lippen geschürzt. Die rote Hitze der Kohleglut verlieh ihren Wangen eine rosige Farbe, die sie um Jahre jünger aussehen ließ. Sie drückte das Erbstück an die Brust und sprach durch Hadir. »Unser Volk besitzt nichts, doch wir sind sehr reich, weil wir unsere Geschichte haben, die vor langer Zeit mit unserem Schweiß und unserem Blut auf diese Berge geschrieben wurde. Was immer unsere Vorfahren hinterließen, es ist kostbar. Es verbindet uns mit unserer Vergangenheit. Wir können uns nicht davon trennen.« Sie legte das Kreuz in sein Stoffnest. »Ich wünsche Ihnen alles Gute für Ihre Reise.«

Sarah schloss die Augen. Jene Prinzipien, die sie vorbrachte, rechtfertigten Minas Haltung. Sie verstand es, aber es schmerzte trotzdem.

»Wir sollten jetzt gehen«, sagte Hadir.

Sarah stand auf und sprach zu Mina. »Danke, dass Sie mich angehört haben. Ich respektiere Sie mehr, als Sie ahnen.«

Die Berberin begleitete sie zur Tür und verabschiedete sich tränenreich von ihrem Verwandten. Auf dem Rückmarsch schweifte Sarahs inneres Auge über die Landschaft des Südwestens: die Felsnadeln und verborgenen Höhlen von Canyon de Chelly, die roten Felsen von Blue Canyon, die stummen Ruinen von Chaco, die trostlosen Weiten des Hopi-Landes ... irgendwo jenseits dieser mystischen Orte, in der Nähe roter Berge, konnte man dem Flug schwarzer Schwingen zum Mund einer »schlafenden Mutter« folgen – vielleicht zu einer Höhle, die von den Pueblo-Indianern jener Zeit so genannt worden war.

Es ergab noch nicht vollständig Sinn, aber sie war nicht entmutigt. Sie wusste, wer ihr mit der Deutung helfen konnte – wenn Sarah sich nur ihr Vertrauen sichern könnte.

KAPITEL 24

Das Anwaltsbüro befand sich in einem Gebäude, an dem Sarah hunderte Male vorübergegangen war, während sie in London gewohnt hatte, da es auf halbem Weg zwischen ihrer Wohnung in Chelsea und dem Stadthaus ihres Vaters in Belgravia lag. Sie drehte den Messingknauf und schob die massive Mahagonitür auf. Eine junge Empfangsdame begrüßte sie kühl, sicher als Reaktion auf die ärmliche Kleidung, die Sarah trug, ehe sie sie in Alastair Spencers Büro führte.

Spencer, ein rundlicher Mann von über sechzig Jahren, stand auf und ging um seinen Schreibtisch herum, um ihr die Hand zu schütteln.

»Dr. Weston, wie schön, dass Sie gekommen sind. Ich vermute, Ihr Terminkalender ist recht eindrucksvoll.«

»Ja, das stimmt. Wollen wir also gleich zur Sache kommen?«

»Natürlich.« Er zog ein Dossier mit der Aufschrift »Weston« aus einem Buffet und sank in einen bordeauxfarbenen Ledersessel. »Ich hatte die Ehre, Ihre Mutter viele Jahre lang zu kennen. Wie Sie vielleicht wissen, war ich ihr Justiziar in vielen Angelegenheiten, von ihren Arbeitsverträgen bis zu – nun, Sie wissen schon – ihrer Scheidung.«

Die Erinnerungen kehrten zurück. Sarah dachte an ihre Mutter, die Schauspielverträge studierte und ewige Telefonate führte, wahrscheinlich mit diesem Mann. Es war eine Zeit großer Sorge für Alexis Weston gewesen, und niemand – nicht einmal ihre eigene Tochter, damals noch ein Schulkind – konnte sich ihr nähern, zumindest nicht vor ihrem zweiten Wodka-Tonic.

»Kannten Sie auch meinen Vater?«

»Nur flüchtig.«

Ein beinahe unmerkliches Heben von Spencers Augenbraue verriet Sarah, dass er keine hohe Meinung von ihrem Vater hatte.

»Ich dachte, Sie hätten vielleicht in der Angelegenheit des Vermögens meiner Mutter mit ihm zu tun gehabt.«

»Tatsächlich handelte Ihre Mutter allein. Sie hatte neben der Ehe ihr eigenes Geld, und dann gab es da noch die Scheidungsvereinbarung. Ihr Vater hat keine Kenntnis von dem, was ich Ihnen eröffnen werde.«

»Fahren Sie fort.«

»Ihre Mutter ernannte Sie zur einzigen Begünstigten ihres Vermögens. Sie wollte lediglich nicht, dass Sie über das Geld verfügten, solange Sie nicht – wie soll ich das ausdrücken? – reif genug waren. Sie waren sehr jung, als Alexis ihr Testament machte. Auf der einen Seite wusste sie nicht, wie Sie sich entwickeln würden und wann Sie für eine solche Verantwortung bereit wären. Auf der anderen Seite fürchtete sie, Ihr Vater könne es in die Hand nehmen und Sie quasi Ihres Erbes berauben. Das konnte sie nicht riskieren, daher entschloss sie sich, Ihnen die Gesamtsumme ihres Vermögens an Ihrem vierzigsten Geburtstag zukommen zu lassen.«

Die Nachricht erstaunte Sarah ernsthaft. Zum Todeszeitpunkt ihrer Mutter war sie sechzehn Jahre alt gewesen. Das Letzte, woran sie dachte, war eine Erbschaft. Viele Jahre später hatte sie einen flüchtigen Gedanken daran gehabt, nahm aber an, das Vermögen war in humanitäre Projekte geflossen oder von ihrem Vater eingefordert worden. Sie hinterfragte es nicht, scherte sich nicht darum.

Ihr vierzigster Geburtstag war am dreiundzwanzigsten Dezember, in weniger als zwei Monaten. Es war ein Meilenstein, den zu markieren sie in keiner Weise erwartet hatte, besonders nicht mit einem lebensverändernden Ereignis.

»Von welcher Summe sprechen wir, wenn ich fragen darf?«

Spencer blätterte durch einige Papiere. »Gerundet, zweiundneunzig Millionen Pfund.«

Sie erstarrte.

»Sie hatte vieles davon verdient, ehe sie Lord Weston kennenlernte«, sagte er. »Obwohl ihre Arbeit weniger wurde, nachdem sie nach London gezogen war, war sie in jüngeren Jahren recht erfolgreich gewesen, wie Sie wohl wissen.«

Seine Worte öffneten die alte Wunde über die Unzufriedenheit ihrer Mutter mit der Ehe, dem Umzug nach London, der Tatsache, dass sie für die Starlet-Rollen, die sie berühmt gemacht hatten, zu alt geworden war. Ein Kind zu haben war auch nicht hilfreich gewesen. Der Körper ihrer Mutter hatte sich nach der Geburt verändert und sie konnte ihre Figur nicht wiederbekommen, nicht einmal mithilfe einer ständigen Parade neuer Fitnesstrainer. Sarah hatte lange gebraucht, um die Schuldgefühle loszulassen, ein Hindernis für die Karriere ihrer Mutter zu sein, eine tägliche Erinnerung an ihre Unzufriedenheit.

Als habe er ihre Gedanken gelesen, sagte Spencer: »Sie wissen es vielleicht nicht, aber Sie waren das Beste in Alexis' Leben, Sarah. Sie vergötterte Sie wie niemanden sonst.«

»Warum verließ sie mich dann?« Die Worte kamen über ihre Lippen, ohne dass sie es wollte. Sie bedauerte es augenblicklich.

»Als enger Freund von Alexis kann ich Ihnen versichern, dass der Selbstmord unbeabsichtigt war. Sie wollte ihr Leben mit Ihnen im Mittelpunkt neu aufbauen. Es ist nur …« Er unterbrach sich selbst. »Kehren wir zur vorliegenden Sache zurück, ja?«

Sarah unterdrückte das Gefühl, das dreiundzwanzig Jahre lang unter der Oberfläche gebrodelt hatte. Ein Teil von ihr wollte Spencers Büro verlassen und nicht zurückblicken. Aber ein anderer Teil suchte einen Abschluss. »Ja. Tun wir das.«

Spencer holte einen Papierstapel aus dem Dossier und schob ihn ihr zu. Er reichte ihr einen Füllfederhalter. »Das sind die offiziellen Dokumente, um die Gelder freizugeben. Unterschreiben Sie einfach, und schon sind wir fertig.«

KAPITEL 25

Phoebe saß mit über dem ausgetrockneten Boden hängenden Füßen auf dem Rand des Dachs. Sie konnte den ganzen Wirbel, der um sie gemacht wurde, nicht ertragen. Tochos Stamm meinte es gut, aber keines ihrer Heilmittel konnte die Geister vertreiben.

Sie schloss die Augen und rief sich den Himmel, den Wind, reines, ungefiltertes Licht ins Gedächtnis – alles, was die Erinnerung an dieses Monster auslöschen könnte. Es hatte keinen Zweck: Die langen, schmutzigen Fingernägel, die nach ihrem Hals gegriffen hatten, verdrängten alles andere aus ihrem Bewusstsein. Sie drückte die Augenlider fest zusammen, während sie versuchte, den Gedanken beiseitezuschieben.

Hinter ihr erklang ein Krächzen. Sie drehte sich um und sah einen braunfedrigen, an einer Leine in einer Steinmulde angebundenen Vogel. Sie hockte sich neben ihn. »Hallo. Du bist aber furchtbar klein. Kannst du nicht fliegen? Bist du verletzt?«

Der Vogel neigte den Kopf und spannte seine Flügel. Er sah vollkommen gesund aus.

»Ich wette, du vermisst deine Mama.« Sie lächelte und griff nach der Leine. »Du solltest im Canyon sein, wo du hingehörst.«

»Was machst du da?«

Phoebe keuchte leise.

Tocho stand hinter ihr. Köcher und Bogen waren über seinen Rücken geschlungen. »Hier gehört er hin. Es ist sein anderes Zuhause.« Er bot dem Vogel eine Handvoll Samen an. »Er ist ein Adler. Wir leben mit ihnen. Wir kümmern uns um sie und sie kümmern sich um uns.«

»Findest du nicht, dass er frei sein sollte?«

»Er wird schon bald fliegen. Wie geht's dir?«

Sie zuckte mit den Schultern. »Gut, schätze ich. Ich lebe noch. Dank dir.«

»Nichts zu danken. Daniel hat dich gerettet – und mich auch. Er ist ein guter Mensch. Ich schulde ihm viel.«

»Wo ist Sarah?«

»Sie musste für einige Tage fortgehen.« Er seufzte. »Es gibt wahrscheinlich einiges, von dem du nichts weißt.«

Musste fortgehen. Während Phoebe um ihr Leben kämpfte. Es tat weh, aber sie sagte nichts. Sie wollte nicht wie ein jammerndes Kind wirken.

Er ging zu einer Leiter. »Ich gehe für ein paar Schießübungen runter. Willst du mitkommen?«

Sie hatte schon einmal Bogenschießen praktiziert, in Delphi. Isidor hatte ihr gezeigt, wie man einen Pfeil einspannte, damit er weit flog. Sie konnte es vertragen, ihre Fähigkeiten aufzufrischen. »Klar. Warum nicht?«

Er sprang über eine Leiter hinunter und sie nahm sich Zeit, ihm zu folgen. Er öffnete eine Tür zu einem Lagerhaus und holte einen weiteren Bogen und Köcher heraus. »Schau'n wir mal, was du damit anfangen kannst.«

Tocho führte Phoebe zu einem verlassenen Gebäude am Rand der Plaza. Ein Baumstamm, grob zum Abbild eines Hirschs gehauen, stand bei der Rückseite. Sie blieben in gut fünfzig Schritt Entfernung stehen und fassten das Ziel ins Auge. »Du zuerst«, sagte er.

Sie nahm einen Pfeil aus dem Köcher und begutachtete ihn. Er war der Schönste, den sie je gesehen hatte: lang und leicht, aus Holz geschnitzt und mit türkisen, roten, schwarzen und weißen Streifen bemalt und echten Federn verziert. Sie berührte die Spitze und zuckte zusammen, als sie ihren Finger durchstach und einen Tropfen Blut hervorbrachte.

»Davor hätte ich dich warnen sollen. Mein Vater schnitzt die Pfeilspitzen selbst. Manchmal übertreibt er es.«

Sie legte den Pfeil in den handgeschnitzten Bogen und zog die Sehne zurück. Die Spannung, starrer als sie erwartet hatte, ließ ihren Arm zittern. Sie ließ den Pfeil zu früh los und wie vorherzusehen landete er weit vor dem Ziel. Sie errötete. »Ich bin eigentlich besser.«

»Darf ich dir helfen?«

Mit ihrer Erlaubnis stellte er sich hinter sie und positionierte ihren Arm so, dass sie mehr Hebelkraft erzeugte. Sie war verblüfft, wie gut das funktionierte. Sie ließ den Pfeil fliegen und traf die Attrappe in den Hals.

»Genau so«, sagte er. »Jetzt übe das hundert Mal.«

Eine Stunde später wies die Innenseite von Phoebes Ellbogen blaue Flecken auf und ihr Bizeps zitterte vor Erschöpfung, aber sie weigerte sich, den Bogen wegzulegen. Sie war entschlossen, mit Tocho mitzuhalten, der noch nicht ein Mal sein Ziel verfehlt hatte. Erst das Geräusch von zermalmtem Schotter ließ sie aufhören. Tocho spähte um die Ecke.

»Sie ist hier.« Aufregung lag in seiner Stimme. »Komm.«

Bis sie Bogen und Köcher abgelegt hatte und ihm gefolgt war, fand sie ihn in fester Umarmung mit Sarah. Sie hatte nicht erwartet, so froh zu sein, sie zu sehen.

Tocho sagte etwas und Sarah löste sich und sah an ihm vorbei. Sie strahlte bei Phoebes Anblick und rannte zu ihr. »Phoebe. Dem Himmel sei Dank, du bist in Sicherheit.«

Phoebe legte ihre Hände auf den Rücken ihrer Mentorin und spürte, wie die Emotionen sie verkrampfen ließen. Vielleicht hatte sich Sarah ja doch Sorgen gemacht.

»Lasst uns reingehen«, sagte Tocho. »Hier gibt's viele Augen.«

Die drei gingen ins Haus und setzten sich in einem Kreis auf den Boden. Sarah wandte sich an Tocho. »Wo ist Daniel?«

»Er ging zu den Soldier-Minen, um sich umzusehen. Sagte, er sei bei Anbruch der Nacht zurück. Was ist mit dir? Was hast du herausgefunden?«

»Nicht so schnell. Daniel ging *wo*hin?«

»Zu Soldiers Kupfermine in Black Mesa. Dort haben sie Phoebe die ganze Zeit festgehalten.«

Alle Farbe verließ Sarahs Wangen. »Das ist eine ganz schlechte Idee.«

»Na ja, er ist nicht allein hingegangen.« Tocho zögerte. »Nakai ist bei ihm. Das war die einzige Möglichkeit, Zutritt zu bekommen.«

»Entschuldige, wie bitte?«

Tocho atmete aus. »Ja. Er hat eine Kehrtwende gemacht. Er hat eine Nachricht geschickt, um Daniel zu Phoebe zu führen. Und dann hat er die Situation gerettet, nachdem unser Truck über die Klippe gefahren ist.«

Sie hielt beide Hände in die Höhe. »Das musst du mir genauer erklären, Tocho.«

»Ich mache das«, sagte Phoebe. »Ich traf Jake Soldier. Er stellte jede Menge Fragen, hauptsächlich darüber, wie man an deine Computerdateien kommt. Ich hab es ihm gesagt und er ließ mich gehen. Er befahl Nakai, mich zu einem seiner Navajo-Freunde in Tuba City zu bringen. Ich bekam es mit der Angst zu tun und bin in die Echo Cliffs geflohen. Ich hatte mich tagelang verirrt.« Ein Schauder ging ihr über den Rücken und ließ sie zittern. »Da hat er mich angegriffen.«

»Sie meint den Skinwalker«, erklärte Tocho. »Die abscheulichste aller Kreaturen.«

»Ich hab von ihnen gehört.« Sarah wandte sich an Phoebe. »Hat er dich verletzt?«

Phoebe berührte die Kruste an ihrem Nacken, die bei der Erinnerung noch immer brannte. »Er hat mir eine Heidenangst eingejagt. Das wird wieder.«

»Wir haben den Skinwalker selbst gesehen«, sagte Tocho. »Daniel scherte aus, um ihm auszuweichen, und fuhr über den Klippenrand. In dem Moment kam Nakai angefahren. Er hat uns gerettet. Das ist die Wahrheit.«

»Mag sein, aber ich vertraue ihm nicht«, sagte Sarah.

Aus Gründen, die sie nicht vollständig begriff, verteidigte Phoebe Nakai. »Soldier hat ihn benutzt. Ich war dort. Ich hab zufällig gehört, wie er mit einem seiner Männer sprach und Nakai als *Navajo-Gesindel* beschimpfte und sagte, dass er ihn loswerden würde, nachdem *das Kind weg vom Fenster* sei.«

»Trotzdem«, sagte Tocho, »stimme ich Sarah zu. Er hat ein paar wirklich schlechte Dinge getan.«

»Du verstehst das nicht. Soldier hat den Navajo Arbeitsplätze und Geld versprochen. Nakai hat nur versucht, seinem Stamm zu helfen.«

Sarah beugte sich vor. »Phoebe, dieser Mann hat dich entführt. Er hat unsere Geheimnisse an den Feind verkauft. Warum verteidigst du ihn?«

Sarahs strenger Ton machte Phoebe normalerweise unterwürfig. Nicht dieses Mal. »Nakai war ein Opfer, genau wie ich auch. Vielleicht hat er ein paar falsche Entscheidungen getroffen, aber er hat mir nie wehgetan.« Obwohl sie innerlich zitterte, kamen ihre Worte frei und ohne Rechtfertigung heraus. »Menschen machen Fehler. Du musst ihnen die Chance geben, sich deine Vergebung zu verdienen.«

Sarah starrte sie an, sagte nichts. Aus der ausdruckslosen Miene konnte Phoebe nicht schließen, ob es ein gutes oder ein schlechtes Starren war.

Tocho mischte sich ein. »Was hast du in Marokko gefunden?«

»Das dritte Stück des Kreuzes«, sagte Sarah. »Es war in einer Berberbasis im Atlasgebirge versteckt. Anscheinend die Nachfahren des Mauren. Es bringt uns der Lage näher, aber wir brauchen den vierten Teil.«

Tochos Blick huschte durch den Raum. Phoebes Bauchgefühl verriet ihr, dass er etwas wusste. »Was, wenn wir es niemals finden?«

»Dann werden wir nicht in der Lage sein, einen Beweis dafür zu liefern, dass die Stelle existiert. Wir können nicht beschützen, was wir nicht beweisen können.«

»Vielleicht sind wir schon zu spät. Es heißt, dass Soldier Prospektionsgenehmigungen beantragt hat.«

»Das ist unmöglich«, sagte Sarah. »Sie können nicht im Grand Canyon herumgraben.«

»Können Sie, wenn ihnen das Land gehört.« Alle drei drehten sich zur Stimme um, die aus dem hinteren Teil des Zimmers erklang.

Nakai kam auf sie zu. Sein Schritt war weniger selbstbewusst, als Phoebe ihn je gesehen hatte. Er war definitiv ein paar Zentimeter zurechtgestutzt worden. »Soldier plant, etwa zweihunderttausend Hektar Land am Rand des Grand Canyon Nationalparks zu kaufen.«

»Aber das gehört der Regierung.« Mit jeder weiteren Enthüllung wirkte Sarah perplexer.

Nakai schüttelte den Kopf. »Es sind Bemühungen im Gang, einen großen Teil dieser Regierungsländereien zu privatisieren. Sie wollen sie verkaufen.«

»Ich hab von all dem gelesen«, sagte Sarah. »Die Bundesregierung devaluiert einigen Landbesitz, um ihn aus den Büchern zu streichen, dann lässt sie das Besitzrecht auf die Staaten übergehen.«

»Und wenn die Staaten solche Ländereien besitzen, ist alles möglich«, sagte Tocho. »Im Westen haben wir das immer wieder erlebt: Erschließung und Bergbau ohne Rücksicht auf die Umwelt oder die Menschen.«

»Jake Soldier hat Staatspolitiker in der Tasche«, sagte Nakai. »Wenn der Transfer stattfindet, wird ihm das Land früher oder später gehören.«

Sarah runzelte die Stirn. »Woher weißt du das alles?«

»Ich arbeite seit sieben Jahren für Jake. Ich kenne seinen Plan in- und auswendig. Zuerst hat sich alles toll angehört ... Arbeitsplätze für unseren Stamm, Fortschritt und Infrastruktur fürs Reservat, Respekt, Unabhängigkeit. Ich war ein großer Befürworter dieser Art von Veränderung.«

»Und warum änderst du jetzt deine Meinung?«

»Weil ich endlich erkenne, wie verschlagen der Kerl ist.« Er zeigte auf Phoebe. »Er wollte, dass ich Phoebe einem Skinwalker übergebe. Er wusste, dass das nur auf eine Weise enden würde. Und er hat von mir verlangt, die Schlange in Ihrem Truck zu platzieren. Ich schwöre, das ist die Wahrheit.«

Er hielt inne, als überlege er seinen nächsten Schritt. »Da ist noch etwas. Ich hab gerade erst herausgefunden, warum sie beim Grand Canyon abbauen wollen.«

»Gold«, sagte Sarah.

»Das Gold ist minimal. Was darunter liegt interessiert sie.«

Sarahs Gesicht wurde bleich. »Du meinst doch nicht ...«

»Uran. Mengen davon. Sie haben einen aufnahmefähigen Markt dafür, in China.«

»Aber es gibt ein zwanzigjähriges Verbot für Uranabbau im Canyon. Wie wollen sie damit durchkommen?«

»Bestehende Minen sind vom Verbot ausgenommen. Er wird mit Genehmigungen für den Goldabbau anfangen und später umstellen. Bis dahin wird die Verwaltung das Verbot wahrscheinlich ohnehin aufheben.«

»Grundgütiger«, flüsterte Sarah.

»Also ist der einzige Grund, warum sie den Beweis haben wollen, den Esteban hinterlassen hat …«

»Nur der, dass Sie den Antiquities Act nicht anrufen können, bevor sie die Gelegenheit hatten, das Land zu kaufen. Das ist das Einzige, was ihren Plänen einen Dämpfer erteilen könnte.«

»Wir können es versuchen, aber wir besitzen nicht alle Teile. Soldier hat einen davon gestohlen.«

Nakai griff in eine Tasche und zog das verschwundene Fragment heraus. »Sie meinen das hier?«

Sarah stand auf. An dem Blick, den sie Nakai schenkte, gemessen, überdachte sie ihr Misstrauen ihm gegenüber.

»Jake hatte kein Recht darauf, also hab ich es zurückgeholt«, sagte er. »Es gehört zu unserem Volk. Ich vertraue darauf, dass Sie es sicher verwahren werden.«

»Sag mir, Nakai«, sagte Sarah. »Wie weit bist du bereit zu gehen, um es Jakob Soldier heimzuzahlen?«

KAPITEL 26

»Nehmen Sie das. Sie werden es brauchen, falls ein Feuer ausbricht.«

Sarah beäugte das Sauerstoffgerät, das ihr der Vorarbeiter der Nachtschicht in die Hände drückte. Während eines Feuers, dachte sie, käme das dem Fallschirmspringen mit einem Regenschirm gleich.

Nakai legte dem Mann eine Hand auf die Schulter. »Danke, Wayne. Wir schulden dir was, Mann.«

»Ja, ja. Gehen wir, bevor noch jemand Wind davon bekommt.«

Wayne öffnete die Tür der Aufzugkabine und winkte sie hinein. Am Tag wäre es nicht möglich gewesen, den Minenschacht zu betreten. In den Stunden nach Mitternacht aber waren die weißen Vorsteher nach Hause gegangen und hatten denjenigen, die tage-, manchmal wochenlang am Stück hier unten blieben, die Verantwortung für die Mine übertragen. Wayne, ein über fünfzigjähriger Navajo und alter Freund von Nakais Vater, war einer von ihnen. Er hatte immer wieder in den Black-Rocks-Minen gelebt, seit sich der erste Bohrer in die Erde gegraben hatte. Und er kannte jeden Winkel von ihnen.

»Hören Sie zu, junge Dame.« Wayne musste über das Gepolter der hinunterfahrenden Kabine brüllen. »Da unten ist es heiß. Heiß und feucht. Riecht auch nicht besonders gut.«

»Danke für die Warnung.«

Als sie zehn Minuten später den Boden des Schachts erreichten, erwiesen sich Waynes Worte als wahr. Ein starker Schwefelgeruch verkündete die Anwesenheit von Quellwasser tief aus der Erde und das stetige Tröpfeln bestätigte das. Sarahs Haut kribbelte und ihre Nase füllte sich mit einer dicken, blubbernden Hitze, die das gelbe Licht der Hängelampen flirren ließ.

Von den Strahlen ihrer Stirnlampen geleitet, gingen sie durch den Korridor in einen in Flutlicht getauchten Tunnel, wo die Industrieventilatoren den Saunaeffekt vertrieben. Ein knirschendes Geräusch – ob von Zahnrädern oder Pumpen konnte Sarah nicht sagen – verschluckte die Geräusche menschlicher Anwesenheit: Schritte, schweres Atmen, das Klappern von an Gürteln hängenden Werkzeugen.

»Bleiben Sie aus den Scheinwerfern heraus.« Wayne dirigierte sie zu den schattigen Rändern des Tunnels. »Sie sind hier nicht gerade willkommen.«

Nach einem fünfminütigen Marsch erhielt Wayne einen Ruf über sein Walkie-Talkie. Die Person am anderen Ende sprach Diné.

»Das bedeutet Ärger«, sagte Nakai zu Sarah.

Wayne schaltete es aus. »Der Boss ist hier. Jetzt muss ich euch verlassen. Falls jemand fragt, dann seid ihr allein hier reingeschlichen. Wenn ihr meinen Namen nennt, streite ich es ab.«

»Keine Sorge, Bruder. Du hast mein Wort.« Sie stießen die Fäuste aneinander und Wayne marschierte zur Kabine.

Nakai wandte sich an Sarah. »Ohne ihn wird das schwierig. Ich kenne mich nicht so richtig aus.«

»Wir müssen Danny finden.« Sie betrachtete den Tunnel und sah nach oben. Wassertropfen fielen von Leitungen, die an der röhrenförmigen Decke befestigt waren. »Er versteht Orte wie diesen.«

Die beiden liefen planlos weiter, durch ein Areal, das kein Ende zu haben schien. Sarah wischte sich mit dem Handrücken Schweiß von der Stirn. »Wie lang ist dieser Ort?«

»Mindestens fünf Kilometer. Wahrscheinlich länger.« Nakai hob eine Hand und warf einen Blick über seine Schulter.

»Hören Sie das?«

Sarah lauschte. »Stimmen.«

»Bleiben Sie hier.« Er schlich zu einer Stahlbox, die wie eine Lagereinheit aussah, öffnete eine Tür und ging hinein.

Sie wagte einen tiefen Atemzug, aber ihre Lungen fühlten sich schwer an. Das letzte Mal hatte sie dieses Gefühl in den Tiefen der Katakomben von Alexandria verspürt, wo die Luft seit Jahrtausenden tot war. Selbst das war kein Vergleich dazu, sich hunderte Meter unter der Erde aufzuhalten.

Die Tür des Stahlcontainers öffnete sich mit einem Quietschen und Daniel trat ins Licht. Der Halogenscheinwerfer über seinem Kopf verlieh seinen Haaren einen weißen Lichtkranz und warf Schatten auf die Umrisse seines Gesichts. Ein meisterlicher Maler hätte ihn nicht perfekter abbilden können.

Er ging zu ihr, zog sie an sich. »Du weißt nicht, wie froh ich bin, dich zu sehen.«

»Ich muss dir so viel erzählen.«

»Nicht jetzt.« Ein lautes Geräusch erschreckte sie. Daniel zog Sarah in eine dunkle Ecke. »Wir müssen Schmutz über diesen Kerl sammeln. Er hat nicht nur vor, Uran im Canyon abzubauen, er verletzt hier alle möglichen Sicherheitsstandards.«

Nakai kam zu ihnen. »Ich hab gerade mit den Männern gesprochen. Sie sind ziemlich nervös.«

»Verständlich«, sagte Daniel. »Sie haben das alles schon mal gesehen.«

»Nach dem Debakel des Booms des Kalten Krieges schworen wir uns: Nie wieder. Mein Volk hat durch diese Fehler gelitten … sie leiden noch immer.« Nakai sah fort.

Sarah kannte die Geschichte gut. In den Sechzigern hatte es ein Gerangel um den Uranabbau gegeben, eine Art Rennen zur Ziellinie, das Erz aus dem Boden zu heben, um Atomwaffen herzustellen, bevor die Russen es taten. Der Boom hinterließ hunderte Löcher in der Erde – die meisten davon im Navajo-Reservat – und eine Reihe von Todesfällen durch Radioaktivität in der Luft und im Wasser. Die Regierung bereinigte diesen Schlamassel noch immer. »Die Genehmigungen sind noch nicht erteilt«, sagte sie. »Wir können sie aufhalten.«

Daniel schüttelte den Kopf. »Außer einer Verfügung des Präsidenten wird sie nichts aufhalten. Und das wird nicht so schnell passieren – wenn überhaupt.«

Sarah wusste, dass er recht hatte. Den Antiquities Act anzurufen, ohne eine archäologische Fundstelle zu identifizieren, war Narretei. Niemand würde sie ernst nehmen. Und die Stelle zu finden, war ohne die vier Teile des Kreuzes nicht möglich. Ihr Zeitfenster, um diese Forderung zu erheben, schloss sich rasch.

»Ich höre was«, sagte Nakai. »Bleibt hier. Ich sehe nach.«

»Vielleicht haben wir eine bessere Mausefalle«, sagte Sarah zu Daniel. »Mir scheint, dass Soldier die Regierung hintergeht. Er weiß, dass diese Stelle reich an kulturellem und archäologischem Wert ist und doch lässt er dieses kleine Detail bei seiner Genehmigungsanfrage aus. Wenn wir das beweisen können, dann können wir über ihn auspacken.«

»Und wie hast du vor, das zu beweisen?«

»Wir haben einen Zeugen. Einen Navajo.«

Nakai kehrte zurück. »Wir müssen gehen. Wayne hat gerade die Männer alarmiert: Der Vorsteher ist auf dem Weg nach unten.«

Sie liefen zum Wassertank nahe der Aufzugkabine, wobei sie darauf achteten, in den Schatten zu bleiben. Ihnen blieben zehn Minuten – so lange dauerte es, den Schacht hinabzufahren. Es war ein riskanter Schachzug; ein falscher Schritt konnte sie teuer zu stehen kommen.

Sie kamen einige Minuten früher dort an. Sie schlüpften hinter den Tank, waren gerade so außer Sicht versteckt. Die Kabine kam am Fuß des Schachts zum Stillstand und die gelöcherte Metalltür schwang auf. Die Männer blieben auf der anderen Seite des Tanks stehen.

»Zeigen Sie mir, was Sie meinen, Wayne.«

»Der Tank leert sich nicht so schnell, wie er sollte. Wir haben es mit siebenhundertfünfzig Litern Wasser pro Minute zu tun; es sollten eher fünfzehnhundert sein.«

Schweiß brannte in Sarahs Augen. Zwischen der Hitze von fast vierzig Grad und der drohenden Gefahr, schlug ihr Herz so wild, wie ein aus dem Wasser gezogener Fisch zappelte.

Die Männer sprachen weiter über das Entwässerungsproblem, ohne zu wissen, dass sie Gesellschaft hatten. Sarah überprüfte die Umgebung. Es gab keinen anderen Weg um den Tank herum als dessen Vorderseite. Sie mussten warten, bis die Männer weggingen, bevor sie zur Aufzugkabine rennen konnten.

Es fühlte sich wie Tage an, ehe das geschah. Endlich verklangen die Stimmen, als Wayne und der Vorsteher in den Tunnel gingen. Daniel überprüfte das Areal und gab ihnen Entwarnung. Sie bewegten sich im Gänsemarsch zur Kabine.

Daniel erreichte sie zuerst und betrat sie. Sarah war bereit, es ihm nachzutun, als sie einen dumpfen Schlag hörte und spürte, wie der Boden erzitterte.

Sie sah hinter sich. Nakai lag ausgestreckt auf dem nassen Boden, hielt sich den Arm und verzog das Gesicht. Sie wollte ihm helfen, bleib aber wie angewurzelt stehen, als sie die Stimme des Vorstehers hörte.

»Was war das? Geh nachsehen, Wayne.«

Mit zusammengebissenen Zähnen bedeutete Nakai ihr, zu gehen.

»Bist du irre?«, flüsterte Sarah.

»Gehen Sie.« Er musste sich anstrengen, um zu sprechen. »Los.«

Die Schritte kamen näher. Sie war zu einer Entscheidung gezwungen, die sie nicht treffen wollte. Daniel zog Sarah in die Kabine und setzte sie in Bewegung.

»Keine Sorge«, sagte er. »Wir kommen ihn holen.«

»Wenn es nicht zu spät ist.«

»Soldiers Männer wissen nicht, dass er uns geholfen hat. Ihm wird eine plausible Entschuldigung dafür einfallen, warum er hier unten ist. Das kann er gut.«

»Bist du sicher, dass du ihm vertraust, Danny?«

»Ich hab keine große Wahl.« Er fuhr sich mit der Hand durchs unordentliche Haar. »Außerdem brauchen wir ihn, wenn deine Whistleblower-Theorie etwas wert ist.«

Sarah sah in den dunklen Schacht hinunter. »Ich hoffe wirklich, dass er uns nicht täuscht – wieder einmal.«

Ein lauter Schlag hallte durch die Betonröhre und alles erzitterte. Die Lampen flackerten. Die Kabine machte einen Satz und blieb stehen. Dann wurde alles dunkel. Eine zweite Explosion erschütterte den Schacht und riss die beiden von den Füßen. Ein heißer Luftzug kam aus den Tiefen der Erde herauf.

Daniel richtete sich mühsam auf und sah über den Seitenrand der Kabine. »Feuer unter Tage. Wir müssen verdammt noch mal von hier verschwinden.« Er drückte gegen die Kabinendecke, bis die Metallplatte nachgab. Dann richtete er eine Taschenlampe hinauf und beleuchtete einen Strang dicker Stahlglieder, die im dunklen Schoß wie silberne Eingeweide schimmerten. »Da ist unser Rettungsanker.« Er warf ihr einen Blick zu. »Bist du bereit?«

Sie nickte zögerlich. Es war ein weiter Weg zum Schachtkranz und die Ketten waren vermutlich von der Mischung aus Reibung und Feuer sengend heiß. Aber Daniel hatte recht: Sie hatten keine große Wahl.

Die Ketten knarrten und die Kabine machte einen weiteren Ruck, diesmal mit größerer Heftigkeit.

Selbst in der Dunkelheit konnte sie die Furcht in seinem Gesicht sehen. »Was ist los?«

Die Kabine fiel einige Meter hinunter dann ein paar mehr, bis es offensichtlich war: Sie stürzten ab.

Er zog sie an sich. »Halt dich fest.«

Die Kabine stürzte mit der zweifachen normalen Abstiegsgeschwindigkeit hinunter. Je tiefer sie fiel, desto heißer wurde es. Es fühlte sich an, als säße man in einem Schnellzug zur Hölle, ohne Rückfahrticket.

Die Dunkelheit wich dem merkwürdigen Sepia der Notbeleuchtung, gerade genug, um den Schacht zu erhellen, während der Beton vorbeirauschte. Sekunden später blieb die Kabine mit einem so harten Ruck stehen, dass sie zu Boden fielen und gegen eine der Wände prallten.

Die Tür öffnete sich. Sarah erblickte ein Paar Arbeitsstiefel, unordentlich hineingesteckte Jeans.

»Sieh an, sieh an«, sagte eine rauchige Stimme. »Wen haben wir denn da?«

KAPITEL 27

Im Hopi-Land war die Nacht von menschlicher Hand unberührt. Keine Straßenlampen, keine klingenden Karussells, keine dröhnenden Maschinen, die den Menschen ihre Herrschaft versicherten; nur die ursprüngliche, unendliche Dunkelheit. So viele würde das Gewicht ihrer Umarmung verängstigen, doch Phoebe verstand sie und begrüßte sie sogar. Wie die amerikanischen Ureinwohner, die sie beherbergten, erkannte sie Erlösung in einem nadelstichgroßen Licht, das wie ein lebendes Wesen im fernen Osten leuchtete, und Hoffnung im kühlen, feuchten Atem einer stehenden Wolke.

Doch diese Nacht war anders. Keine der Geschichten, die sie sich selbst in der Dunkelheit erzählt hatte, klangen glaubhaft. Die Worte, leise und tröstlich, zerfielen unter dem Würgegriff der Verbundenheit. Es war das erste Mal in ihrem Leben, dass sie Angst hatte, jemanden zu verlieren.

Die Nachricht über die Explosionen hatten Hopi-Land erreicht. Obwohl Tocho versucht hatte, ihr zu versichern, dass es nur Gerüchte waren, und vermutlich unverhältnismäßig aufgeblähte, ließen sie die Berichte von »vielen Toten« innerlich erzittern. Dies war die zweite Nacht, seit Sarah und Nakai zur Mine aufgebrochen und nicht zurückgekehrt waren. Das bedeutete mit Sicherheit nichts Gutes.

Der Himmel vor ihrem Fenster schlüpfte aus seinem schwarzen Mantel und enthüllte verschiedene Violettschattierungen. Ein silberner Streifen schoss über den Gipfel des Tafelbergs und verlor sich im Nichts. Phoebe saß auf dem Feldbett und ging gedanklich durch ihren Traum. Er ergab keinen Sinn, hinterließ nur ein nachklingendes Gefühl von Sorge.

Sie ging auf Zehenspitzen in die Küche, ließ sich in der Dunkelheit von den rauen Steinwänden leiten. Sie erschrak beim Geräusch eines entzündeten Streichholzes.

Gaias uraltes Gesicht leuchtete im orangefarbenen Glanz einer Kerosinlampe. »Komm her, Kind.«

Phoebe setzte sich auf einen Rundholzhocker neben sie. Sie blickte in die Tiefen der Ebenholzaugen der alten Frau und spürte ihren Frieden, auch wenn sie ihn nicht teilte. »Ich habe Angst, Großmutter.«

»Sie werden dich nicht verlassen. Eure Verbindung ist stark.«

Sie biss sich auf die Lippe. »Ich hatte einen Traum.«

»Träume sind Nachrichten der Geister. Sie helfen uns, zu begreifen, was wir tun müssen.« Sie verschränkte ihre Finger auf dem Tisch. »Erzähle Gaia davon.«

»Da war ein Loch in der Erde. Es war dunkel und kalt und viele Menschen waren dort unten, zusammengekauert. Ihre Gesichter waren blass und die Haut hing ihnen von den Knochen. Sie wirkten kaum lebendig.«

»Hast du eines der Gesichter erkannt?«

»Nein, keines.« Sie sah zu Boden, versuchte, sich an mehr zu erinnern. »Sie sangen ein Lied ... ich erinnere mich an die Melodie.« Sie summte die wenigen Takte, die in ihrer Erinnerung trieben. Im Traum war ihr alles so traurig vorgekommen. Aber jetzt, da sie wach war, erkannte sie die Hoffnung darin.

Ein leichtes Lächeln schlich sich auf das Gesicht der alten Frau. Kannte sie das Lied?

»Dann stieß ein Lichtstrahl durch die Decke und der Gesang hörte auf. Ein großer Vogel, wie ein Adler mit leuchtenden, goldenen Federn und Augen wie Edelsteinen, stieg von der Erde auf. In seinen Krallen hielt er ein Bündel Stöcke. Er rieb sie aneinander und Funken flogen. Die Menschen wichen zurück. Dan brach ein großes Feuer aus und verschluckte den Vogel.

In einem weißen Lichtblitz verschwand er.« Phoebe erinnerte sich daran, das Krächzen eines Adlers gehört zu haben und aufgewacht zu sein. »Ich habe Angst, dass es eine Nachricht über den Tod ist.«

»Dieser Vogel gab den Menschen etwas Wertvolles. Etwas, das sie sich selbst nicht geben konnten. Dieser Feuervogel deines Traums ist ein Retter, kein Todbringer.« Gaia drückte Phoebes Hand. »Dein Herz weiß bereits, was es bedeutet.«

»Mein Herz spricht nicht mit mir.« Phoebes Blick verfinsterte sich. »Ich fühle mich verloren.«

»Ich habe etwas für dich. Warte hier.« Die alte Frau erhob sich mit einiger Mühe und verließ das Zimmer. Kurz darauf kehrte sie mit einem Päckchen zurück, das sie Phoebe in die Hände drückte.

Phoebe faltete die Papierlagen auseinander und enthüllte eine kleine, flache Figur. Geschlossene Augen und ein heiteres Lächeln waren ins Gesicht geschnitzt, und sie fand, dass sie an ein Kind erinnerte. Der Körper, weiß mit einigen grünen, roten und schwarzen Pinselstrichen, war mit einem Fellcape bedeckt, und der Kopf war mit Federn verziert. »Es ist wunderschön«, sagte sie. »Was ist das?«

»Wir geben Kindern diese Kachinas, damit sie sie durchs Leben geleiten. Aber diese ist anders. Sie hat eine größere Aufgabe.«

»Was meinst du damit?«

»Sie ist dazu gedacht, weitergegeben zu werden, aber nur an diejenigen, die wir lieben und denen wir völlig vertrauen.«

Phoebe konnte kaum glauben, dass sie sich dieses Recht verdient hatte. »Und du gibst sie mir?«

»Ja.« Gaias breites Lächeln vertiefte die Falten in ihrem Gesicht. »Und ich will, dass du sie deinerseits weitergibst.«

»An wen?«

»Wenn die Zeit gekommen ist, wirst du es wissen. Bis dahin beschütze sie gut und verwahre sie sicher.«

Die Haustür öffnete sich. Tocho stand auf der Schwelle, die Haare zerzaust und die Wangen gerötet. »Ich sprach mit den Clans«, sagte er. »Hier und bis hinunter zur dritten Mesa. Sie sind alle auf unserer Seite. Sind die anderen zurück?«

Phoebes Magen verkrampfte sich. »Noch nicht.«

Er ging zum Tisch und kniete sich neben sie. »Die Nachrichten aus der Mine sind nicht gut. Es heißt, es war eine große Explosion. Um die zwanzig Tote.«

Er sah Phoebe an. Sie blinzelte, um die Tränen in ihren Augen zu verbergen. »Wir müssen ohne sie weitermachen. Das war Sarahs Anweisung.«

Gedanken kreisten durch Phoebes Kopf. Sie versuchte, sich selbst davon zu überzeugen, dass sie nicht gestorben waren oder sie zurückgelassen hatten. Etwas anderes zu glauben würde ihre Nerven zu Staub zerfallen lassen. Und trotzdem konnte sie das stechende Gefühl tief in ihrer Magengrube nicht beruhigen: Sie waren noch dort, vom tiefen Rachen der Barbaren verschluckt, und sie waren in Gefahr.

»Der Junge sagt die Wahrheit«, sagte Gaia. »Die Zeit ist gekommen, um Krieger zu sein.«

»Der County stimmt diese Woche über die Genehmigungen ab, was heißt, dass sie den Bohrungen einen Schritt näher sein werden«, sagte Tocho. »Ich habe Boten zu den Navajo, Apachen und Zuñi geschickt, um ihre Jugendlichen zu bitten, sich uns beim Marsch anzuschließen.«

Phoebe betrachtete Tocho, mit seiner Entschlossenheit, die so massiv war wie die alten Berge, und Gaia, die Großmutter mit einem Geist so unbeugsam wie der Wind. Sie waren arm und von jenen, die sich zivilisiert nannten, ausgegrenzt, und doch verkörperten sie alles, was sie bewunderte.

»Ich will mit euch marschieren«, sagte sie, »aber ich kann meine Freunde nicht im Stich lassen.«

»Sarah und Daniel sind erfinderisch genug, um sich selbst zu retten«, sagte Tocho.

Sie blickte aus dem Fenster. Die Sonnenstrahlen glänzten wie goldene Speichen über den Hochebenen der Tafelberge. »Nicht dieses Mal. Ich kann es spüren.«

»Red keinen Unsinn. Du kannst nichts tun.«

»Ich kenne einen Hintereingang zur Mine. Durch den Adit.«

Tocho starrte sie mit großen, schwarzen Augen an. »Das wäre, als liefe man direkt in die Fänge des Wolfs.«

»Niemand wird mich sehen. Keine Sorge.«

»Wenn du das tun musst, dann gehe ich mit dir.«

Sie wollte die Gesellschaft, mochte aber ihre Angst nicht zeigen. »Du solltest hierbleiben und Vorbereitungen treffen. Ich werde rechtzeitig zurück sein, um mitzugehen.«

»Wie willst du dort hinkommen? Es ist ein weiter Weg nach Black Mesa und du kennst dich in den Bergen nicht aus.«

»Jemand könnte mich hinfahren.«

»Dieser Jemand steht vor dir.« Er schenkte ihr ein schiefes Grinsen. »Du magst stur sein, aber das bin ich auch.«

Gaia legte jedem von ihnen eine Hand auf den Kopf. »Möge der große Geist eure Schritte leiten und euren Mut nähren, während ihr auf eurem schweren Weg wandelt. Was immer ihr tut, tut es in Frieden. Das ist die Art unseres Volkes.«

Phoebe ließ die Worte auf sich wirken. Sie hatte sich nie zuvor mehr geängstigt, war nie zuvor so lebendig gewesen.

KAPITEL 28

Sarah und Daniel wurden von kräftigen Händen auf die Füße gezogen. Vom Rauch und dem jähen Fall war Sarah übel geworden und sie musste sich anstrengen, um sich auf die Gesichter zu konzentrieren. Im Zwielicht des Tunnels sah sie eine Armee in hellblauen Overalls mit auf den Ärmeln prangenden Nummern. Sie sahen eher nach Gefängnisinsassen als Arbeitern aus.

Ein Mann mit schwarzem Schmierspuren im Gesicht und einem struppigen roten Bart trat in den Schein einer Deckenlampe. »Wir haben die Angewohnheit, uns unter schwierigen Umständen zu treffen.«

Sarah hatte ihn zunächst nicht erkannt. Es bedurfte seiner Stimme, um ihn als Cyrus zu identifizieren, den nächtlichen Dieb aus Chaco Canyon.

»Was? Kein *wie geht's?*« Er lachte. »Ich denke, diesmal überlasse ich es dem Boss, sich mit euch zu befassen.«

Cyrus ließ sie am Wassertank vorbei in den Tunnel marschieren. Es war nur Minuten her, seit sie zum letzten Mal hier gewesen waren, aber alles sah so anders aus. Die Betonwände waren verkohlt; Nachwehen der Explosion, die den Ort erschüttert hatte. Ein fauliger Geruch, rauchig und sauer, hüllte den Tunnel wie eine dicke Decke ein. Einige der blaugekleideten Arbeiter zogen einen schlaffen Körper mit sich. Sarahs Blick folgte ihnen in eine dunkle Nische, wo andere Körper ausgebreitet lagen, geschwärzte und blutige Belege der düsteren Realität des Bergbaus. Sie begriff, dass der Geruch von versengtem Fleisch kam. Die Übelkeit drehte ihr den Magen erneut um und sie senkte den Blick.

Daniel sah an ihr vorbei. Die Falte zwischen seinen Augenbrauen verriet seine Sorge. Sie folgte seinem Blick zur anderen Seite des Tunnels. Sie drehte sich um und sah Nakai im Gewahrsam zweier Männer. Er trug Handschellen und war nur halb bei Bewusstsein; seine Knie knickten ein und sein Kopf wippte auf und ab, während sie versuchten, ihn zu stützen.

Einer der Männer warf Sarah einen Blick zu, sah aber rasch wieder fort. Ihr wurde schwer ums Herz, als sie erkannte, dass es Wayne war.

»Hier lang.« Cyrus wies mit dem Daumen auf einen Metallcontainer mit einer Tür. Er schloss sie drinnen ein und ging.

»Hast du gesehen, wer bei Nakai war?«, sagte Daniel.

»Denkst du, Wayne hat ihn verraten? Und uns?«

»Ich würde sagen, das ist ziemlich wahrscheinlich. Menschen tun alles Mögliche, um ihre eigene Haut zu retten.«

»Und die Explosion?«

»Wahrscheinlich ausgelöst. Ich schätze, sie haben einen Tumult veranstaltet, damit sie den Eindringlingen was anhängen können.« Er wischte sich mit der Außenseite des Unterarms den Schweiß von der Stirn. »Wir sind am Arsch.«

Die Tür öffnete sich mit einem Klicken und ein schlanker, gut aussehender Mann trat mit dem Selbstbewusstsein eines Filmstars und der passenden Entourage ein. Es war der Mann aus dem Labor in Ganado, derjenige, der Sarahs Rettungsanker nach dem Schlangenbiss in Händen gehalten, ihn aber in tausend Stücke hatte zerspringen lassen. Während sich seine Männer an der Wand hinter ihm aufreihten, zeigte er ein breites Grinsen. Seine Zähne strahlten genauso wie die glänzende Schnalle aus Silber und Türkis an seinem Gürtel.

»Endlich lernen wir uns kennen.« Er streckte Daniel eine Hand entgegen. »Ich bin Jacob Soldier.«

Daniel ergriff die Hand nicht.

»Verstehe. Dann kommen wir gleich zur Sache.« Sein Ausdruck verhärtete sich. »Was genau treiben Sie in meiner Mine?«

»Was denken Sie denn?« Daniel spie die Worte aus.

»Ich denke, Sie sind ziemlich verzweifelt. Mir nachzuspionieren … Fehlverhalten zu suchen … ich will Ihnen was sagen: Alles an meiner Operation verläuft legitim und nach Vorschrift. Wenn Sie also etwas suchen, das Sie mir anhängen können, dann verschwenden Sie Ihre Zeit.«

»Sie nennen Uranabbau auf Nationalparkboden legitim?«

Soldier taxierte Daniel. »Wie ich sehe, haben Sie Ihre Hausaufgaben gemacht. Aber nicht gut genug, um zu wissen, dass wir das Vorkaufsrecht auf die fraglichen Ländereien besitzen. Und was deren Bestimmung angeht: Sie sind außerhalb der Grenzen der Nationalparks, daher sind sie nicht geschützt.«

»Noch nicht«, sagte Sarah.

»Niemals, Lady. Sie sitzen auf zu vielen Ressourcen, von denen unser Land profitieren kann. Fragen Sie jeden beliebigen Politiker. Sie sind alle auf unserer Seite.«

»Und was ist mit der historischen und spirituellen Bedeutung für die Stämme? Bedeutet die Ihnen gar nichts?«

Er lachte. »Fragen Sie diese Männer, und die werden Ihnen sagen, dass alles heilig ist; jeder Stein, jeder Mesagipfel, jedes Maisfeld. Deswegen leben sie in Bruchbuden und beten Holzpuppen an.«

»Der Fortschritt ist nicht jedermanns Religion, Mr. Soldier. Sie haben ein Recht auf ihre Überzeugungen, ebenso wie Sie. Sie würden gut daran tun, dieses Recht zu respektieren.«

»Ersparen Sie mir die sentimentale Rede. Keiner hat mehr für die Stämme getan als ich. Ich habe über die Jahre hunderte ihrer Männer eingestellt, und bin im Begriff, Stellen für hunderte weitere zu schaffen. Ich habe gespendet und Infrastruktur erschaffen. Ich helfe ihnen, weiterzukommen.« Er richtete einen

Finger auf Sarahs Gesicht. »Sie, andererseits, ermutigen diese Menschen, an antiquierten Ideen festzuhalten. Das wird Ihnen kein Essen auf den Tisch bringen oder sie aus dem Getto holen.«

»Und ich vermute, es ist Ihnen nie in den Sinn gekommen, dass sie gern an ihren Traditionen festhalten. Dass sie Bedeutung in eben jener Natur erkennen, die Sie zerstören wollen.«

»Schwingen Sie so viele Volksreden, wie Sie wollen. Tatsache bleibt, dass das Gesetz auf unserer Seite ist. Es ist sogar so, dass wir uns darauf vorbereiten, die erste Phase der Genehmigungen zu bestehen, und von dort aus wird alles glattlaufen.« Er schmunzelte. »Wenn ich Sie wäre, würde ich mich der Siegerseite anschließen.«

»Zeigen Sie mal nicht zu vorschnell auf einen Gewinner.«

Soldier lachte. »Das Spiel ist für Sie und Ihre Indianerfreunde so gut wie aus. Aber ich werde Ihnen eine Chance geben, Ihren Fehler zu korrigieren. Wie ich höre, besitzen Sie etwas, das sehr hilfreich für uns ist: ein Artefakt, das zur Lage einer Goldmine führt. Stimmt das?«

Sarah antwortete nicht.

»Ich interpretiere Ihr Schweigen als ein Ja. Ich bin bereit, einen Handel mit Ihnen zu schließen. Sie übergeben mir die Fragmente dieses Kreuzes und ich lasse die Anzeige wegen unerlaubten Betretens und Verursachen eines tödlichen Unfalls fallen.«

»Falsche Anschuldigungen können Sie nicht beweisen«, sagte Daniel.

»Wirklich nicht? Ich habe Zeugen, die bestätigen, dass einer meiner früheren Angestellten, ein junger Mann namens Nick, die Belüftung sabotiert hat, was dafür sorgte, dass sich heiße Luft bis zum Punk der Entzündung anstaute. Und einer meiner Vorarbeiter sah, wie Nick sich in die Mine schlich … zusammen mit Ihnen.«

»Das ist Bockmist und das wissen Sie auch«, sagte Daniel. »Eine Methan- oder Staubexplosion passiert nicht augenblicklich. Sie baut sich mit der Zeit auf.«

»Wieder falsch. So tief unter der Erde kann das recht schnell passieren. So oder so, mein Wort steht gegen Nicks, und er hat nicht gerade eine blitzblanke Akte.« Er zog ein Handy aus seiner Tasche und tippte auf den Bildschirm. »Einbruch, Bagatelldiebstahl, Entführung einer Minderjährigen ...«

Ein Schauder ging Sarah über den Rücken. All die Drecksarbeit, die Soldier Nakai aufgetragen hatte, hängte er dem jungen Navajo jetzt an. Wenn Nakai seine Tortur überlebte, wäre sein Leben zerstört.

»Natürlich«, fuhr Soldier fort, »ist Nick in ziemlich schlechtem Zustand. Vielleicht überlebt er gar nicht, um seine Seite der Geschichte zu erzählen. Die Erstversorgung hier unten ist bekanntermaßen langsam.«

»Sie Mistkerl«, sagte Daniel. »Haben Sie gar kein Gewissen?«

Er ignorierte Daniel und fixierte seinen Blick auf Sarah. »Wollen mal sehen, wie groß Ihr sentimentales Herz wirklich ist.«

Sie ballte die Hände zu Fäusten. Es kostete sie all ihre Willenskraft, ihn nicht zu schlagen. »Ein Navajo-Leben bedeutet Ihnen nichts, das meinen Sie doch, oder?«

»Was darf es sein, Lady?«

»Ich habe nicht, was Sie suchen.«

»Wo ist es dann? Bei diesen Hopi-Pennern, bei denen sie sich aufgehalten haben? Vielleicht sollten wir dort nachsehen ...«

»Nein.« Der Gedanke, dass seine Männer Oraibi plünderten, ließ sie erschaudern. »Ich werde Sie hinführen. Aber erst beschaffen Sie Nakai die medizinische Hilfe, die er braucht.«

Eine eingehende Nachricht ließ sein Handy klingeln. »Die Polizei ist da.« Er ging zur Tür, drehte sich um, als er nach der Klinke griff. »Entweder befindet sich dieses Kreuz bei

Tagesende in meinem Besitz oder Nick wird untergehen. Und Sie gehen mit ihm.«

»Wie stellen Sie sich vor, dass wir das anstellen, solange wir in den Tiefen der Erde gefangengehalten werden?«

»Sie sind ideenreich. Lassen Sie sich etwas einfallen.« Er schlug die Tür hinter sich zu.

Daniel stieß den Atem aus. »Das ist nicht gut.«

»Genau. Selbst wenn wir das Bruchstück des Mönchskreuzes übergeben, traue ich ihm nicht, seinen Teil des Deals einzuhalten.«

»Dieser Kerl hat keine Skrupel. Er hat gerade seine eigene Mine in die Luft gejagt und seine eigenen Männer getötet, um uns aufs Kreuz zu legen. Er ist nicht gerade jemand, mit dem ich einen Deal schließen will. Außerdem ist es keine Option, das Kreuz herzugeben. Es ist der einzige Beweis, der diesen Ort mit den frühen Pueblo-Indianern verbindet, und unsere einzige Hoffnung darauf, den Antiquities Act anzurufen.«

»Das wirkt im Moment so weit weg.«

Er drückte ihre Schulter. »Ich weiß. Aber wir dürfen den Mut nicht verlieren.«

»Weißt du, Danny, für mich stimmt da was nicht. Wenn der einzige Weg in die Mine hinein durch den Schacht führt, wie kam Soldier dann rein?«

»Vielleicht war er die ganze Zeit über hier und wir sind ihm einfach in die Falle gegangen.«

»Möglich. Oder vielleicht gibt es einen anderen Weg, der zu diesem Ort führt.«

Daniel schnippte mit den Fingern. »Der Belüftungsschacht.«

Sie sah sich im Container um. »Wenn wir nur hier rauskämen.«

»Überlass das mir.« Er zog seinen Schlüsselbund aus der Tasche und löste die Dietriche.

»Irgendwann wird dich dein Talent fürs Schlösserknacken einholen.«

»Wollen wir hoffen, dass das nicht heute passiert.« Er klopfte an die Tür und wartete. Von der anderen Seite erklang keine Antwort. Er kniete sich vors Schloss und holte tief Luft. »Wird schon schiefgehen.«

Sarah legte ein Ohr an die Metalltür und lauschte auf Schritte. Sie beobachtete Daniel bei der Arbeit. Seine Hand war sicher, seine Konzentration raubtierartig. Ihr Blick wanderte zu seinem Gesicht und sie studierte jede Facette: den leichten Bart, der sich über seinen Kiefer und Hals ausgebreitet hatte, die Konzentrationsfalten, die seine Stirn zeichneten, die olivgetönte Haut, die vom Schweiß schimmerte. Eine lange Haarsträhne fiel ihm ins Auge. Sie griff hinunter und strich sie ihm hinters Ohr.

Er hielt kurz inne und sah auf. Die Zärtlichkeit in seinem Blick erzeugte ein warmes Gefühl, das sich in ihrem Solarplexus ausbreitete. Sie wollte ihn festhalten, aber dafür war keine Zeit. Sie fragte sich, wie es wohl wäre, ein normales Leben zu führen, Romantik zu erleben wie jeder andere Mensch auch. Für Sarah und Daniel bedeutete Liebe bedingungslose Unterstützung, während sie alles für ein gemeinsames Ideal riskierten. Sie wollte es nicht anders haben.

Daniel widmete sich wieder seiner Aufgabe. »Okay, ich glaube, das wird was.« Ein Drücken und ein Drehen lieferten das benötigte Klicken. »Hab's.«

»Genialer Mann«, sagte sie.

Er öffnete die Tür einen Spaltbreit und sah hinaus. »Alles frei.«

Sarah folgte seiner Führung. Sie schlichen an der Wand entlang zu einem Punkt, der nicht im Deckenlicht lag, und sahen gleichzeitig nach oben. Die Kameras, die an der zylindrischen

Decke angebracht waren, lagen weit genug auseinander, um ein wenig Bewegungsfreiheit zu gewähren.

Mit dem Rücken zur Wand schoben sie sich Stück für Stück zum anderen Ende der Mine, weg von den Folgen der Explosion. Bei der ersten Biegung trafen sie auf ein Förderband. Obwohl Erzbrocken darauf lagen, bewegte es sich nicht.

»Das führt irgendwo hin«, flüsterte Daniel. »Aber es braucht mehr als nur Notstrom, um zu funktionieren.«

Sarah deutete mit einem Nicken auf eine Treppe aus Lochblech jenseits des Förderbands. Dampf stieg davon auf. »Das ist vielleicht eine bessere Idee.«

Stimmen erklangen hinter ihnen. Eine Tür wurde zugeschlagen und der Nachhall von Metall auf Metall wogte durch den Korridor. Schnelle Schritte.

Ein Schweißtropfen rann in Sarahs Auge. *Sie wissen Bescheid.*

Daniel packte Sarahs Handgelenk und zog sie unters Förderband. Dort war kaum mehr Platz als unter einem Bett. Während sie sich aneinanderdrängten, spürte sie sein Herz an ihrem Rücken pochen. Sie legte sich eine Hand über den Mund, um das Geräusch ihres flachen Atems zu dämpfen.

Zwei Paar Arbeitsstiefel kamen ins Blickfeld.

»Sie sind hier«, sagte einer der Männer. »Sucht überall.«

KAPITEL 29

Tocho ließ den Truck auf einem Supermarktparkplatz in der Stadt stehen, wo sich niemand etwas dabei denken würde, und er und Phoebe wanderten mehr als dreihundert Meter den Berg hinauf. Oben auf dem ersten Bergrücken, noch immer einen gut halbstündigen Gewaltmarsch entfernt, schimmerte das Fördergerüst wie ein silbernes Lambda.

»Bist du dir sicher?«, fragte Tocho.

Sie schob sich ein krauses Haarbüschel aus dem Gesicht. »Ich habe Angst. Jede Menge. Aber dann denke ich an Sarah, Daniel und Nakai, und wie tief sie in der Tinte stecken könnten. Das treibt mich weiter.«

»Du bist nicht wie westliche Mädchen. Du stellst andere über dich selbst.«

Sie zuckte mit den Schultern. »Ich wurde ohne Verständnis von einem Selbst aufgezogen, nur mit einem Pflichtgefühl anderen gegenüber. Und du?«

»Wir denken zuerst an die Gruppe – an die Familie, den Stamm, die Nation – und dann an den Einzelnen. Keiner ist ohne die anderen etwas wert.«

»Aber warum hilfst du uns? Wir sind kein Teil deines Stammes oder deiner Familie.«

»Wir sind alle eine Menschenfamilie. Daniel und Sarah haben das bewiesen. Als ich sie brauchte, waren sie für mich da, ohne zu fragen, welches Blut durch meinen Adern fließt.«

Phoebe hörte etwas und hielt eine Hand hoch. »Warte. Hörst du das?«

»Klingt wie eine Sirene.« Er sah mit zusammengekniffenen Augen zum Bergrücken. »Dort drüben.«

Blinkende rote Lichter folgten der geschlängelten Form der Straße, die zur Mine führte. Bis zu diesem Augenblick hatte sich all das nicht so real angefühlt. Phoebes Lippen bebten.

»Wenn wir uns beeilen«, sagte Tocho, »können wir sehen, wer in den Krankenwagen geladen wird.«

Ohne weiteres Geplänkel eilten sie zum Gipfel des Bergrückens. Das Fördergerüst sah größer aus als damals, als Phoebe in Gefangenschaft gewesen war. Es überragte die Landschaft, war selbst monumental, wie ein eiserner Herrscher, der seinen Willen dort aufdrückte, wo er unwillkommen war. Der Anblick widerte sie an.

Tocho griff nach ihrem Ellbogen. »Komm. Hier entlang.«

Sie versteckten sich hinter einem Findling. Tocho holte ein Fernglas aus seinem Sack und reichte es Phoebe. Ein bittersüßer Ausdruck huschte über sein Gesicht. »Das hat mir Sarah in Chaco gegeben.«

Phoebe richtete das Fernglas auf die Krankenwagen und beobachtete die Parade von Körpern, die aus der Mine getragen und auf Bahren gehievt wurden. Ihre Gedanken drehten sich um einen ähnlichen Vorfall, vor über einem Jahr, beim unterirdischen Altar in Delphi. Sie hatte sich in einem Baum versteckt und zugesehen, wie die Bergrettung ihren Bruder für den Lufttransport zum Krankenhaus aus der Kultstätte getragen hatte. Die blutbespritzte weiße Robe, Beweis für das grausame Herz ihres Vaters, war in ihr Gedächtnis eingebrannt.

Sie senkte das Fernglas. Sie hatte geglaubt, sie käme damit zurecht.

»Ich mach schon.« Tocho nahm das Fernglas und sah zu, bis sich die Türen der Krankenwagen schlossen. Er drehte sich zu Phoebe. »Ich habe neun gezählt. Keines der Gesichter kam mir bekannt vor.«

»Sie sind noch da drin.«

»Wir wissen nicht …«

»Ich hab eine starke Ahnung. Vertrau mir.«

Er nickte. »Wo ist der Eingang?«

»Ich kann mich nicht an die genaue Lage erinnern«, sagte sie. »Nakai hat ihn mir gezeigt, als wir von der Mine wegfuhren. Die Konstruktion war wie eine weit geöffnete Mündung in einer roten Felswand mit zerklüfteten Gipfeln. Trockene Büsche wuchsen zwischen den Klippen und die Luft roch nach Salbei.«

»Okay, das ist gut. Wo stand die Sonne?«

Sie zeigte nach Westen.

Er sah durchs Fernglas. »Dort hinten gibt es eine unbefestigte Straße, die sich um die Westseite der Berge windet. Ich würde sagen, wir versuchen es.«

Sobald sie die Kurve umrundet hatten, wo die unbefestigte Straße zur Stadt hinabführte, sah die Landschaft vertraut aus. »Das ist die Stelle«, sagte Phoebe. »Das ist der Felsgipfel in der Ferne. Er liegt über diesem Canyon.«

»Das ist kein Canyon«, sagte Tocho. »Das ist ein Tagebau. Ein alter, wie es scheint.«

Sie rannten durch ein Feld aus Felsen und Beifuß. Obwohl sie wie auf dem Präsentierteller waren, verlieh der Rausch der Rettung Phoebes Füßen Flügel. Sie fühlte sich unbesiegbar und vermutete, dass es Tocho auch so ging.

Bei der nächsten Biegung blieb Tocho stehen. »Ich glaube, ich kann ihn sehen«, rief er.

Phoebe schloss zu ihm auf. Sie war außer Atem. »Das ist er. Ich kann kaum glauben, dass wir ihn gefunden haben.«

»Teamwork.« Er zwinkerte ihr zu. »Komm.«

Sicheren Schrittes stieg er über die Klippe hinunter, während sie ihre liebe Mühe hatte, mit ihm mitzuhalten, und mehrmals ausrutschte. Sie schürfte sich die Handfläche tief genug auf, dass sie blutete, aber sie vergaß das Brennen, als sie vor dem Eingang zum Adit standen.

Sie musterten das dunkle Loch, das ins Herz der roten Felsen führte. Wasser hatte sich beim Eingang gesammelt und es sah aus, als sei noch mehr im Inneren.

Phoebe zeigte auf einige zersplitterte Holzplanken. »Was ist das?«

»Schienen«, sagte Tocho. »Die haben vermutlich mal Erz transportiert. Sieht aus, als wären sie lange nicht mehr benutzt worden.«

»Nakai nannte es einen Lüftungsschacht oder so.«

»Das ergibt Sinn. Vermutlich haben sie den Tagebau demontiert und sind zum Tiefbau übergegangen, um tiefer in die Ader vorzudringen. Aller Wahrscheinlichkeit nach werden die alten Adite zur Belüftung verwendet oder vielleicht zur Entwässerung.«

Phoebe ging hinein und Tocho folgte ihr. Der Geruch stehenden Wassers, vermischt mit Schwefel, drehte ihr den Magen um. Wasserpfützen machten die rote Erde unter ihren Füßen glitschig. Phoebe hielt sich am abgetragenen Fels fest, um das Gleichgewicht zu halten. Die Decke des Tunnels, etwa sechzig Zentimeter über ihrem Kopf, war von blaugrauen Schmierspuren gekennzeichnet: einer Kupferpatina. Sie ging behutsam durchs Wasser, das ihr an manchen Stellen bis zu den Knöcheln reichte, und erschauderte beim leisen Rauschen, das sie erzeugte. Sie hoffte, dass Nakai recht hatte, als er sagte: »Niemand geht da jemals rein.«

Die Schienen lagen genau über der Oberfläche der Pfützen. Der Fäulnis nach zu urteilen waren sie schon seit einiger Zeit wassergetränkt.

Der Tunnel beschrieb eine scharfe Linkskurve und das Sonnenlicht des Eingangs begleitete ihren Weg nicht länger.

Dunkelheit, ihre alte Freundin. Sechzehn Jahre lang unter der Erde gelebt zu haben, hatte sie gelehrt, den Mangel an Licht zu kompensieren. Sie schmiegte sich an die Wand und legte eine geistige Karte an, während ihre Finger jede Wölbung und jede Vertiefung erkundeten. Der Schwefelgeruch war hier mit einem seltsamen, verbrannten Geruch vermischt. Das war nicht der vertraute Duft glimmenden Holzes oder versengter Erde, sondern etwas Beißendes, Fremdartiges.

Sie flüsterte über die Schulter hinweg: »Riechst du das?«

»Ja, ich hab's schon da hinten gerochen. Es wird stärker. Ich wünschte, wir könnten etwas sehen.«

»Warte.« Sie zog ein Feuerzeug aus ihrer Tasche.

»Wo hast du das her?«

»Ich hab es auf dem Supermarktparkplatz gefunden.« Sie reichte es ihm. »Ich weiß nicht, ob es funktioniert.«

Er drehte das Rädchen und mit einem Zischen erschuf das Feuerzeug eine schwache Flamme. Während das matte Licht auf den Felsen bebte, streckten sich lange Schatten wie Warnungen aus. Nach etwa weiteren hundert Schritten fühlte sich die Luft warm und abgestanden an. Phoebe hob eine Hand zur Nase, um den zunehmend beißenden Gestank abzuschwächen.

Ein kleiner Waggon stand rostend auf den Schienen. Am anderen Ende des Tunnels befand sich ein dunkles Loch, vielleicht der Zugang, nach dem sie suchten. »Da drüben. Das muss der Eingang in die Mine sein.«

Stille.

»Tocho?« Sie drehte sich um.

Er war blass und sein Blick war auf etwas fixiert.

Sie folgte seinem Blick zu einem Hügel am anderen Ende des Adits. Als sie begriff, was es war, musste sie würgen.

»Komm, Phoebe.«

Tochos Tonfall war eindringlich.

Sie stand einfach da und starrte den Leichenstapel an. Vier, vielleicht fünf, waren schlaff zusammengesackt, einer über dem anderen. Sie konzentrierte sich auf eine Hand, deren Finger zur Klaue verkrümmt waren, die Haut verkohlt und das Fleisch freigelegt. Es war das erste Mal, dass sie einen Toten sah.

Tocho zog sie am Handgelenk mit und spurtete auf die Öffnung zu. Wie bei einer Zentrifuge riss die Vorwärtsbewegung sie aus der Spirale, die drohte, sie in Verzweiflung zu stürzen. Sie sagte sich, dass das Tier, welches diese Leichen aufgestapelt hatte, als seien sie bedeutungslos, Sarah und Daniel gegenüber keine Gnade zeigen würde, und erst recht nicht bei Nakai, der mittlerweile sicherlich als Verräter betrachtet wurde.

Bei der Zugangsöffnung blieben sie stehen und lauschten. Ein rhythmisches Dröhnen erklang von der anderen Seite.

»Ein Ventilator«, flüsterte Tocho. »Wir sind am richtigen Ort.«

Sie schlichen sich langsam hinein, bis ein weiches, orangefarbenes Licht erschien. Phoebe spähte über Tochos Schulter. Ein riesiger Deckenventilator blies kalte Luft in einen röhrenförmigen Korridor. Von Metallgehäusen umhüllte Glühbirnen flackerten, drohten, ihr fragiles Leuchten zu entziehen. An der Wand befand sich eine Schalttafel mit Knöpfen und Hebeln unter einem Schild, auf dem stand: *Betrieb nur durch befugte Personen.*

»Bereit?«, fragte er.

Ihr Herz hämmerte. Sie betete, dass ihre Ahnung stimmte, dass dieser Vorstoß in den Rachen der Bestie nicht umsonst war. Mit zitternder Hand zeigte sie ihm ein Daumenhoch.

KAPITEL 30

Stiefel donnerten über den Beton, als die Männer – jetzt vier an der Zahl – den Förderschacht absuchten. Es war nur eine Frage der Zeit, bis sie unter das Band sehen würden; Sarah war sich dessen sicher.

»Was ist mit der Treppe, Ben?« Die Stimme war jung, fast jugendlich.

»Bist du verrückt, Junge? Das da ist die Hand des Teufels.«

Daniel, der als junger Mann in den Kohleminen von Tennessee gearbeitet hatte, hatte diesen Ausdruck früher auch benutzt. Er bezog sich auf die extreme Hitze, die aus der Tiefe der Erde heraufstieg. Das erklärte den Dampf im Treppenschacht.

»Hör zu. Schnapp dir einen Helm und geh runter zum Stollen. Nimm Wayne mit.«

»Ja, Sir.« Der junge Mann eilte davon.

»Ich folge dem Förderband zum Adit«, sagte einer der Männer. »Sie können nicht weit gekommen sein.«

»Wenn sie in der Nähe vom Adit sind, dann sorg' dafür, dass sie nichts sehen, was sie nicht sehen sollen. Tu, was immer nötig ist.«

Sarah warf Daniel einen Blick zu. Sie wusste, dass sie dasselbe dachten: Das Förderband war mit einem Adit verbunden. Und dort gab es etwas, das Soldier zu verbergen gedachte.

Der letzte Mann ging außer Sicht. Daniel kroch zu einer Stelle, von der aus er sich einen Überblick verschaffen konnte, und überprüfte das Gebiet. Mit einer Kopfbewegung signalisierte er, dass die Luft rein war. Sie rollten sich aus dem Zwischenraum heraus und betraten das Förderband. Das schwarze Gummi fühlte sich schwammig und unsicher unter

Sarahs Füßen an. Sie wich den Erzbrocken aus und gab ihr Bestes, um sich aufrecht zu halten.

Daniel bewegte sich flinker. Er war ihr sechs Meter voraus, als das Förderband ansprang. Er blickte rechtzeitig zurück, um zu sehen, wie Sarah das Gleichgewicht verlor und auf das Band fiel. Er ging wieder zurück, aber der Einfluss des Mechanismus war zu groß, um Boden zu gewinnen.

Sarah stand ungeschickt auf und stolperte vorwärts, auf seine ausgestreckte Hand zu. Das Förderband neigte sich aufwärts, während es sich durch die Mine bewegte, vermutlich zu einem Ausgang hin.

Der Winkel wurde zunehmend steiler und das Förderband ächzte, während es aufwärts tuckerte, wie eine Achterbahn, die sich für ein großes Gefälle bereitmachte.

»Ich denke nicht, dass das eine gute Idee ist«, sagte Sarah. »Dieses Karussell hat keinen Ausgang.«

Die Strecke flachte ab und bot einen guten Blick auf das, was vor ihnen lag. Daniel rief zu Sarah zurück: »Wir haben ein größeres Problem.«

Ihre Augen weiteten sich, als sie begriff, was er meinte. Ein Steinbrecher pulverisierte das unbearbeitete Erz zwischen zwei Metallwalzen, um das verwertbare Mineral zu extrahieren. Sie waren auf direktem Weg in seinen Schlund.

»Es muss einen Hebel geben, um das Ding abzuschalten.« Er sah sich um. »Ich sehe ihn. Er ist neben dem Brecher.«

»Tja, das ist nicht hilfreich.«

»Wir werden bis zum Ende auf diesem Ding ausharren müssen und versuchen, den Hebel zu erreichen. Es ist riskant, aber was anderes bleibt uns nicht übrig.«

Während sich das Förderband näherschob, jagte die Wucht des Zerkleinerungsapparats Wellen über seine Oberfläche, die Sarah in der Magengrube spüren konnte. Sie sah zu, wie die

Steine zwischen den Walzen barsten. Ein Ballett aus winzigen Partikeln und Staub hing für einen Moment in der Luft, ehe es in einem Wasserbehälter landete.

Ohne Ausweg schien der Förderschacht auf sie einzudringen. Ihnen blieb ein Sekundenbruchteil, um den Hebel zu erreichen, ehe sie in das Zerkleinerungsgerät gesogen würden. Wenn ihre Bewegungen nicht perfekt koordiniert waren, wären die Konsequenzen tödlich.

Der Moment der Wahrheit war nur Sekunden entfernt. Sarahs Herz hämmerte gegen ihren Brustkorb. Daniel drehte sich zu ihr um und brüllte Anweisungen. »Da ist eine kleine Öffnung. Mach dich zum Sprung bereit.«

Ein Schatten rührte sich hinter ihm.

»Danny!«

Ein Schuss. Kein Treffer.

Daniel schleuderte ein Stück Erz auf den Schützen, schaffte es aber nicht, ihn aus dem Gleichgewicht zu bringen. Ein zweiter Schuss wurde abgefeuert. Mit der Zerkleinerungswalze im Augenwinkel schleuderte auch Sarah verzweifelt weitere Felsstücke, während ihr schmerzhaft bewusst wurde, dass sie zwischen Skylla und Charybdis gefangen waren.

Der Attentäter feuerte einen dritten Schuss ab, diesmal in die Luft, und brach zusammen. Das Förderband kam knirschend zum Stehen. Sarah sah zu Daniel. Ein gleichmäßiger Schweißfilm bedeckte sein Gesicht und seinen Hals. Sein Atem ging schnell und flach, seine Augen waren geweitet. Sie berührte seine Schulter mit zitternder Hand und warf einen Blick auf den Körper, der mit dem Gesicht nach unten auf dem Betonboden lag. Neben ihm lag ein verzierter Stein. Sie erkannte die Zeichen darauf.

Sarah sah in den im Schatten liegenden Gang und erblickte eine schlanke Figur mit einer Hand am Hebel. Sie kannte diese haselnussbraunen Augen, und doch war es, als sähe sie sie zum ersten Mal. Die Kriegerin im Inneren war erwacht, zersprengte jede Spur von Naivität in alle vier Himmelsrichtungen.

Das Walkie-Talkie des gefallenen Schützen meldete sich. »Pablo, kommen.«

Die Zeit war nicht auf ihrer Seite.

KAPITEL 31

»Wir müssen los.« Tochos Stimme war leise aber eindringlich. »Sie werden Verstärkung schicken.«

»Kennt ihr den Weg zum Adit?«, fragte Sarah.

»Mir nach.« Er marschierte in den Gang hinein.

»Warte«, sagte Phoebe. »Was ist mit Nakai?«

»Er wurde verletzt«, sagte Daniel. »Er kann sich nicht allein befreien.«

Ein Stechen rührte an Phoebes Innerem. »Wir können ihn nicht einfach zurücklassen.«

»Wenn wir jetzt nicht verschwinden, werden wir alle das gleiche Schicksal erleiden«, sagte Tocho.

Phoebe wusste, dass er recht hatte. Es war nicht richtig, vier Leben aufs Spiel zu setzen, um eines zu retten. »Ich bleibe. Ich werde nicht ohne ihn gehen.«

»Du weißt nicht, wozu diese Männer fähig sind«, sagte Sarah. »Das kann ich nicht erlauben.«

»Ich war ihre Gefangene. Ich weiß, dass sie skrupellos sind. Aber ich weiß außerdem Dinge, die du nicht weißt.«

Sie stieß den Atem aus. »

Ich will mich dir nicht widersetzen, aber meine Meinung steht fest.«

»Phoebe …«

»Ich hab eine andere Idee«, sagte Daniel. »Vertraust du mir?«

Phoebe nickte zögerlich. Obwohl sie Daniel zweifellos vertraute, vermutete sie, dass sein Plan sie nicht einschloss. Sie wollte diejenige sein, die Nakai aus der Klemme half. Das schuldete sie ihm.

»Gut«, sagte er. »Gehen wir und ich werd's später erklären.«

Die vier rannten durch den Steintunnel auf den Adit zu, ohne Licht, das ihnen den Weg wies. Phoebe verließ sich auf Tochos Orientierungssinn, der sicherer war als jeder Kompass. Er war von Höhlen und Klammen geprägt und hatte einen Instinkt dafür entwickelt, sich zurechtzufinden. Seine spirituelle Seite, durch einen asketischen Lebensansatz hervorgebracht, hatte auch viel damit zu tun.

Der Geruch von verwesenden Leichen erreichte ihre Nasen. Sekunden später blieb Tocho stehen und schnippte das Feuerzeug an. »Das ist es, was ihr nicht sehen sollt«, sagte er zu Sarah.

Sarah hob eine Hand zum Mund.

Tocho bewegte das Licht näher heran. »Sie haben uns seit Jahren belogen. Minenarbeiter sind spurlos verschwunden und Soldier behauptete, sie hätten sich unerlaubt entfernt. Familien warteten verzweifelt auf ihre Söhne und Väter. Und keiner tauchte je auf.«

»Dann sind sie das also: die Vermissten, die Verschollenen.« Daniel hockte sich hin, um sie genauer zu betrachten. »Alles Navajos.« Er drehte sich zu Tocho um. »Es müssen Schienen hier herausführen.«

»Tiefer im Schacht.« Er zeigte auf das Bedienfeld an der Wand. »Die Steuerung ist hier. Ich weiß nicht, ob sie funktioniert.«

»Das werden wir rausfinden.«

Sie joggten in den Adit, bis sie auf den rostigen Waggon stießen. Daniel umfasste Sarahs Gesicht mit den Händen. »Hör zu, Honey. Du musst die Kids hier rausbringen. Mir wird nichts passieren.«

»Wovon redest du?« Sie war verwirrt.

»Ich hole Nakai.«

»Danny, nicht. Das ist Wahnsinn.«

»Sie werden ihn töten, Sarah. Er weiß zu viel und sie vermuten bereits, dass er sie hintergangen hat. Ich kann das nicht zulassen. Außerdem muss er für uns aussagen. Er ist unsere einzige Hoffnung.«

Ihre Stimme brach. »Bitte tu das nicht.«

»Sorge dafür, dass die Demonstration wie geplant verläuft. Folge mir nicht; das wird alles nur komplizierter machen.« Er küsste sie. »Ich schwöre, ich komme zu dir zurück.«

Er rannte in die entgegengesetzte Richtung und die drei kletterten in den Waggon. Mit einem Knarren, das sein Alter verriet, setzte sich das Schienenfahrzeug in Bewegung. Daniels Gestalt wurde kleiner, während sie auf den Ausgang zurollten.

Phoebe wusste, dass sich Tränen in Sarahs Augenwinkeln sammelten. Sie kannte das Gefühl nur zu gut: In der Finsternis der unterirdischen Passage, wo niemand es sah, konnte man gefahrlos weinen. Sie griff nach der Hand ihrer Mentorin, um ihr stumm ihre Solidarität zu zeigen.

In der Ferne verkündete ein schwaches Licht das Ende des Schachts. Schwere legte sich auf Phoebes Herz. Was nützte es, in Freiheit zu sein, wenn die, die einem nahestanden, noch immer verletzbar waren?

»Die Schienen sind weiter oben kaputt«, rief Tocho. »Haltet euch fest.«

Er beugte sich über die Seite und zog am Bremshebel. Die Reifen kreischten und sprühten Funken und der Waggon kam mit einem Ruck zum Stehen. Sie rannten aufs Licht zu.

KAPITEL 32

Daniel kniete vor den Leichen und leuchtete ihnen mit einer Stiftlampe in die Gesichter. Zwei hatten bereits zu verwesen begonnen, sodass ihre Züge kaum erkennbar waren. An einer konnte er einen dicken, schwarzen Schnurrbart ausmachen, einen goldenen Schneidezahn an der anderen – aber sonst nichts. Einer der Toten schien erst kürzlich abgeladen worden zu sein. Sein Gesicht war breit mit plumpen Wangen, die mit dunklen, fleischigen Sommersprossen gesprenkelt waren, und sein Mund war verzogen, als wäre er mitten im Grinsen überrascht worden.

Er war in Briceville, Tennessee, einer Bergbaustadt, aufgewachsen. Sein Vater und Großvater waren Bergmänner gewesen. Daniel selbst hatte über zehn Jahre hinweg immer wieder in Minen gearbeitet, bevor er sich entschieden hatte, den Kreislauf von Armut und Dysfunktion zu durchbrechen, der seine Familie gekennzeichnet hatte, so weit er sich zurückerinnern konnte. Da er es erlebt hatte, wusste er, wie es ablief. Minenunfälle passierten und Menschen starben. Aber wenn es zu oft geschah und unverhältnismäßig viele Leben ausgelöscht wurden, konnte die Mine als unsicher erklärt werden. Das konnte zu Bußgeldern, Gerichtsverfahren und letztlich der Schließung führen. Soldier konnte das nicht riskieren, deswegen entledigte er sich der Leichen. Es war ein höchst abscheuliches – und kriminelles – Vorgehen.

Daniel schaltete das Licht aus und stand auf. Irgendwo in den Tiefen der Mine fielen Wassertropfen in Pfützen. Das rhythmische Tröpfeln schärfte sein Bewusstsein für die verstreichende Zeit und betonte die Dringlichkeit der Lage.

Er hörte ein leises Flüstern und lauschte. Zwei verschiedene Stimmen erklangen, dann Schritte. Er schlüpfte hinter einen der hölzernen Stützpfeiler und verhielt sich mucksmäuschenstill.

»Junge, hier drin stinkt es.« Der Mann sprach mit einem spanischen Akzent.

»Was erwartest du? Bringen wir es hinter uns.« Ein Reißverschluss surrte. »Nimm die Arme.«

Auf Ächzen folgten ein dumpfer Aufprall und ein weiterer Reißverschluss. Dieselbe Routine wurde viermal wiederholt, einmal für jede Sünde, die sie vertuschen wollten.

»Was machen wir mit ihnen?«

»Du hast den Boss gehört. Er will sie hier raus haben. Wir schieben sie mit dem Waggon hoch, bringen sie dann auf den Truck und … sayonara.«

»Ja«, lachte der Mann laut. »Sayonara.« Er verunstaltete das Wort.

»Du kennst die Nummer: Du nimmst die Arme, ich die Beine. Bereit?«

Die Stimmen verklangen, als sie zu den Schienen gingen. Es war eine Frage der Zeit, bis sie das Fehlen des Waggons entdecken und Alarm schlagen würden. Auf Zehenspitzen, immer an den dunklen Rändern des Schachts entlang, schlich Daniel fort, wachsam für einen weiteren Gang in die Mine.

Mit dem Handrücken wischte er sich den Schweiß von der Stirn und schob sein durchnässtes Haar zurück. Mit jedem Atemzug kam es ihm vor, als bereise er die Tiefen der Hölle. Bilder von Sarah zogen vor seinem inneren Auge auf. Der Ausdruck in ihren Augen als sie sich verabschiedet hatten, verriet eine echte, rohe Furcht davor, dass sie nie wieder zusammenkämen. Ein Teil von ihm hatte auch Angst davor. In den Tiefen der Erde, wo der Boden fruchtbar genug war, dass sich

Gesetzlosigkeit breitmachen konnte, könnte er sang- und klanglos verschwinden, wie all die anderen.

Es wäre logisch gewesen, abzuhauen, als er die Chance dazu hatte. Niemand hätte es ihm verübelt. Nakai hier herauszuholen war ziemlich aussichtslos. Zehn Prozent Wahrscheinlichkeit, höchstens. Aber ihn zurückzulassen war keine Option. Daniel hatte Soldiers Taktik bereits gesehen und hegte keine Zweifel daran, dass Nakai unter Folter zu einem Geständnis gezwungen wurde. Der junge Navajo würde entweder einknicken oder dabei draufgehen. Keines dieser Ergebnisse war akzeptabel.

Daniel hörte das ferne Dröhnen eines Gesprächs und folgte dem Geräusch. Als er in Hörweite kam, versteckte er sich hinter einem Stahltank und lauschte.

»Bobby hat über Funk durchgegeben, dass sie geflohen sind.«

»Woher weiß er das?«

»Sie haben das hier im Schienenfahrzeug gefunden.«

»Was ist das? Eine Halskette?«

»Ja. Muss dem Mädchen gehören.«

Daniel wusste, was sie betrachteten: Phoebes Kamee, die ihre Mutter ihr durch Sarah hinterlassen hatte. Es war die einzige Verbindung zwischen dem Mädchen und ihrer Mutter, die sie niemals kennen würde.

»Glaubst du, sie haben was gesehen?«

»Was denkst du denn, Mann? Der Boss ist außer sich. Er sagt, sie müssen um jeden Preis zum Schweigen gebracht werden.«

»Was ist mit Nick? Wird er uns nicht zu ihnen führen?«

»Vergiss Nick. Der ist ein hoffnungsloser Fall.«

»Denkst du, er versucht, sie zu beschützen?«

»Dieser Drecksack kennt keine Moral. Er beschützt niemanden außer sich selbst. Aber egal, der Boss hat einen Plan, wie er sie auslöschen kann.«

»Und was sollen wir mit Nick anstellen?«

»Mir wurde gesagt, ich soll ihn in Laderaum 2 bringen. Der Boss kann dann übernehmen.«

Die Stimmen wurden von Absatzklicken auf Beton abgelöst. Daniel erinnerte sich daran, an Laderaum 2 vorbeigelaufen zu sein, als Wayne ihn in die Mine begleitet hatte. Dorthin zu kommen würde schwierig werden, hineinzukommen noch schwieriger. Er spähte zu den flackernden Scheinwerfern, die an der Decke hingen. Die Mine lief noch immer auf Notstrom. Das war gut.

Daniel schlich am Rand des Schachts entlang, rückte so weit vor, wie er konnte, ohne gesehen zu werden. Er konnte den Laderaum sehen, sechs Meter entfernt und auf der anderen Seite eines hell beleuchteten Gangs. Er tastete in seiner Tasche nach seinem Schlüsselbund. Er hatte die Werkzeuge, jetzt brauchte er nur noch die Gelegenheit.

Daniel wartete regungslos, bis der Ort dunkel wurde. Er schlich über den Gang zu Laderaum 2 und kniete sich vor die Tür, die Aufsperrwerkzeuge in der Hand. Die Energieunterbrechung würde nicht lange anhalten. Er tastete im Dunkeln nach dem Schlüsselloch und schob, von seinen Fingern geleitet, einen Rake und einen Halbdiamanten ein. Falsche Werkzeuge.

Aus dem Gang erklangen Stimmen, die sich auf den Laderaum zubewegten. Sein Puls hämmerte in seinen Schläfen. Er versuchte es noch einmal mit einem Hook und das Schloss gab nach. Er schlüpfte in den pechschwarzen Raum und betete, dass er am richtigen Ort war.

»Nakai?«, flüsterte er.

Ein Stöhnen antwortete ihm. Daniel ging in die Richtung des Geräuschs und stolperte beinahe über ein ausgestrecktes Bein. Er hockte sich neben die zusammengesackte Gestalt.

»Ich bin's, Daniel. Ich werde dich hier rausholen.«

»Verspüren Sie Todessehnsucht?« Nakais Stimme war so schwach wie eine Sommerbrise in der Wüste. »Lassen Sie mich zurück.«

»Auf keinen Fall.« Nakais Arm über seine Schulter geschlungen, zog Daniel ihn hoch. »Wenn ich dich hierlasse, töten sie dich. Das will ich nicht auf dem Gewissen haben.«

»Vielleicht ist es das Beste. Ich habe Unrecht getan.«

»Tja, du wirst die Chance bekommen, das wiedergutzumachen. Aber nicht, wenn du unter der Erde liegst.«

Nakai stützte sich auf Daniel und versuchte sich aufzurichten. Er keuchte.

»Ich hab dich.« Daniel zog ihn zur Tür. Wenn sie es über den Gang schafften, bevor der Strom wieder ansprang, hatten sie eine Chance zur Flucht. Er schwor sich, dass er es schaffen würde, und wenn er den Mann auf dem Rücken tragen müsste.

Das leise Klicken des Türgriffs hätte ebenso gut eine Engelsharfe sein können. Obwohl er wusste, dass die Freiheit in deutlicher Entfernung lag, war Daniel hocherfreut, es so weit geschafft zu haben. Ein kleiner Sieg war immer noch ein Sieg.

Bis sie es zum Tank geschafft hatten, waren Daniels Kleider schweißgetränkt. Die Lichter gingen wieder an und die Maschinen erwachten ächzend zum Leben. Die beiden Männer kauerten sich in die Schatten, die Rücken gegen den kalten Stahl gelehnt.

Die Notwendigkeit, von diesem gottverlassenen Ort zu verschwinden, war ein Feuer in Daniels Lenden. Er plante seinen nächsten Schritt und stolperte mit Nakai ins nächste Versteck. Er wiederholte den Vorgang, bis sie es fast zwei Stunden später zum Adit geschafft hatten.

Als sie dort ankamen, waren die Leichen verschwunden, doch der Gestank war geblieben. Er war in die Wasserpfützen gedrungen, in die feuchten Wände.

Daniel stützte Nakai und sie liefen durch den Schacht. Er fragte den jungen Navajo: »Kennst du diesen Geruch?«

»Riecht, als ob was gestorben wäre«, antwortete er schwach.

»Dann weißt du nichts über die toten Männer? Die bei Minenunfällen starben, aber nie gemeldet wurden?«

»Ich weiß nichts darüber.«

Daniel konnte Nakais Gesichtsausdruck im Dunkeln nicht deuten, aber die Schärfe in seiner Stimme verriet ihm, dass er die Wahrheit sagte. »Sie waren alle Söhne der Navajo. Jemand vermisst sie jetzt in diesem Moment. Bist du sicher, dass du keine Ahnung hast, wo sie vergraben sein könnten?«

Nakai zögerte. »Da ist eine Müllkippe in der Nähe von Coal Mine Canyon …«

»Vielleicht sollten wir einen Abstecher dorthin machen.«

Ein Geräusch erklang vom inneren Ende des Adits. Daniel drehte sich, um es zu prüfen. In der Finsternis des Schachts sah er nur Schatten, hörte nur sein eigenes Schnaufen. »Wir müssen schnell hier raus. Schaffst du das?«

Nakai atmete aus. »Ich werd's versuchen.«

Nakais Arm über seine Schultern geschlungen, rannte Daniel so schnell, wie es seine Last erlaubte. Mit jedem Schritte konnte er spüren, wie Nakais Stärke schwand. Schweiß tropfte von Daniels Haaren in seine Augen und brannte. Sein Herz raste mit solcher Geschwindigkeit, dass er glaubte, es werde versagen. Mit zusammengebissenen Zähnen kämpfte er gegen das Unbehagen an.

Ein kühler Hauch wehte durch den Schacht und ließ seine nasse Haut kribbeln. Ein erschöpftes Lächeln legte sich auf seine Lippen. »Hey, Mann, hast du das gespürt? Wir sind fast da.«

»Ich weiß nicht, ob ich es schaffe.«

»Du musst. Viele Menschen zählen auf dich.« Daniels Quadrizeps brannte, als er auf dem letzten Teilstück schneller lief und Nakai praktisch hinter sich herzog. Dort war er:

Der Flecken silbernen Lichts, der den Sternenaufgang ankündigte. Er atmete die kalte Luft ein und schmeckte den Salbei im Rachen. In seinen fünfundvierzig Lebensjahren hatte er viele Höhlen unter der Erde erkundet, aber nie hatte es sich wie solch ein Triumph angefühlt, eine zu verlassen.

Beim Eingang zum Adit fielen sie beide auf die Knie. Erschöpft sah Daniel zum Himmel. Die Sterne hatten sich zuhauf versammelt, eine Armee von Revolutionären, die bereit waren, die Nacht zu erobern.

Falls irgendwer über uns wacht, flehte er stumm, *hab Erbarmen.*

»Das Auto ist da drüben.« Nakai nickte zu einem Punkt in etwa fünfzig Metern Entfernung. Er reichte Daniel einen Schlüssel. »Sie fahren.«

Coal Mine Canyon lag auf Navajo-Land, direkt nordwestlich des Hopi-Reservats und in kurzer Entfernung von Tuba City. Unter Nakais Anweisung hatte Daniel einen Nebenweg genommen, der zu einer Müllkippe auf halbem Weg zwischen der Stadt und dem Canyon führte. Als Einöde aus Schmutzhügeln und Gruben sah der Ort verlassen aus, als sei er seit Jahrzehnten nicht besucht worden.

Daniel war sich sicher, dass Nakai mit der Stelle falsch lag – bis er die Lichter in seinem Rückspiegel sah. Es mochte nichts sein. Aber um drei Uhr morgens in einem dunklen Teil gottverlassenen Hinterlands, wie standen da die Chancen?

Er sah zu dem jungen Mann, der im Beifahrersitz zusammengesunken war. »Ich bin nicht sicher, was das für ein Auto hinter uns ist, aber ich werde versuchen, es abzuhängen.« Er überprüfte das GPS seines Handys. Etwa sechseinhalb Kilometer zur Hauptstraße und gute vierundzwanzig Kilometer zu den hell erleuchteten Straßen von Tuba City. Er trat aufs Gas.

Das Auto hinter ihm fuhr schneller. Kein gutes Zeichen.

Nakai richtete sich auf und zeigte in die Nacht. »Was ist das?«

Daniel bemerkte die winzigen Reflektorlichter. »Sieht aus wie eine Sperre. Die waren vorhin noch nicht da.«

»Die Straße ist dicht. Da steht eine Planierraupe.«

»Das ergibt keinen Sinn. Wir sind gerade vor fünfzehn Minuten an der Stelle vorbeigefahren. Warum sollte man mitten in der Nacht eine Baustelle einrichten?«

Nakai starrte aus dem Fenster. »Das gefällt mir nicht.«

Daniel gefiel es auch nicht, aber er behielt es für sich. In Panik auszubrechen würde keinem von ihnen etwas nützen. Er fuhr weiter auf sein Ziel zu. So oder so, er würde an der Barrikade vorbeikommen.

Einige Meter vor der Straßensperre wurde deutlich, dass es keinen Weg drumherum gab. Daniel fuhr langsamer, suchte nach einer Alternative. Er sah in den Spiegel. Das Auto hinter ihnen hatte beträchtlich aufgeholt.

Der einzige Weg vorbei führte über einen schmalen Randstreifen, durch den ein Graben verlief und zu dessen Seite ein Felsen in die Höhe ragte. »Ich versuch's.«

Nakai sah in mit weit aufgerissenen Augen an. »Sind Sie verrückt?«

»So ziemlich.« Daniel trat das Pedal durch und versuchte den Graben zu überspannen – seine einzige Hoffnung, nicht stecken zu bleiben.

Die Scheinwerfer der Planierraupe erwachten zum Leben und die Maschine rollte los.

»Sie kommt direkt auf uns zu.«

Daniel gab Vollgas und versuchte dem Räumfahrzeug auszuweichen. Das Auto hinter ihnen holte auf; sein Fernlicht reflektierte im Rückspiegel. Adrenalin brannte in seinen Adern, während er einen verzweifelten Fluchtversuch unternahm.

Der Bulldozer traf die Beifahrerseite und schob das Auto auf den Graben zu. Daniel sah, wie sich das Metall um Nakai herum verbog und die Windschutzscheibe barst wie ein Eisblock unter einem Vorschlaghammer. Nakais schaurige Schreie erfüllten die Kabine.

Das Auto rollte in den Graben und Daniel spürte, wie sich sein Fußknöchel verdrehte und der Knochen brach. Der Schmerz schoss wie ein Blitz über sein Bein in seine Leistengegend hinauf. Das Auto überschlug sich und landete auf dem Dach. Sein Kopf prallte gegen das Fahrerfenster, das in Stücke zersprang. Daniel hörte, wie sich die Räder drehten, ein unerträgliches Surren, das es ihm so vorkommen ließ, als sei das Fahrzeug noch in Bewegung. Sein Mund war trocken und sein Kopf fühlte sich an, als sei er gespalten worden. Er leckte sich über die Lippe und schmeckte Blut. Er sah zum Beifahrersitz. Nakai war bewusstlos oder Schlimmeres.

Ein helles Licht schien in Daniels Augen.

Er hörte jemanden sagen: »Lassen wir sie hier?«

Eine andere Stimme antwortete: »Zieh sie raus. Keine Spuren.«

KAPITEL 33

Es war beinahe vierundzwanzig Stunden her, seit Sarah Daniel in der Mine zurückgelassen hatte und mit den Kindern nach Oraibi geflohen war. Da sie wusste, dass sich ihr Partner noch im Versteck des Teufels aufhielt, fand sie keine Ruhe. Er hatte ihr gesagt, dass sie ihm nicht folgen sollte – das würde alles verkomplizieren –, aber ihr Herz war schwer vor Sorge. Obwohl er darauf bestanden hatte, fühlte sie sich, als hätte sie ihn im Stich gelassen.

Ein leises Klopfen an der Tür ließ sie, unvernünftigerweise, zusammenfahren. »Herein.«

Tochos Cousin spähte hinein. »Hier ist jemand, der Sie sehen möchte.«

Sarah verließ Gaias Hinterhaus und traf sich mit einer zierlichen Frau mit schokoladenbraunem Kurzhaarschnitt und schelmischen braunen Augen. Sie wirkte kaum älter als eine Studentin, doch ihr Lebenslauf, den Sarah exzessiv studiert hatte, ehe sie sie anrief, ordnete sie den Mittvierzigern zu.

Die Frau streckte eine Hand aus. »Loralee Thomas von Simmons & Doyle.«

»Danke, dass Sie den weiten Weg hierhergekommen sind.«

Loralee sah sich um. »Das ist definitiv einer der ungewöhnlicheren Orte, an dem ich je einen Mandanten traf. Ich bin seit zwei Jahren in Arizona und wusste gar nicht, dass es diese Gemeinde gibt.« Sie beäugte Sarah sorgfältig. »Darf ich fragen, in welcher Beziehung Sie zu den Hopi stehen?«

»Die Hopi waren zu mir und meinem Partner sehr freundlich. Sie schützten uns vor denen, die uns Böses wollten.« Sie zeigte auf das kleine Haus. »Bitte. Drinnen ist es gemütlicher.«

Am Tisch zog Loralee ein Dossier aus ihrer Tasche und blätterte ihre Notizen durch. »Am Telefon erwähnten Sie die bevorstehenden Genehmigungen für das Gebiet Grand Canyon/Marble Canyon, von Soldier Mining am fünfzehnten Oktober eingereicht.« Sie sah auf ihre Uhr. »Vor zwei Tagen. Sie sagten, diese seien unter Vorspiegelung falscher Tatsachen beantragt worden. Können Sie mir mehr darüber erzählen?«

»Wir vermuten, dass Mr. Soldier weiß, dass dieses Gebiet ein Areal von archäologischer Wichtigkeit beinhaltet«, sagte Sarah. »Die Hopi und die Zuñi beanspruchen dieses Gebiet als ihren Ort der Entstehung – den Sipapuni, wenn Sie so wollen.«

»Ich habe von der Legende gehört, aber ich habe keine Ahnung, wo der Ort ist. Es gibt jede Menge Theorien, keine davon bewiesen. Ich glaube, nicht einmal die Stämme kennen den genauen Ort.«

»Oder sie verraten ihn nicht.«

»Es ist schwer, sich auf die mündliche Überlieferung indigener Völker zu berufen. Das Gericht braucht mehr als das.«

»Ich verstehe.« Sarah arrangierte einen Stapel Fotografien auf dem Tisch. »Wir fanden drei Fragmente eines Kreuzes, von dem wir glauben, dass es eine Form der Kommunikation zwischen dem Mönch Marcos de Niza und seinem Sklaven Esteban de Dorantes war.« Sie zeigte auf die Inschriften. »Ich habe diese Inschriften selbst übersetzt. Sie scheinen auf einen bestimmten Ort zu verweisen, an dem Gold zu finden ist. Das Problem ist, dass diese Goldmine und der Sipapuni ein und dasselbe sind.«

Loralee setzte eine Brille auf und betrachtete die Fotos. »Wissen Sie, wo der vierte Teil ist?«

»Wir suchen noch danach. Ohne ihn können wir die Stelle nicht lokalisieren.«

Sie schüttelte den Kopf. »Das ist alles schön und gut, aber ich glaube nicht, dass Ihnen das weiterhelfen wird. Vielleicht, wenn

Sie es schaffen, den Ort zu finden und seine historische Signifikanz zu beweisen, aber das scheint innerhalb des Zeitrahmens nicht wahrscheinlich. Um ehrlich zu sein, interessiere ich mich mehr dafür, was Sie gegen Soldier in der Hand haben.«

»Wo soll ich anfangen? Jacob Soldier ließ eine Klapperschlange in meinen Truck bringen, damit er mich um eines dieser Fragmente erpressen konnte. Er ließ unsere jugendliche Hilfskraft entführen, befragen und beinahe von einem Skinwalker töten. Er sandte Männer aus, um rechtswidrig ein Artefakt aus Chaco Canyon zu entfernen. Und er verschleiert die Tode indigener Minenarbeiter in seinem Werk in Black Mesa. Soll ich fortfahren?«

Loralee nahm ihre Brille ab. Ihre Augen leuchteten. »Haben Sie Beweise für all das?«

»Einer von Soldiers ehemaligen Angestellten, ein Navajo, ist bereit, auszusagen.« Sie sah aus dem Fenster. »Falls er es heil aus der Mine heraus schafft.«

»Ich wäre sehr daran interessiert, mit dem Zeugen zu sprechen«, sagte sie. »Wenn das, was Sie sagen, wahr ist, wäre das ein Riesending. In der Zwischenzeit sollten Sie mit ihren geplanten Protesten fortfahren.«

»Wir sammeln gerade unsere Kräfte. Wir planen einen Sitzstreik in den kommenden Tagen.«

»Gut. Es ist wichtig, nationale Aufmerksamkeit auf das Bestreben zu ziehen.« Sie sammelte ihre Papiere ein und steckte sie in ihre Aktentasche zurück. »Wenn Ihr Navajo-Freund soweit ist, rufen Sie mich sofort an, dann bringen wir die Sache ins Rollen.«

Sarah stand auf. »Empfehlen Sie sonst noch etwas?«

Sie schüttelten sich die Hände. »Ja. Bleiben Sie am Leben.«

Die winzige Anwältin nahm ein Telefonat entgegen, während sie das Gebäude verließ. Sarah gefielen ihre Offenheit und ihr Mumm. Sie wirkte wie jemand, auf den man vor Gericht gefasst sein musste.

Sie ging nach draußen und atmete die kühle, staubige Luft ein. Der späte Oktober brachte eine Kälte mit sich, die den bevorstehenden Frost ankündigte. Es war eine geschäftige Zeit in den Mesas, weil die emsigen Hopi mit der letzten Ernte beschäftigt waren, Kürbis, Mais, wilde Kartoffeln und Yucca für den Winter sammelten. Vorhin hatte Sarah Gaia vom Feld kommen sehen, sowohl erschöpft als auch energiegeladen durch die Belohnung, die in diesem Jahr ungewöhnlich beträchtlich gewesen war.

Sie wartete dort, bis die Matriarchin zu ihrem Abendspaziergang herauskam, einer täglichen Angewohnheit. Sie brauchte ihren Rat, obwohl sie wusste, dass die Chancen nicht gut für sie standen. Die alte Frau war überaus freundlich, aber eine leidenschaftliche Behüterin der Geheimnisse ihres Stammes. Zu jeder anderen Zeit würde Sarah das respektieren. Aber jetzt war das anders. Die Mysterien, von denen Gaia Kenntnis hatte, waren die einzige Munition gegen den Mann, der beabsichtige, eben jene Kultur zu zerstören, die sie zu schützen versuchte.

Selbst wenn Loralee recht hatte und es wirklich zu spät für eine Verhandlung nach dem Antiquities Act war, war Sarah nicht bereit, das Auffinden der Stelle abzuschreiben. Sicherlich würde das ihrem Fall Gewicht verleihen, aber es ging um mehr als das. Als Archäologin sehnte sie sich nach dieser Bestätigung – dem Lösen eines jahrhundertealten Rätsels, das die menschliche Geschichte beleuchten konnte.

Die alte Frau erschien aus ihrem Haus und schlug den vertrauten Weg entlang des Rands der Mesa ein. Sarah ging zu ihr und begrüßte sie.

Gaia stützte sich auf einen Stock. Der lange Tag hatte sie eingeholt. »Du wirkst bekümmert.«

»Du besitzt die Sinnesschärfe eines Adlers, Großmutter. Wir sind in einer Notlage. Ich bin gekommen, um deine Hilfe zu suchen.«

»Was kann dir eine alte Frau bieten, das deine komplizierte Welt dir nicht bietet?«

»Ohne Weisheit ist die moderne Technologie bedeutungslos.«

»Ich weiß nicht, wie viel Weisheit noch in diesen alten Knochen steckt«, sagte sie mit charakteristischer Bescheidenheit. »Aber stell mir deine Fragen.«

»Also schön. Vorab … traust du meinen Absichten?«

Gaia betrachtete Sarah durch schmale Augen. »Ich halte deinen Geist für rein.«

»Gut. Denn ich werde viel von dir verlangen.« Gaia lächelte, als wisse sie bereits, wie dieses Gespräch verlaufen würde. Sarah fasste es als gutes Zeichen auf. »Dann komme ich direkt zur Sache. Um die Bergleute vom Platz der Entstehung fernhalten zu können, müssen wir seine archäologische Bedeutung beweisen. Wir müssen etwas finden, das den indigenen Ansprüchen Substanz verleiht.«

»Über viele Generationen haben wir unsere Schöpfungsgeschichte schlicht geglaubt. Wir müssen sie niemandem beweisen.«

Sarah hatte diese Antwort erwartet. Sie war eine Variation des Arguments gegen die Archäologie, das sie schon hundertmal gehört hatte. »Bist du darauf gefasst, dass dieser heilige Ort zerstört wird?«

Die alte Frau blinzelte rasch, sagte nichts.

»Wir tun, was wir können, um die Bergleute davon abzuhalten, das Land zu kaufen und es abzutragen. Aber allein schaffen wir es nicht.«

»Was willst du?«

»Wir brauchen den vierten Arm des zerbrochenen Kreuzes. Weißt du, wo wir ihn finden können?«

Sie sah geradeaus und ging weiter, mit kleinen aber bewusst gesetzten Schritten. »Wenn du würdig bist, wird er zu dir kommen.«

Da war es wieder, dieses frustrierende Rätsel, das dem Universum die Verantwortung übertrug. Es war klar, dass sie, egal wie sehr sie bettelte, nichts Konkretes von den Ältesten bekommen würde.

»Ich habe mein Bestes getan, um würdig zu sein. Ich weiß nicht, was ich sonst noch tun soll.« Sie blieb stehen und sah in die Obsidianaugen der Frau. »Ich wünschte, du würdest mich leiten.«

»Das Mädchen hatte einen Traum darüber.«

Die Bemerkung schien fehl am Platz, aber Sarah hatte gelernt, dass in dieser Gesellschaft nichts ohne Absicht geschah. »Phoebe hat keinen Traum erwähnt.«

»Er war eine Warnung und eine Nachricht der Hoffnung. Eine Warnung, dass unsere Kultur am Rand eines Abgrunds steht. Eine Hoffnung, dass Erlösung bevorsteht. Der Traum war deutlich. Wir werden vom Weißen Mann bedroht, doch nur der Weiße Mann kann uns retten.«

»Ich glaube, ich kann dir nicht folgen.«

Gaia lächelte. »Du weißt alles, was du wissen musst. Suche in deinem Herzen.«

Sarah atmete ganz aus und blickte zu den hervorbrechenden Violettschattierungen am Horizont. Gaia hatte kein Interesse an einem konventionellen Austausch zwischen zwei rationalen Menschen. Obwohl es ein Hindernis für Sarahs Realität war, hatte sie tiefen Respekt für den strengen Schwur der Matriarchin. Sie verstand, warum solche Mysterien für die Hopi unantastbar waren. In einer Welt, die sie herumgeschubst und ihnen so wenig gelassen hatte, konnte sie niemand ihrer eigenen Schöpfungsgeschichten berauben, dem Kern der Identität, die ihnen geholfen hatte, jahrhundertelang unter den schwersten Bedingungen zu überleben.

Auf dem Rückweg zu Gaias Haus sah Sarah zum Dach hinauf, wo der Adler festgebunden war. Der Vogel war nicht mehr da. Ihr wurde bange ums Herz, wie von einer Vorahnung, die sie nicht begriff.

Gaia sprach wieder von einem anderen Thema. »Wo ist dein junger Mann heute Nacht?«

Sarahs Augen wurden ohne Vorwarnung feucht. Die Worte wollten nicht herauskommen.

Sie richtete einen knochigen Finger auf Sarah. »Du suchst nach den falschen Dingen an den falschen Orten.«

Sarah fasste ihre Worte weniger als Tadel denn als ein Zeichen dafür auf, dass etwas nicht stimmte.

»Geh zu ihm. Er braucht dich.« Gaia drückte die wacklige Tür auf und ging hinein.

Ein kalter Windstoß ließ Sarah zittern. Mit durch ihren Verstand wirbelnden Gedanken stand sie beim Eingang. Wenn Daniel Erfolg gehabt hätte, wären sie in Nakais Auto weggefahren – es gab keine andere Möglichkeit. Da Nakai sie nach Black Mesa gefahren hatte, wusste sie, dass sein Auto auf der Rückseite der Mine geparkt war, nahe dem Eingang zum Adit. Wenn es noch da war, dann waren sie es aller Wahrscheinlichkeit nach auch.

KAPITEL 34

Die ersten Sonnenstrahlen schienen durch die Windschutzscheibe und weckten Sarah aus einem unruhigen Schlaf. Nach einer langen Nacht war sie im Jeep, den sie von einem Freund Tochos geliehen hatte, irgendwo in der Nähe von Tuba City eingedöst. Das Außenthermometer zeigte acht Grad an. Sie rieb sich die brennenden Augen und zog den Reißverschluss ihres Kapuzenpullovers ganz nach oben.

Sie war mitten in der Nacht nach Black Mesa gefahren und hatte die lichtlosen Straßen zur Westseite des Berges genommen. Nakais Auto war nicht mehr da. Zuerst war sie erleichtert gewesen, dass sie wahrscheinlich aus der Mine entkommen waren. Doch das Gefühl wurde von der Erkenntnis abgelöst, dass noch immer jede Spur von ihnen fehlte.

Daniel war nicht unberechenbar. Er hätte einen Weg gefunden, um zu Sarah zurückzukehren oder wenigstens mit ihr zu kommunizieren. Ihre innere Alarmglocke schrillte.

Dankbar dafür, dass sie sich die Zeit genommen hatte, das Nummernschild zu notieren, verbrachte sie den Rest der Nacht damit, das Fahrzeug aufzuspüren. Laut der Navajo-Polizei war ein Auto, auf das die Beschreibung passte, in der Nacht zuvor zu einem Abschleppplatz gebracht worden. Sie hatte in der Nähe geparkt und auf den Morgen gewartet.

Der Platz würde erst in einer Stunde öffnen, also fuhr sie zu einem Diner und belegte eine Nische am Fenster. Die Ortsansässigen waren schon da, die Köpfe über den Morgenkaffee gebeugt als kurierten sie einen Kater aus. Es war kein anderer Nicht-Indianer hier. Die Kellnerin stand am Rand der Nische und glättete die Falten ihrer schmutzigen pinkfarbenen Uniform.

»Kaffee«, sagte Sarah. »Schwarz.«

Sie überprüfte ihr Handy auf Nachrichten und sah, dass Loralee angerufen hatte. Obwohl es noch früh war, rief sie zurück und war nicht überrascht, dass die Anwältin bereits im Büro war.

Sie kam direkt auf den Punkt. »Ich habe schlechte Nachrichten. Ich kann den Fall nicht übernehmen.«

Das hatte Sarah nicht erwartet. »Aber Sie haben nicht mal mit dem Zeugen gesprochen. Wie können Sie so eine Entscheidung treffen, ohne alle Fakten zu kennen?«

»Es tut mir leid, Sarah. Es war nicht meine Idee. Es wurde von oben beschlossen. Ich muss mich nach der Entscheidung der Partner richten.«

Sarah trank etwas Kaffee. Das Schlucken brannte sie. »Haben sie gesagt, warum?«

»Etwas wegen eines Konflikts mit einem anderen Mandanten, den sie vertreten. Sie haben keine Details genannt. Es tut mir wirklich leid. Das ist die Art von Fall, hinter dem ich wirklich stehen kann.«

Sarah hatte keinen Zweifel daran, dass das stimmte. Bei ihrer früheren Kanzlei hatte Loralee prominente Verhandlungen gegen Unternehmensriesen geführt, darunter eine Firma für chemische Pestizide, die bekanntermaßen krebserregende Stoffe verwendet hatte, und ein Kohlekraftwerk, das die Wasservorräte verschmutzt hatte. Das war der Hauptgrund, warum Sarah sich darauf gefreut hatte, mit ihr zusammenzuarbeiten. Angesichts dieses Rückschlags standen ihre Chancen schlechter, es mit dem Minenriesen aufzunehmen.

Aber im Augenblick hatte sie größere Probleme. Sie ließ einen Zehner auf dem Tisch liegen und begab sich zum Abschleppplatz. Sie wartete beim Zaun, als der Besitzer auftauchte, um das Vorhängeschloss zu öffnen und die Kette zu entfernen, die die Torflügel zusammenhielt.

»Ich suche nach einem silbernen Highlander, Arizona Nummernschild FTE 122«, sagte sie. »Muss vorgestern Nacht reingekommen sein.«

Er bedachte sie mit einem seltsamen Blick, ohne Frage wegen ihres britischen Akzents. »Der ist hier. Sind Sie sicher, dass sie ihn sehen wollen?«

»Bitte.«

Er brachte sie zur Rückseite des Platzes, wo er die Unfallfahrzeuge abgestellt hatte, die nur noch aus einer Menge zerfetzten Metalls bestanden. Ihr wurde schwer ums Herz, als sie Nakais Auto entdeckte. Die Beifahrerseite war komplett eingedrückt worden, die Windschutzscheibe war zersprungen und ins Wageninnere gefallen, und die Fahrertür, verbogen und aus den Angeln, lag neben dem Wrack am Boden. Sie spähte hinein. Blut war über das Armaturenbrett, den Boden und den Beifahrersitz gespritzt. Sie fühlte sich, als hätte ihr jemand mit einem Schlag allen Atem geraubt.

»Was ist mit den Insassen passiert?«

»Da waren keine Insassen, als ich zum Unfallort kam, Lady. Versuchen Sie es mal bei den Krankenhäusern.« Er verzog das Gesicht über das, was vom Fahrzeug übrig war. »Oder beim Büro des Leichenbeschauers.«

Er setzte zum Gehen an, doch sie hielt ihn auf. »Können Sie mir sagen, wo dieses Fahrzeug gefunden wurde?«

»Kurz vor dem Coal Mine Canyon, nördlich der Kreuzung mit der 264. Es lag in einem Graben am Straßenrand. Sieht aus, als hätte jemand mitten in der Nacht die Kontrolle verloren.«

Sarah musterte die Beifahrerseite. »Für mich sieht das so aus, als wäre es von etwas gerammt worden.«

»Vielleicht. Oder jemand hat zu viel getrunken und ist gegen die Felsen geknallt und hat sich überschlagen. Schwer zu sagen.«

»Die Fahrertür ist abgerissen. Warum?«

»Keine Ahnung.« Er zuckte die Achseln. »Das war schon so, als ich gegen fünf Uhr da ankam. Hören Sie, ich muss an die Arbeit.«

Sie blieb eine Weile ohne ihn dort, um nach Hinweisen zu suchen. Sie war sich sicher, dass das Auto an der Beifahrerseite gerammt worden war und sich, der Delle im Dach nach zu schließen, im Graben überschlagen hatte. Die Sicherheitsgurte waren zerschnitten, was bedeutete, dass die Passagiere das Fahrzeug verlassen hatten – möglicherweise allein, aber am wahrscheinlichsten mit Hilfe, entweder offizieller oder fragwürdiger Natur.

Sarah verließ den Platz und fuhr zur Unfallstelle. Auf dem Weg dorthin rief sie bei jedem Krankenhaus und Rettungsdienst im Umkreis von achtzig Kilometern an. Keiner hatte auf einen Unfall an dieser Stelle reagiert und keines der Krankenhäuser hatte Daniel oder Nakai aufgenommen. Mit einem Knoten im Hals rief sie sogar bei der Leichenhalle an. Nichts.

Sie war nicht sicher, ob sie sich über den letzten Teil freuen sollte. Sie zog Fremdeinwirkung in Betracht und dass die beiden aus dem Fahrzeug geholt und irgendwo abgeladen worden waren. Sie traute Soldiers Lager alles zu.

Die Unfallstelle war deutlich an den schwarzen Reifenspuren auf der Straße zu erkennen. Es sah aus, als hätte der Fahrer versucht, auszuscheren, um etwas auszuweichen, war aber im Graben neben einer hohen Felsklippe gelandet. Es gab ein weiteres Paar Reifenspuren, große, vermutlich von einem Traktor oder einem anderen schweren Fahrzeug. Sie war überzeugt, dass der Fahrer dem hatte ausweichen wollen – und es nicht geschafft hatte.

Jemand war ihnen gefolgt.

Sarah ging im Graben auf und ab und suchte nach einem Zeichen dafür, dass sie nicht gestorben waren. Dort lag etwas, vergessen in einem roten Erdhaufen. Sie kniete sich hin, um es besser zu sehen, und erschrak, als sie erkannte, was es war.

Daniels Handy.

Sie schaltete es ein und auf dem Bildschirm tauchten direkt die Sprachmemos auf. Sie sah auf die letzte Aufnahme: 3:33 Uhr nachts, vorgestern. Mit einem zitternden Finger tippte sie den roten Punkt an und hörte zu.

»Wie sollen wir sie rauskriegen?«

»Weiß nicht. Versuch's mit der Frontscheibe.«

»Der Rahmen ist zu verbogen. Das funktioniert nie.«

»Dann eben die Tür.«

»Nicht dein Ernst, oder?«

»Die andere Tür, du Idiot. Fahrerseite.«

Mehrere Minuten lang sprach niemand mehr, von ein paar Flüchen zwischen hämmernden und knarrenden Geräuschen abgesehen.

»Okay. Ich hab's. Pack den Ersten.«

Ein Grunzen war zu hören, ein Zerren.

»Wo sollen wir sie hinbringen?« Die Worte waren kaum hörbar. Sie lauschte genau auf die mögliche Offenbarung.

»Zur Müllkippe am Ende des Canyons. Wir müssen ein felsiges Plätzchen finden, wo wir sie reinstecken können.«

»Was, wenn sie jemand sieht?«

»Da draußen ist keiner außer Wildpferden. Mit ein bisschen Glück werden sich die Geier um sie kümmern, bevor einer merkt, dass sie fehlen.«

Die Aufnahme ging noch einige Minuten weiter, aber sie bestand hauptsächlich aus Statik. Sarah fand es ermutigend, dass Daniels Fähigkeiten unversehrt genug gewesen waren, dass er das Gespräch aufzeichnen und das Handy aus seiner Tasche gleiten lassen konnte, ein letzter, verzweifelter Versuch, Sarah einen Hinweis zu hinterlassen.

Sie stand auf und blickte zu den Badlands, die sich am nordöstlichen Horizont erstreckten. Er lebte, aber er steckte vermutlich in Schwierigkeiten, irgendwo im ausgedehnten, unerbittlichen Gebiet von Coal Mine Canyon. Selbst durch die Tore der Hölle würde sie ihn finden und nach Hause bringen.

KAPITEL 35

Sarah hielt ihr Pferd, eine graue Stute namens Straight Arrow, am Rand von Coal Mine Canyons Nordkante an. An diesem klaren Morgen erstreckte sich das Panorama meilenweit. Kalkhaltige Felsen und Tafelberge, mit roten Eisenvorkommen geädert und kohlegrau befleckt, erzählten von den Reichtümern, die diese Steine beherbergten. Die Kohlevorkommen waren einer der Hauptgründe für den Streit über Hopi-Land, der diese Gemeinschaft in den Neunzigern gespalten hatte.

Sie drehte sich zu den fünf Reitern hinter ihr um. Auf ihrem Weg nach Coal Mine Canyon hatte sie zwei Stopps eingelegt: einen beim Navajo Reitstall außerhalb von Tonalea, und einen in Blue Canyon, um die Hilfe von Andrew, Tochos Freund am Führerposten, in Anspruch zu nehmen, den sie gebeten hatte, Tochos Stamm in Oraibi eine dringende Nachricht zu schicken. Sie benötigte die Kooperation beider Stämme, um die Tiefen des Canyons zu betreten. Es war ein wenig aussichtsreiches Unterfangen, da diese Feindschaft tief verwurzelt war, aber sie hoffte, die Menschlichkeit würde über alte Fehden siegen.

Die Navajo hatten zugestimmt, denn sie waren daran interessiert, einen der ihren zu retten. Kein Hopi hatte bisher geantwortet, was bedeutete, dass sie das Hopi-Land im Inneren des Canyons nicht rechtmäßig betreten konnten. Sarah führte den Reittrupp in südlicher Richtung am Rand entlang und hielt immer wieder an, um mittels ihres Fernglases nach Bewegung Ausschau zu halten. Das Innere war ein Wirrwarr aus Badlands – Klammen, Hoodoos und Abgründe, die tief in die Felsen des Hochcanyons reichten –, in denen nicht eine einzige Pflanze wuchs. Die Landschaft war so fremdartig und unfruchtbar, dass sie ebenso gut auf dem Mond hätte sein können.

Sarah bemerkte eine Staubwolke auf sieben Uhr. Sie fragte einen der Männer über die Bewegung.

»Wilde Pferde«, sagte er. »Sie laufen in dieser Gegend frei umher.«

Wildpferde. Sie waren an der richtigen Stelle. »Gehören sie niemandem?«

»Früher mal. Niemand will sie einfangen.«

Sarah richtete das Fernglas auf die alte Müllhalde. Sie hatte Abfallberge oder Hügel vergrabenen Unrats erwartet, aber dort gab es nichts dergleichen. Sie sah aus, als sei sie vor langer Zeit gesäubert und verlassen worden.

In der Nähe lag der Eingang zu einer Klamm. Die Stimmen in der Aufnahme sprachen von einem *felsigen Fleckchen, wo wir sie reinstecken können*. Das konnte womöglich die Stelle sein.

Sie senkte das Fernglas und drehte sich zu ihrer Reiterschar um. »Ich gehe runter. Wer kommt mit?«

Sie sahen einander mit düsteren Mienen an. Einer sagte: »Der Zugang ist nicht gestattet. Das ist nicht mehr unser Land. Ohne Hopi-Führer dürfen Sie nicht hinunter.«

»Ich habe den Hopi eine Nachricht geschickt. Jemand wird jeden Moment kommen.« Obwohl sie nicht wusste, ob das stimmte, wollte sie, dass die Männer es glaubten.

»Dann warten wir.«

Es war schon nach Mittag. Sie konnte es sich nicht leisten, noch mehr Zeit zu verlieren. »Ich kann nicht warten. Zwei Leben stehen auf dem Spiel. Wenn es bedeutet, verhaftet zu werden, dann riskiere ich das gern.« Sie suchte den Blick eines jeden Navajoreiters. »Ich frage noch mal: Wer kommt mit mir?«

Niemand rührte sich.

»Schön, in Ordnung.«

Sie wendete das Pferd zum Pfad, der in den Canyon hinunterführte. »Gebt mir Rückendeckung.«

Unten wehte ein starker Luftzug aus dem Osten heran. Es war kein willkürlicher, sondern ein anhaltender Windstoß, der ihr das Haar zurückpeitschte und Sand in die Augen trieb. Coal Mine war für diese Winde bekannt, obwohl sie eher im Frühling auftraten. Sie trieb Straight Arrow zum Trab an und eilte hinein.

Staub wirbelte um sie auf, während sie sich auf die Klamm zubewegte. Als sie näherkam, entdeckte sie Schleifspuren und verblassende braune Streifen auf einem Fleckchen gesprungenen, getrockneten Schlamms. Sie hielt an und stieg ab, um es genauer zu betrachten. Es mochte nichts weiter sein, als die Spur eines Kojoten, der seine Beute in seine Höhle schleifte, aber das Risiko ging sie nicht ein.

Sarah führte Straight Arrow das restliche Wegstück zur Klamm und ließ sie am Eingang zurück. Er war kaum groß genug, dass ein Mensch hindurchpasste. Die Klippen zu beiden Seiten waren aus roten, orangefarbenen und schwarzen Konkretionen geschichtet und so hoch, dass das Sonnenlicht kaum hineinreichte. Es war ein einsamer, unheilvoller Ort. Ein passender Ort, um ein Geheimnis zu bewahren. Sie bemerkte weitere Streifen getrockneten Blutes am Felsen, hauptsächlich formlos, bis auf einen – ein Handabdruck –, der ihren Puls rasen ließ. Der Abdruck war absichtlich und scharf umrissen, was sie zu der Annahme führte, dass er ein Hinweis war, welcher von jemandem hinterlassen wurde, der gefunden werden wollte.

Sie wusste bereits, was sie erwartete. Sie flehte die Macht an, die dort draußen war, dass sie nicht zu spät kam.

Sarah folgte den Flecken zu einer Vertiefung im Sandstein. Zuerst sah sie die Füße, unbeweglich und in schlammigen Sneakers. Ihr Herz schlug fester.

Sie spähte um den Felsen herum und keuchte. Nakai lag mit dem Gesicht nach unten am Boden im Schatten der Hochklippe. Sein Kopf war übel zerschnitten und geprellt und ein Latz aus Blut bedeckte die Vorderseite seines T-Shirts. Sie kniete sich neben ihn und suchte nach einem Puls. Wie durch ein Wunder war er noch am Leben. Sie überblickte das Areal und flüsterte: »Danny?«

Ein Raubvogel krächzte über ihr. Sie blickte nach oben und sah einen Adler vorbeisegeln, dann hinter einen Bergrücken abtauchen. Sie huschte durch die Klamm und suchte nach einem Hinweis darauf, dass Daniel noch lebte.

Eine Hand berührte ihren Knöchel und sie drehte sich erschrocken um. Daniel hockte in einer Mulde, mit dem Rücken am Felsen. Er hob die Hand, dann ließ er sie wie ein totes Gewicht zu Boden fallen.

Sie hatte ihn noch nie so schwach gesehen, doch sie ließ sich nichts anmerken.

Sie legte ihm eine Hand aufs Gesicht. Seine Haut war kalt, seine Lippen voller Blasen und aufgesprungen. »Halte durch, Danny. Ich hol dich hier raus.«

Er lächelte schwach. »Mein Bein ist gebrochen, Honey. Es ist schlimm.«

»Ich hab das Auto auf dem Abschlepphof gesehen. Du hast Glück, dass du noch lebst. Sehen wir uns dein Bein mal an.« Sie zog eine Taschenlampe aus ihrer Tasche. Seine Jeans war zerrissen, das linke Bein von der Mitte der Wade bis unten blutverschmiert. Sein Knöchel war nach innen verdreht und der Fuß war durch den behinderten Blutfluss blau angelaufen. Er würde eine Operation brauchen. »Ich werde versuchen, eine Schiene zu basteln. Bin gleich wieder da.«

Sie sah sich nach zwei flachen Sandsteinstücken um, mit denen sie den Knöchel stabilisieren konnte. Sie löste das Bandana aus ihren Haaren und zerschnitt es mit ihrem Taschenmesser in lange Streifen, um Bänder zu erschaffen, und zog ihre Fleecejacke aus, um ein zusätzliches Polster zu haben. Es war nicht perfekt, aber es musste genügen.

Während sie den gebrochenen Knochen zwischen den Steinstücken positionierte, fragte Daniel nach Nakai. »Er atmet«, sagte sie, »aber ich vermute, dass er eine Kopfverletzung hat. Sein Gesicht ist übel zugerichtet.«

»Sie müssen Wind davon bekommen haben, dass er vorhat, gegen Soldier auszusagen. Sie wollen ihn ausschalten.«

Sie zog die Bandanastreifen sicher fest. »Das lasse ich nicht zu.«

Er verzog das Gesicht zu einem Ausdruck zwischen schmerzverzerrt und lächelnd. »Dem Himmel sei Dank, dass es dich gibt. Ich hatte wirklich nicht geglaubt, dass wir das überleben würden.«

»So.« Sie überprüfte ihr Werk, um sich zu vergewissern, dass es hielt. »Mein Pferd steht ungefähr hundert Schritte von hier entfernt. Glaubst du, dass du aufstehen kannst?«

Er ließ sich von Sarah aufhelfen. Während sie sein Gewicht stützte, hüpfte er auf einem Fuß vorwärts. Trotz des kalten Windes, der durch den Canyon heulte, kam er ins Schwitzen. Sein Körper zitterte von vermutlich unerträglichen Schmerzen, doch er quälte sich weiter, ohne Energie aufs Beschweren zu verschwenden. Das war einer der Hauptgründe, warum sie ihn mehr bewunderte als irgend ein anderes menschliches Wesen auf dem Planeten.

Straight Arrow wartete beim Pass auf sie. Die halbe Arbeit war erledigt, doch Nakai in Sicherheit zu ziehen, würde verzwickter werden. Sie ging wieder hinein und beurteilte die Lage. Da sie das Ausmaß seiner Verletzungen nicht kannte, musste sie langsam und behutsam vorgehen. Sie zog Stück für Stück an seinen Beinen, um ihn freizubekommen.

»Lassen Sie mich helfen.« Einer der Navajo-Männer kniete sich neben sie.

»Sie sind gekommen. Danke.«

Er wies mit dem Daumen über seine Schulter. »Danken Sie ihm.«

Sarah sah hinter sich. Hototo nickte zum Gruß. Sie hatte nicht erwartet, dass der Häuptling selbst herkäme. Seine Anwesenheit hatte eine Bedeutung, die über die Rettungsmission hinausging; sie sendete ein Signal der Solidarität.

Hototo half Sarah mit den Beinen, während der Navajo Nakais Kopf sanft vom Boden hob. Die drei stabilisierten den bewusstlosen Körper und trugen ihn in Sicherheit.

Während sie Nakai auf eines der Pferde banden, nahm Hototo Sarah beiseite. »Ich sah eine Gruppe Reiter am Canyonrand. Seien Sie auf der Hut.«

»Danke, Chief.« Sie lächelte. »Danke, dass Sie gekommen sind.«

»Es war das Richtige.« Er bestieg sein Pferd. »Lasst uns rasch von hier verschwinden.«

Einige der Männer halfen Daniel auf Sarahs Pferd. Sie stieg auf und sah über ihre Schulter. »Alles okay, Danny?«

Er legte seine Hände um ihre Hüfte. »Bringen wir's hinter uns.«

Sie sah sich um und bemerkte, dass die anderen bereit waren, und sie bedeutete Hototo mit einem Nicken, das Kommando zu übernehmen. Im nächsten Augenblick befanden sie sich im leichten Galopp über den staubigen Pfad, der sich durch die Schlucht schlängelte.

»Wir sind nicht allein«, sagte Daniel. »Sieh nach drei Uhr.«

Sarah erblickte einige Reiter, die über eine der Klippen herabkamen. Sie sahen nach Ärger aus.

Der Anführer rief den anderen hinter sich zu: »Sie werden versuchen, uns den Weg abzuschneiden. Reitet schneller.«

Die Reiter näherten sich allmählich. Sie hielten definitiv auf die Navajo-Gruppe zu. Sarah spürte, wie sich Daniel anspannte.

»Das sind sie«, sagte er.

»Halt dich fest.« Sarah trieb ihr Pferd zum Galopp an und ritt neben Hototo. Über die donnernden Hufe hinweg rief sie: »Vor uns gibt es eine Abkürzung zum Rand. Er ist unsere beste Chance.«

»Zu steil für die Pferde.« Er ritt schneller und folgte weiter dem ursprünglichen Weg.

Daniel sagte in Sarahs Ohr: »Ich hab ein schlechtes Gefühl deswegen. Nimm die Abkürzung.«

Sarah war hin- und hergerissen. Sie vertraute in ihre Fähigkeit, mit ihrem Pferd auf dem alternativen Weg zurechtzukommen. Aber einen Ältesten in seinem eigenen Gebiet zu missachten hatte einen Preis – und es gab die unausgesprochene Regel, zusammenzubleiben. Wider besseren Ermessens folgte sie Hototo.

Je näher sich die beiden Reitergruppen kamen, desto wahrscheinlicher schien ein Zusammenprall. Eine Wolke ockerfarbenen Staubs verschluckte die galoppierenden Pferde und erschwerte es, mögliche Gefahren einzuschätzen.

Daniel rief in den Wind: »Er hat eine Knarre.«

Ehe Sarah reagieren konnte, prallten Schüsse von den weißen Klippen ab. Da ihre Augen vom rauen Staub brannten, konnte sie nicht sehen, was passiert war.

Daniel war unnachgiebig. »Nimm die Abkürzung. Sofort!«

Sie konnte kaum den Pass vor sich erkennen. Sie raste in den Dunst hinein, stieß unterwegs gegen ein anderes Pferd – sie konnte nicht sagen, wessen. Das Dröhnen vorstürmender Hufe und das nervöse Wiehern hallten in ihren Ohren nach. Ein zweiter Schuss erklang.

Sie bog auf den Pfad ab. Straight Arrow erklomm die steile Klippe, rutschte unter ihrer Last aus und verlor zweimal beinahe den Halt. Es war der kürzeste Weg zur Kante, aber sicher nicht der einfachste. Sie hörte weitere Pferde hinter sich, konnte sich aber nicht umdrehen, da sie fürchtete, auf diesem schwierigen Gelände ihre Konzentration zu verlieren. Daniel war ihre Augen.

»Ich glaube, wir haben sie abgehängt«, sagte er.

Sie betete, dass er recht hatte. Sie drängte zum ersten Kamm, der weniger als dreißig Meter vor ihr lag. Sie hörte keine Schüsse mehr, keine rennenden Pferde. Sie sah über die Schulter. »Was ist los? Sind sie verschwunden?«

»Dreh dich jetzt nicht um. Reite weiter.« Daniels Tonfall war abgehackt und eindringlich, wie immer, wenn etwas nicht stimmte.

Als sie den Kamm erreichte, hielt Sarah an und sah zum Boden des Canyons hinunter. Etwa ein Dutzend ungesattelter Pferde standen um Hototos schwarzes Pferd herum. Der Häuptling lag mit dem Gesicht nach unten auf der Erde. Sie verkrampfte sich und Straight Arrow machte drei Schritte rückwärts. Sie drehte sich zu Daniel um. Unter einem Schweißfilm war er blass.

»Wildpferde.« Er schüttelte den Kopf. »Ich wünschte, sie wären früher aufgetaucht.«

Sie rief nach Jimmy, dem jüngsten der Navajoreiter. »Ein Mann ist verletzt. Wir müssen ihm helfen.«

Jimmy und einige andere Navajoreiter flüsterten miteinander. Anhand der verschlossenen Mienen und der Kopfbewegungen sah es nicht so aus, als sei einer von ihnen scharf darauf, zu gehen. Schließlich sagte Jimmy: »Wir kennen seinen Zustand nicht, also dürfen wir ihn nicht berühren.«

»Noch ein Grund, warum wir ihm helfen sollten.« Sie hob die Stimme. »Wir können ihn nicht sterben lassen.«

Daniel flüsterte ihr zu: »Das hat keinen Sinn, Sarah. Sie dürfen sich dem Tod nicht nähern, nicht einmal darüber sprechen. Das ist ein Teil ihrer Kultur, den du nicht ändern wirst.«

Er hatte recht. In ihrer verzweifelten Bitte, Hototo zu helfen, hatte sie vergessen, dass es nur bestimmten Mitgliedern der Navajo erlaubt war, Tote zu berühren. Wenn der Häuptling den Angriff nicht überlebt hatte, wäre es tabu, sich ihm zu nähern.

»Dann gehe ich allein. Jimmy, bringen Sie den Rest der Gruppe nach Tonalea zurück. Ich komme später zu euch.«

»Nehmen Sie mein Pferd«, sagte er. »Es ist schneller. Ich werde mit Daniel reiten.«

Sie stieg ab und griff nach Daniels Hand, schauderte, weil sie so eiskalt war. Seine gerunzelte Stirn verriet Sorge. »Hab keine Angst um mich«, sagte sie. »Ich werde vorsichtig sein.«

»Ich weiß.« Er drückte ihre Hand.

Sarah saß auf Jimmys Pferd auf und stieg den Pfad hinab. Auf dem Ritt zu der Stelle entschied sie sich für einen langsamen Trab, um die Wildpferde nicht zu reizen. Sie hockte sich neben Hototo und drehte ihn auf den Rücken. Die Vorderseite seines Karohemds war blutgetränkt. Sie überprüfte seine Vitalfunktionen. Es war zu spät.

In diesem Moment wollte sie einen erschütternden Schrei ausstoßen, den man durch alle Schluchten hätte hören können. Sie biss sich auf die Lippe, um ihn zu unterdrücken. Der Wind zischte durch den Pass und sie spürte die Lebenskraft des Häuptlings darin. Sein Mut und seine Würde waren jetzt eins mit dem Atem des Canyons. Blut sickerte von seinem Oberkörper in den Wüstensand, eine Opfergabe an den heiligen Boden, aus dem er entstanden war.

Sie stellte sich Tochos Reaktion auf die Nachricht vor. So stoisch die Hopi auch mit dem Tod umgingen, einen Vater und Stammesführer zu verlieren war eine schwere Bürde. Sie wusste, dass er am Boden zerstört sein würde, weil sie es selbst erlebt hatte. Mit vor Kummer bebenden Schultern beugte sie sich über Hototos Körper.

Sie durfte sich den Luxus der Trauer nicht leisten. Soldiers Männer konnten jeden Moment zurückkommen. Sie hob die Leiche des Häuptlings vom Boden auf und hievte ihn unter Anstrengung auf den Rücken des Pferdes. Hototos Pferd kniete sich auf alle Viere, was ihr erlaubte, den Körper am Sattel festzubinden. Die Zügel des schwarzen Pferdes in der Hand ritt sie rasch zum Canyonrand. Die Wildpferde folgten ihr bis zum Weg und verschwanden in einem goldenen Dunstschleier.

KAPITEL 36

Im dunklen Krankenhauszimmer fand Sarah Trost in den gezackten roten Linien, die Nakais Herzschlag repräsentierten. Er war noch immer bewusstlos und seinem Körper wurde künstlich Sauerstoff zugeführt. Die Kopfverletzung war ernst, das Ergebnis eines massiven Aufpralls auf die Beifahrerseite, ein Schlag, den er offensichtlich nicht hatte überleben sollen.

Sarah hörte das Knarren der Tür und drehte sich um. Daniel kam in einem Rollstuhl auf sie zu gefahren. Sein Knöchel war bis zum Morgen stabilisiert worden, dann würde er sich einer Operation unterziehen, um den zersplitterten Knochen mit Stäben und Platten zu reparieren.

»Wie geht es ihm?«, fragte er.

»Er ist stabil, aber wir werden das Ausmaß des Schadens erst erfahren, wenn er aufwacht.«

»Hast du schon mit Tocho gesprochen?«

»Nein. Du kannst dir vorstellen, wie sehr es mir davor graut.« Sie seufzte. »Hototos Tod lastet schwer auf meinen Schultern. Hätte ich nicht nach Hilfe geschickt …«

»Lass das, Sarah. Hototo musste nicht persönlich kommen; er hat es so gewählt. Und er hat sich gegen deinen Rat entschieden, die Abkürzung zu nehmen. Es war eine verhängnisvolle Entscheidung. Dafür darfst du dich nicht verantwortlich fühlen.«

Ein schwaches Stöhnen ließ sie sich beide zu Nakai umdrehen. Seine linke Hand zuckte. Seine Augen bewegten sich unter geschlossenen Lidern.

Sarah beugte sich über ihn. »Nakai, kannst du mich hören?«

Er hob eine Hand vom Bett.

»Du bist im Krankenhaus. Du bist in Sicherheit.«

»Das Auto«, sagte er leise. »Daniel ...«

»Ich bin hier, Mann«, sagte Daniel. »Sarah und deine Leute fanden uns gerade noch rechtzeitig.«

Nakais Augen öffneten sich flatternd und sein Blick bewegte sich schnell durch das Zimmer. Er schien ihn nicht fokussieren zu können.

Sarah testete sein Gedächtnis und seine Konzentration. »Erinnerst du dich daran, was passiert ist, Nakai?«

Er strengte sich an. »Da war ein großer Schlepper ... seine Scheinwerfer haben mich geblendet.«

Der Herzmonitor registrierte einen schnelleren Puls. Daniel legte eine Hand auf Sarahs Handgelenk und schüttelte den Kopf. »Lass gut sein. Er ist noch nicht soweit.«

»Wir lassen dich ein bisschen ausruhen.« Sie sprach mit leiser, gleichmäßiger Stimme. »Wir sind direkt vor der Tür, falls du uns brauchst.«

Vor dem Zimmer sagte Daniel: »Ich denke, du solltest nach Oraibi gehen, mit den Ravens sprechen.«

»Die OP ist morgen. Ich lass dich nicht allein.«

»Mir gefällt das auch nicht. Aber im Moment sind wir in einem Wettlauf mit der Zeit. Soldier ist nur eine Haaresbreite davon entfernt, dieses Land zu kaufen, während wir nur noch wenige Karten ausspielen können. Hast du Fortschritte bezüglich des vierten Teils des Kreuzes gemacht?«

»Ich glaube, die Hopi-Ältesten wissen, wo es ist, aber sie haben kein Interesse daran, uns zu helfen. Sie wollen nicht, dass ihr heiliger Ort zu einem öffentlichen Spektakel wird.«

»Sie würden lieber zusehen, wie er vernichtet wird?«

»Sie glauben, dass es unvermeidlich ist, Teil des Übergangs von einer Welt zur anderen. Sie denken, sie haben nicht die Macht, das zu ändern. Ich habe versucht, Gaia zur Vernunft zu bringen. Sie hat gar nicht zugehört.«

»Es ist schwer, eine ganze Kultur über Nacht zu verändern, besonders diese. Unsere einzige andere Hoffnung beruht darauf, über Soldier auszupacken. Hast du mit einem Anwalt geredet?«

»Sie war kampfeslustig, hat den Fall dann aber abgelehnt. Die Partner haben den Stecker gezogen. Sie beriefen sich auf einen Konflikt mit einem anderen Mandanten.«

»Soweit wir wissen, arbeiten sie vielleicht mit Soldier zusammen.« Er fuhr sich mit einer bandagierten Hand durchs Haar. »Da frage ich mich, ob wir diesen Kampf überhaupt führen können.«

»Wir haben keine Wahl.« Sie kniete sich neben seinen Rollstuhl. »Es ist gewissenlos, diese Menschen nicht zu verteidigen, die von einem korrupten System geschwächt wurden. Hier geht es nicht nur um Geschichte und Erbe. Es ist eine Frage kultureller Identität. Besondere Interessen untergraben die indigene Lebensweise, indem sie an ihrem Land, ihren Schätzen, ihren Traditionen kratzen. Die darunterliegende Nachricht lautet: *Passt euch an oder sterbt.* Keiner hat ihnen je die Option gegeben, für ihre Rechte einzustehen.«

»Wenn in den letzten Wochen eines klar geworden ist, dann dass Soldier ein furchtbarer Feind ist. Er wird sich nicht kampflos geschlagen geben.«

»Wenn sich diese Menschen zusammenschließen und sich organisieren, dann können sie ihn aufhalten. Daran glaube ich fest.«

»Ich weiß nicht, ob sie das allein schaffen.« Er zwinkerte. »Vielleicht brauchen sie ein wenig Führung von einer krassen Engländerin.«

»Ich weiß nicht. Manchmal glaube ich, sie vertrauen mir nicht.«

»Sie vertrauen ihren Herzen. Du bist bereits Risiken für sie eingegangen. Sie erkennen deine Aufrichtigkeit.«

Sarah erinnerte sich an Gaias Worte während ihres letzten Gesprächs. *Wir werden vom Weißen Mann bedroht, doch nur der Weiße Mann kann uns retten.* Es lief auf eine entscheidende Machtprobe hinaus – eine Macht, die die indigenen Völker nicht innehatten, trotz der Stärke, von der sie so viel besaßen. Sie brauchten jemanden, der für sie kämpfte.

»Ich gehe«, sagte sie. »Du sorge dafür, dass es Nakai gut genug geht, um auszusagen, und ich werde alle dazu bringen, sich geschlossen hinter ihn zu stellen.«

»Das ist mein Mädchen.« Er küsste sie auf die Stirn und verharrte einen Augenblick. »Ich muss dir noch etwas sagen.«

Sie trat einen Schritt zurück. »Was denn?«

»Ich hab meine Voicemail abgehört und da war eine Nachricht aus Griechenland. Es ging um Isidor.« Er wandte den Blick ab.

»Während der Operation ist etwas schiefgelaufen, nicht wahr?«

»Es gab Komplikationen. Er liegt im Koma.«

»Wie lautet die Prognose?«

Er schüttelte den Kopf. »Sie können nichts sagen. In ein paar Tagen werden sie mehr wissen.«

»Phoebe wird am Boden zerstört sein.«

»Der Unfall, Hototo, Isidor. Das Pech scheint uns zu verfolgen.« Er nahm ihre Hand. »Ich zähle darauf, dass du das umkehrst.«

Sie sah ihm in die Augen. Unter den Neonlichtern waren sie so farblos wie die Wüste. Er hatte mehr durchgemacht, als ein Mensch brauchen konnte. In diesem Moment sehnte sie sich danach, in seiner Umarmung zu verharren, einander wie Liebende festzuhalten. Doch für diese Art von Trost waren sie nicht geschaffen. Jene, die sich im Namen der Wahrheit für den Pfad der Selbstaufopferung entschieden hatten, mussten sich mit einer flüchtigen Berührung, dem Anflug eines Versprechens und dem Gedanken, dass ein sicherer Hafen kein Ort, sondern ein Seelenzustand war, zufriedengeben. Obwohl sie das schon längst akzeptiert hatte, schmerzte es manchmal wie eine alte Wunde, die nie recht verheilte. Eine starke Frau blieb noch immer eine Frau.

Sie küsste ihn so, als würde sie ihn nie wiedersehen. Sein Atem, frisch und süß, war Wind in den Segeln ihres Geistes. Sie trat zurück und öffnete die Augen, bereit, zu tun, was getan werden musste.

KAPITEL 37

Während Sarah zur dritten Mesa hinaufgefahren war, hatte sich die Nacht wie schwarze Tinte über die dürre Landschaft gelegt. Die nadelspitzen Lichter der Sterne, die in großer Zahl über ihr schwebten, verliehen den alten Steingebäuden Oraibis eine gespenstige Beleuchtung. Sie parkte das Auto in einem einsamen Tal und ging zu Gaias Haus.

Ein Hundepaar umkreiste sie, knurrend und nach ihren Knöcheln schnappend. Sie griff sich eine Gerte, die am Boden lag, und ließ sie streng vor ihnen knallen. Sie flitzten davon und Sarah legte die Gerte an exakt dieselbe Stelle zurück, an der sie sie gefunden hatte. Es war wichtig, die Dinge dort zu belassen, wo sie lagen, denn sie mochten mit Absicht platziert worden sein – vielleicht als Teil einer Opfergabe oder um den Geist eines Vorfahren zu ehren. Das war eines der vielen Dinge an der Lebensweise der Hopi, die Außenstehende nicht begriffen, die nicht hinter den Tellerrand ihrer eignen, *gebildeten* Denkweise hinaussehen konnten.

Sarah klopfte an die lockeren Holzplanken. Eine von Tochos Cousinen mütterlicherseits öffnete die Tür. Hinter ihr bebte die schwache Flamme einer Kerosinlampe vor den Lehmputzwänden. Sarah verneigte sich. »Ich möchte gern Ihre Großmutter sehen.«

Die rundgesichtige junge Dame vermied Augenkontakt und zog sich ins Hausinnere zurück, wobei sie die Tür offenließ. Kurz darauf näherte sich die Großmutter mit langsamen, stockstabilisierten Schritten. Sie blieb in der Tür stehen, die Hand zitternd, während sie sich auf ihren Stock abstützte, und studierte Sarah mit schmalen Augen und geschürzten Lippen.

»Du bist zurückgekommen«, sagte sie. »Wo sind die anderen?«

Sarah atmete die kalte, klare Luft des Mesagipfels ein und beschwor den nötigen Mut, um die Worte hervorzubringen. »Ich fürchte, ich bringe schlechte Nachrichten.«

Gaia war reglos, mit versteinerter Miene. »Mein Sohn.«

Sarahs Lippe bebte. Sie nickte. »Wir wurden hinterrücks angegriffen. Sie hatten Pistolen …«

»Mein Sohn ist tot.« In ihrer Stimme lag keine Wut, nur ein stummes Klagen.

»Ich trage die volle Verantwortung für Hototos Tod.«

»Hast du den Abzug gedrückt?«

»Natürlich nicht. Aber ich habe die Rettung organisiert. Ich wandte mich an die Hopi und die Navajo.«

»Und sie kamen im vollen Wissen und mit offenen Herzen. Strafe dich nicht selbst für die Verfehlung eines anderen.«

»Ich hätte niemals andere mit hineinziehen sollen. Ich hätte allein gehen sollen.«

»Mein Sohn und ich führten ein Gespräch darüber. Wir wussten beide, dass Gefahr lauerte. Doch ein Leben zu retten birgt auch Ehre. Er wählte die Ehre und ich unterstützte seine Entscheidung, auch wenn ich wusste, dass es furchtbar enden konnte.«

»Hototo war zu jung zum Sterben. Zu wichtig für den Stamm.«

»Ein Leben ist wie Blüten in einem Garten. Manche öffnen sich nur für eine Nacht und sind mit der Berührung des Morgentaus verschwunden. Doch während sie blühen, bieten sie einem Schmetterling süßen Nektar oder einer Biene Pollen, damit das Leben fortbestehen kann. Es geht nicht um die Dauer, die wir in diesem Garten verweilen; was wir während dieser Zeit beitragen, ist wichtig.«

Sarahs Kiefer verkrampfte sich. »Ich werde ihn nicht damit durchkommen lassen, Gaia. Dafür wird er bezahlen.«

»Behalte nicht Wut in deinem Herzen. Das wird nichts in Ordnung bringen. Das fügt der Kette des Unglücks nur ein weiteres Glied hinzu. Willst du einen Tod rächen, dann säe den Samen des Lebens.«

Ihre Augen füllten sich mit Tränen. »Ich beneide dich um deinen Frieden. Deine Würde.«

Mit einer knochigen Hand tätschelte Gaia Sarahs Rücken. »Geh und ruh dich aus. Morgen wird alles anders aussehen.«

»Was ist mit Tocho?«

»Ich werde es ihm auf meine Weise sagen.«

Sarah ging ins Hinterhaus.

Phoebe lag in tiefem Schlaf auf dem Feldbett. Sie bewegte sich auf Zehenspitzen, damit sie das Mädchen nicht aufweckte. Sie setzte sich auf die Decken, die auf dem Boden ausgebreitet lagen, lehnte den Rücken gegen die kalte Wand und wartete auf die Morgendämmerung.

Es war beinahe Mittag, als Tocho aus seinem Haus auftauchte. Seine Augen waren gerötet, als habe er geweint. Sarah spürte, wie ein neuer Stich von Schuld ihr Inneres zerriss.

Phoebe umarmte ihn mit der entzückenden Empathie eines Kindes. Abwesend erwiderte er die Geste.

»Es tut mir schrecklich leid, Tocho«, sagte Sarah.

»Er ist tot. Sprechen wir nicht mehr darüber.«

Wenn er auch gleichgültig wirkte, so wusste Sarah doch, dass es ein schwerer Schlag war. Mit sicherer Hand und liebendem Herzen hatte Hototo Tochos Weg ins Mannesalter geleitet und ihn auf den Tag vorbereitet, an dem er der Häuptling sein würde. Dieser Tag war früher gekommen, als Tocho erwartet – oder gewollt – hatte.

»Wann findet das Begräbnis statt?«

»Wir bereiten den Körper für den Totenplatz vor. Großmutter sagt, du kannst an der Zeremonie teilnehmen.«

Es war höchst ungewöhnlich, dass jemand, der nicht zur Familie gehörte, und besonders ein Weißer, eingeladen wurde, an einem solch privaten Ritual teilzunehmen. Sarah vermutete, das lag daran, dass sie in seinen letzten Stunden bei ihm gewesen war und ihn aus dem Canyon geholt hatte. Sie nahm die Einladung an.

Auf der überdachten Veranda von Gaias Haus lag Hototos Körper auf Decken gebettet auf einem niedrigen Tisch. Die Frauen der Familie – Gaia, eine ihrer Töchter und zwei von Tochos Cousinen – banden ein *Nakwakwosi* aus einer Adlerfeder in die Haare des Toten. Sie strichen ihm schwarze Zeichen unter die Augen und auf Stirn und Lippen und bedeckten das Gesicht mit einem weißen Stoff, der so dünn wie Flor war und an Augen und Nasen mit Löchern versehen, als habe der Verstorbene das Bedürfnis, zu sehen oder zu atmen.

Als sie den toten Mann in die Decken hüllten, schniefte Phoebe leise. Sarah drückte ihre Hand. Das Leben war nicht so gütig, Kinder vor dem Tod zu behüten.

Die Verwandten hoben das Körperbündel hoch und trugen es zum Begräbnisplatz auf dem Hügel neben der Mesa. Sarah und Phoebe folgten ihnen, beobachteten, wie Hototo in einem sandigen Grab zur Ruhe gebettet wurde, ohne Grabstein oder Aufhebens. Das Gefecht in Coal Mine Canyon spielte sich in Sarahs Gedanken noch einmal so deutlich ab, dass sie den Staub schmecken konnte.

Hätte sie doch nur darauf bestanden, die Abkürzung zu nehmen. Hätte sie nur …

Tocho stapelte Steine locker an der Stelle auf und richtete einige geflüsterte Worte an seinen Vater. Dann drehte sich der neue, junge Häuptling um und ging zum Dorf, gefolgt von den anderen, ohne auch nur eine weitere Träne. Es war Zeit, nach vorn zu blicken.

Als sie zum Haus zurückkehrten, packte Sarah ihren Rucksack mit ihren wenigen Habseligkeiten.

»Was machst du?«, fragte Phoebe.

»Wir müssen gehen, Phoebe. Hol deine Sachen.«

Das Mädchen sah sich in der Einzimmerbehausung um, die sie mehrere Wochen lang beherbergt hatte. »Ich fühle mich hier sicher. Ich will nicht fortgehen.«

Sarah öffnete den Mund, um zu sprechen, wurde aber von einem Klopfen unterbrochen. Tocho trat ein, ohne darauf zu warten, hereingebeten zu werden.

Er zeigte auf den Rucksack.

»Geht ihr irgendwo hin?«

»Ja«, sagte Sarah. »Wir sind lange genug geblieben.«

»Hat das etwas mit dem zu tun, was passiert ist?«

Sie packte weiter. »Wir haben deinem Stamm genug Leid gebracht.«

»Was ist mit Soldier? Mit dem Retten des Landes?«

»Das geben wir nicht auf. Aber ich kann von dir nicht noch mehr verlangen.«

»Das ist gewiss meine Entscheidung.«

»Du hast neue Verantwortungen, Tocho. Du musst für dein Volk da sein. Du kannst dich nicht in Gefahr begeben.«

»Eine meiner Verantwortungen ist es, mich darum zu kümmern, dass unsere Traditionen und unsere heiligen Orte bewahrt werden. Was für ein Häuptling wäre ich, wenn ich mich zurücklehnen und Riesenkonzernen erlauben würde, uns herumzuschubsen?«

»Lass mich für dich kämpfen.« Emotionen schlichen sich in ihre Stimme. »Wenigstens das schulde ich dir.«

»Was wirst du tun?«

»Wir haben keine andere Wahl, als Soldier vor Gericht zu belangen. Der Transfer des Landes an den Staat soll nächste Woche passieren. Ich werde alles in meiner Macht Stehende tun, um sicherzustellen, dass das Land nicht in private Hände fällt.«

»Denkst du, das Gericht wird einem Navajo glauben?«

»Wir können es nur versuchen.«

»Sie werden ihm glauben, wenn jemand seine Geschichte bestätigt«, sagte Phoebe. »Ich war dort. Ich hab Dinge gehört.«

»Phoebe, du bist nur …«

»… ein Kind?«

»Du hast keine Ahnung, womit du es aufnimmst. Diese Menschen sind skrupellos. Sie werden dich zerstören.«

»Ich schaffe das, Sarah. Ich bin stärker, als du denkst.«

Tocho wuschelte Phoebe durchs windzerzauste Haar. »Das stimmt. Sie ist der Knaller.«

Sarah starrte das junge Mädchen in ihrer Obhut an. Mit dreizehn war sie entführt, verhört, in einer Einöde alleingelassen und von einem Skinwalker angegriffen worden – und hatte überlebt. War sie stark genug? Verdammt, das war sie. Sarah widerstand den Drang, Phoebe vor der hässlichen Seite des Lebens zu behüten – schließlich hatte sie sie bereits gesehen – und entschied, ihr zu erlauben, sie frontal anzugreifen.

»In Ordnung. Wir machen das gemeinsam.«

Phoebe umarmte Sarah. »Danke, dass du an mich glaubst.«

»Ich möchte, dass ihr bleibt«, sagte Tocho. »Gemeinsam stärker – weißt du noch?«

Eine SMS klingelte auf Sarahs Handy. Sie zog es aus ihrer Gesäßtasche und las: *Wir müssen reden. Rufen Sie mich dringend an – Loralee.*

Es war nicht Loralees normale Telefonnummer. Konnte es eine weitere Falle sein? »Entschuldigt mich kurz«, sagte sie und ging hinaus, um die Nummer zu wählen.

»Sarah. Danke für den Anruf.«

Sie war erleichtert, die bekannte Stimme zu hören. »Sie haben eine neue Nummer.«

»Das war mein Arbeitshandy. Ich bin nicht mehr bei der Kanzlei.«

»Was ist passiert?«

»Es stellte sich heraus, dass der Grund, warum die Partner bei dem Fall den Stecker gezogen haben, der ist, dass sie mit Jake Soldier zusammenarbeiten. Ich habe ein Gespräch im Sitzungssaal aufgeschnappt. Sie entwarfen eine Strategie für den Landkauf. Sie planen, sämtliche indigene Ansprüche mittels eines Treuhänders zu umgehen, der den Kauf tätigt und den Stämmen zehn Prozent schenkt.«

»Lassen Sie mich raten: Der Teil, den sie verschenken, ist ertraglos.«

»Darüber sprachen sie unablässig. Sie nannten es *unbrauchbares Land*. Es ist abscheulich. Sie arbeiten mit einem Markenberater zusammen, damit sie in den Medien großzügig erscheinen, selbst während sie den Ort ausbeuten. Das Schlimmste ist, sie wissen von Ihrem Zeugen. Sie werden ihn heftig angreifen.«

»Wissen diese Leute, dass Sie von dem Landgeschäft wissen?«

»Ich war versucht, sie deswegen zur Rede zu stellen, aber ich hielt mich zurück. Ich kündigte am nächsten Tag. Ich kann nicht Teil von etwas sein, das jedes einzelne meiner Prinzipien verspottet. Auf jeden Fall wollte ich Ihnen Bescheid sagen, was immer es bringen mag.«

»Was werden Sie jetzt machen?«

»Mein eigenes Schild aufhängen, denke ich. Für die Dinge kämpfen, an die ich glaube.«

Sarah lächelte. Das Timing war perfekt. »Ich schätze, Sie haben soeben Ihren ersten Mandanten gefunden.«

KAPITEL 38

Der Morgen des Sitzstreiks war kaum angebrochen, da hatten sich schon einige hundert Menschen versammelt. Und es kamen immer mehr.

Phoebe betrachtete sie voll Bewunderung. Die jungen Indianer, sowie einige Kinder, die nicht älter als zehn sein mochten, standen geschlossen zusammen. Manche trugen ihre Stammestracht, andere hatten sich Farbe ins Gesicht gemalt, um ihre Kampfbereitschaft zu zeigen. Ein paar wenige bildeten einen Trommelkreis und riefen die anderen durch leises Trommeln zum Handeln auf. Hinter ihnen erhoben sich die Canyons zum lavendelfarbenen Himmel. Ihre großen Sandsteinklippen und Felsnadeln waren wie die Arme einer schützenden Mutter.

Poster und Transparente unterbrachen die Erhabenheit des antiken Rundtheaters aus Stein. Sie verkündeten die Absichten ihrer Träger mit Sprüchen wie HÄNDE WEG VON UNSEREM LAND, DIESE MINE GEHÖRT EUCH NICHT und STOPPT DIE GRÄUELTATEN. Das Bild trieb Phoebe einen Knoten in die Kehle.

Früher in dieser Woche hatte die Anwältin gerichtliche Schritte gegen Soldier Mining eingeleitet. Nakai, der noch am Genesen war, würde alles ans Licht bringen: kriminelle Handlungen gegen amerikanische Ureinwohner, Entführung und Freiheitsentzug einer Minderjährigen, versuchter Mord. Die Idee dahinter war, zu beweisen, dass Soldier Gelder zum Kauf staatlicher Ländereien durch betrügerische Mittel gesammelt hatte und daher nicht legal zu einer solchen Transaktion berechtigt war. Loralee glaubte, eine Demo würde Aufmerksamkeit auf den Fall ziehen, vielleicht sogar eine öffentliche

Protestwelle auslösen. Die Beteiligung war höher, als sie sich erhofft hatten.

»Schließt du dich uns an?«

Sie drehte sich um. Tocho trug traditionelle Mokassins, ein breites Stirnband aus brauner Baumwolle und die Kette seines Vaters mit perlenbesetzen Strängen, die den herabfallenden Regen symbolisierten. Um seine Schultern hatte er eine dunkelblau und weiß gestreifte Decke gelegt, um den Frost abzuwehren, der sich im Canyon ausgebreitet hatte. Für einen Häuptling war er bescheiden gekleidet. Andererseits verabscheuten die Hopi Pomp im täglichen Leben. Sie schmückten sich nur für religiöse Zeremonien, die lediglich für ihre eigenen Augen bestimmt waren.

»Ich bin dabei.« Sie lächelte. »Das weißt du doch.«

»Gaia wollte, dass du das hier bekommst.« Er hielt eine schillernde schwarze Feder hoch, um deren Ende ein Lederband und eine einzelne rote Perle gebunden waren.

Sie nahm das Geschenk entgegen.

»Welche Art Feder ist das?«

»Rabe.« Er klammerte sie in ihrem Haar fest. »Du bist jetzt eine von uns.«

Phoebe ließ ihre Finger über die Federspitze gleiten. Sie war weich, aber kräftig, die Fasern robust und elastisch. Sie war stolz, sie zu tragen, stolz, ein Teil von Tochos Stamm zu sein. Er beeindruckte sie mehr als je zuvor. Obwohl er neunzehn war, nur fünfeinhalb Jahre älter als sie, hatte er sich der Herausforderung gestellt, sein Volk zu führen.

Vom Tod seines Vaters unberührt, zumindest nach Außen hin, hatte er eine riesige Demonstration organisiert, indem er die Nachricht durch Pfeilbotschaften an die anderen Stämme gesandt hatte. Sie hatte ihm geholfen, diese Nachricht zu verfassen:

Brüder und Schwestern,
Uns droht nie dagewesene Gefahr, das Land unserer Vorfahren zu verlieren. Bergbaugesellschaften stehlen es uns unter der Nase weg, indem sie die Regierung davon überzeugen, dass niemand sonst es haben will. Die Höhlen, in denen die Alten wohnten, unser heiliger Ort der Entstehung, könnten bald schon in die Hände von Profitgeiern und Unmenschen fallen.
Wir dürfen ihnen nicht erlauben, dieses Land zu kaufen, damit sie es ausbeuten und ausbluten können. Die Zeit des Widerstands ist gekommen. Wir müssen unsere Differenzen beiseitelegen und gemeinsam kämpfen. Dies ist ein Aufruf an Alt und Jung: Versammeln wir uns in den Canyons, wo der mächtige Colorado River seine kleine Schwester trifft, und zeigen unsere Stärke. Wir brauchen großen Zulauf.
Sitzt mit uns, friedlich aber entschlossen, so lange es dauert. Vergesst nicht: Ohne unser Geburtsrecht, unser Erbe, sind wir nichts als Schilf im Wind.

Er hatte mit dem Zeichen seines Stamms unterschrieben. Er gab die Nachricht und den Gedanken dahinter nicht als seine eigenen aus. Bei solchen Angelegenheiten gab es kein *Ich*, nur eine Absicht, die ihm Kosmos schwang.

Das Trommeln wurde lauter und Stimmen fielen ein. Auch wenn ihr Lied keine Worte hatte, überbrachten die Laute und Rufe, die sich zu einem schaurigen Crescendo steigerten, eine mächtige Botschaft: Es war ein Kriegsschrei.

Der gemeinsame Rhythmus signalisierte eine unausgesprochene Übereinkunft. Obwohl sie verschiedenen Stämmen angehörten und ihre eigenen Ländereien besaßen, waren sie gegen einen gemeinsamen Feind vereint. So war es schon seit der Zeit der spanischen Eroberer gewesen, die versucht hatten, ihnen ihr Land zu stehlen und ihren Glauben neu auszurichten.

Damals hatte das nicht funktioniert – und das würde es auch jetzt nicht –, weil sie zusammengehalten hatten.

Tochos Brust schwoll.

»Wunderschön, nicht wahr?«

»Bemerkenswert«, sagte sie. »Wo ich herkomme, kämpfen unterschiedliche Menschen nicht für dieselbe Sache.«

»Wir sind verschieden aber gleich. Wir alle wünschen uns Würde, Respekt und das Recht, unser Land und unsere Vorfahren zu ehren. Die Trommel erinnert uns daran. Sie ist der Herzschlag unserer Mutter.«

»Ihr seht euch als Brüder.«

»Absolut. Es spielt keine Rolle, ob unsere Vorväter Apachen, Zuñi oder Hopi waren. Wir entsprangen alle derselben Erde.« Er sah sie lange an. »Hast du Geschwister?«

»Ich habe einen Bruder – na ja, Halbbruder. Wir haben denselben Vater. Er lebt tausende Kilometer weit weg in unserem Heimatland.« Sie dachte an Isidor in seinem Rollstuhl, den er vermutlich niemals verlassen würde. Ein Anflug von Schmerz verzog ihr Gesicht.

In der höflichen Gesellschaft, aus der Sarah stammte, würde man das Gespräch an diesem Punkt fallenlassen. Doch Tocho und seine Sippe neigten nicht zu solchen Konventionen. In ihrer Kultur war Unbehagen nichts, das man ignorierte, bis es vorbeiging. Genauso wenig musste eine schmerzhafte Erinnerung verdrängt werden. Das alles war ein Teil dessen, was sie menschlich machte.

»Warum ist er nicht hier, bei dir?«, fragte er.

»Er hat eine Behinderung. Er kann nicht laufen oder rennen oder auf Berge steigen. Aber er wollte, dass ich all das tue. Er hat darauf vertraut, dass Sarah und Daniel mir alles zeigen, wozu er nicht in der Lage ist.«

»Er ist ein guter Bruder.«

»Ja. Ich vermisse ihn jeden Tag. Er wird an der Wirbelsäule operiert, damit er wieder laufen kann.« Ihre Miene erhellte sich. »Vielleicht kannst du ihn eines Tages kennenlernen.«

Tocho sah über Phoebes Schulter. Es schien so, als höre er nicht länger zu. Sie folgte seinem Blick zu einer Reihe aus Geländewagen und Polizeifahrzeugen, die heranfuhren. »Sie sind früher dran als geplant«, sagte er. »Komm.«

Vier Männer liefen zur Demonstration. Mehrere Polizeibeamte standen hinter ihnen. Ein breitschultriger, dickbäuchiger Mann rief: »Wer hat hier das Sagen«?

Phoebe betrachtete die Menge und erblickte Sarah inmitten einer Gruppe indigener Teenagerinnen, die ein Transparent mit der Aufschrift UNSER LAND, UNSERE RECHTE in die Höhe hielten. Sarah nickte Tocho zu. Es war soweit.

Phoebe blieb einige Schritte zurück und versuchte mit dem Hintergrund zu verschmelzen, als Tocho sich den Besuchern näherte. Er rieb die Hände aneinander. Er hatte jeden Grund zur Nervosität. Diese Männer waren entschlossen, ihre eigenen Pläne voranzutreiben, und einige hundert Demonstranten waren nichts weiter als ein Ärgernis, das es zu umgehen galt. Die Chancen für die Demonstranten und ihre Rechte, die gierige Männer als Witz betrachteten, waren gleich null. Wie Gaia ihr einmal gesagt hatte: »Tradition und Geburtsrecht sind wie Felsen in einem Fluss besonderer Interessen. Während der Fluss die Felsen überspült werden sie Stück für Stück ausgewaschen, bis sie eines Tages so klein und unwichtig sind, dass sich niemand mehr an ihren Wert erinnert.«

Tocho schüttelte dem Vertreter von Soldier Mining, James Manning, die Hand.

»Ich schlage vor, du sagst deinen Freunden, sie sollen beiseite gehen«, sagte Manning. »Wir haben Genehmigungen, in diesem Gebiet zu Prospektieren, und wir wollen heute damit anfangen.«

»Bei allem Respekt, Sir, wir haben das Recht zu protestieren.«

»Und was genau wollt ihr?«

»Dieses Land unversehrt erhalten, wie es unser Schöpfer vorgesehen hat.« Tocho deutete hinter sich. »Unsere Vorfahren entstanden in diesen Höhlen dort.«

Mannings Bauch wippte, als er lachte. »Menschen kommen nicht aus Erdlöchern, Junge. So eine zurückgebliebene Denkweise kann einen in Schwierigkeiten bringen.«

»Für Sie mag es eine zurückgebliebene Denkweise sein, aber für uns ist es unser Erbe.« Tocho hielt den Kopf hoch erhoben. »Wir gehen nirgendwo hin.«

»Das werden wir sehen.« Manning ging zu seinem alten Jeep Cherokee und holte ein Megafon und eine lange Papierrolle heraus. Er wandte sich an die Menge. »Unsere Firmenfunktionäre haben sich mit den Führern eurer Stämme getroffen und ihnen dieses Projekt ausführlich erklärt. Wir haben keine Mühen gescheut, eine Bohrroute zu finden, die eure heiligen Plätze nicht verletzt.« Er hielt die Schriftrolle hoch. »Falls einer von euch die Pläne sehen will, ich habe sie hier. Lasst euch nicht von Menschen mit geheimen Absichten irreführen, weil sie nicht euer Bestes wollen. Das ist eine transparente Operation mit dem Segen eurer Ältesten – und einer Entschädigung für sie. Wir sind auf eurer Seite, nicht gegen euch.«

Der Kommentar über die »geheimen Absichten« galt fast sicher den Archäologen. Verdacht gegen angebliche Verbündete zu erwecken, besonders Weiße, die sich im Verlauf der Geschichte als dem Vertrauen der amerikanischen Ureinwohner unwürdig erwiesen hatten, war Teil seiner Strategie. Wie seine Konsorten hatte auch Manning ein Talent dafür entwickelt, die Indianer aufzuwiegeln.

Die Trommler beharrten mit langsamem aber entschlossenem Rhythmus. Niemand gab nach.

»Hört nicht auf falsche Propheten«, fuhr Manning fort. »Sie wollen dieses Land nicht für euch beschützen. Sie wollen eure Vergangenheit ausgraben und euer Erbe beanspruchen. Wollt ihr das? Dass ein paar Fremde herkommen, uneingeladen, und euch ihre Version eurer Geschichte vorsetzen? Lasst euch nicht verarschen, Freunde. Sie werden euch nur schmeicheln, um euch auszunutzen, und am Ende werdet ihr mit leeren Händen dastehen. Ohne Jobs, ohne Infrastruktur, ohne Geld. Mit gar nichts.«

Noch immer keine Regung in der Menge.

»Geben Sie auf, Manning«, sagte Tocho. »Keiner hört Ihnen zu.«

Manning richtete einen Finger auf ihn. »Ihr seid gewarnt worden.« Er zog sich zu seinen Begleitern zurück.

Tocho und Phoebe bahnten sich einen Weg durch die Menge zu Sarah. Die drei betraten ein provisorisches Tipi, eines von mehreren, die errichtet worden waren, weil man erwartete, dass sich der Sitzstreik tagelang hinziehen konnte.

»Ich hab eine kleine gute Nachricht«, sagte Sarah. »Soldiers Forderung, die Klage abzuweisen, wurde zurückgewiesen. Das Verfahren wird wie geplant weiterlaufen.«

Tocho stieß die Faust in die Luft. »Ich wusste es.«

»Was jetzt?«, fragte Phoebe.

»Wir stellen uns gegen Geld und Einfluss. Sie werden tun, was sie können, um Nakai in Misskredit zu bringen. Wir müssen darauf vertrauen, dass das System der Wahrheit zum Sieg verhelfen wird.« Sarah legte eine Hand auf die Schulter des Mädchens. »Phoebe, Loralee möchte dich auf die Liste der eidesstattlichen Zeugen setzen. Das bedeutet, dass du jede Menge harte Fragen beantworten musst, bevor der Fall überhaupt vor Gericht kommt. Wenn du nicht dazu bereit bist, dann ist jetzt ein guter Zeitpunkt, das zu sagen.«

»Diese Menschen waren wie eine Familie für mich.« Sie blickte zu Tocho. Er sah sie zärtlich an, wie ein großer Bruder. »Ich werde tun, was immer ich tun muss.«

Aufgebrachte Rufe erklangen von außerhalb des Zelts. Tocho eilte nach draußen. Phoebe und Sarah folgten ihm.

In der Ferne gab es ein Handgemenge. Es sah aus, als streite eine Gruppe Demonstranten mit der Polizei. Die Beunruhigung auf Tochos Gesicht war leicht zu lesen. »Das sollte nicht passieren. Das ist eine friedliche Demonstration.«

Bis sie den Schauplatz erreicht hatten, lag einer der Männer am Boden.

»Wer hat hier das Sagen?«, wollte ein Polizist wissen.

Tocho trat vor. »Was ist das Problem, Officer?«

Er zeigte auf den Mann, der ausgestreckt im Schmutz lag. »Dieser Mann ist alkoholisiert und aggressiv. Wir mussten ihn tasern, damit er niemanden verletzt. Ich rate Ihnen, Ihre Leute unter Kontrolle zu halten. Wenn Sie das nicht schaffen, kann ich für die Folgen nicht garantieren.« Er legte eine Hand auf den Griff seines Revolvers. »Das ist Ihre einzige Warnung.«

Der Polizist ging weg. Während einige der Demonstranten nach dem Verletzten sahen, wandte sich einer der Männer an Tocho. »Thomas hat nichts Falsches getan. Sie nannten ihn ungebildet und betrunken, und er wurde wütend. Sie haben ihn geschubst; er hat sie zurückgeschubst. Dann ist es eskaliert. Mann kann einen Mann nicht provozieren und dann erwarten, dass er ruhig bleibt und es hinnimmt.«

»Da stimme ich dir zu«, sagte Tocho. »Aber man kann hunderte Jahre der Geschichte nicht ändern. Diese Menschen mögen uns nicht. Sie werden immer einen Vorwand finden, um uns niederzuschlagen und uns die Schuld zuzuweisen. Zurückschubsen ist keine Antwort. Wir müssen an das große Ganze denken. Nur so kann man etwas verändern.«

Der Mann zuckte die Achseln und ging davon.

»Hey«, rief Tocho ihm nach. »Sag den anderen, was ich gerade gesagt hab.«

Phoebe studierte seine Miene. Zu einem Stirnrunzeln verzerrt ließ sie ihn zwanzig Jahre älter aussehen.

»Du hast richtig gehandelt, Tocho«, sagte Sarah.

»Ich mache mir Sorgen um diese Kerle. Sie besitzen eine tiefgreifende Wut, ein Gefühl der Ungerechtigkeit. Es ist schwer, sich ganz vorurteilsfrei zu geben, wenn die Welt einen anspuckt.«

Sarahs Handy klingelte. »Das ist Daniel. Gebt mir einen Moment.«

Sie ging davon, um das Gespräch anzunehmen. Phoebe lächelte Tocho an. »Du bist jung, aber weise. Du wirst ein großer Anführer werden.«

Ein tiefes Seufzen deutete seine Selbstzweifel an. »Ich weiß nicht, Phoebe. Manchmal mache ich mir Sogen, dass ich nie so gut sein werde, wie mein Vater. Er hat mir vieles beigebracht, aber bei weitem nicht genug. Ich fühle mich verloren ohne ihn.« Er winkte ab, als hätte er zu viel gesagt. »Ich hoffe, es macht dir nichts aus, dass ich solche Sachen sage. Du bist für mich wie eine Schwester.«

Die Bemerkung ließ Phoebes Kehle eng werden. Diese Menschen, die Fremden gegenüber so misstrauisch waren, hatten sie als eine der Ihren akzeptiert. Es war ein Beweis für Unschuld, ihre und deren. Jene, denen die Ablenkungen des Lebens gleichgültig waren, die wirklich Freien nämlich, erkannten einander. Der Gedanke, dass sie diese Gleichgesinnten eines Tages, vielleicht schon bald, verlassen musste, brachte sie um. Nicht nur die Hopi, sondern auch Sarah und Daniel. Der Gedanke wog wie ein Amboss um ihr Herz.

Sarah kehrte zurück. Ihr Gesicht war blasser als sonst, ihre Kinnpartie angespannt.

»Sarah? Ist alles in Ordnung?«, fragte Phoebe.

Sie sah Phoebe lange an, als überlege sie, ob sie etwas sagen sollte. Dann wandte sie sich an Tocho. »Kannst du uns allein lassen?«

Phoebe spürte das vertraute Gefühl eines schweren Herzens. Sie war sicher, dass es eine schlechte Nachricht war. Aber was konnte so ernst sein, dass Tocho es nicht hören durfte? »Kann er nicht bleiben?«, fragte sie ängstlicher als beabsichtigt.

»Ich hab was zu erledigen.« Er nickte Phoebe zu. »Ich bin in der Nähe, falls du mich brauchst.«

Sie sah zu, wie er fortging. Seine Abwesenheit ließ sie sich für die Bombe, die Sarah platzen lassen würde, anfällig fühlen. Sie wartete darauf.

»Phoebe, ich habe Neuigkeiten. Es geht um Isidor.«

Ihr Magen verkrampfte. Sie wusste, was Sarah sagen würde.

»Vor einigen Tagen, während seiner Wirbelsäulenoperation, hatte er einen Schlaganfall und fiel ins Koma. Er wird sich nicht davon erholen. Sie haben mit der Palliativversorgung begonnen.«

»Was bedeutet das?«

»Sie machen es ihm leichter, bis …« Sie nahm Phoebe's Hände. »Liebes, es tut mir so leid.«

Phoebes Knie wurden schwach. Sie setzte sich auf den Boden und barg ihren Kopf in den Händen. Sie stellte sich das gelassene Lächeln ihres Bruders vor, die traurigen braunen Augen, die zu groß für sein hageres Gesicht waren. Ihr Verstand spielte die Erinnerung daran ab, wie er angeschossen wurde: das Krachen der Pistole; das Blut, das, fast in Zeitlupe, auf die Wand hinter ihm spritzte; das Grinsen ihres Vaters, als er zusah, wie sein einziger Sohn in die Knie ging.

Eine Welle der Wut brandete gegen die Küste ihres Bewusstseins. Sie fühlte sich deswegen schuldig. Isidor hatte sie immer gelehrt, im Chaos Frieden zu finden, das Unverzeihliche zu verzeihen, am bedingungslosen Guten festzuhalten. Sie kämpfte gegen eine anwachsende Flut des Zorns an, um diesen inneren Ort zu finden.

Sarah ging neben ihr in die Hocke und strich ihr übers Haar. Die Gefühle in ihrem Inneren wuchsen an. Als sie in Sarahs freundliche blaue Augen sah, brach sie in Tränen aus.

Sarah legte einen Arm um sie. »Ich weiß, dass es ein Schock ist und dass du viel zu bewältigen hast. Lass dir Zeit. Aber lass dich nicht davon an einen dunklen Ort zerren. Ich weiß, wie sich das anfühlt.«

»Du?«

»Ich war nicht viel älter als du jetzt, als meine Mutter Selbstmord beging. Es hat meine Welt erschüttert. Ich konnte mich auf niemanden stützen, also fühlte ich mich verloren. Und ich fing an, ganz falsche Entscheidungen zu treffen. Ich war leichtsinnig und wütend und von meiner eignen Seele losgelöst. So ging das jahrelang.«

Phoebe schämte sich. Durch die kurzsichtigen Linsen der Jugend hindurch hatte sie Sarah bis zu diesem Augenblick nie wirklich gesehen. Sie hatte nicht in Betracht gezogen, dass auch sie eine Geschichte hatte, dass sie ähnliche Prüfungen durchgestanden hatte. Obwohl zweieinhalb Jahrzehnte zwischen ihnen lagen, waren sie gar nicht so verschieden. »Was ist passiert?«

»Ich hab Danny kennengelernt. Durch ihn begriff ich, dass ich kein Opfer bin. Dass ich der Architekt meines eigenen Lebensweges bin.« Sie zeigte ein schwaches Lächeln. »Die menschliche Reise ist ein Minenfeld. Einige dieser Minen werden unausweichlich hochgehen und sie werden dir wehtun. Aber wenn du dich mit Liebe und Einfühlungsvermögen für dich selbst und andere abschirmst, dann kann dich nichts zerstören.«

Die Tränen flossen wieder. Sie brachte kein Wort heraus.

»Ich weiß, wie du dich fühlst, Phoebe. Du denkst, dass du ohne Isidor allein sein wirst. Ich will, dass du weißt, dass das nicht stimmt.«

Sie schniefte und wischte sich über die Augen.

»Ich lasse dich nicht allein. Ich schwöre es.«

Phoebe sah Sarah mit geröteten Augen direkt an. Sie waren nicht länger Archäologin und Neuling, eine neununddreißigjährige Frau und eine unbeholfene Jugendliche, eine britische Aristokratin und eine halbamerikanische Streunerin. Sie waren zwei Seelen, die ihr Leben in Dunkelheit verbracht und erst vor kurzem ins Licht gespäht hatten.

Sie umarmten einander. Der weiße Fleecestoff von Sarahs Schottenkaroshirt fühlte sich tröstlich an Phoebes Wange an. Ein flüchtiger Moment von Wärme und Sicherheit. Sie verweilte, hasste den Gedanken, das Gefühl loszulassen.

»Wir stehen das zusammen durch«, sagte Sarah. »Abgemacht?«

Sie nickte. »All die Widerreden und die Feindseligkeit tun mir leid. Das hattest du nicht verdient.«

»Manches davon schon. Es tut auch mir leid.«

Phoebe erinnerte sich an die Kachina, die Gaia ihr gegeben hatte. *Gib sie nur an die Person weiter, der du vollkommen vertraust*, hatte sie gesagt. Sie konnte sich keinen besseren Menschen vorstellen. »Ich hab was für dich. Warte hier.«

Sie ging ins Tipi und holte die Puppe aus ihrem Rucksack, dann rannte sie zu Sarah zurück. »Ich möchte, dass du das bekommst.«

Sarah nahm die weiße Holzfigur entgegen. Sie studierte das Gesicht, ließ ihre Finger über die geschnitzten Züge und den Federkopfschmuck gleiten. Dann drehte sie die Puppe um und betrachtete die Schnitzereien auf ihrer Rückseite. Sie sah auf, beunruhigt. »Woher hast du die?«

»Gaia hat sie mir gegeben. Sie hat mir gesagt, ich soll sie an die Person weitergeben, der ich am meisten vertraue. Stimmt was nicht?«

Sarah richtete ihren Blick nach unten, rieb sich die Stirn, wie sie es immer tat, wenn sie tief in Gedanken versunken war. Kurz darauf sah sie mit glühenden Augen auf. »Bleib bei Tocho«, sagte sie. »Ich muss weg.«

Jetzt war es an Phoebe, beunruhigt zu sein. »Wo gehst du hin?«

»Ich muss mich dringend um etwas kümmern.« Sie steckte die Kachina in ihre Jacke und küsste Phoebe auf die Wange. »Danke für das kostbarste Geschenk.«

KAPITEL 39

Für Sarah waren der Geruch von feuchter Erde und das rhythmische Tropfen von Wasser immer auf gewisse Weise meditativ gewesen. In den Steinleibern tief unter der Erde, wohin der Mensch selten vorstieß, fühlte sie sich am heimischsten. Doch das dunkle Herz dieses Einen zu betreten, dem vermutlichen Sipapu, den das Kreuz des Mönches vorhersagte, löste gemischte Gefühle aus. Sie war freudig erregt, ihn nach so vielen Prüfungen gefunden zu haben, aber ein Teil von ihr hielt es für falsch, sich hier aufzuhalten. In der Energie des Ortes, nach tausenden Jahren noch immer spürbar, lag eine elektrisierende Warnung: *Tretet nur mit reinen Absichten ein.*

Sarah war erstaunt über die überraschende Wende, die sie überhaupt erst hierhergeführt hatte. Die Kachina war nicht aus irgendeinem Holzstück gefertigt. Sie war das vierte Kreuzfragment, zu einer Zeremonienfigur geschnitzt, sodass die auf ihrer Rückseite verewigte Nachricht vor aller Augen verborgen werden konnte. Es war ein brillanter Schachzug der frühen Pueblo-Indianer, die viel zu verlieren hatten, sollte die Nachricht in nicht-eingeborene Hände fallen.

All die Jahre hatte Gaia sie beschützt. Nun, da die Aussichten, das Land zu retten, schwanden, hielt sie es für nötig, diese Macht zu nutzen. Sarah verstand, warum sie entschieden hatte, sie Phoebe zu schenken und nicht direkt ihr selbst. Gaia betrachtete Phoebe als reinen Geist im Einklang mit dem Schöpfer. Wenn Sarah sich das Vertrauen des Kindes verdienen konnte, bedeutete dies, dass ihr Herz rein war. Sie hatte den Test bestanden. Jetzt musste sie nur noch bis zum Schluss weiterkämpfen. Sie war fest dazu entschlossen.

Die Anweisungen des Mauren waren eindeutig. *Wo der große Fluss sich teilt und die Berge sich blutrot färben, fliege auf schwarzen Schwingen zum Mund der schlafenden Mutter.* Der fehlende Teil des Rätsels – *wo der große Fluss entspringt* – war ein Hinweis auf die Stelle, an der sich der Colorado River und sein Nebenfluss, der Little Colorado, teilten. Mit dieser Information in Händen wussten sie genau, wo sie anfangen mussten. Die restlichen Hinweise fügten sich von dort aus aneinander.

Der Teil der Nachricht, den zu interpretieren sie die meiste Zeit kostete, war »fliege auf schwarzen Schwingen«. Zuerst hatte Sarah geglaubt, das bezöge sich auf Adler. Doch nachdem sie einen ganzen Tag vor Ort verbracht und den Flugmustern der Raubvögel gefolgt war, wurde klar, dass sie das nicht weiterbrachte. Erst als die Nacht anbrach und eine Fledermauskolonie aus dem Osten aufstieg wie dahinscheidende Seelen, begriffen sie und Daniel die Bedeutung. Sie verfolgten sie zu einer Höhle, deren Eingang schmal war – beinahe zierlich – und wie zu einem Gähnen offenstand.

Sarah stand am Rand eines Abhangs und richtete ihre Stirnlampe auf die gewaltige Grube unter sich. Sie schätzte sie auf sechs Meter Tiefe und fünfzehn Meter Breite. Die Form, trotz der herabgestürzten Wände, die jetzt in Trümmern am Boden des Gebildes lagen, beinahe vollkommen zylindrisch, legte nahe, dass sie von Menschenhand geschaffen war. War dies eine primitive Version einer Kiva, einer Andachtsstätte der antiken Zivilisation? War dies der Ort, über den Esteban, der Maure, mit seinen Zuñi-Begleitern gestolpert war?

Sarah konzentrierte sich auf die Ostseite des Bauwerks. »Sind das Holzstümpfe?«

»Sieht wie die Überreste von Dachbalken aus«, sagte Daniel. »Wenn das so ist, dann haben wir etwas zum Datieren.«

»Schon, aber wie kommen wir dort runter?«

Sarah suchte die Grube nach einem Weg nach unten ab. Typischerweise besäße eine Kammer wie diese Stufen oder eine Leiter, um den Abstieg zu ermöglichen. Es gab nichts außer steilen, hohen Wänden, die schwer zu überwinden wären, ohne weitere Schäden an der Struktur zu riskieren. Um es vernünftig anzugehen, bräuchten sie Gerüste – und dafür war keine Zeit. Ein Gedanke kam ihr in den Sinn. »Manchmal betraten Priester die Kiva, ohne gesehen zu werden. Vielleicht gibt es eine Kammer im Untergrund.«

»Gute Idee. Manche der großen Kivas hatten lange Passagen, die das innere Heiligtum mit einer Vorkammer verbanden. Die sollte sich auf der Nordseite befinden.«

»Da ist nichts außer einem Haufen Felsen.«

»Es mag eine vergebliche Mühe sein«, sagte er, »aber nach der Vorkammer zu suchen ist einen Versuch wert.«

Ihre Instinkte lagen goldrichtig. Etwa zehn Meter vom nördlichen Eingang zur Kiva entfernt befand sich ein Zugangsweg, der zu einem kleinen, quadratischen Raum führte. Der Raum war groß genug, um einer Person von kleinem Wuchs Platz zu bieten. Sarah beugte sich vornüber und betrat ihn zuerst.

Sie rief Daniel ihre ersten Eindrücke zu. »Die Wände bestehen aus Mauerwerk, vermutlich Sandstein. Abmessungen anderthalb Meter im Quadrat, ungefähr einen Meter zwanzig hoch. Die Südwand hat eine Öffnung. Ich denke, das ist unser Tunnel.«

»Gibt es einen Hinweis auf Putz an den Wänden?«

»Die Steinblöcke wirken naturbelassen.«

»Zeichnungen, irgendwelche Inschriften?«

Sie schwenkte das Licht über die Steine. Auf den ersten Blick bemerkte sie keinerlei Gravuren. Doch ein zweiter Schwenk zeigte einen Einschnitt in einem der Steine. War er Absicht oder Zufall? Sie betastete die Oberfläche mit den Fingerspitzen und bemerkte losen Sand. Sie wischte vorsichtig darüber und er löste sich auf.

Das war kein Zufall.

»Danny, das musst du dir ansehen.«

Sarah duckte sich in den Tunnel hinein, um in der winzigen Kammer Platz für Daniel zu machen. Er studierte die unbestimmte Schnitzerei und kam zu derselben Schlussfolgerung wie sie auch: »Eine Spirale, ähnlich den Petroglyphen in Chaco Canyon. Sie ist sehr undeutlich, aber ich bin fast sicher, das ist das Symbol.«

»Das könnte zwei Orte miteinander in Verbindung bringen, die in großer Entfernung voneinander liegen. Das ist ziemlich bemerkenswert.«

»Wenn das ein Zeremonienzentrum war, dann traten die Menschen die Pilgerreise aus Pueblos von nah und fern an. Ich wage die Vermutung, dass wir drinnen weitere Symbole finden werden.«

Sie schätzte die Tunnelöffnung ab. »Er ist etwa einen Meter breit. Wir werden langsam vorankommen, aber wir können es schaffen.«

»Nun denn, gehen Sie voran, Dr. Weston.«

Sie ging hinein. Die einzige Möglichkeit, hindurchzupassen, bestand darin, sich vornüberzubeugen und die Ellbogen an die Seiten zu pressen. »Sie haben's nicht leicht gemacht, nicht wahr?«

»Für sie war es leicht genug. Die Pueblo-Indianer dieser Zeit waren eins-zwanzig groß, maximal.«

Sarah behielt einen langsamen Schritt bei, sodass sie die Wände des Gangs nach anderen Inschriften absuchen konnte, die einen Hinweis auf die Geschichte der Kiva liefern mochten. Sie ging in die Hocke, um eine verblasste Abbildung zu betrachten, vielleicht von einem Blitz, und bemerkte einen Gegenstand mit gerader Kante, der aus dem Boden ragte. Sie wischte die Erde beiseite, bis er ganz zu sehen war. »Schau dir das an.« Als Daniel über ihre Schulter sah, richtete sie ihr Licht auf die gelbe, mit schwarzer Farbe bemalte Tonscherbe. »Ein seltenes Beispiel früher Sikyatki-Töpferei. Das ist bemerkenswert.«

»Interessantes Muster. Sieht aus, als seien Reptilienschuppen und Federn kombiniert.«

»Vielleicht eine Art mythische Bestie. Davon gab es einige in der ersten Epoche von Sikyatki.« Sie schwenkte das Licht über den Boden. »Da muss noch mehr davon sein.«

Sarah hob eine Handvoll Erde auf. Als sie sie durchsuchte, wurde das Licht ihrer Stirnlampe von etwas Schimmerndem reflektiert. Sie sah zu Daniel auf.

Er nahm ein winziges Körnchen aus ihrer Hand und hielt es ins Licht. »Der Maure hatte also recht.«

»Wir haben alle Beweise, die wir brauchen. Hoffentlich ist es noch nicht zu spät, eine Regierungspetition zum Schutz nach dem Antiquities Act einzureichen.«

»Wir werden es versuchen. Komm, lass uns von hier verschwinden.«

Sie folgten dem Verlauf der Passage, einer geraden Bahn von etwa zwölf Metern Länge, und erreichten einen Felshaufen, der sich vom Tunnelboden bis zur Decke erstreckte. »Den haben wir vom Rand aus gesehen«, sagte Sarah. »Sieht unpassierbar aus.«

»Irgendwo muss eine Öffnung sein.«

»Hallo, alte Freunde. Welche Überraschung, Sie hier zu treffen.«

Sarahs Herzschlag spurtete los wie ein Vollblutpferd beim Start. Sie kannte diese Stimme. Sie drehte sich langsam um und sah Soldier am anderen Ende des Gangs stehen.

Er richtete eine Schrotflinte auf sie. »Ich will Ihre Hände sehen.«

Sarah und Daniel gehorchten. »Wie zum Teufel haben Sie uns gefunden?«, fragte Daniel.

»Sie unterschätzen Ihren Gegner, Madigan. Meine Augen sind überall.« Er zeigte nach oben. »In diesem Fall waren es meine Augen am Himmel.«

Als sie die Flugbahn der Adler beobachtet hatten, hatte Sarah einen Hubschrauber mit dem Logo eines Touristikunternehmens gesehen. Sie hätte wissen müssen, dass es nicht das war, wonach es aussah. Sie schalt sich stumm für den teuren Fehler.

»Was wollen Sie?« Daniel schindete Zeit, was immer es ihnen brächte.

»Das ist wirklich einfach. Ich will, dass Sie verschwinden. Sie haben mich schon genug Zeit, Geld und Nerven gekostet. Das endet hier, jetzt.«

»Interessieren Sie sich eigentlich nur für Ihren Gewinn?« Sarah war empört. »Sie sind im Begriff, das Erbe dieser Menschen im Namen des Profits auszulöschen. Und um es noch schlimmer zu machen, bauen sie Uran ab, was die Erde und das Wasser vergiften könnte.«

»Unsere Praktiken sind die sichersten in der Branche.« Er grinste. »Wir können beweisen, das nichts einen Schaden davonträgt.«

»Mit ein paar korrupten Politikern auf Ihrer Seite können Sie alles beweisen.«

Soldier lachte. »Sie sind nicht korrupt, Dr. Weston. Sie haben sich lediglich nicht dem ganzen Umwelt-Hokuspokus verschrieben. Die jetzige Regierung ist unternehmensfreundlich, kein Haufen Weltretter. Das ist etwas Gutes.«

»Eine Menge Menschen wissen, dass wir hier unten sind«, sagte Daniel. »Es wäre nur eine Frage der Zeit, bis unser Verschwinden zu Ihnen zurückverfolgt würde.«

»Falls sie die Hopi meinen, darum kümmern wir uns in diesem Moment. Das alte Oraibi wird nicht mehr dasselbe sein. Es ist wirklich eine Schande.«

»Sie haben kein Recht dazu, diesen freundlichen Menschen zu schaden«, sagte Sarah. »Sie sind keine Bedrohung für Sie.«

»Nein, sind sie nicht. Sie werden schlicht für ihre Verbindung zu Ihnen bestraft. Aber vielleicht lasse ich ihnen gegenüber Gnade walten, wenn Sie mir sagen, wo Nick ist.«

»Nicht in einer Million Jahren, Kumpel«, sagte Daniel.

»Ich weiß nicht, warum Sie ihn schützen. Er ist ein fauler Apfel. Sobald Sie denken, dass Sie ihm vertrauen können, wird er Sie hintergehen.«

»Sie verschwenden nur Ihre Zeit.«

Soldier sah Sarah an. »Ihr kleines Mädchen ist in Oraibi, nicht wahr?«

Sarah biss die Zähne zusammen. Dieser Mistkerl würde nicht zögern, Phoebe oder den Stamm zu verletzen. Seine Mission bestand darin, jeden auszulöschen, der über sein schmutziges Spiel Bescheid wusste. Ihm Nakais Aufenthaltsort zu verraten würde keinen von ihnen retten. Es würde nur den Verrat am Ersten Volk und dem Land, auf das sie ein Anrecht hatten, beschleunigen. Und das würde die Stimme auslöschen, die die Welt ins Leben sang, die Geschichten und Legenden und alten Sitten, die wie ein Flüstern zwischen den Getreidehalmen fortbestanden.

»Machen Sie, was Sie wollen«, sagte sie. »Das tun Sie ohnehin.«

»Dann haben Sie Ihre Wahl getroffen.« Er blickte über ihre Schulter. »Bereit, Jimmy.« Soldier wich zurück, den Lauf der Waffe noch immer auf seine Erzfeinde gerichtet, bis er die Vorkammer betrat. »Sayonara, die Doktoren.«

Sarah warf Daniel einen Blick zu. Schweißperlen hatten sich auf seiner Stirn gebildet und rannen ihm über die Schläfen. Sie schnüffelte. »Riechst du etwas?«

Mit gehobenem Kinn atmete er ein. Ein Anflug von Panik überzog seine Miene. »Das ist Schwarzpulver.«

Im nächsten Moment toste das Krachen von Sprengstoffen in ihren Ohren und ließ den Tunnel so heftig erzittern, dass sie zu Boden geschleudert wurden. Daniel kroch auf Sarah, schützte ihren Körper der Länge nach mit seinem eigenen. Sie schrie seinen Namen, als sie spürte, wie die Steine auf ihn niederprasselten, einer nach dem anderen. Blut ergoss sich als grässlicher roter Strom aus seinem Kopf und verteilte sich über ihre Wange und ihren Hals. Ihre Stirnlampe ging aus und ließ sie in vollkommener Dunkelheit zurück.

Der Tunnel hörte auf, sich zu bewegen, und was blieb, war der verbrannte Gestank verbrauchten Sprengstoffs, vermischt mit pulverisiertem Sandstein. Sarah würgte und hustete. Sie spürte nichts als Felsen und Daniels reglosen Körper.

Sie saßen in der Falle, und dieses Mal konnte es Schachmatt bedeuten.

KAPITEL 40

Sarah rollte sich auf die Seite und tastete in ihrer Tasche nach einer Stiftlampe. Sie richtete den schmalen blauen Strahl auf Daniels Gesicht. Seine Haut und sein Bart waren mit einer Paste aus Blut und kalkweißem Staub beschmiert. Seine Lider flatterten.

Ein Funke Hoffnung durchdrang die Verzweiflung. Sie legte ihren Kopf an seine Brust und spürte die quälenden, flachen Atemzüge eines Mannes unter Schmerzen. Sie flüsterte: »Gott sei Dank bist du okay.«

Mit verzerrtem Gesicht setzte er sich auf. Seine bernsteinfarbenen Augen wirkten im künstlichen Licht heller als sonst. »Was gäbe ich jetzt für eine Tylenol. Oder fünf.«

»Du hast dein Leben für mich aufs Spiel gesetzt.«

»Das hätte ich für jeden getan.«

»Nein, hättest du nicht.« Sie strich ihm zärtlich übers Haar. »Fürs Protokoll: Ich liebe dich.«

Er lächelte schwach. »So hab ich mir diese Liebeserklärung nicht vorgestellt.«

»Hast du etwa Champagner und Mondlicht erwartet? Sieh es ein, Danny, wir werden niemals normal sein.«

»Im Moment würde mir schon lebendig genügen.«

Sarah ließ das Licht durch den zerstörten Schacht gleiten. »Schlechte Nachrichten. Die Explosion ließ die Vorkammer einstürzen. Wir sind von beiden Seiten eingeschlossen.«

»Manche dieser Anasazi-Tunnel waren mit anderen Bauten verbunden … mit Häusern, Türmen, so was in der Art.«

»Gut mitgedacht. Ich betreibe mal ein bisschen Aufklärung.« Auf den herabgefallenen Felsen Halt zu finden war beschwerlich. In seinem eingestürzten Zustand kam ihr der Tunnel schmaler vor, beengender. Schlimmer noch, nur wenig Luft durchströmte ihn. Schweiß rann über Sarahs Nacken. Das Atmen war anstrengend, eine weitere Erinnerung daran, dass Sauerstoff – und Zeit – Mangelware waren.

Sie folgte der gesamten Länge des Tunnels und richtete das Licht auf jeden möglichen Riss im Mauerwerk. Sie drückte gegen Steine, hoffte, dass etwas nachgäbe. Nichts.

Sie kehrte zu Daniel zurück. »Ich kann dir nichts Gutes berichten.«

»Ich hatte eine Idee. Wenn es noch eine Passage gab, dann würde man sie durch die Vorkammer erreichen.«

»Aber wir sahen nichts in der Art, als wir reinkamen.«

»Nicht diese Vorkammer.« Er zeigte auf das Tunnelende, das der Kiva am nächsten lag.

»Diese.«

»Ich weiß nicht. Sie ist ziemlich dicht verschlossen.«

»Wir müssen nur die Steine entfernen, einen nach dem anderen. Das ist besser, als hier rumzusitzen und zu sterben.«

»Schaffst du das denn?«

Er drückte eine Handfläche gegen seinen Kopf, der noch immer blutete. »Wir werden sehen.«

Mehr als drei Stunden waren vergangen, seit sie den ersten Stein entfernt hatten. Die Arbeit war langsam und zermürbend: Vermutlich seit hunderten von Jahren unberührt, waren die Steine mit einem festen Mörtel aus Lehm, Felsfragmenten und Fledermausausscheidungen verkrustet. Sarah und Daniel meißelten ihn mit einem Taschenmesser ab, was dem Besteigen eines Viertausenders in Flipflops gleichkam: Man konnte es schaffen, aber es dauerte lange und war extrem beschwerlich.

Schweißgebadet und atemlos machte Sarah eine Pause und lehnte sich gegen die Wand. Sie betrachtete ihren geringen Fortschritt. »Wirkt nicht so, als kämen wir weiter.«

Daniel, dessen zertrümmerter Knöchel von einer Armee aus Schrauben und Platten zusammengehalten wurde, und der mindestens eine Wunde hatte, die genäht werden musste, arbeitete weiter. »Hab Vertrauen. Selbst der mächtigste Eisberg wird zerbrechen, wenn man ihn immer weiter abträgt.«

Er hatte recht. Sie gewährte sich weitere dreißig Sekunden, um Atem zu schöpfen, bevor sie sich wieder der Aufgabe zuwandte. Mit gegen die Wand gepresstem Rücken spürte sie eine leichte Bewegung und spähte nach oben. »Hinter diesen Felsen ist ein Hohlraum.«

Daniel drückte gegen die Steine. »Ich kann spüren, wie sie sich bewegen.«

Mit gestärkter Entschlossenheit stach Sarah auf den Mörtel ein, um ihn zu lösen. Als Steine herabfielen, drang eine Brise, so schwach wie ein Atemzug, in die Kammer. Sie hob ihr das Gesicht entgegen und genoss die Frische.

Ihr Instinkt hatte recht. Sie legten ein Loch frei, etwa einen Meter hoch und genauso breit, das aus einer Wand der Vorkammer herausgebrochen war. »Damit hat Soldier nicht gerechnet.«

»Dann wollen wir ihm mal den Tag versüßen.«

Sarah kletterte zuerst in die Öffnung. Sie registrierte die kühle, feuchte Luft, die sie durchströmte und nahm an, dass sie mit einer flussnahen Stelle verbunden war. Vermutlich war es ein Notausstieg der frühen Pueblo-Indianer, die von den Korbmacher-Tagen bis zur Zeit der spanischen Invasion mit der Bedrohung durch Überfälle gelebt hatten.

Die Stiftlampe zwischen die Zähne gesteckt, kroch sie auf den Ellbogen vorwärts wie eine Raupe. Daniel folgte ihr. Das rhythmische Schlurfen von Körpern auf Stein, die Gewissheit der Vorwärtsbewegung, stärkte ihre Entschlossenheit trotz der Schwere der Erschöpfung. Sie bewegte sich schneller, begierig, die andere Seite zu erreichen.

Nach ungefähr achtzehn Metern wies der Boden des Schachts Anzeichen eines Einsturzes auf. Sie richtete das Licht über die losen Steine. »Das ist vielleicht das Ende des Wegs«, rief sie hinter sich. »Die Anlage fällt in einigen Metern steil ab.«

»Wohin fällt sie ab?«

»Ich kann's nicht sagen. Dort unten ist es dunkel.«

Sarah bewegte sich behutsam vorwärts. Als sie nicht mehr weiterkam, musterte sie die Umgebung. Zwischen ihnen und dem anderen Teil des Schachts lag ein Abgrund. Irgendwann war einen Riss im Bauwerk entstanden und es war entzweigebrochen. Sie sah nach unten.

»Sieht nach den Überresten einer Schlammlawine aus. Jede Menge Schlick und Geröll.« Sie hörte ein fernes Murmeln und lauschte. »Wasser. Ich höre Wasser.«

»Wir können nicht drüber springen«, sagte Daniel. »Der einzige Ausweg führt nach unten.«

Sie atmete tief ein, versuchte, ihre Furcht vor dem unbekannten Gewässer zu beschwichtigen. Daniel, der wusste, dass das ihre Achillesferse war, sagte: »Lass mich zuerst runtergehen und nachprüfen, ob es sicher ist.«

»Nein«, sagte sie. »Wir gehen zusammen.«

Sie kletterten über den Felssturz hinunter, bis sie eine Kante erreichten. Das Rauschen des Wassers unter ihnen war zugleich furchteinflößend und erfreulich. Sie wusste nicht, wo sie hineinspringen würden, aber sie wusste, dass es in die Freiheit führte.

Daniel nahm ihre Hand. »Bereit?«

Sie nickte und im nächsten Moment waren sie im freien Fall. Sie tauchten mit den Füßen zuerst in ein tiefes Becken aus dunklem, eiskaltem Wasser, das mit solcher Kraft an Sarah riss, dass sie keine Kontrolle darüber hatte. Als ihr Kopf die Oberfläche durchbrach, damit sie Atem holen konnte, vermochte sie rein gar nichts zu sehen. Sie waren noch immer im Inneren der Höhlenstruktur. Sarah rief nach Daniel.

»Die Strömung ist stark.« Seine Stimme erklang weit vor ihr. »Versuche nicht, dagegen anzuschwimmen.«

Das Wasser spülte sie auf ihn zu. Die fehlende Sicht steigerte ihre Nervosität. Ihr Herz warf sich wild ihn ihrem Brustkorb hin und her.

Daniel redete ihr gut zu. »Lass dich einfach treiben, Sarah. Kämpfe nicht dagegen an.«

Im Stockdunkeln war seine Stimme ihr einziger Trost. Sie folgte seinen Anweisungen.

»Kannst du mich hören, Sarah? Bleib einfach …« Kurze Stille, dann ein durchdringender Schrei. Seine Stimme verstummte allmählich.

»Danny?« Ihre Augen waren weit aufgerissen, doch sie sah nichts.

Sie lauschte angestrengt. Keine Antwort.

Dann nahm ihre größte Angst Gestalt an.

»Oh Gott.« Sie begann zu hyperventilieren.

Das unverwechselbare Zischen herabstürzenden Wassers erklang direkt jenseits der Höhlenöffnung. Die Strömung beförderte sie so schnell an den Rand, dass sie sich nicht wehren konnte. Sie schloss die Augen und ließ das Geräusch ihres Herzschlags, der ihr in den Ohren dröhnte, das Brüllen der Bestie übertönen, die sie jeden Moment verschlingen würde.

Sie stürzte in einen Schleier aus wütendem Wasser. Mit der Wucht eines rasenden Trucks stieß er ihren Körper in den Abgrund. Sie öffnete die Augen und sah winzige, silberne Tröpfchen in Zeitlupe um sich herumtanzen. Selbst in ihrem extrem verängstigten Zustand erkannte sie die Schönheit inmitten des Chaos.

Das war das Letzte, was Sarah sah, ehe sie in den Kessel unter dem Wasserfall eintauchte. Unfähig, sich im tosenden Wasser aufzurichten, kämpfte sie fest gegen den Drang zur Panik an und zwang sich, nach oben zu schwimmen. Der Fluss kämpfte gegen sie. In ihren Lungen war beinahe keine Luft mehr. Das Bedürfnis nach Atem war so groß, dass sie begann, Wasser zu schlucken.

Sie spürte, wie sich ein Arm um ihren Oberkörper legte, und sie in die entgegengesetzte Richtung zog. Ihr Kopf durchbrach die Oberfläche und sie hustete heftig, spuckte Wasser aus.

Daniels Gesicht erschien, kreidebleich im Sternenlicht, das über dem Little Colorado flackerte. Er hielt sie fest und sie trieben gemeinsam im Fluss, zwei misshandelte Körper, die sich zu einem unbezwingbaren Geist verbanden.

KAPITEL 41

Wie oft in schlaflosen Nächten erklomm Phoebe die wacklige Leiter zum Dach von Gaias Haus. Sie war immer hergekommen, um den Jungadler zu füttern, doch dazu bestand keine Veranlassung mehr. Tocho hatte ihr nie erzählt, was geschehen war, nur, dass man ihm seine Freiheit geschenkt hatte. Sie fragte sich, ob das bedeutete, dass man ihn freigelassen hatte oder ob sein Geist durch den Tod befreit worden war.

Es war wahrscheinlich besser, sich wegen solcher Dinge nicht den Kopf zu zerbrechen. Andere Gedanken beschäftigten ihren Verstand ohnehin schwer. Es war der Vorabend ihres vierzehnten Geburtstags – der erste, den sie ohne Isidor verbringen würde. In den Jahren, als sie in den unterirdischen Tunnels Delphis gelebt und allen Grund gehabt hatten, deprimiert und übellaunig zu sein, hatte Phoebes Bruder ihren Geburtstag wie das Fest der Heiligen behandelt. Er war in die Stadt geschlichen, um ihre Lieblingsnascherei zu besorgen: *Lokum*, eine Süßigkeit aus Sirup, mit Rosenwasser und Pistazien. Als kleines Kind war sie von der elastischen Beschaffenheit entzückt gewesen, die an ihren Fingern und ihren Zähnen klebte. Sie hatte immer etwas davon im Mund behalten, damit es den ganzen Tag reichte.

Und er tanzte. Da sie keine Musik hatten, pfiff er, während er die Schritte alter Athener Tänze ausführte, jene Art, die als Geheimcode der Widerstandskämpfer während der ottomanischen Besatzungszeit verwendet wurden. Sie starrte ihn an, gebannt, und klatschte wild, wenn er sich drehte und auf die Knie fiel.

Nichts an ihrem Dasein war normal, aber das begriff sie erst, als sie befreit wurde. Isidor hatte ihre Kindheit behütet, selbst auf eigene Kosten. Zurückblickend hatte er genügend Gelegenheiten besessen, fortzugehen, ein neues Leben weit weg von dem Kriminellen zu beginnen, der ihr Vater war. Er war zu ehrenhaft, um das zu tun.

Sie wischte sich mit dem Handrücken über die Augen. *Er ist tot.* Sie wiederholte die Worte immer wieder im Stillen, damit sie sie glaubte, obwohl sie das nicht wollte. Mit vierzehn fand sie sich ohne Sicherheitsnetz wieder, ohne Familie, ohne Ahnung, was sie als Nächstes tun sollte. Sie war ein Steppenläufer auf dem Asphalt Arizonas.

»Wenn die Zeit gekommen ist, wirst du wissen, was du tun musst«, hatte Gaia ihr gesagt. Sie flehte das Universum an, dass es so sein würde.

Um alles noch komplizierter zu machen, waren es nur noch wenige Tage bis zum Gerichtstermin. Die Bürde der Anklage nagte an ihr. Was, wenn sie nicht stark genug wäre, nicht klug genug, nicht mutig genug? Was, wenn sie es für Tocho und seinen Stamm vermasselte?

Das Geräusch von etwas Schwerem, das über den Boden gezogen wurde, erschreckte sie. Sie hockte sich hinter den Schornstein und spähte um die Ecke. Zwei Männer zogen viereckige Behälter, etwa halb so groß wie ihre eigenen Körper, durch den Schmutz. Es waren keine Hopi. Phoebes innere Alarmglocke schrillte mit Nachdruck.

Sie beobachtete, wie die Männer die Behälter neigten und eine Flüssigkeit in der Nähe eines Hauses ausgossen. Bevor sie erkennen konnte, was es war, roch sie es. Benzin.

Sie musste die anderen warnen. Wenn sie die Leiter benutzte, um hinunter zu gelangen, würde das ihre Position verraten, also war das keine Option. Sie kroch zur Dachseite, die am weitesten von den Eindringlingen entfernt lag, und beurteilte die Entfernung zum Boden. Das konnte sie schaffen.

Phoebe kletterte über den Rand und hing einen Moment an der Traufe, ehe sie losließ. Sie landete auf den Füßen, aber der Schwung der Schwerkraft warf sie um. Sie raffte sich auf und versteckte sich hinter dem Gebäude. Sie hörte ein weiteres Schlurfen und das Gluckern eines Behälters, der seinen Inhalt freigab. Sie hatten keine Ahnung, dass sie hier war.

Ihr erster Gedanke war, nach drinnen zu gehen und Tocho zu alarmieren, doch sie konnte nicht hinein, ohne gesehen zu werden. Ihr Blick huschte auf der Suche nach einer anderen Lösung über die Umgebung. Um das nächststehende Haus zu erreichen, müsste sie den Platz überqueren. Unmöglich.

Sie musste das allein durchziehen.

Sie warf einen heimlichen Blick auf die Männer. Einer verschloss einen Behälter mit einem Deckel und trug ihn zu einem Laster. Der andere leerte seinen Behälter noch.

Angst brannte in Phoebes Magengegend. Seltsamerweise kümmerte sie sich nicht um ihre eigene Sicherheit. Sie machte sich vielmehr Sorgen um die unschuldigen Menschen, die ohnehin schon beinahe nichts hatten. Und gleich würde ihr wichtigster Besitz – ihre Verbindung zu ihren Ahnen durch ihre Häuser und Traditionen – in Flammen aufgehen.

Dann fiel es ihr ein: das Lagerhaus. Es lag nur einige Schritte entfernt und außer Sicht. Perfekt.

Sie schlich zum baufälligen Gebäude. Statt die quietschende Tür zu benutzen, griff sie durch die Fensteröffnung. Sie tastete in der Dunkelheit umher, bis sie ihn fand: den geschnitzten Bogen, den Tocho verwendet hatte, um ihr das Schießen beizubringen. Er lehnte an der Wand neben der Tür, exakt dort, wo sie ihn zurückgelassen hatte.

Sie schnallte sich den Köcher um die Brust und holte einen der Steinspitzenpfeile heraus. Hototo hatte ihn messerklingenscharf geschnitzt, um genug Schaden zu verursachen, als hätte er diesen Moment vorausgesehen. Phoebe schauderte beim Gedanken daran, eine Waffe für mehr als nur Zielübungen zu verwenden. Sie dachte an Gaias unendliche Weisheit, die von Generation zu Generation weitergegeben wurde, und an Tocho, der sich nervös auf seine erste Kiva-Zeremonie als Häuptling vorbereitete. Und an einen einzelnen Funken, der all das zerstörte.

Ja, es war notwendig.

Sie stellte sich neben das Gebäude und spannte den Pfeil in den Bogen. Einer der Männer saß bereits auf dem Fahrersitz, zur schnellen Flucht bereit. Der andere hielt ein Streichholzheft über den Benzinstrom.

Phoebe ließ den Pfeil fliegen. Sie hatte auf die Rückseite seines Beins gezielt, traf ihn aber stattdessen in die Pobacke. Er heulte auf.

»Mach das Streichholz an«, befahl der Mann im Auto.

Phoebe spannte einen zweiten Pfeil ein.

Vornübergebeugt machte sich der Mann zum Anzünden bereit. Der Schmerz ließ ihn sich langsamer bewegen, was Phoebe einen Vorteil verschaffte. Ihr Herz hämmerte, als sie das winzige Ziel anvisierte. Sie musste ihre Sache gut machen.

Sie ließ los. Der Pfeil pfiff, während er die Luft durchschnitt. In dem Sekundenbruchteil, bevor die Spitze seine Handfläche durchbohrte, entzündete der Mann das Streichholz. Der Aufprall des Pfeils sorgte dafür, dass er es fallen ließ, und die Flamme entfachte das Benzin.

Der verwundete Eindringling rannte in den Pick-up und er und sein Komplize fuhren los. Phoebe machte sich eine rasche gedankliche Notiz, konnte aber nur ein Buchstabenpaar auf dem Nummernschild erkennen: AX. In diesem Moment spielte es überhaupt keine Rolle. Ein Feuer war ausgebrochen und ein Dorf war in Gefahr.

Sie rief nach Tocho, während sie sich einige Wolldecken schnappte, die auf einer Wäscheleine hingen. Sie näherte sich den Flammen, deren Wut zunahm, und versuchte, sie mit dem Stoff zu ersticken.

Tocho kam nach draußen gerannt.

»Hol Wasser«, rief sie. »Irgendwas.«

»Das nützt bei einem Benzinbrand nichts.« Er war überraschend ruhig. Er griff nach weiteren Decken und half ihr dabei, den Flammen den Sauerstoff zu entziehen.

Andere hörten den Tumult und kamen ihnen zu Hilfe. Innerhalb von Minuten war die einzige Erinnerung an das Feuer der Gestank von verbrannten Chemikalien, der in der Luft hing. Die Bewohner Oraibis – Frauen und Männer, Kinder und Alte – standen um den Schauplatz herum, manche auf ihren Türschwellen, manche in Gruppen auf dem Platz versammelt. Alle Blicke ruhten auf dem fremden Mädchen in ihrer Mitte.

Während die jungen Männer des Dorfes, unter Tochos Führung, mit den Füßen Sand über die versengte Erde scharrten, um das Benzin zu neutralisieren, zog sich Phoebe aus dem Chaos zurück. Vor diesem Moment war ihr nicht aufgefallen, wie stark ihre Hände pochten. Sie sah auf ihre roten, blasigen Handflächen hinab. Der Schmerz war ein wunderbarer, aus einem Mut hervorgebracht, von dem sie nicht einmal gewusst hatte, dass sie ihn besaß.

»Wir stehen in deiner Schuld.« Tocho wischte sich eine Mischung aus Schweiß und Ruß von der Stirn. »Wenn du nicht hier gewesen wärst … ich will gar nicht darüber nachdenken.«

»Wer tut so etwas Schreckliches?«

»Wer es auch war, ist vermutlich längst aus dem Reservat verschwunden. Sie wissen, dass wir nicht die Mittel haben, ihnen zu folgen.«

»Es geht um die Verhandlung, oder? Sie versuchen uns Angst einzujagen.«

»Oder uns auszulöschen.« Er winkte einem der Dorfbewohner zu, der seinen Namen rief. »So wahr ich hier stehe, damit kommen sie nicht davon.«

Phoebe sah zu, wie er zu den anderen zurückging, und suchte in der Menge nach Gaia. Sie stand auf der Schwelle ihres Hauses, mit einem langen, weißen Nachthemd bekleidet und einer Decke über die Schultern gelegt. Ihr offenes, silbernes Haar reichte ihr bis zur Taille. In diesem Moment, während sie die Szene mit einem Lächeln betrachtete, das fehl am Platz wirkte, war die alte Matriarchin sowohl ein Verbindungsglied zur Vergangenheit als auch ein Vorbote der Zukunft.

Ihre Blicke trafen sich. Gaia nickte einmal; so tief neigte sie den Kopf, dass es fast eine Verbeugung war. Wenngleich unausgesprochen, verlieh der Wink der Anerkennung Phoebe Flügel. Sie hatte sich das Recht verdient, an einen Ort zu gehören, ein Initiationsritus, der die Ängste verjagt hatte. An der Schwelle zu ihrem vierzehnten Lebensjahr hatte sie plötzlich die Stärke gefunden, allem entgegenzutreten.

KAPITEL 42

Sarah saß in der ersten Reihe des Gerichtssaals, hinter dem Tisch der Staatsanwaltschaft. Es war der zweite Tag der Verhandlung und der wichtigste. Sie trommelte mit den Fingern auf ihr Knie, während sie zusah, wie Loralee aufstand und Nakai Tsosie in den Zeugenstand rief.

Als Nakai vereidigt wurde, zitterte seine Hand. Loralee hatte ihm eingebläut, während der Befragung nur sie anzusehen. Sie machte sich Sorgen, genau wie Sarah, dass er die Nerven verlieren würde, wenn sein Blick zum Tisch der Verteidigung wanderte, wo Soldier mit seinem Team aus erfolgreichen Anwälten saß. Wenn man ihn nicht kannte, mochte man Soldier für eine Stütze der Gesellschaft halten – tadellos gepflegt, mit einem teuren Anzugstoff bekleidet, gelassen, selbstbeherrscht. Der Ausdruck in seinen Augen vermittelte Selbstsicherheit, doch Sarah wusste es besser: Es war ein kaltes, höhnisches Starren, das dazu diente, die Schwachen zu Fall zu bringen.

Nakai betrat den Zeugenstand. Loralee näherte sich ihm mit entschlossenem Schritt. »Mr. Tsosie, welcher Nationalität gehören Sie an?«

»Navajo, Ma'am.«

»Und welchen Beruf üben Sie aus?«

»Ich bin Aufbaustudent an der Universität von Arizona. Ich studiere Archäologie.«

»Zwischen dem fünfzehnten März und dem achtzehnten September dieses Jahres, arbeiteten Sie da an der archäologischen Ausgrabung der Universität in Canyon de Chelly?«

»Ja.«

»Und wurden Sie für diese Arbeit entlohnt?«

»Nein. Ich absolvierte einen für meinen Abschluss erforderliche Außeneinsatz.«

»Mr. Tsosie, wie finanzierten Sie Ihr Studium?«

»Ich erhielt einige für Native Americans vorgesehene Zuschüsse, doch das war nicht annähernd genug. Meine Eltern konnten es sich nicht leisten, also musste ich arbeiten.«

»Sehen Sie die Person, für die Sie arbeiteten, in diesem Gerichtssaal?«

»Ja.«

»Können Sie für das Gericht auf die Person zeigen?«

Nakai warf Soldier einen kurzen Blick zu und deutete auf ihn.

»Das Protokoll möchte wiedergeben, dass Mr. Tsosie Mr. Jacob Soldier identifizierte. Welcher Natur war Ihre Arbeit für Mr. Soldier?«

»Sein Bergbauunternehmen hoffte darauf, einige neue Minen zu erschließen. Ich half ihnen, die archäologische Bedeutung mehrerer Stellen zu bewerten.«

»Und was tat die Firma, nachdem sie, mit Ihrer Hilfe, die Stellen identifiziert hatte, die Antiquitäten enthielten?«

»Meinem Verständnis nach, sie meiden. Nur, dass das nicht geschah.«

»Beantworten Sie nur die Fragen, die Ihnen gestellt werden, Mr. Tsosie«, sagte der Richter.

Loralee ging vor dem Zeugenstand auf und ab. »Mr. Tsosie, fragte Sie Ihr Arbeitgeber, Mr. Soldier, zu irgendeinem Zeitpunkt nach konkreten Informationen über Ihre Forschung?«

»Ja, er war sehr an der Entdeckung eines Kodex südlich von Canyon de Chelly und der anschließenden Entdeckung eines Holzstücks interessiert, das zusammen mit einer Schamanen-Kalebasse und Perlen gefunden wurde.«

»Sagte er, warum er an diesen Entdeckungen interessiert war?«

»Das tat er nicht.«

»Hat Ihr Arbeitgeber je von Ihnen verlangt, etwas zu tun, bei dem Sie sich unbehaglich fühlten? Etwas Außergewöhnliches?«

Einer der Verteidiger stand auf. »Einspruch. Zeugenführung.«

»Stellen Sie Ihre Fragen, Ms. Thomas«, sagte der Richter.

»Mr. Tsosie, bitte antworten Sie«, sagte sie.

»Er verlangte von mir, Dr. Westons Lehrling, Phoebe Bellamy, zu ihm zu bringen. Er sagte, er kenne ihren Vater und wolle sie kennenlernen.«

»Taten Sie es?«

Nakai warf Sarah einen Blick zu. Er änderte seine Sitzposition auf dem Stuhl. »Ja. Sie wollte das Lager ohnehin verlassen, also überzeugte ich sie, mit mir zum Gelände zu fahren. Sie war froh, wegzukommen.«

Ein Rückblick auf diese Nacht bescherte Sarah eine neue Welle aus Schuldgefühlen. Sarah und Phoebe hatten gestritten und Sarah hatte einige unwirsche Worte gesagt, ohne zu begreifen, dass diese das Mädchen an ihre Grenzen trieben. Wie wenig sie über Kinder wusste.

Als realisiere er, was ihr durch den Kopf ging, drückte Daniel ihre Hand. Die Geste beruhigte sie und diente als eine weitere Erinnerung daran, wie sehr sie ihn brauchte.

»Wie lange blieb Miss Bellamy auf dem Gelände?«, bohrte Loralee weiter.

»Mehrere Tage. Einundzwanzig, glaube ich.«

»Einundzwanzig Tage. Drei Wochen. Kam Ihnen das zu irgendeinem Zeitpunkt merkwürdig vor?«

»Zuerst nicht, weil sie bleiben wollte. Sie wollte nicht in dieses Camp zurückgehen. Aber dann fing sie an, sich gefangen zu fühlen. Sie wollte weg.«

»Gab es etwas, wegen dessen sie sich unbehaglich fühlte?«

»Ja. Jake wollte Phoebe nicht gehen lassen, solange sie den Standort der Artefakte nicht preisgab. Er setzte mich unter Druck, ihr diese Information zu entlocken.«

»Und taten Sie das?«

»Ja.«

»Was geschah anschließend?«

»Jake Soldier sagte, er habe eine wichtige Aufgabe für mich. Ich sollte eine Lieferung ins Lager der Archäologen bringen. Zu Dr. Sarah Weston, um genau zu sein.«

»Wussten Sie, um was für eine Lieferung es sich handelte?«

Er zögerte einen Moment. »Ja«, sagte er leise. »Es war eine Klapperschlange.«

Ein Raunen ging durch den Gerichtssaal. Die Verteidigungsanwälte und Soldier berieten sich an ihrem Platz. Der Richter schlug einmal mit dem Hammer, um die Ordnung wiederherzustellen.

Loralee hatte Nakai vor diesem Teil gewarnt. Es war ein wesentlicher Beweis für Soldiers kriminelle Absichten, würde Nakai aber zwangsläufig als Handlanger implizieren. Das wäre nicht ohne Folgen. Nakai hatte gesagt, dass er es durchziehen wolle – und den Preis für seinen Fehltritt zahlen.

»Wenn Sie wussten, dass es sich um eine giftige Schlange handelte«, sagte sie, »warum taten Sie es dann?«

»Jake Soldier sagte, es sei ein Test meiner Loyalität. Wenn ich den Test bestünde, gäbe er mir zwanzigtausend Dollar.« Er beugte sich vor und hob die Stimme ein wenig. »Ich brauchte das Geld, um die Uni zu bezahlen und meinen Eltern zu helfen, die finanziell kämpften.«

»Und wenn Sie nicht bestünden?«

»Er drohte, mich wegen Entführung Minderjähriger verhaften zu lassen.«

»Was machten Sie mit der Schlange, Mr. Tsosie?«

»Ich brachte sie in einen geparkten Pick-up im Lager der Archäologen.«

»Wies Mr. Soldier Sie an, die Schlange unter dem Fahrersitz zu platzieren, im vollen Wissen, dass sie den Fahrer angreifen würde?«

»Einspruch«, sagte der Strafverteidiger. »Spekulation.«

»Formulieren Sie Ihre Frage um, Ms. Thomas«, sagte der Richter.

Obwohl Loralee den zweiten Teil der Frage ausließ, war der Same gepflanzt. Nakai bejahte. Loralee schritt auf und ab, während sie den nächsten Teil des Verhörs formulierte. Sie blieb vor der Geschworenenbank stehen. »Am Nachmittag des achten Oktobers fuhren Sie Miss Bellamy vom Soldier-Gelände weg. Können Sie dem Gericht sagen, warum Sie das taten?«

»Mir wurde aufgetragen, sie nach Tuba City zu fahren, zum Haus eines …« Er malte mit den Fingern Anführungszeichen in die Luft. »… alten Freundes.«

»Wer war dieser Freund?«

»Willie Brown, ein Navajo, der vor zwanzig Jahren seine Eltern tötete. Er wurde nie vor dem Bundesgericht angeklagt, sodass er frei im Reservat lebt.«

Obwohl sie die Umstände von Recht und Gesetz des Stammes kannte, verspürte Sarah Empörung beim Gedanken daran, dass ein Krimineller nicht zum Gewahrsam außerhalb der Gesellschaft vor Gericht gestellt und verurteilt wurde. Viele solcher Fälle waren von den US-Gerichten abgelehnt und zu den Stammesklägern zurückgeschickt worden. Dank eingeschränkter Ressourcen und verminderter Verurteilungsbefugnis hatten Stammesgerichte viele Verbrechen in den Reservaten vernachlässigt oder zu milde bestraft. Es war einer der vielen Gründe, warum der Teufelskreis der Gesetzlosigkeit fortbestand.

»Dieser Mr. Brown – war er gefährlich?«

»Ja, klar, das wusste jeder. Er war ein Skinwalker.«

»Können Sie dem Gericht erklären, was das ist?«

»Das ist eine Art Hexer. Ein Mensch, der die Rolle eines scheußlichen Tieres übernimmt, mit der Absicht, jemanden zu verletzen oder zu töten.« Nakai verzog den Mund und richtete den Blick nach unten. Für die Navajo war das Thema tabu, denn es auszusprechen, machte es real.

»Und übergaben Sie Miss Bellamy diesem Hexer?«

»Nein. Ich hatte die Absicht, sie an einen sicheren Ort zu bringen, aber bevor ich das tun konnte, hatte mein Pick-up eine Panne und sie floh in die Echo Cliffs.«

»Was taten Sie dann?«

»Ich versuchte Sarah und Daniel zu finden. Ich brauchte einige Tage, um herauszufinden, dass sie sich in Hopi aufhielten. Ich schickte ihnen eine Nachricht und sagte ihnen, wo Phoebe ist, in der Hoffnung, es sei noch nicht zu spät.«

»Mr. Tsosie, an welchem Punkt begriffen Sie, dass Mr. Soldier nicht der Musterbürger war, für den Sie ihn ursprünglich hielten?«

Ein Verteidiger erhob sich. »Einspruch, Euer Ehren.«

»Abgelehnt.« Der Richter wandte sich an den Zeugen. »Fahren Sie fort.«

»Ich hatte so eine Ahnung, als er mich Phoebe ausfragen ließ, aber der Vorfall mit der Schlange bestätigte es mir.« Nakai setzte sich gerader hin. »Ich bin schuldig, seine Befehle ausgeführt zu haben, aber nicht halb so schuldig, wie er es sein sollte.«

Loralee drehte sich den Geschworenen zu. »Keine weiteren Fragen.«

»Ihr Zeuge, Mr. Logan.«

Brian Logan, der Chefverteidiger, näherte sich mit autoritärer Miene. Der weißhaarige, dickbäuchige Anwalt war in Arizona als Pitbull berühmt, der im Namen großer Firmen kämpfte.

In den Achtzigern hatte er Soldiers Vater, den Gründer von Soldier Mining, in einem Wasserverschmutzungsverfahren vertreten, das die Navajo veranlasst hatten. Obwohl es in der Nähe der Minen zahlreiche Fälle von Geburtsfehlern gegeben hatte, zog Logan ein Arsenal an Experten hinzu, die die Theorie des verunreinigten Wassers widerlegten – und gewann den Fall mit Leichtigkeit.

»Mr. Tsosie, Sie sind ein junger Mann von, was, vierundzwanzig? Ihr Gedächtnis muss sehr genau sein.« Nakai starrte ihn an, ohne zu sprechen. Logan hielt einige Papiere in die Höhe. »Ich werde für die Jury eine Erklärung der Stammesgerichte der Navajo verlesen, vom elften April 2010. *Nakai Tsosie, achtzehn Jahre alt, aus Tuba City, Arizona, wird hiermit des versuchten Mordes im Fall Lagave gegen Tsosie für schuldig erklärt. Er wird zu einhundertzwanzig Tagen im Gefängnis oder einer Geldstrafe von fünftausend Dollar verurteilt.* Kommt Ihnen das irgendwie bekannt vor, Mr. Tsosie?«

Stirnrunzelnd sah Loralee über die Schulter zu Sarah. Sie war eindeutig verblüfft über Logans Enthüllung.

»Nun, ich sah mir die Aufzeichnungen des Stammesgerichts an und stellte fest, dass die Klägerin, Ms. Lagave, eine ältere weiße Frau, die zu jener Zeit ihre Freundin war, Sie beschuldigte, versucht zu haben, sie zu ermorden und es wie einen Unfall aussehen zu lassen. Ohne Ihr Wissen verfügte sie über ein Hausüberwachungssystem, das eindeutig zeigte, wie Sie ihr eine Klapperschlange unters Bett legten.«

Loralee stand auf. »Einspruch. Mein Zeuge steht hier nicht vor Gericht.«

»Ich will auf etwas hinaus, Herr Richter«, sagte Logan.

Der Richter nickte. »Fahren Sie fort.«

»Dies wurde ohne den Anflug eines Zweifels in einem Stammesgerichtshof bewiesen«, sprach Logan weiter. »Und sieben Jahre später gestehen Sie das gleiche Verbrechen. Stimmt es nicht, dass die Überbringung einer Schlange Ihre Idee war, Mr. Tsosie?«

»Nein.« Nakai hieb mit der Faust auf den Zeugenstand. »Absolut nicht.«

»Mäßigen Sie sich, Mr. Tsosie«, sagte der Richter. »Ich will keine Ausbrüche in meinem Gerichtssaal.«

»Zwei versuchte Morde mit der gleichen Waffe und derselben Methodik, sieben Jahre auseinander liegend. Das ist ein furchtbar großer Zufall, finden Sie nicht?«

Eine Rotschattierung färbte Nakais Gesicht, als sich seine Wut entzündete. »Ich war das nicht. Mr. Soldier wusste von meiner Vergangenheit. Er hat versucht, mich aufs Kreuz zu legen.«

»Sie sagten bereits unter Eid aus, dass Sie diese Schlange bewusst in Dr. Westons Fahrzeug platzierten. Leugnen Sie Ihre Aussage?«

»Nein, aber …«

»Keine weiteren Fragen.«

Der Richter ordnete eine kurze Pause an, bevor der nächste Zeuge aufgerufen würde. Loralee zog Sarah und Daniel in einen Konferenzraum und schlug die Tür zu. »Verdammt. Ich habe eine Leumundsprüfung über ihn gemacht. Nichts davon ist aufgetaucht.« Sie stieß laut den Atem aus. »Irgendwie ist seine Akte im Stammesgerichtswesen verschwunden. Es gibt keine andere Erklärung dafür.«

»Soweit wir wissen, könnte Soldier geholfen haben, das zu vertuschen«, sagte Daniel. »Das könnte der Grund sein, warum Nakai ihm verpflichtet war.«

»Ich wünschte nur, er wäre ehrlich zu uns gewesen«, sagte Loralee. »Das ist ein herber Schlag.«

»Das ist jetzt unwichtig«, sagte Sarah. »Nakai wurde diskreditiert. Das können wir nicht rückgängig machen. Wir können uns nur auf Phoebes Aussage konzentrieren.«

Loralee setzte sich auf einen der schwarzen Lehnstühle, die um den Konferenztisch herum aufgestellt waren, und öffnete ihren Laptop. Sie scrollte durch mehrere Dateien. »Das ist heute Morgen gekommen. Sehen Sie es sich an, ehe es zur landesweiten Nachricht wird.«

Sarahs Stirn legte sich in Falten, während sie den Text des Gerichtsdokuments las. »Dann ist es also passiert. Das Land wurde an den Staat Arizona übergeben.«

Loralee nickte. »Entweder kam unsere Anrufung des Antiquities Acts zu spät oder sie hat niemanden interessiert.«

»Ich vermute Letzteres«, sagte Daniel. »Was passiert jetzt?«

»Soldier kann ein Gebot abgeben, aber der Staat wird warten, solange der Prozess läuft. Wenn Soldier verklagt wird, wird es schwer werden, einen Verkauf an ihn zu rechtfertigen. Aber wenn er gewinnt, gehört es quasi ihm.«

»Können andere Gebote abgegeben werden?«

»Sicher. Es ist eine freie Wirtschaft. Aber Soldier hat einen Vorteil. Er kennt viele Menschen auf Staatsebene.«

»Aber wenn er verliert …«

»Dem Staat steht es frei, an jemand anderen zu verkaufen. Sie haben kein Interesse am Besitz des Landes.«

Sarah blendete den Rest des Gesprächs zwischen Daniel und Loralee aus. Ein Gedanke begann, in ihrem Geist Form anzunehmen. Vielleicht könnte es einen alternativen Bieter geben. Sie schüttelte den Kopf. Nein, das war zu verrückt, zu riskant.

Oder nicht?

»Sarah«, sagte Daniel.

Sie kehrte in die Realität zurück. Loralee und Daniel standen bei der Tür.

»Kommst du?«

Sie brauchte mehr Zeit, um die Sache abzuklären. »Geht schon mal ohne mich. Ich muss etwas erledigen.«

Daniel bedachte sie mit einem intensiven Blick. »Bleib nicht zu lange. Phoebe ist als Nächste dran. Sie wird nach dir suchen.«

»Ich weiß.« Sie legte eine Hand auf ihr Handy. »Es dauert nur einen Moment.«

Als Sarah den Gerichtssaal betrat, war Loralee gerade im Begriff, ihre Befragung Phoebes abzuschließen. Sie hatten diesen Teil *ad nauseam* wiederholt, um zu gewährleisten, dass das Mädchen sich damit wohlfühlte, mit dem Finger auf Soldier zu zeigen, während sie das Gewicht seines Blickes von der anderen Seite des Raums aus spürte. Phoebe war sicher, dass sie es schaffen konnte, und ihr Auftreten im Zeugenstand bestätigte das. Sie hatte die Nerven nicht verloren – zumindest noch nicht.

Worauf Phoebe nicht vorbereitet worden war, waren Loralees spontane Zusatzfragen über Nakai. Alles, was seine Glaubwürdigkeit in den Augen der Jury verbessern konnte.

Auch wenn es meilenweit von ihrem sonstigen Stil entfernt war, sprach Loralee mit gleichmäßiger, fast leiser Stimme, um das Mädchen zu beruhigen. Falls Phoebe ins Stolpern geriet, konnte ihre Aussage für unzulässig erklärt werden.

»Miss Bellamy, fühlten Sie sich zu irgendeinem Zeitpunkt während Ihres Aufenthalts auf dem Soldier-Gelände nicht sicher?«

»Zuerst nicht. Nakai war sehr nett zu mir. Aber dann hörte ich ein Gespräch mit an, das mich nervös machte.«

»Dieses Gespräch fand zwischen Mr. Soldier und Mr. Tsosie statt, ist das korrekt?«

»Ja.«

»Wie erinnern Sie sich an dieses Gespräch?«

»Mr. Soldier sagte zu Nakai, er solle seinen Freund in Tuba City treffen und eine Klapperschlange besorgen und sie dann persönlich nach Ganado bringen. Da bekam ich Sorge, dass Sarah und Daniel in Gefahr sein könnten.«

»Klang es so, als befehle Mr. Soldier Mr. Tsosie die Tat?«

»Ja, definitiv.«

»Sind Sie sicher, dass es nicht Mr. Tsosies Idee war, die Schlange zu besorgen?«

»So hat es sich für mich nicht angehört.«

»Und sprachen Sie mit Mr. Tsosie über Ihre Bedenken?«

»Ich sah ihn mehrere Tage lang nicht. Die Lady, die mir mein Essen brachte, sagte, er sei geschäftlich unterwegs.«

»Wann sahen Sie ihn wieder?«

»Mehr als eine Woche später. Ich hab die Tage markiert. Da sagte er mir, dass er mich zurückbringen würde.«

»Zurück zu Dr. Weston und Dr. Madigan?«

»Er sagte, das Camp sei geschlossen worden und Sarah und Daniel seien fortgegangen. Er sagte, er brächte mich nach Tuba City, zu einem seiner Freunde.«

»Doch das Auto hatte eine Panne, bevor sie dort hinkamen?«

»Ja, einen platten Reifen. Als Nakai ein Werkzeug aus dem Handschuhfach holte, sah ich die Waffe. Er sagte, dass ich mir keine Sorgen machen solle, dass sie zu meinem Schutz diene. Aber ich bekam es mit der Angst zu tun, und deswegen floh ich, während er den Reifen wechselte.«

Loralee ließ die Tortur in den Echo Cliffs und die Begegnung mit dem Skinwalker unter den Teppich fallen. Phoebe konnte noch immer nicht darüber sprechen, ohne in Tränen auszubrechen. Die Aussage in diese Richtung zu steuern würde riskieren, die Zeugin zu verunsichern, was sich Loralee nicht leisten konnte. Stattdessen richtete sie das Gespräch auf die Leichen in der Kupfermine, um Daniels Zeugenaussage vom Tag zuvor zu bekräftigen, sowie die Aussagen mehrerer Navajos, deren Familienmitglieder verschwunden waren.

»Am einundzwanzigsten Oktober betraten Sie und Tocho Raven die Kupfermine bei Black Mesa durch einen rückwärtigen Adit. Warum taten Sie das?«

»Sarah, Daniel und Nakai waren dort drinnen. Es hatte eine Explosion gegeben und wir hatten nichts von ihnen gehört. Ich wusste durch Nakai vom Adit. Wir sind hingegangen, um ihnen zu helfen, das ist alles.«

»Bemerkten Sie etwas Ungewöhnliches in diesem Teil der Mine?«

Phoebe sah auf ihre Hände hinunter. »Da waren tote Menschen«, sagte sie leise.

»Woher wussten Sie, dass es Tote waren?«

»Sie waren aufgestapelt, einer über dem anderen. Und der Geruch …« Sie verzog das Gesicht.

»Waren es Männer? Frauen?«

»Männer.«

»Weiße, Schwarze, Ureinwohner?«

»Das konnte ich nicht sehen. Ich wollte nicht zu nah rangehen.«

»Wie waren diese Männer gekleidet?«

»Sie trugen blaue Overalls, wie die Minenarbeiter.«

»Dann kann man davon ausgehen, dass es sich um tote Minenarbeiter handelte?«

»Einspruch«, protestierte Logan. »Führen der Zeugin.«

»Stattgegeben«, sagte der Richter. »Keine weiteren Warnungen, Ms. Thomas.«

»Schon gut, Herr Richter. Ich habe keine weiteren Fragen.«

Sarah atmete aus. Phoebe hatte ihre Sache gut gemacht. Das Kreuzverhör war das große Fragezeichen. Sie war sicher, dass Logan versuchen würde, sie zu verwirren, bis sie sich selbst widerspräche, sodass sie als unglaubwürdige Zeugin erachtet werden konnte.

Es kam noch schlimmer. Schon seine allererste Frage war ein Sprung an die Kehle. »Miss Bellamy, trafen Sie je auf einen Skinwalker?«

Phoebes Blick wanderte zu Sarah. Sarah nickte beinahe unmerklich. »Ja, Sir«, sagte das Mädchen.

»Können Sie dem Gericht erzählen, wie diese Begegnung war?«

»Sie war furchtbar.« Die Emotionen färbten ihre Stimme. »Ich spreche nicht gern darüber.«

»Ich will versuchen, Ihnen zu helfen.« Er ging zum Zeugenstand und legte einen Stapel Fotos vor Phoebe. »Sah er etwa so aus? Ein Navajo, der ein Wolfsfell und einen Ausdruck von Zorn und Irrsinn trägt?«

Das Mädchen sah hinunter, sagte nichts.

»Beantworten Sie die Frage, Miss Bellamy: War das der Mann, der in die Echo Cliffs kam, um Sie zu holen?«

»Ja.« Ihre Stimme, klein und zerbrechlich, trieb davon wie eine Pusteblume im Wind. »Das war der Mann.«

Er beugte sich über den Zeugenstand. »Dieser Mann hat einen Namen. Er lautet Willie Brown. Vorhin erzählte Nakai Tsosie, dass Mr. Brown ein Freund aus Kindertagen sei. Tatsächlich blieben sie sogar nach Mr. Browns angeblichem Doppelmord Freunde.«

Phoebe erwiderte seinen Blick. Ihre Lippe bebte.

Er hielt einen Ordner in die Höhe und wandte sich an die Geschworenen. »Meine Damen und Herren Geschworene, ich lege Beweisstück Vierzehn-A vor: den Verbindungsnachweis des Mobiltelefons, das auf Nakai Tsosie registriert ist, der zeigt, dass Mr. Tsosie am Morgen des elften Oktobers, während Miss Bellamy durch die Echo Cliffs wanderte, eine Nummer in Tuba City anrief.« Er wandte sich mit einem triumphierenden Lächeln an Phoebe. »Was, wenn ich Ihnen sagte, Miss Bellamy, dass diese Telefonnummer Mr. Willie Brown gehört – ebenjenem Wilden, der Sie in dieser Einöde angriff?«

Ein Flüstern ging durch den Gerichtssaal. Daniel beugte sich herüber und flüsterte Sarah ins Ohr: »Humbug. Nakai hatte sein Handy verloren.«

Während er die Information für Loralee wiederholte, schloss Sarah die Augen und sah die Szene ganz deutlich. Soldier erkaufte sich Nakais Loyalität vor langer Zeit – vielleicht, indem er mit dem Bußgeld aushalf, damit Nakai nicht ins Gefängnis musste –, sodass er den perfekten Sündenbock bekäme: einen Ureinwohner mit einer Vorstrafe, den zu verurteilen sich eine Jury nicht zweimal überlegen würde. Von allen Verbrechen Soldiers war dies das abscheulichste.

Der Richter ließ seinen Hammer krachen und der Raum beruhigte sich. »Fahren Sie mit Ihren Fragen fort, Mr. Logan.«

»Keine Fragen mehr, Herr Richter.«

Logan ging schon zurück, als Phoebe ihre Stimme fand.

»Warten Sie«, rief sie. »Ich konnte Ihre Frage nicht beantworten.«

Sarah hielt den Atem an. Dieser mutige Ausspruch konnte in beide Richtungen führen. Sie betrachtete die Reaktion des Richters: Er erlaubte Phoebe mit einem Nicken, zu sprechen.

Das Mädchen setzte sich gerade hin, hielt den Kopf hoch erhoben. Es war eine Miene des Selbstvertrauens, wie sie Sarah vor diesem Moment nicht an ihr gesehen hatte. »Bevor Sie Nakai verteufeln, sollten Sie wissen, dass er mir in jener Nacht das Leben gerettet hat. Und Sie sollten auch wissen, dass er zu diesem Zeitpunkt sein Handy nicht hatte. Ich weiß, wer es hatte.«

»Danke für diesen Beitrag, Miss Bellamy«, sagte Logan. »Keine weiteren Fragen.«

Der Richter bot Loralee an, sie ein letztes Mal zu befragen. Nach Phoebes Aussage blieb ihr nichts anderes übrig, als anzunehmen.

»Sie sagten gerade, dass Sie wissen, wer Mr. Tsosies Handy besaß. Können Sie dem Gericht erzählen, wer das Handy hatte und woher genau Sie das wissen?«

»Nachdem ich in dieser Nacht gerettet wurde, gingen wir ins Hopi-Reservat, zum Haus von Tocho Raven. Weil ich nicht schlafen konnte, setzte ich mich an den Esstisch. Ich hörte etwas vibrieren und begriff, dass es Daniels Handy war. Ich sah hinunter und bemerkte Nakais Nummer in der Anruferkennung. Ich hielt das für seltsam, weil Nakai im Nebenzimmer war und schlief.« Sie machte eine Pause, sah zu Daniel. »Ich nahm ab, sagte aber nichts.«

Loralee stand da wie eine Steinsäule. Sarah, ebenso verblüfft, fühlte sich, als betrachte sie das Verfahren von oben, als bewohne sie ihren Körper nicht.

»Wer war dran?« In Loralees Stimme lag ein Hauch von Zögern, als sie das fragte.

»Das ist es ja. Niemand. Es war ein versehentlicher Anruf. Aber ich konnte zwei Männer miteinander reden hören.«

»Erinnern Sie sich daran, was gesagt wurde?«

»Ja, es war sehr speziell. Einer sagte: *War der Wolf heute auf der Jagd?* Der andere lachte und sagte: *Na und ob, Kumpel. Er hat sich Mädchenfleisch besorgt.* Der erste Kerl sagte: *Dann war der Navajo ja doch noch zu was nütze.* Und der andere sagte: *Großer Gott, nein. Der Junge taugt nicht mehr als eine Nadel ohne Öhr. Der Boss musste wieder eingreifen. Diesmal ist er mit ihm fertig.*«

Loralee fragte Phoebe, ob sie sicher war, dass sie exakt diese Worte benutzt hatten, und Phoebe bestätigte es. Sie seien schwer zu vergessen, sagte sie. Auf Loralees Frage hin, was sonst noch zu hören gewesen war, war Phoebes Erinnerung wieder sehr deutlich: »Ich hörte ein Geräusch wie vom Öffnen einer Flasche, Gelächter und Gesprächsfetzen. Dann riss die Verbindung ab.«

»Danke, Miss Bellamy.« Die Anwältin drehte sich der Geschworenenbank zu. »Die Anklage ruht.«

KAPITEL 43

Ein Tag war vergangen und die Geschworenen berieten sich noch immer. Der Fall lag nicht eindeutig. Beide Anwälte hatten überzeugende Schlussplädoyers gehalten und am Ende lief alles auf eines hinaus: Wie viel Verständnis die Geschworenen für Ureinwohner besaßen.

Logan hatte es geschafft, Nakais Charakter in Stücke zu reißen und die Aufmerksamkeit währenddessen vom Fehlverhalten seines Mandanten auf die Übergriffe eines Indianers gegen Weiße zu lenken. Es war in die Roben der Gerechtigkeit gehüllter Rassismus. »Ein krimineller Verstand rehabilitiert sich nicht; er schlummert lediglich, bis sich die nächste Gelegenheit bietet«, hatte Logan im Plädoyer gesagt und die gesetzestreuen Bürger in der Jury hatten zustimmend ganz leicht genickt.

Sarah betrachtete den jungen Navajo, der am Tisch der Anklage saß, wie sich das Jackett seines ausgeblichenen blauen Anzugs um seine Schultern spannte wie eine zum Schuss bereite Schleuder, wie sich seine schwarzen Locken um seinen gesenkten Kopf ergossen, während er auf seine verschränkten Finger starrte wie ein Mann, dessen Schicksal gleich verkündet würde, auch wenn er nicht vor Gericht stand.

Tatsächlich war Soldiers Schicksal mit seinem eigenen verwoben. Ob Soldier verurteilt würde oder man ihm erlaubte, als freier Mann zu gehen, der moralische Charakter seines Anklägers stand in ernstem Zweifel. Über all die Anklagen, die dank Soldiers Eingreifen unter den Teppich gekehrt worden waren, wurde jetzt in den Medien berichtet; sie wurden durch den Sensationalismus noch hässlicher gemacht. Das war das Pendant zur Ablehnung durch Nakais Stamm, durch die

Universität, durch jeden, der ihm auf die Beine helfen könnte, um der Armut und Ignoranz zu entfliehen, die vierundzwanzig Jahre lang seine Realität gewesen waren. Sein Leben war ein Trümmerhaufen und Soldier lachte zuletzt, ganz gleich, wie es ausging.

Sarah warf Phoebe, die zwischen ihr und Daniel saß, einen Seitenblick zu. Ihre Augen waren auf Nakai gerichtet. Das Mädchen hatte ihn bis zum Schluss verteidigt, aber es ging um mehr als um Loyalität dem Mann gegenüber, der letztlich ihr Leben gerettet hatte. Es lag an einer tiefen Empathie für einen anderen Außenseiter, einen Randbewohner, eine haltlose Seele. Sie erkannte etwas von sich selbst in Nakai, und indem sie ihm zur Hilfe kam, befreite dieser unerwartete Retter tatsächlich zwei eingesperrte Vögel aus der Gefangenschaft fehlgeleiteten Pflichtgefühls, auch wenn Nakai zu tief in Selbstmitleid geraten war, um das zu erkennen.

»Erheben Sie sich.«

Der gesamte Saal erhob sich, als Richter und Jury den Raum betraten. Sarah musterte die Gesichter der Geschworenen: Die Mundwinkel hingen nach unten, die Augen vermieden die Blicke sowohl des Klägers als auch des Angeklagten. Keiner schien glücklich zu sein, sich in diesem Raum aufzuhalten, diese Entscheidung zu überbringen.

Der Richter fragte: »Sind Sie zu einem Urteil gekommen?«

»Das sind wir, Euer Ehren.«

»Wie befinden Sie?«

Der Geschworene stand auf und faltete ein Stück Papier auseinander. Seine Hände zitterten, während er vorlas: »Erster Anklagepunkt: Entführung einer Minderjährigen.«

Sarah drückte Phoebes Hand. Die Finger des Mädchens, zerbrechlich und kalt, reagierten nicht auf die beruhigende Geste.

»Nicht schuldig.«

Sarah presste die Lippen zusammen, sah zu Daniel. Er atmete lange und langsam aus. Am Tisch der Anklage machte sich Loralee Notizen, wobei sich ihre Hand unnatürlich schnell über das Papier bewegte. Nakai sah nicht auf.

»Zweiter Anklagepunkt: Versuchter Mord.«

Um zu beweisen, dass Soldier die Klapperschlange in ihrem Pick-up platziert hatte, hatte Sarah eine Aussage über den Angriff der Schlange, die Begegnung mit Soldier, die Zerstörung des Gegengifts und den Diebstahl des Artefakts gemacht. Es gab keine Zeugen, und somit stand ihr Wort gegen seines. Er hatte behauptet, das Neurotoxin habe Halluzinationen ausgelöst, unter welchen sie sich die Begebenheit vorgestellt hatte. Ein Internist sagte aus, dass ein solches Symptom selten sei, in der Tat aber auftreten könne; ein Hauch von Zweifel.

»Nicht schuldig.«

Sie bedachte Soldier mit einem langen, bewussten Blick, von dem sie hoffte, seinem Gewissen zu vermitteln, was die Jury seinen Moralvorstellungen nicht bescheinigte. Besäße er ein Gewissen, dann hätte er vielleicht, wenn auch nur flüchtig, zu ihr hingesehen. Stattdessen ignorierte er ihren Blick und schlug seinen Mitverschwörern in Sachen Umgehung des Gesetzes triumphierend auf den Rücken.

Dieser Fall war so gut wie verloren. Ein Anklagepunkt verblieb – das Vertuschen der Navajo-Todesfälle –, und das konnte so oder so ausgehen. Daniels detaillierte Beschreibungen der Gesichter der Verstorbenen waren genug, um dem beiläufigen Betrachter die Haare zu Berge stehenzulassen, einem Fremden, der in diesem Gerichtssaal saß, ganz zu schweigen von den Familien der Opfer. Die Familien hatten ihrerseits erschütternde Aussagen über aus ihrer Mitte vermisste – manche seit Monaten, andere seit Jahren – Angehörige gemacht. Eine Witwe hatte durch das fehlende Einkommen ihres Mannes ihr Haus verloren und lebte mit ihren vier Kindern in einem Obdachlosenheim. Soldier hatte seinen Tod nie gemeldet und ihn stattdessen als »Status ungewiss« geführt. Obwohl er achtzehn Monate lang vermisst wurde, hatte die Witwe des Bergmanns an der Hoffnung festgehalten, dass er zurückkehren und seine Familie aus einem Leben aus Almosen und Demütigung befreien würde. Ihr Optimismus war herzzerreißend.

Nakais Aussage war wieder einmal diskreditiert worden. Auf Loralees Drängen hin hatte er der Polizei davon berichtet, Gespräche über die Müllhalde angehört zu haben, wohin die Leichen angeblich gebracht wurden. Eine Suche der Hundestaffel brachte einige menschliche Überreste zutage, die auf einen Mann zurückverfolgt werden konnten, der in den Minen arbeitete.

Soldiers Seite hatte einen Zeugen präsentiert, der angab, dass Bergleute oft zum Coal Mine Canyon fuhren, um abseits der Augen des Gesetzes Alkohol und Drogen zu konsumieren. Der Mann auf der Halde war drei Jahre zuvor verschwunden – das Opfer einer Überdosis, behaupteten sie. Die anderen, die ohne Spur verschwunden waren, erklärte Soldier, waren während der Arbeit gestorben und jede Familie war benachrichtigt worden. Er zeigte sogar Kopien der Briefe vor, die »rausgegangen« waren, obwohl seltsamerweise nicht eine einzige Familie einen erhalten hatte. Konnte sich das Wort der einkommensschwachen, oft analphabetischen Navajo behaupten?

Der fesselndste Beweis war Waynes Bericht. Der Vorarbeiter hatte nicht aussagen wollen – der Lebensunterhalt seiner Familie, und vielleicht ihre Sicherheit, standen auf dem Spiel –, doch er hatte seine Meinung im letzten Moment geändert. Er sagte nicht, warum. Sarah dachte über seine Zeugenaussage über den Abend des zwölften Aprils 2014 nach.

»Ja, ich kenne diesen Mann.«

Er sah auf ein Foto von Bill Fleetwood hinunter, dem Verstorbenen, um den es ging. »Sein Vater und mein Vater waren verwandt. Cousins zweiten Grades.«

»Wann sahen Sie ihn zum letzten Mal?«, fragte Loralee.

»Als ich half, ihn auf den Waggon zu laden, damit er aus der Mine gebracht werden konnte, nach der Explosion. Er war einer von vielen Toten.«

»Sind Sie sicher, dass er nicht nur verletzt war?«

Wayne warf seinem früheren Chef, der ihn befördert und reich belohnt hatte, um sein Schweigen zu erkaufen, einen Blick zu. Er sagte: »Ich erkenne einen toten Mann, wenn ich ihn sehe.«

Das waren mächtige Worte – doch der Ausgang blieb ungewiss.

»Dritter Anklagepunkt: Das Vertuschen von Todesfällen im Arbeitsgebiet.«

Sarah legte sich eine Hand an den Hals und spürte, wie ihr Blut heftig durch die Schlagadern rauschte. Alles, wofür sie gekämpft hatten und fast gestorben waren, hatte zu dieser Verkündung geführt. In einer Welt, die von Firmeninteressen und tief verwurzelten Vorurteilen dominiert wurde, konnte eine stimmlose, ressourcenarme Gruppe Ureinwohner da wirklich siegen?

»Schuldig.«

Sarah hob beide Hände zum Mund, um einen Aufschrei zu unterdrücken. Ein Teil von ihr glaubte, ihre Ohren hätten sie betrogen, bis Loralee siegreich den Arm um Nakai legte, der offensichtlich ungläubig war. Daniel streckte sich zu einer ähnlichen Geste, um sowohl Sarah als auch Phoebe fest in die Arme zu schließen. Sarah warf einen Blick auf Soldier am Tisch der Verteidigung. Soldiers Züge glitten in ein süffisantes Lächeln. Mit den Lippen formte er ein: *Es ist noch nicht vorbei*, und sie glaubte ihm. Er würde Berufung einlegen und einen Weg finden, sich aus den meisten Anklagepunkten herauszuwinden, seine Strafe auf etwas zu verringern, das eher einem Ärgernis als einer Bestrafung gleichkam. Dieselbe Öffentlichkeit, die jetzt über diese Verbrechen erbost war, hätte sie bald vergessen, denn es gab immer eine neue Abscheulichkeit, wegen der man ins Schwitzen geraten konnte, und Jacob Soldiers Leben würde seinen normalen Gang gehen.

Sie konnten ihn nicht für immer hinter Gitter bringen; Sarah war nicht naiv genug, darauf zu hoffen. Der wahre Sieg lag darin, sein Gebot für das öffentliche Land zu blockieren. Sehr zum Entsetzen der Abgeordneten, die Soldier schon lange in der Tasche hatte, wurde vom Staat verlangt, das Gebot eines Verurteilten zu streichen. Während der Zeit, die Soldier für die Berufung brauchte, wäre das Land verkauft, aus den Büchern eines Staates gestrichen, der es sich nicht leisten konnte, es zu verwalten. Was nun noch blieb, war, sicherzustellen, dass es in die richtigen Hände überging.

Eine Hand auf ihrem Rücken veranlasste Sarah, sich umzudrehen. Nakai betrachtete sie mit melancholischen schwarzen Augen.

»Werden Sie mir je vergeben?« Sein Tonfall deutete ein tiefes und anhaltendes Schuldgefühl an, welches die Freude des Sieges nicht überstrahlen konnte.

»Mir ist egal, was in deiner Vergangenheit war«, sagte sie und meinte es so. »Du hast dich geändert. Dazu gehört viel Mut. Mut, den nicht alle Menschen besitzen.«

»Was wirst du jetzt tun?«, fragte Phoebe ihn.

»Versuchen, wieder an die Uni zu gehen«, sagte er. »Wenn sie mich annehmen.«

Daniel legte ihm eine Hand auf die Schulter. »Ich hatte bereits eine Besprechung mit dem Lehrstuhl der Archäologie und deinem Studienberater. Sie haben mich nach meiner Meinung gefragt, ob sie dich im Programm behalten sollen. Ich sagte ihnen, du hast eine super Abschlussarbeit über einen maurischen Sklaven innerhalb der frühen Pueblo-Gesellschaft.«

»Ehrlich? Das haben Sie für mich getan?«

»Ich glaube, dass du eine zweite Chance verdienst. Vergeude sie nicht.«

»Werde ich nicht«, sagte er, den Tränen nahe. »Niemals.«

Loralee schlug Nakai auf den Rücken. »Okay, okay, genug mit all der Liebe. Die Urteilsverkündung wird in einer Woche stattfinden. Gehen wir ein Bierchen trinken.« Sie zwinkerte Phoebe zu. »Und einen süßen Tee.«

Sie verließen den Gerichtssaal in bester Stimmung und trafen auf eine Mauer aus Reportern, die Fragen über alles von Menschenrechtsverletzungen bis zu Skinwalkerbissen herausriefen.

»Ms. Thomas«, rief ein Mann hinten in der Menge. »Was passiert jetzt mit dem ganzen Land?«

»Wenn wir Glück haben, wird es an jemanden weitergegeben, der seinen kulturellen Wert zu schätzen weiß und es nicht des Profits wegen ausbeutet.«

Daniel flüsterte Sarah zu: »Eine Hoffnung und ein Gebet.«

»Das ist alles, was die Hopi je besaßen, und es half ihnen, tausende Jahre zu überleben.« Sie lächelte, einen Hauch verschmitzt. »Hab Vertrauen, Liebling.«

»Du führst etwas im Schilde.«

Sie legte ihm einen Arm um die Hüfte und flüsterte ihm ins Ohr: »Verzichten wir aufs Bier und gehen nach Oraibi. Wir müssen viel besprechen.«

Er warf einen Blick auf Phoebe, die neben Loralee stand, und vom Frageschwall der spontanen Pressekonferenz gebannt war. »Ja«, sagte er. »Müssen wir.«

KAPITEL 44

Das Krähen eines Hahns weckte Daniel in der blauen Stunde, als das Licht die tief hängenden Wolken zu durchdringen begann. Er legte seiner Partnerin eine Hand auf die nackte Schulter. Sie öffnete langsam die Augen.

»Lass uns laufen gehen«, sagte er.

Sie stand ohne Gegenworte auf und zog die vertraute Kombination aus schwarzem Oberteil und Leggings an, die sie schon so lange trug, dass sie durchlöchert waren. Ihre unordentlichen blonden Locken verteilten sich unter dem Rand einer Wollkappe. Sie schlüpften leise aus Gaias Haus und in den Morgenfrost hinein, der den Beginn des Winters verkündete.

Sarah blies sich in die Hände, wodurch ein Nebelhauch mitten in der Luft stehen blieb. »Wohin?«

Er zeigte nach Nordosten. »Prophecy Rock. Von da oben hat man einen guten Blick auf die Mesas. Ich schätze, der Ort ist so gut wie jeder andere, um den Tag willkommen zu heißen.«

Sie joggten still zu der Stelle. Im Rhythmus ihrer synchronen Schritte, dem Auf und Ab ihres Atems, suchte Daniel nach dem Mut, zu sagen, was er sagen wollte. Es war ihm nie schwergefallen, seine Meinung zu äußern, um das zu bitten, was er haben wollte, doch das war etwas anderes. Es war eine Frage des Herzens. Bis jetzt war das für ihn unbekanntes Terrain gewesen – und für sie umso mehr.

Sein Puls ging schneller, eher als Antwort auf die Gedanken, die ihm durch den Kopf gingen, als auf die physische Anstrengung, bergauf zu laufen. Konnte er es tun? War er wirklich bereit? Zweifel, dieser Dieb des Muts, drängte sich in sein Bewusstsein und versuchte, ihn vom Gegenteil zu überzeugen.

Er hatte eine Schutzmauer errichtet, jene Mauer, in welcher Sarah einen Riss entdeckt hatte, durch den sie ihr Licht hatte scheinen lassen.

Auf dem Berggipfel kam der Platz in Sicht. »Hier ist es«, sagte er ungewöhnlich atemlos. »Nur eine kurze Wanderung von hier.«

Sie zeigte nach unten. »Macht dir dein Knöchel zu schaffen?«

Er hatte nicht bemerkt, dass sein verschraubter und plattierter Knochen pochte, bis sie seine Aufmerksamkeit darauf lenkte. »Nein, dem geht's gut.« Jetzt war nicht der richtige Zeitpunkt, um sich mit einer Schwäche aufzuhalten. »Lass uns schnell hochgehen. Wir verpassen noch den Sonnenaufgang.«

Sie gingen über Steintrümmer, manche von ihnen Opfer der Erosion, andere von Felsstürzen. Oben auf dem Berg befand sich eine Ansammlung größerer Findlinge, inklusive dem sogenannten Prophecy Rock, einer massiven Tafel mit glatter Oberfläche, auf der der Lebenspfad der Hopi geschrieben stand.

Sarah ließ ihre Finger über die Kerben im Felsen gleiten, folgte einer Linie, die über einem Strichmännchen nach oben führte und sich in zwei Linien teilte, von denen sich eine über die Breite des Felsens ausbreitete und die andere sich bis zum Nichtvorhandensein schlängelte. »Was bedeutet das? Weißt du es?«

Er hätte zu einer ausführlichen Übersetzung der Figuren ansetzen können, doch in diesem Moment war das unnötig. Stattdessen fasste er es zum Zweck des Gesprächs zusammen. »Es geht um die Entscheidungen, die die Menschen treffen.«

Sie sah ihn unverwandt an. Die aufgehende Sonne spiegelte sich in ihren blauen Augen. Er nahm ihre Hand und führte sie zum besten Aussichtspunkt. Gemeinsam beobachteten sie, wie die langen, weißen Finger des Tagesanbruchs sich über die Mesaspitzen erstreckten und die schmalen Wolkenfetzen berührten, die am Himmel wie blutrote Federn hingen. Eine rasch aufsteigende Lichtexplosion hob die Schatten von den Weiten voller löwengoldener Gräser und enthüllte die Risse, die in Jahrtausenden der Mühsal tief in die Tafelberge gegraben worden waren. Es war bei weitem kein perfektes Land, aber es ernährte ein Volk, das willens war, hinter seine Mängel zu blicken.

»Ich habe nachgedacht«, sagte er. »Über Phoebe.«

»Ich auch.« Sie seufzte. »Der Auftrag ist vorbei und sie hat niemanden, zu dem sie gehen kann.«

Während die Verhandlung lief, war Isidor von den lebenserhaltenden Systemen genommen worden. Da sie die Unausweichlichkeit dessen akzeptiert hatte, hatte Phoebe die Nachricht mit bemerkenswertem Gleichmut aufgenommen. Doch die Ungewissheit ihres weiteren Lebens von diesem Punkt aus hing über ihnen allen wie ein aufziehender Sturm. Die einfache Entscheidung wäre, sie nach Griechenland zurückzuschicken, wo sie in einem vom Staat geführten Heim für Waisenkinder leben konnte, bis sie achtzehn wurde.

Doch mit Sarah und Daniel gab es keinen einfachen Weg.

»Ich kann sie nicht ins Waisenhaus schicken, Sarah. Das kann ich einfach nicht.«

»Ich weiß. Aber wir haben keine Rechte, was sie betrifft.«

Er suchte in ihren Augen und fand eine Ernsthaftigkeit, die ihn ermutigte. »Wir könnten sie adoptieren.«

Sie richtete ihren Blick auf die ausgedörrte Landschaft, zog die Knie an die Brust. Er wusste, dass er kein leichtfertiges Ja bekäme, und so drängte er sie nicht zu einer Antwort. Er erlaubte Stille, sich zwischen sie zu legen, während sie beide über den leeren Raum nachdachten, der nun bis zu den Rändern mit der Bedeutung seines lebensverändernden Vorschlags gefüllt war.

Minuten vergingen, ehe sie sprach. »Ich weiß nicht, Danny. Ich will *ja* sagen, aber …«

»Du hast Angst. Du glaubst, du bist dem Elternsein nicht gewachsen.«

»Wie denn auch? Was das betrifft, hatte ich nur sehr wenig Führung. Mein Vater war ein Tyrann – das ist er immer noch – und meine Mutter war die liebste Seele, aber sie war zu sehr damit beschäftigt, zu arbeiten oder der Arbeit nachzujagen. Und dann hat sie …« Sie sah zu Boden. »Wenn sie Kinder haben, folgen Menschen dem Beispiel ihrer eigenen Eltern. Wenn ich das tue, würde ich Phoebes Leben ruinieren.«

»Hey.« Er legte ihr zwei Finger unters Kinn und hob ihren Kopf, sodass sie seinem Blick begegnete. »Ich hab auch nicht gerade die Eltern-Lotterie gewonnen. Aber das Leben hat mir beigebracht, was sie versäumten, und das gleiche hat es auch mit dir gemacht, ob du das erkennen kannst oder nicht. Du bist die stärkste, fähigste, fairste, moralisch aufrichtigste Person, die ich kenne. Das sind doch bestimmt gute Eigenschaften, die man einem Kind weitergeben kann.«

»Vielleicht. Aber wenn ich es vermassle …«

»Ich stärke dir den Rücken. Wir machen das gemeinsam.«

»Gemeinsam … wir sind noch nicht mal ein Paar. Zumindest nicht in den Augen der Gesellschaft.«

Ein tiefer Atemzug. »Das können wir ändern.«

Sie wich zurück und starrte ihn zu gleichen Teilen entzückt und verwundert an. »Meine Güte, Daniel, machst du mir einen Antrag?« All ihre britische Art steckte in dieser Frage.

Es lief nicht ganz so, wie er geplant hatte. Aber mit Sarah Weston war nichts vorhersehbar. Das war einer der vielen Gründe, warum er sie vergötterte. »Meine Hingabe zu dir ist vollkommen«, sagte er. »Und ich bin bereit, den ganzen Weg zu gehen.«

Sie legte sich eine Hand aufs Herz, während ihr Blick umherhuschte, vielleicht auf der Suche nach Worten. »Ich weiß nicht, was ich sagen soll.«

»›Ein *Ja* würde mir da einfallen.«

»Bevor ich antworte, musst du etwas wissen. Etwas, das ich dir nicht erzählt habe.«

Seine Schultern verspannten sich in Erwartung des Hammers, der käme. Er war ein wenig gekränkt, dass sie ein Geheimnis vor ihm hatte, doch er sah ein, dass er kein Recht besaß, das Gegenteil zu erwarten. Sie waren, wie sie betont hatte, nicht einmal ein Paar.

»Vor ungefähr drei Monaten brachtest du mir ein Einschreiben. Erinnerst du dich daran?« Er nickte und sie fuhr fort. »Es kam von einem Anwalt in London, mit dem ich mich auf dem Rückweg von Marokko traf. Er setzte mich davon in Kenntnis, dass das Vermögen meiner Mutter auf mich übergehen würde, in Gänze, und zwar an meinem vierzigsten Geburtstag.«

»Das ist in etwa einem Monat.«

»Stimmt genau. Also habe ich die Papiere unterschrieben, es offiziell gemacht.«

»Versuchst du, mir zu sagen, dass du Millionärin bist? Weil ich nämlich nicht …«

»Nein, Danny. Lass mich ausreden.« Sie sah auf. »Wie sag ich das nur?«

»Was immer es ist, ich kann damit umgehen.« Er meinte er nur zur Hälfte so.

»Na schön. Ich habe das Geld ausgegeben.«

Das hatte er nicht zu hören erwartet. Ganz und gar nicht. »Du hast … wie viel … ein paar Millionen Pfund verpulvert?«

»Fast einhundert Millionen, tatsächlich.«

Seine Züge verzerrten sich zu einem ungläubigen Ausdruck. »Was? Wie?«

Sie sah zur Sonne, die nun auf halbem Weg am Himmel stand. Die Strahlen schimmerten auf ihrer Alabasterhaut und schenkten ihr einen gütigen Schein. »Eines der Gebote für das Land«, sagte sie, »kam von mir.«

Daniel rieb sich die Stirn mit den Fingerspitzen, als würde die Bewegung Sarahs Worte in sein Bewusstsein eindringen lassen.

»Ich habe so etwas noch nie getan und deswegen war ich nicht sicher, wie hoch ich bieten sollte. Am Ende bot ich alles.« Sie drehte sich zu ihm um, wartete, bis er sie ansah. »Ich wurde gerade informiert, dass ich die Meistbietende bin.«

Seine Kehle wurde eng. Er schluckte schwer.

»Du hast jedes Recht, wütend auf mich zu sein. Und deine Frage zurückzuziehen.«

»Warum sollte ich?«

»Weil ich das auf eigene Faust tat, ohne dich überhaupt davon in Kenntnis zu setzen.« Sie griff nach seinen Händen. »Bitte versteh, dass es mir wichtig war, über das Schicksal dieses Geldes zu entscheiden. Nur ich weiß, was meine Mutter gewollt hätte. Und ich denke, sie hätte dieser Sache zugestimmt.«

»Was hast du sonst noch auf Lager? Denn das ist nicht genug, damit ich dich verlasse.«

»Was ist dann damit: Ich besitze keinen roten Heller.«

Er lächelte. »Ich liebe es, dass du verschlissene Leggings trägst und Bandanas aus dem Dollar-Store. Dass du dir nur nimmst, was du brauchst. Dass du auf einem Heuhaufen auf dem Boden schlafen kannst, ohne dich darüber zu beschweren. Dass du Schönheit im Mähen eines Schafes erkennen kannst oder in den faltigen Händen einer Großmutter und nicht in einem glänzenden Gegenstand. Du bist Reichtum in Person, Sarah Weston. Ich brauche nichts anderes als dich.«

Tränen bildeten sich in ihren Augenwinkeln. »Änderst du vielleicht deine Meinung, wenn wir uns um eine Tochter kümmern müssen?«

»Absolut nicht. Dieses Kind braucht Werte, Führung – keine Dinge.« Er küsste sie auf die Stirn, verweilte, um den Geruch ihrer Haut zu genießen. »Sei einfach du selbst und sie wird toll werden.«

Sie ließ ihre Hände über seinen Oberkörper hinaufgleiten und schlang ihm die Arme um den Hals. Er zog sie an sich. »Wenn das so ist …« Sie hauchte ihm ins Ohr, wodurch sich die feinen Härchen auf seinen Armen aufrichteten. »… dann sage ich Ja.«

Er hielt sie lange Zeit fest, sagte nichts, ließ den Moment in sein Bewusstsein dringen. Seit ihrem ersten Treffen im Hochland Äthiopiens, als sie eine emotionale Festung von der Größe des Moskauer Kremls errichtet und er einen auf cooler Macho gemacht hatte, hatten sie es weit gebracht. Keiner von beiden mochte zugeben, dass die Umstände sie zu Einzelgängern gemacht hatten, ein Paar verwundeter Seelen, die sich an den Enden der Welt versteckten und nach einander suchten. Am Ende war ein Kind nötig gewesen, um die Verteidigungslinien zu durchbrechen und die Verletzlichkeit offenzulegen, die der Liebe im Weg stand.

Eine Frage, die er schon früher hätte stellen sollen, ließ die Blase seiner Gedanken platzen. »Ich will dich was fragen. Jetzt, wo dir all das Land gehört, was willst du damit anstellen?«

Sie zuckte die Schultern. »So weit habe ich noch nicht gedacht. Vielleicht kannst du mir helfen, das zu überlegen.«

»Ich hätte vielleicht ein, zwei Ideen.« Er reichte ihr die Hand und gemeinsam schritten sie einer neuen Wirklichkeit entgegen.

EPILOG

Sarah kniete vor Gaia und hielt zwei geöffnete Handflächen nach oben, in denen eine rostige Schere lag. Die alte Frau nahm sie, öffnete die Klingen. Mit der anderen Hand arrangierte sie Sarahs Haar wie einen Vorhang, der ihr übers Gesicht fiel und sich bis zu ihrem Brustbein ergoss.

»Damit zerschneide ich dein Leben als Jungfer.« Gaia schnitt vorne durch Sarahs Haar, kürzte es auf Kinnhöhe.

Fast dreißig Zentimeter lange Haarstränge, zu Locken gekringelt, fielen auf den Erdboden und lagen dort wie ein Haufen flachsfarbener Fäden, bis ein Windstoß, der durch ein offenes Fenster hereinkam, sie zerstreute. Sarah betrachtete diesen Teil von sich, der nun über den gehärteten Boden wehte, als suche er nach einem neuen Leben, sowohl mit Gleichgültigkeit als auch Ehrfurcht. Gleichgültigkeit, weil sie nicht eitel genug war, um ihn zu vermissen; Ehrfurcht, weil es bedeutete, dass die Hopi genug von ihr und Daniel hielten, um sie an einem ihrer geheimsten Rituale teilhaben zu lassen.

Gaia legte die Schere beiseite und band die längeren Haare an den Seiten von Sarahs Kopf zu losen Knoten. Sie teilte das Haar vorne, was Sarah einen guten Blick auf ihr fröhliches, wenngleich zahnloses, Lächeln bot. »Das habe ich lange nicht mehr getan, doch eine Frau vergisst nichts.« Sie fummelte mit den Strähnen. »Du wirst eine wunderschöne Braut sein.«

In den zwei Wochen seit Daniels Antrag und Gaias darauffolgender Verkündung, dass sie auf Hopi-Weise heiraten würden, hatte sich ganz Oraibi auf die Hochzeit vorbereitet. Oder zumindest auf eine abgewandelte Version davon, denn sie waren weder Hopi noch Jugendliche im typischen Heiratsalter.

Manche Bräuche, wie drei Tage lang an den Mahlsteinen zu schuften oder Tabletts voller Schrotmehl und Mais mit den jeweils anderen Verwandten auszutauschen, wurden mangels Familie für irrelevant erklärt. Anderen wurde mit Ernst und Heiterkeit nachgegangen. Die Männer des Stamms, was Daniel einschloss, verbrachten jede Nacht in der Kiva, wo sie Baumwolle für das symbolische Tuch – die Hochzeitsdecke –, das der Braut an jenem Tag präsentiert würde, spannen und woben.

Sarah stand auf und nahm Gaias Hände. »Deine Großzügigkeit füllt mein Herz, Großmutter. Du hast uns aufgenommen und uns beschützt, als ob wir zu euch gehörten.«

»Ihr habt das Gleiche für uns getan. Menschen wie euch zu treffen, die nach dem Schwur leben, ist selten.«

Sie neigte den Kopf. »Ich habe viel von dir gelernt.«

»Bringe es der nächsten Generation bei. Zeige ihr, was es bedeutet, viel zu geben doch wenig zu verlangen. Eins zu sein mit den Kreaturen und den Bäumen und den lebenden Steinen.« Sie reichte Sarah ein Päckchen, das in Fetzen gestreifter Baumwolle gewickelt war. »Nimm das und denke an die alte Gaia.«

Sarah schlug den Stoff zurück und enthüllte eine aus Pappel geschnitzte und mit Naturfarben bemalte Kachina. Die schwarze Gesichtsmaske und der Bogen in ihren Händen identifizierte die Puppe als He-e-Wuhti, die leidenschaftliche Kriegerin. Sarah entging die Symbolik nicht.

Eine Klopfserie ließ die uralte Holztür klappern.

»Ah! Da sind sie.« Gaia rieb die Hände mit einem Entzücken aneinander, das einer wesentlich jüngeren Frau gebührte.

Mehrere Dorfbewohner traten ein, alle lachend und schwatzend, und sie alle hielten kleine, bemalte Gefäße und Schüsseln. Mit raschen Gesten dirigierte Gaia einige zur Feuerstelle, andere zur Schilfmatte, die eigens für diesen Zweck ausgelegt worden war. Samma, eine von Tochos Tanten, stellte zwei große Schüsseln auf die Matte. Sie kniete sich vor eine davon und Gaia ließ sich, unter einiger Mühe, vor der anderen nieder. Eine andere Frau brachte einen Topf voll Wasser, das in der Feuerstelle erwärmt worden war. In der Sprache ihrer Vorfahren scherzend, füllten Samma und Gaia die Fäuste mit zerstoßener Yuccawurzel, während die dritte Frau ihnen Wasser über die Hände goss. Sie kneteten die Paste zu einem Schaum, bis die Schüsseln davon überquollen.

Mit gespielter Formalität führte Tocho Daniel zur Matte. Daniel setzte sich Gaia gegenüber und Sarah sich gegenüber Samma. Den Anweisungen der Frauen folgend, von denen keine auf Englisch erfolgte, neigten sie die Köpfe über die Schüsseln. Der Gesang setzte ein, eine weiche Melodie, deren beschwingter Rhythmus einträchtige Herzen und friedvolle Tage suggerierte – was beides in den vergangenen Monaten so schwer zu finden gewesen war.

Die Lauge wärmte Sarahs Kopf, als Hände – erst zwei, dann mehr – ihre Kopfhaut im Rhythmus der Musik massierten. Sie spähte durch den Schaum zu Daniel, der sich pflichtbewusst verneigt hatte, während die Hopi ihn in die Ehe wuschen. Tocho gab spielerisch vor, Daniels Platz an der Waschschüssel einzunehmen, was zu Kreischen und Kichern führte. Daniel warf Sarah einen Blick zu und sie beide lachten über die Possen. Es war Tradition.

Nachdem die Lauge von der Vielzahl der Anwesenden ausgewaschen worden war, richtete sich das frisch vereinte Paar auf und ließ sich von einer der Frauen die Haare zusammenflechten. Zuzusehen, wie seine mahagonifarbenen Locken mit ihren goldenen verbunden wurden, erinnerte sie daran, dass ihre Unterschiede nur oberflächlich waren, ob die Haare nun miteinander verknüpft oder entwirrt waren – es war eine Wahl wie so viele andere, und sie blieb vollständig dem Individuum überlassen.

Sie standen auf, physisch und spirituell verbunden, und jeder von ihnen nahm eine Handvoll Maismehl von einem Tablett. Ohne Worte, wie vom Hopi-Brauch vorgesehen, liefen sie zur Ostseite der Mesa und blickten auf die ferne Silhouette des bergreichen Navajo-Landes. Bald würde der erste Schnee der Saison die Hochgipfel weiß pudern und einen neuen Lebenszyklus auslösen. Nur, dass dieses Mal nichts so wäre wie früher.

Es gab so vieles, das Sarah in diesem Moment sagen wollte. Doch sie betrachtete die Stille als wesentlich für diesen Teil der Zeremonie. Sie hob die Hand mit dem Maismehl an ihre Lippen und sprach ein stummes Gebet.

Lass mich würdig sein.

Gleichzeitig warfen sie und Daniel das Maismehl in den Wind.

Zurück in Gaias Haus schwirrten Frauen geschäftig um den Küchentisch, stellten Schüsseln voller Essen und Krüge voller Getränke für das Festmahl auf. Daniel nahm Sarah beiseite und überreichte ihr eine weiße Decke, die an allen vier Ecken mit Quasten versehen war.

»Ich habe geholfen, sie zu machen.« Er legte sie ihr um die Schultern. »Ich hoffe, sie gefällt dir.«

»Sie ist perfekt.« Sarah sah zu, wie er an dem Stoff herumfummelte, versuchte, ihn richtig zu drapieren. »Was hast du dir vorhin gewünscht?«

»Weltfrieden.« Er zwinkerte. »Alles andere hab ich schon.«

Phoebe und Tocho kamen herein; beide strahlten. Alle umarmten einander.

Zwei Wochen zuvor hatten Sarah und Daniel Phoebe über ihren Adoptionsplan informiert und das Mädchen hatte so vor Energie gestrotzt, dass sie Gaias Haus von oben bis unten geputzt, einen Korb voll Getreide zu Mehl gemahlen, die Ziege gemolken und Feuerholz hereingebracht hatte: ein wirbelnder Derwisch, der sich in einem Trichter der Freude drehte.

Phoebe steckte Sarah ein gefaltetes Stück Papier zu. »Ich habe ein Gedicht für dich und Daniel geschrieben.«

Sarah legte den Kopf schief. »Ich wusste nicht, dass du schreibst.«

Sie zuckte die Schultern. »Ich bin nicht gut darin.«

Sarah öffnete es und las.

Der Spiegel lügt nicht.
Er sieht jede Narbe und Sommersprosse
und jeden müden Blick.
Er bespuckt dich mit dem fiesen Fluch, den du vergessen wolltest.
Dem, der in der Falte zwischen deinen Brauen wohnt.
Doch kann er sehen, was in deinem Herzen ist?
Den vielfarbigen, hauchdünnen, geschmückten Schleier
aus Dämonen und Träumen,
Misserfolgen und Triumphen,
gefundener und verlorener Liebe?
Weiß er, was du dir am meisten ersehnst in der Welt,
Und dass es die ganze Zeit über hier war,
in der vernarbten, sommersprossigen,
müden Hand eines anderen?
Der Spiegel lügt nicht.

Sarah lächelte das Mädchen an, das großzuziehen sie sich verpflichtet hatte. Diese alte Seele besaß so viele Schichten. Gemeinsam würden sie sie erkunden. Von allen Abenteuern, die Sarah erlebt hatte, versprach dies, das größte zu werden.

Gaia rief alle in die Küche. Zwischen Sarah und Daniel stehend, sprach sie die Versammelten auf Hopi an. Sarah verstand ein wenig und Tocho übersetzte den Rest: »Diese beiden Menschen brachten uns viel Segen. Sie sind nicht anders als wir; wir betrachten sie als gleich. Heute feiern wir ihre Einheit, wie wir es mit jedem vom uns täten. Mögen Sie gemeinsam in Güte und Licht wandeln, stets einander ebenbürtig. Und mögen sie immer zu uns zurückkehren, denn sie sind ein Teil unserer Familie.«

Sarah sah Daniel an, der ihren Gedanken mit einem leichten Nicken bekräftigte. Es war an der Zeit. Sie wandte sich an Tocho. »Ich möchte deinem Volk etwas sagen. Wirst du es übersetzen?«

»Na klar.«

»Sag ihnen, dass das Land um den Grand Canyon, der den Ort der Entstehung beheimatet, gekauft wurde.«

Tocho übersetzte ihre Worte auf Hopi und die Gäste sahen einander überrascht an.

»Die Person, die es kaufte«, fuhr sie fort, »stellt es unter Landschaftsschutz, damit es niemals be- oder abgebaut werden kann.«

Das löste Freudenrufe aus und von Gaia einen langen, nachdenklichen Blick in Sarahs Richtung.

Sarah sah die alte Großmutter an, während sie sagte: »Der Besitzer möchte das Land nicht behalten und hat beschlossen, es den Hopi zu übergeben.«

Tocho starrte sie an. »Ist das dein Ernst?«

»Absolut.«

Er übersetzte und die Gäste versprühten echte Freude, vermischt mit dem Unglauben, dass jemand so etwas für sie tun sollte – für diese bescheidenen, pflichtbewussten Menschen. Während sie sich über das Festmahl aus Eintöpfen und Piki-Brot und zahllosen Maiskolben hermachten, wandte sich Sarah an Gaia. »*Wir werden vom Weißen Mann bedroht, doch nur der*

Weiße Mann kann uns retten. Du wusstest es die ganze Zeit, nicht wahr?«

»Ich bin neugierig«, sagte Gaia. »Warum hast du es nicht einfach deinen Freunden an der Universität übergeben? Was immer dort unten liegt, könnte sie jahrelang beschäftigt halten.«

»Aus demselben Grund, aus dem du und dein Volk es jahrhundertelang geheimgehalten habt. Wenn es in andere Hände fällt, selbst die gutmeinenden Hände von Wissenschaftlern, wird es zerfurcht und geprüft und ausgegraben. Vielleicht bin ich ein Verräter an meiner eigenen Art, aber ich glaube, dass manche Dinge die Wissenschaft übertreffen. Das Wunder der Schöpfung, der Liebe, wird niemals durch Formeln und Theorien erklärt werden. Behaltet eure Mysterien. Das ist der einzige Weg, sie zu schützen.«

»Phoebes Traum«, sagte sie. »Sie sah Seelen tief unter der Erde, frierend und zitternd und ausgehungert. Dann erschien ein Vogel und schenkte ihnen Feuer – den Funken des Lebens. Es war ein Omen. Der Feuervogel warst du.«

»Unsinn. Jeder Einzelne von euch ist es. Wer dem Sand und dem Regen und der trockenen Luft Mais entlocken kann, der besitzt die Macht, ein Feuer zu entzünden. Lasst euch das nicht wegnehmen.«

Die Matriarchin betrachtete die Menge. Im alten Haus ihrer Vorfahren, wo die Kälte des Winters jeden Stein durchdrungen hatte, befand sich Wärme. Auch wenn jeder Tag Entbehrungen brachte, waren jeder Tisch und jedes Herz gefüllt.

Sie nahm Sarahs Hand, wie Großmutter und Enkeltochter, und gemeinsam schlossen sie sich der Feier an.

– E N D E –

LUZIFER
VERLAG